KB261667

무위록

無

爲

錄

무위록 3

현묘지도 玄妙之道

장산부 仙道 장편소설

無

爲

錄

북하우스

차 례

해동쌍미(海東雙美)

묘묘는 핏덩이를 토해냈다.

"무슨 독을 썼느냐?"

묘향신니는 사정을 짐작하고 낭연에게 물었다. 신니는 그때 막 긴 외출에서 돌아오는 길이었다. 답답한 심사를 달래고자 험준한 명산대천을 발길 닿는 대로 돌아다녔던 것이다. 낭연은 공손히 사부에게 대답했다.

"일항백설진(一缸白雪塵)을 썼습니다. 제자가 무능하여 녹운옥에 오점을 남겼으니 벌하여주십시오."

"물러가 있거라."

낭연을 물리고 신니는 말없이 서 있었다.

묘묘는 이제 모든 것이 끝났다고 생각했다. 치욕감조차 느껴지지 않았다. 그냥 그렇게 가만히 앉아서 최후를 맞으리라. 그런데 이상한 일이었다. 체념한 채 앉아 있으려니까 차츰 정신이 맑아지는 것이었다. 현기증도 사라지고, 단전에는 다시 기운이 모여들기 시작했다.

"임독 양맥을 세 번 돌린 다음 음유맥과 족태음비경을 통해 삼음교로 약기운을 밀어내시오."

신니의 목소리가 나직하게 들렸다. 묘묘는 어차피 체념한 마당이라 그녀의 지시를 따랐다. 그러자 놀랍게도 심신이 깨끗하게 정화됨을 느꼈다.

애당초 낭연이 묘묘에게 사용한 일항백설진은 사람을 해치는 독은 아니었다. 녹운옥의 지하 약실에는 다섯 개의 옥항아리가 있었다. 그 속에는 서로 다른 다섯 가지의 백색 약가루가 있었다. 그들은 두 가지 이상을 섞어서 사용하면 독약으로 변했다. 세 가지, 네 가지로 가짓수가 늘수록 독성은 더 치명적이 되었다. 색깔도 투명해져서 마지막에는 무색무취의 극독이 되었다. 그러나 한 가지 가루, 즉 일항백설진은 일시적인 장애 현상을 일으키는 정도에 불과했다. 중독된 후 반 시진만 지나면 약기운은 저절로 소멸되었다. 묘묘가 당황하여 억지로 공력을 끌어올린 까닭에 잠시 더 악화된 것일 뿐이었다.

차 한 잔 마실 시간이 지나자 묘묘의 진기는 완전하게 회복되었다. 그녀는 원래 일항백설진이 독이 아니었음을 알 수 있었다. 그러나 묘향신니의 제자에게 수모를 당한 것은 수치스러운 일이었다. 더구나 아직 소향의 원한은 고스란히 남아 있었다. 묘묘는 자리에서 일어나 신니에게 말했다.

"묘도의 무고한 사람들을 무참히도 죽였더군요. 이제 묘묘와 더불어 생사를 가립시다."

"누가 그런 소리를 하던가요?"

"이 두 눈으로 똑똑히 보았소. 당신이 살육하고 간 자리를. 게다가 당신을 직접 목격한 증인도 있소."

"증인이라고요?"

신니의 되물음에 묘묘는 작은 방에서 신엽을 들고 나왔다. 신엽은 마치 중풍이나 학질에 걸린 사람처럼 부들부들 떨고 있었다. 그를 안은 묘묘의 손에도 기묘한 진동이 전해질 정도였다.

그때 신엽의 몸에서는 세 가지 기운이 극한으로 끌어올려져 옥대의 옥구슬 스무 개와 사투를 벌이고 있었다. 세 가지 기운이란 바로 금강일신 자혜대사의 공력과 현음지기, 현양지기 등이었다. 한편 스무 개의 옥구슬들은 각각 수족음양(手足陰陽)의 십이정경(十二正經)과 기경팔맥(奇經八脈) 등 스무 개의 경락을 장악하여 엄청난 고통을 가하고 있었다. 고통이 커질수록 기운들의 반발도 증대하였고, 그럴수록 옥대의 압력은 더욱 팽팽하게 조여들었다. 옥대가 어지간한 물건이었다면 오래 전에 갈가리 찢어지고 말았을 것이었다.

그러나 천사옥대(天賜玉帶)라는 이름이 말해주듯 고금에 드문 영물인지라 한치도 물러섬이 없었다. 신엽은 양자의 싸움 속에서 이미 반 혼절 상태에 이르러 있었다. 죽지도 못하고 살지도 못하고, 비명조차 지를 수 없는 지경이었다. 하지만 묘묘는 자신의 원한에만 사로잡혀 신엽을 살필 겨를이 없었다. 그녀는 신엽을 내려놓고 말했다.

"눈을 뜨거라. 그리고 네 앞에 있는 사람을 보아라."

신엽의 귀에 그 말이 들릴 리 없었다. 묘묘는 대뜸 일 장으로 신엽의 뺨을 후려쳤다. 그제서야 번쩍 눈을 뜬 신엽은 눈앞의 묘향신니를 보았다. 비몽사몽지간에 신니를 대하자 묘도의 학살 장면이 겹쳐서 떠올랐다. 신엽은 이를 갈며 소리쳤다.

"살인마! 인간의 탈을 쓰고 그럴 수가 있느냐!"

소리를 지른 신엽은 그러나 다시 혼절해버렸다. 고통이 이미 극한을 넘어서 있었기 때문이었다.

묘묘는 신엽이 눈을 뜨자마자 신니에게 살인마라 소리지르는 것을 보며 다시 한번 확신했다. 묘향신니의 소행이 틀림없노라고. 그녀는 신엽의 왼쪽 가슴 기문혈에 가볍게 일 장을 때렸다. 옥대를 풀기 위해서였다. 신니의 옥통소를 상대하기 위해서는 옥대가 필요했던 것이다.

그런데 그 순간 그녀를 잠시 놀라게 하는 일이 벌어졌다. 그녀의 옥대포박법은 기문혈이 시작점이자 매듭점이었다. 그곳을 살짝 누르면 포박은 간단히 풀리도록 되어 있었다. 그러나 어찌된 영문인지 옥대는 꿈쩍도 하지 않았다. 오히려 강한 반발력이 그녀에게로 되돌아왔다. 묘묘는 공력을 오 성으로 올렸지만 마찬가지였다. 신엽이 힘을 쓰기 때문이라고만 생각한 그녀는 다시 공력을 팔 성, 구 성으로 끌어올렸다. 그것은 엄청난 기운이었다. 옥대 자체의 옥죄는 힘과 합쳐진다면 묘묘의 십이 성 공력보다도 강한 힘이 될 것이었다. 공력이 십 성까지 올라갔을 때야 비로소 펑 소리와 함께 매듭이 풀어졌다.

옥대는 거센 소용돌이처럼 휘돌며 포박을 풀었다. 동시에 신엽의 몸은 뒤쪽으로 튕겨져나갔다. 그는 일 장을 날아가 큼직한 석축 하나를 박살내고서야 바닥으로 나뒹굴었다. 그것은 조금 전 묘묘가 쌍장으로 후려쳐도 꿈쩍하지 않았던 그 석축이었다. 그런 다음에도 신엽의 몸은 가만 있지 않고 마구 떨리고 있었다. 이제는 학질이나 중풍 정도가 아니라 간질이 발작한 환자처럼 떨고 있었다.

신니는 내심 놀라움을 금치 못했다. 그녀는 사정을 정확히 알지 못했다. 이 모든 일들이 한순간에 일어난 까닭이었다. 다만 모든 일

이 묘묘로 말미암은 것이라 여겼고, 그래서 그녀의 손속이 참으로
야멸차다고만 생각했을 뿐이었다. 더불어 그녀의 공력이 예상외로
강맹함에 긴장해야 했다.

묘묘 역시 내심 놀랍기는 마찬가지였다. 하지만 지금은 그런 일에
신경을 나눌 때가 아니었다. 옥대를 움켜쥔 그녀는 신니에게 말했
다.

"이곳은 좁으니 밖으로 나갑시다."

"굳이 그럴 필요는 없습니다."

신니가 대답했다. 그녀는 묘묘의 속마음을 알고 있었다. 낭연으로
하여금 내부의 장애물들을 제거하도록 했다. 낭연이 어느 석탑 뒤로
돌아가 무언가를 조작하자 장애물들이 일제히 움직이기 시작했다.
잠시 후 그곳의 석조물과 청동상 등은 모조리 자취를 감추었다.

두 사람은 대청 한가운데로 걸어가 마주 보고 섰다. 신니의 손에
도 어느 사이 옥통소가 들려 있었다. 묘묘는 그녀를 잠시 노려보다
가 오른손의 옥대를 크게 한 번 후렸다. 옥대는 거대한 용처럼 꿈틀
거리며 맑은 옥구슬 소리를 울렸다. 크고 작은 다섯 개의 옥화(玉
花)가 층층이 일직선으로 정렬하여 신니의 임맥 상하 다섯 군데 요
혈들을 파고들었다.

그런데 그 옥화들은 속도가 모두 달라 처음과 나중을 짐작할 수
없게 만들었다. 바로 묘묘가 자랑하는 옥홍점혈(玉鴻點穴)의 일 초
였다. 고수들의 대결은 대개 가벼운 탐색전으로 시작하게 마련이었
으나 묘묘는 곧바로 매서운 절초를 펼친 것이었다.

신니는 감히 방심하지 못하고 선녀소법 중 일학일소(一鶴一簫)의
일식을 전개하여 방비했다. 두 팔을 비스듬히 치켜들고 옥통소를 학
의 부리처럼 세워 파고드는 옥화들을 하나하나 쪼아 해소했다. 팟
팟 팟 팟 팟! 옥화들은 속도와 위력이 모두 달랐으므로 높은 집중

력을 요구했다. 마지막 하나까지 해소하자 옥퉁소가 푸르르 떨렸다. 동시에 두 사람은 한 걸음씩을 물러서야 했다.

그 일 초 일 식의 교환으로 그들은 벌써 상대의 공력을 헤아릴 수 있었다. 누가 위이고 누가 아래인지를 헤아리기 힘든 형편이었다. 다음 순간 묘묘는 다시 옥구슬 소리를 울리며 신니의 좌측 두 자 거리를 공격하기 시작했다. 그 공격을 본 신니는 안색이 변했다.

실제 공격 대상의 좌우 허공을 공격하는 것은 묘묘가 좀처럼 쓰지 않는 살초 중의 살초였다. 이른바 성동격서식의 공격법으로 상대는 도무지 언제 어디로 진초가 날아들지 예측하기 힘들었다. 더구나 그 공격의 진짜 두려운 점은 묘묘가 스스로의 생사를 염두에 두지 않고 싸운다는 데 있었다. 자신의 측면을 적에게 노출시켜 유인책으로 쓰고 있었던 것이다. 신니는 재빨리 방향과 위치를 옮겨 두 사람의 측면이 정면이 되도록 조정했다. 그리고 순식간에 십여 초를 교환했다.

신니는 묘묘와 이런 식의 일전을 벌여야 한다는 사실이 안타까웠다.

열흘 전 처음 금강일신과 월월묘묘의 관계 어쩌고 하는 이야기를 요다에게 들었을 때는 신니도 몹시 상심했었더랬다. 백금사건이라는 강력한 증거까지 있고 보니 더욱 그러했다. 배신감과 분노를 감당하기 어려워진 그녀는 만주 벌판으로 건너가 광활한 대륙을 마구 돌아다녔다. 그런데 며칠을 그러자니 심기가 정리되었다. 배신감과 분노는 추억과 그리움으로 변했다. 그녀는 오히려 묘묘 진자영이 가까이 느껴졌다. 해동쌍미라는 칭호를 포함하여 삼십여 년 무림생활 동안 묘묘와 자신 사이에서는 참 많은 사연들이 있었다. 더구나 함께 한 사람을 사랑하였고, 이제 그 사람은 가고 없는데, 다시 무엇을 두고 아웅다웅 다툰단 말인가.

때문에 녹운옥으로 돌아와 묘묘를 본 신니는 내심 반갑기까지 했
다. 그러나 무슨 일인가가 잘못되어 있었다. 묘묘는 자신이 제자 소
향을 죽인 것으로 알고 있었다. 신니는 묘묘의 성격을 잘 아는 터였
다. 그 자리에서 아무리 부인해보았자 소용없는 일이었다. 그래서
그녀는 일단 한바탕 어우러져 묘묘의 분을 풀게 한 다음 다시 차분
히 애기하리라 생각했다. 하지만 사건은 간단히 마무리될 조짐이 아
니었다. 지난 이십 년 동안 자신의 무공에는 많은 진전이 있었다고
믿었지만 묘묘 역시 엇비슷한 경지로 올라와 있었다. 더구나 묘묘는
생사를 도외시한 채 살수들을 펼쳐대고 있었던 것이다. 만약 조금이
라도 사정을 보아주려 했다가는 오히려 자신이 당할 상황이었다. 우
선은 신니도 최선을 다해 평생의 절학을 펼쳐대는 도리밖에 없었다.
　두 사람의 대결이 예측할 수 없는 혼전으로 빠져들자 낭연은 백
무 형제의 혈도를 풀고자 했다. 그러나 여러 가지 방법을 써보아도
풀어지지 않았다. 묘묘의 점혈수법은 신니나 운중선처럼 비슷한 공
력을 지닌 고수도 혀를 내두를 만큼 까다로운 것이었다. 낭연이 풀
수 있을 리 만무했다. 결국 그녀는 포기하고 사부와 묘묘의 결전을
지켜보기로 했다.
　한편 그 사이 신엽의 몸에서는 놀라운 변화가 일어나고 있었다.
옥대가 풀어지기 직전 그의 체내에서는 마지막 사투가 벌어지고 있
었다. 옥구슬의 옥쥠에 대한 기운들의 저항은 막바지에 다다르고 있
었다. 스무 개의 경락들은 그 압력을 견디지 못하여 갈가리 찢어질
지경이었다. 다시 차 한 모금 마실 시간만 지난다면 신엽은 폭음과
함께 수천 조각의 넝마 파편이 되고 말 것이었다.
　바로 그때 묘묘가 옥대를 풀었다. 그러자 경락들은 일시에 기운을
쏟아내었다. 스무 개 경락 줄기를 따라 엄청난 기운의 소용돌이가
휘몰아쳤다. 현음지기와 현양지기, 그리고 자혜대사의 공력이 한데

어우러지며 폭발적인 상승을 이루었다. 그 동안 자혜대사 공력의 상당 부분은 다른 진기와의 융합을 거부한 채 왼쪽 가슴 기문혈에 웅크리고 있으면서 진기의 운행에 걸림돌이 되고 있었다. 그러던 것이 눈 녹듯 풀어져 체내의 진기와 융합되니 그 효과는 어마어마한 것이었다. 그의 공력은 일순간에 몇 배로 증가되었다. 폭포수처럼 거대한 기운 줄기가 전신 십이정경과 기경팔맥을 뚫고 지나갔다. 홍수에 둑이 무너지듯 수십 곳의 생사현관(生死玄關)들이 타통되었다. 그의 몸이 간질병 환자처럼 부들거린 것은 바로 그런 까닭이었다. 신엽은 절대고통과 절대쾌감의 절정에서 죽음 같은 전율에 몸을 떨었던 것이다.

그렇게 어느 만큼의 시간이 지났을까. 신엽은 차츰 전율이 사그라짐을 느꼈다. 고통과 쾌감도 함께 잦아들었다. 소용돌이치던 기운들은 단전으로 모여들었다. 신엽은 깊은 잠에서 깨어난 듯 상쾌함을 느꼈다. 머리는 수정처럼 맑았고, 온몸은 기운으로 가득 차 있었다. 두 팔을 펼치면 한 마리 새처럼 하늘을 날 수도 있을 것 같았다.

그는 천천히 몸을 일으켰다. 눈앞에서 벌어지고 있는 신니와 묘묘의 격전을 보고는 잠시 어리둥절해졌다. 무슨 일이 벌어진 것일까. 포박의 고통으로 혼절 상태에 빠졌던 동안 주변에서 벌어진 일들을 신엽이 알 리 없었다. 그러나 곧 사정을 짐작할 수 있었다. 묘묘가 신니에게 소향의 원수를 갚으려 하는 것이리라. 그렇다면 이곳은 바로 녹운옥이겠지.

신엽은 그 자리에 가만히 앉아서 두 사람의 대결을 지켜보았다. 신니와 묘묘는 한치도 양보 없는 일전을 벌이고 있었다. 옥퉁소와 옥대는 마치 거대한 독수리와 이무기처럼 서로의 급소만을 노렸다. 게다가 끊임없이 새롭고 경탄스러운 초식들을 펼쳐내고 있었다. 신엽은 저절로 고개가 끄덕여졌다. 두 사람이 전개하는 절예들을 하나

하나 이해할 수 있었기 때문이었다.

　예전의 그였다면 고작해야 열에 네댓 정도를 이해하는 데 그쳤을 것이었다. 그것만으로도 대단한 일이라 할 수 있었을 것이었다. 그러나 지금은 사정이 달랐다. 무공의 요점을 포착하는 눈은 공력에 따라 큰 차이가 났다. 공력이 높아지면 눈도 명민해지고 이해력도 증진되었다. 말하자면 무공에 대한 본능이 성장하는 셈이었다. 한순간에 공력의 몇 배 증진이라는 기연을 얻은 신엽은 따라서 무공의 본능도 자신도 모르는 새에 몇 배로 성장한 터였다. 그는 신니와 묘묘의 일 초 일 식을 정확하게 따라잡아 이해할 수 있게 된 것이었다.

　그 이해에는 또 신엽이 이미 그들의 무공에 익숙해져 있다는 사실도 큰 작용을 하였다. 신니가 전개하는 초식들의 골간은 선녀소법이었다. 선녀소법은 원래 설녀검법의 변용이었으며 설녀검법은 또 수심장과 뿌리를 같이하는 것이었다. 따라서 신엽은 잠시 만에 선녀소법의 묘리를 파악할 수 있었다.

　묘묘가 자랑하는 옥대편 무공도 사정은 다르지 않았다. 조의사비의 무공은 그 시원을 달의 변화에 두고 있었다. 달은 매월 차고 기울기를 반복하였지만 그 모양새는 항시 새롭고 독특했다. 그리고 그 이치를 터득하여 만들어낸 절학이 바로 사비의 독문무공들이었다. 일비 석준경의 월광검법이 그러했고, 이비 척항무의 무영장, 삼비 월월묘묘의 월유장과 옥대편공 등이 모두 그러했다. 삼비 진자영을 월월묘묘라고 이름한 데도 그같은 사정이 있었다. 이미 가야산 동굴에서 일비의 월광검법을 연성한 신엽이 이비 삼비의 무공을 이해하기란 과히 어려운 일이 아니었던 것이다.

　한 시진이 채 못 되어 신엽은 그들의 무공을 모조리 꿰게 되었다. 다시 반 시진이 지나자 사전 예측까지 할 수 있게 되었다. 신니가 감진위(坎震位)로 옥소를 비켜들면 다음 초식은 소이불소(簫而不簫) 임을 짐작할 수 있었다. 묘묘가 옥대를 이손(離巽)의 방향으로 감아 들이면 옥상무연(玉上無緣)의 일 초를 준비함을 알 수 있었다. 그의 짐작은 아주 가끔을 제외하고는 틀림이 없었다. 그 틀림은 그가 간혹 팔괘의 방위를 착각한 까닭에 발생하였다. 그러나 다시 반 시진이 지 나면서 그같은 실수도 없어졌다. 그러자 신엽은 그들의 초식을 이해 하고 예측하였을 뿐 아니라 평가까지 할 수 있는 단계로 올라섰다. 그는 신니나 묘묘의 초식에 예상 밖으로 여러 가지 빈틈이 있음도 알게 되었다. 묘묘가 태건위(兌乾位)를 베어들어가면 그전에 먼저 손 곤위(巽坤位)에 옥자삼화(玉刺三花)를 전개해두었더라면 하는 아쉬 움을 느꼈다. 그랬다면 신니에게 더욱 응수가 없었을 것 아니겠는가.

그런저런 신엽의 평가는 꼭 사실과 부합되는 것은 아니었다. 한 암자에서 다른 암자로 이르는 길에 여러 갈래가 있듯 무공의 초식 에도 여러 가지 변화가 있을 수 있었다. 그리고 각자는 자신에게 어 울리고 익숙한 변화를 택하게 마련이었다. 신엽과 신니나 묘묘와의 차이는 그런 정도의 차이라고 할 수 있었다. 그러나 사정이 어찌되 었든 신엽은 나름대로의 평가와 연구를 통하여 엄청난 진전을 거듭 하고 있었다. 나중에는 머리가 생각하기 전에 단전에서 먼저 진기가 운행하여 다음 초식을 예견할 정도였다.

신엽이 이렇듯 정통해졌으니 두 당사자들 역시 상대의 무공에 익 숙해지기는 마찬가지였다. 신니와 묘묘는 각자의 고유 무공만으로 는 어찌할 수 없음을 깨닫고 천하 각 문파의 뛰어난 무공들을 빌려 쓰기 시작했다. 길상사나 예방의 무공은 물론 중국 대륙 여러 문파 들의 절예도 하나하나 펼쳐졌다. 신니나 묘묘의 경지에서는 기실 천 하의 온갖 무공들이 서로 크게 다르지 않았다. 무릇 모든 무공은 하 나의 뿌리에서 시작되었다는 말이 있듯 다양한 무공들도 그 원리는 단순한 몇 가지로 모아졌다. 그리고 신니와 묘묘는 그 원리들에 정통하였다. 따라서 어떤 무공도 무리없이 펼쳐낼 수 있었다.

신엽에게는 참으로 소중한 기회가 아닐 수 없었다. 그는 지금 한 푼도 들이지 않고 최고의 강사들에게 천하의 최고 절기들을 배우고 있었던 것이다.

그러기를 다시 수백 초가 지났을까. 문득 신니의 옥통소와 묘묘의 옥대가 한데 엉켰다. 두 사람은 각자의 무기를 단단히 그러쥐고 버텼다. 옥대는 금세라도 끊어질 듯 팽팽해졌다. 그러나 다음 순간 묘묘가 옥대를 신니 쪽으로 밀면서 놓아버렸다. 적의 당기는 힘을 역이용하여 옥대로 포박해버리려는 놀라운 기습이었다. 신니는 옥대의 힘이 풀어지는 순간 이미 그 사실을 알아차렸다. 해서 그녀 역시 옥통소를 묘묘 쪽으로 밀었다. 두 가지 무기와 두 줄기 공력이 한곳에서 맞부딪히자 엄청난 폭음이 울렸다. 옥대와 옥통소는 거대한 힘에 실려 엉뚱한 방향으로 날아갔다. 바로 신엽이 앉아 구경하는 곳으로였다.

신엽은 깜짝 놀랐다. 어찌해야 할지를 알 수 없었다. 피하거나 손으로 받아내거나 두 가지 중 하나일 텐데, 그 어느 쪽도 대단한 무공 실력이 아니면 불가능한 일이었다. 만약 신엽이 어느 쪽으로든 움직인다면 사람들의 이목은 당장 그에게 집중될 게 아니겠는가. 별수 없이 신엽은 얻어맞기로 했다. 그는 두 눈을 멀뚱히 뜬 채 날아드는 옥대와 옥통소를 바라보았다.

펑!

요란한 타격음과 함께 가슴을 맞고 신엽은 벌렁 뒤로 나자빠졌다. 사람들은 까닭없이 얻어맞은 그를 딱하게 여겼다. 신니와 묘묘의 공력이 맞물려 때렸으니 그 힘이 오죽하겠는가. 최소한 상반신의 근골은 모조리 부서지고 말았으리라. 그러나 정작 신엽은 아무런 통증도 느끼지 못했다. 마치 어린아이의 주먹질처럼 싱겁기만 했다. 그것은 그의 체내에서 저절로 현묘공이 운기되어 가슴을 보호한 까닭이었다. 그는 잠시 동안 드러누워 있다가 사람들이 눈치채지 못하도록 천천히 일어나 앉았다. 다시 신니와 묘묘의 대결을 지켜볼 수 있는 자세를 취했다.

두 사람은 이제 장권(掌拳)의 대결로 옮겨가 있었다.

장법에 있어서도 신니와 묘묘에게는 우열을 논하기 힘든 절기가 있었다. 바로 수심장과 월유장이 그것이었다. 그러나 일백여 차례 장을 교환하자 뜻밖에도 신니가 이롭지 못한 형세에 처했다. 수심장이 이미 너무 많이 알려진 까닭이었다. 수심장은 화랑방의 독문절기로 많은 화랑방 제자들이 배워서 사용하고 있었다. 따라서 묘묘는 그 대강을 알고 있었다. 비록 신니가 특별히 세 가지 응용세를 고안하기는 하였으나 그 역시 큰 이치는 다르지 않았다. 더구나 신니는 선녀소법에서 많은 유사한 초식들을 전개하였으므로 묘묘의 적응이 한층 빨랐던 것이다. 반면 묘묘의 월유장은 대대로 조의삼비에게만 전수되는 비전절기라 할 수 있었다. 그같은 차이가 묘묘에게 유리한 형세를 가져다 준 것이었다.

기선을 제압당한 상황에서도 신니는 얼른 초식을 바꾸지 않았다. 그녀는 수심장을 고집하며 침착하게 묘묘의 공격들을 해소하였다. 그럴수록 묘묘는 장의 속도를 빨리하여 신니의 주변을 에워쌌다. 수십 수백의 월유장영이 병풍처럼 신니를 둘러막았다. 낭연은 가슴이 조마조마해졌다. 사부가 왜 고지식한 고집으로 위기를 자초하는지 알 수 없었다. 장법을 바꾼다면 빠져나올 길이 없지 않을 텐데.

신니를 완전히 에워싼 묘묘는 점차 장영을 좁혀들었다. 한편으로는 조심스러운 기분이 없지 않았다. 이처럼 간단히 신니를 제압하리라고는 생각지 못했던 까닭이었다. 그러나 다른 한편으로는 기쁘기도 했다. 지난 이십여 년간 더욱 갈고 닦은 월유장이 헛되지 않았구나 싶었다.

　장영의 병풍이 한 자 거리까지 좁혀들었을 때 묘묘는 살초를 전개했다. 부드러운 듯 날카로운 유엽장(柳葉掌)으로 신니의 혈해 장문 풍문혈 세 곳을 찍었다. 이들은 각각 오른쪽 다리 허벅지, 왼쪽 가슴, 그리고 등뒤에 위치한 요혈로서 한 사람이 동시에 공격하기란 불가능에 가깝다고 말할 수 있었다. 따라서 한 사람이 동시에 방어한다는 것도 불가능에 가까운 일이었다. 묘묘는 그 일격이 신니에게 최소한의 부상은 입힐 수 있으리라 믿었다.

　그러나 다음 순간 전혀 예상 못 한 일이 발생했다. 한줄기 예리한 기운이 장영의 병풍을 뚫고 나왔다. 그리고 그것은 반 치의 어긋남도 없이 묘묘의 경부 인후혈을 찔러온 것이었다. 묘묘로서는 기겁을 할 일이었다. 장영에 감금당한 사람은 원래 병풍 밖의 움직임을 알 수 없는 법이었다. 게다가 묘묘의 위치는 교묘하여 세 곳 공격과도 무관한 곳을 차지하고 있었다. 그런데도 신니는 귀신처럼 정확히 묘묘를 포착하여 급소를 찔러온 것이었다. 더구나 그 기운은 빠르기가 쾌검이요 날카롭기가 송곳과 같아 막아낼 도리가 없었다. 이대로 버틴다면 묘묘의 공격은 신니에게 약간의 부상을 입히겠지만 묘묘 자신은 무공이 전폐되고 생명이 위태로워질 형편이었다.

　이 무슨 괴이한 초식이란 말인가.

　묘묘는 즉시 쌍장을 회수하여 십이 성 공력으로 신니의 공격을 막았다. 동시에 뒤로 세 걸음을 물러섰다. 그러고도 공격을 완전히 해소하지 못하여 가슴이 뜨끔함을 느꼈다. 잠시 동안 기혈의 흐름이 막혔다. 묘묘는 급히 두 차례 진기를 운행시켜서야 그 막힘을 풀 수 있었다. 그 사이 신니는 고요하게 자리를 지켰다. 만약 그때 계속해서 공격했더라면 묘묘는 당해낼 재간이 없었겠지만 신니는 그러지 않았다.

짧은 순간에 벌어진 일들을 정확히 아는 사람은 세 사람뿐이었다. 신니와 묘묘, 그리고 신엽. 낭연은 돌아가는 사정을 제대로 알지 못하고 안도감만을 느꼈다. 그녀는 단지 사부가 묘묘의 공격을 가까스로 해소한 정도로만 알았다. 때문에 묘묘의 표정이 일그러지며 이런 말을 했을 때 의아스러움을 느꼈다.

"조금 전의 그 절초는 무엇이라 하는지요?"

"부끄럽습니다. 아직 정식으로 이름을 붙일 만한 무공도 못 됩니다."

신니는 싸움이 깊어질수록 묘묘에게 친근감을 느꼈다. 그래서 그 정도로 손을 거두고 싶었다. 기회를 잡고도 살수를 전개하지 않은 것도 그런 까닭이었고, 부끄럽다는 얘기도 진심을 담고 있었다. 하지만 묘묘는 내심 더욱 발끈해졌다. 자신을 제압한 무공이 이름을 붙일 만한 것도 못 된다니, 그렇다면 자신의 무공은 무엇이란 말인가. 한 차례 사정을 보아준 것은 자신을 비웃기 위해서였단 말인가.

묘묘는 오늘 이 자리에서 뼈를 묻으리라 다짐했다. 불행이면 혼자서 묻을 것이요 다행이면 신니의 뼈와 함께 묻히리라. 그렇게 마음을 정하고는 다시 살수들을 펼치기 시작했다. 신니는 묘묘의 기세가 다시 험악해지자 안타까웠다. 그러나 더불어 공방을 나누는 도리밖에 달리 다른 수가 없었다.

그들의 초식은 다시 여러 가지로 변화되었다. 이번에는 권(拳), 장(掌), 지(脂)로 이루어진 천하백타무공의 절예들이 망라되었다. 묘묘가 탄지신공(彈指神功)을 전개하면 신니는 삼음지(三陰指)로 해소하였고, 묘묘가 당랑수(螳螂手)를 펼치면 신니는 소림사의 호조수(虎爪手)로 당랑의 목을 움켜쥐려 하였다. 묘묘는 재빨리 상체를 비틀며 당랑수를 금교장(金橋掌)으로 변화시켜 호랑이의 발톱을 내려쳤다. 초수의 무궁무진함과 신속한 변화는 실로 보는 이의 경탄을 자아내는 것이었다. 신엽은 묘향신니와 월월묘묘의 명성이 결코 그냥 얻어진 게 아님을 알 수 있었다. 그는 한 가지 한 가지의 무공을 빠짐없이 관찰하여 단전 깊숙한 곳에 담았다.

그렇게 다시 한 시진이 흘러갔다. 모두 합치자면 세 시진 이상을 싸운 셈이었다. 묘묘는 차츰 불쾌감을 느꼈다. 신니가 최선을 다하지 않는다는 느낌이 든 까닭이었다. 공격보다는 수비에 치중하였고, 기회가 생겨도 선뜻 짓쳐들어오지 않았다. 자존심이 상한 묘묘는 정면승부를 걸기로 했다. 바로 장력 대결이었다.

묘묘는 문득 모든 초식을 거두어들여 쌍장을 가슴 앞에 모았다. 그리고 천천히 신니에게로 밀었다. 신니는 안색이 변했다. 원하지 않는 일이었다. 장력 대결에서는 결코 좋은 끝을 기대할 수 없었다. 공력의 후박(厚薄)함에 의해 승부가 가려지는 것이었으므로 반드시 어느 한쪽이 중상을 입게 마련이었던 것이다. 공력이 백중하면 두 사람 모두 치명상을 입을 수도 있었다.

그러나 피할 수 있는 일도 아니었다. 정면 대결을 피한다는 것은 패배를 자인하는 바와 다르지 않기 때문이었다. 신니는 단전 깊숙이 진기를 들이마시고는 쌍장을 마주 내밀었다. 네 개의 손이 허공에서 마주쳤다. 잠시 부르르 떨리는가 싶더니 곧 정적으로 잠겨들었다. 두 사람은 눈을 감고 단전과 장심에 기운을 모았다.

뜨거운 차 한 잔 마실 시간이 지나자 두 사람의 이마에는 땀방울이 맺혔다. 세 시진 동안 초식을 나누면서도 흐르지 않던 땀이었다. 잠시 후에는 머리에서 모락모락 김이 오르기 시작했다. 그러나 두 사람의 표정에는 아무런 변화가 없었다. 마치 두 개의 석상처럼 묵묵히 마주 서 있을 뿐이다. 그렇게 천 년이라도 버틸 것 같은 모습이었다.

다시 일 식경의 시간이 지났을까. 두 차례의 둔탁한 소리들이 정적을 깨뜨렸다. 쿵 쿵. 백무와 백궁 형제가 바닥에 쓰러진 것이었다. 공력을 겨루는 시합에서는 작은 변화도 큰 파장을 일으키게 마련이었다. 묘묘와 신니는 일순간 심기가 흐트러졌다. 바로 그때였다. 문득 한 인영이 허공을 가로질러 날아갔다. 일직선으로 날아가 묘묘와 신니의 어깨 거골혈을 짚고는 허공에서 빙글 재주를 넘어 사뿐히 내려섰다. 바람처럼 가볍고 경쾌한 움직임이었다. 그 움직임의 주인공은 놀랍게도 산삼타령을 하던 노인이었다.

깜짝 놀란 낭연은 그를 향해 몸을 날렸다. 그러나 그녀는 한 걸음도 채 움직이지 못하고 꽈당 넘어지고 말았다. 이상하게도 팔다리에 기운이 없었다. 백무와 백궁이 쓰러진 까닭이 그제서야 짐작되었다. 어느 틈엔가 그들은 중독당한 것이었다. 노인은 낄낄 웃더니 어깨를 쭉 뽑았다. 그러자 척추가 곧게 펴지고 얼굴의 주름들도 사라져버렸다. 낭연은 경악하였다. 그는 다름아닌 요다 훈게이였다.

"이래서 난 여자들을 좋아하지. 한 가지만 가르쳐주면 열 가지 일을 해낸단 말이야."

요다는 즐거움을 감추지 못하고 킬킬거렸다.

신엽 역시 놀라움을 금할 수 없었다. 그는 즉시 공력을 모아 전신으로 돌려보았다. 오른쪽 가슴 한구석이 뜨끔했다. 그도 예외없이 당한 것이었다. 그러나 다행히 많은 독을 흡입한 것은 아닌 듯싶었다. 요다로부터의 거리가 누구보다 멀었고, 게다가 이미 십 성 이상 연성된 현묘공이 어지간한 정도의 해독 효과를 발휘하고 있었던 것이다. 신엽은 천천히 운기하여 독성을 오른쪽 어깨로 밀어보았다. 조금씩 움직임이 느껴졌다. 잘하면 오른손의 장심으로 뽑아낼 수도 있을 것 같았다. 하지만 시간이 얼마나 걸릴지는 짐작할 수 없는 일이었다.

왜구 사무라이의 간계는 실로 간단치가 않구나. 죽은 듯 누워 있었던 것이 그나마 천행일 뿐이었다.

신엽은 그렇게 생각하며 독성을 밀어내는 일에 몰두하였다. 그러는 한편 요다가 더 무슨 수작을 꾸미는지도 귀기울여 들었다.

"겁을 상실하였구나. 감히 고려 땅에 건너와서 수작을 부리다니."

묘향신니는 역시 일세의 여걸이었다. 곤경에 처하였음에도 불구하고 거리낌없이 요다를 꾸짖었다. 묘묘는 그 말을 듣자 문득 짚이는 바가 있었다. 그녀는 요다를 다시 한번 들여다보았고, 그제서야 그가 요다임을 알 수 있었다. 십여 년 전 대사형 월하고검 석준경에게 한빙독상을 입혔던 바로 그 요다였다. 머리카락을 모두 밀어서 한눈에 알아보지 못한 것이었다.

"네 놈이 우리 소향이를……."

묘묘의 말이 끝나기도 전에 요다는 다시 큰 웃음을 터뜨렸다. 그리고 천천히 겉옷을 벗었다. 그러자 그 속에서 푸른색 가사장삼이 드러났다. 묘향신니의 옷차림과 동일한 것이었다. 머리까지 말끔히 깎은 모습은 얼핏 보아서는 신니와 구별되지 않을 정도였다. 신엽은 내심 비명을 질렀다. 모든 일들이 요다의 계략이었고 자신은 그 계략에 충실하게 놀아나준 것이었다. 그래서 묘묘와 신니를 모두 위기에 빠뜨리고 만 것이었다.

"원래 나는 소향 계집을 죽일 생각이 아니었소. 두 눈을 도려내고 온몸의 근골을 바스러뜨려 죽지도 못하고 살지도 못하게 만들 작정이었소. 그래야 원흉이 묘향신니라는 것을 밝힐 테니 말이오. 하지만 그때 바다 위에 저 얼간이의 모습이 보이더군요. 그래서 자비를 베풀어 목숨까지 거두었지요. 당신은 내가 제자에게 베푼 은혜에 감사해야 할 거요."

"내 이제 네 놈의 두 눈을 도려내고 근골을 바스러뜨려 죽지도 못하고 살지도 못할 불구로 만들어주겠다."

묘묘가 치를 떨며 말했다. 요다는 묘묘의 코앞에다 얼굴을 들이밀었다. 그리고 고개를 저었다.

"내 생각에는 그대가 더 어울릴 것 같소. 빼어난 자색이 아깝기는 하지만."

묘묘는 요다의 얼굴에 침을 뱉었다. 요다는 빙그레 웃으며 그것을 닦아내었다.

"재촉하지 마시오. 즐거움보다는 괴로움이 많을 테니. 내 오늘 이렇게 두 분과 함께 자리한 것은 특별히 여쭙고 싶은 게 있어서라오. 어려운 문제는 아니니 잘 생각하면 해답이 찾아지리라 믿소. 바른 대답을 하는 분께는 편안한 임종을 보장하겠소."

"대답하고 안 하고는 각자의 마음이겠지."

신니의 말이었다. 요다는 그 말을 우선 질문부터 하라는 뜻으로 해석하고 기뻐했다.

"역시 신니는 현명하군요. 첫번째 문제를 드리지요. 현구포제(玄具抱諸) 음양쌍생(陰陽雙生)의 뜻을 풀어주시오."

신니와 묘묘는 각각 그 여덟 글자의 뜻을 생각해보았다. 무공의 심법을 논하는 것 같았는데 어디서도 들은 적이 없는 구절이었다. 신니는 잠시 고개를 갸웃거리다가 요다에게 말했다.

"조각조각 들어서는 뜻을 알 수 없으니 한 번에 쭉 읊어라."

"그렇기도 하겠군요. 모두 해서 스물네 자입니다. 하지만 군데군데 박혀 있는 글귀들이라 함께 읊어도 큰 도움은 안 될 것입니다. 현구포제 음양쌍생, 오행성인(五行成人) 삼재원일(三才圓一), 식즉무흔(食卽無痕) 배이충정(排而充精)."

신니는 한 자 한 자 새기며 마음속으로 다시 읊어보았다. 그러나 언뜻 그 뜻을 헤아리기가 어려웠다. 무척 높은 경지의 무공을 논하는 글귀이리라는 점만을 짐작할 수 있을 뿐이었다.

원래 신니가 요다에게 문제를 재촉한 것은 다른 생각이 있어서였다. 어차피 꼼짝없이 제압당했으니 죽을 때 죽더라도 요다를 괴롭힐 일을 만들어두자는 것이었다. 그가 궁금해하는 점을 거꾸로 가르쳐준다면 두고두고 문제가 되지 않겠는가. 때문에 그의 질문이 무공에 관한 것임을 알고는 내심 더욱 기뻤다. 잘만 하면 주화입마에도 빠뜨릴 수 있으리라 생각했다. 그런데 그 세 구절 스물네 글자가 모두 생경한 것이 아닌가. 내용을 모르고서는 도울 수도 해칠 수도 없었던 것이다.

묘묘는 신니의 속마음을 훤히 읽고 있었다. 그녀도 같은 생각을 한 까닭이었다. 하지만 요다 역시 그런 속셈을 모를 리 없었기에 더욱 조심할 필요성을 느꼈다. 한 가지를 가르쳐주면 요다는 먼저 그 이치와 유사한 모든 이치를 동원하여 실험하지 않겠는가. 그리고 결국 진짜를 찾아낼 수도 있지 않겠는가. 그렇다면 차라리 아무 말도 하지 않는 편이 나을 것이었다. 그런 생각을 정하자 묘묘는 글귀의 뜻 따위에는 마음을 쏟지 않았다. 대신 시간을 끌며 다른 기회를 엿보기로 했다. 그녀는 냉랭한 음성으로 말했다.

"그런 간단한 구절도 이해할 수 없다면 일찌감치 무공을 포기하는 편이 이로울 것이다."

"이해할 수 없다고는 하지 않았소. 다만 나의 해석이 이선과 사비의 고견과 일치하는지를 확인하고 싶을 뿐이오. 그럼 월월묘묘 진자영 어른의 해석을 경청하겠소."

"왜국에서는 가르침을 받겠다는 자가 감히 어른에게 독을 쓰고 암습을 가하느냐?"

요다는 고개를 저었다.

"밤이 길면 꿈이 많은 법. 잡담은 그만하고 답을 말해보시오."

"먼저 너의 소견을 듣고 싶구나."

"다시 한번 헛소리를 하면 왼쪽 다리를 잘라버리겠소."

묘묘는 냉소했다.

"묘묘의 위신이 그래 다리 한 짝만 못하겠느냐. 다만 앞일을 알지 못하고 날뛰는 네 신세가 가련할 뿐이다."

"그건 또 무슨 말이오."

"왜 나의 헛소리에 귀를 기울이느냐. 어서 다리나 자르거라."

요다는 내심 뜨끔함을 느꼈다. 사지에 몰려서도 신니나 묘묘의 태도는 당당하기만 했다. 오히려 자신이 주눅드는 느낌이었다. 그는 그런 식으로 묘묘를 윽박질러서는 아무것도 얻을 수 없음을 분명히 깨달을 수 있었다. 요다는 은근한 미소를 머금었다.

"요다가 묘묘 어른을 위해서 한 가지 일을 해드리지요."

말과 함께 그는 몸을 날렸다. 낭연의 혈도를 제압하고 한 손으로 붙잡아서는 다시 묘묘 앞으로 돌아왔다.

"애제자를 잃은 슬픔이 클 테죠. 하지만 슬픔이라는 건 나눌수록 작아지는 법이라더군요."

"무슨 짓을 하려는 거냐?"

신니가 물었다.

"얘기했잖소. 묘묘의 슬픔을 덜어드리려 한다고."

"묘묘의 제자를 죽인 것은 네 녀석이다. 그런데 이제 신니의 제자까지 죽이겠다는 거냐?"

"요다는 본래 공평한 사람이오. 게다가 화근을 남길 만큼 어리석은 작자도 아니지요."

요다는 품속에서 작은 약통 하나를 꺼내었다. 그것을 조심스럽게 열고는 한 치 길이의 침 두 개를 뽑아들었다.

"몇 해 전 중원 시찰을 나갔다가 귀한 물건을 입수하였지요. 바로 이 금잠고독이랍니다. 아직까지 효력을 시험해보지 못했는데 좋은 기회가 되겠군요."

신니와 묘묘는 내심 깜짝 놀랐다. 금잠고독(金蠶蠱毒)은 천하의 독 중에서도 가장 지독한 독으로 알려져 있었다. 색깔이나 냄새가 없어 대책없이 당하기가 십상이었고, 중독되면 수만 마리의 누에들이 온몸을 물어뜯는 듯한 고통에 시달려야 했다. 숨이 끊어지기까지 칠 일 낮 칠 일 밤이 걸렸으므로 그 고통의 양은 실로 감당할 수 없는 것이었다. 더욱이 그 독에는 알려진 해약조차 없었기에 일단 중독된 사람에게 가장 큰 자비는 서둘러 죽여주는 것뿐이었다. 신니는 요다가 그 고독을 사랑하는 제자 낭연에게 쓰려 하자 가슴이 무너져내리는 듯했다.

"차라리 내게 먼저 쓰거라. 제자를 먼저 보내는 것은 사부의 도리가 아니다."

"염려 마시오. 약효만 확인되면 신니께도 나눠드리지요."

"하늘에 대고 맹세하건대 내 네 놈의 사지를 부러뜨려 식골산에 담가 뼈가 녹는 고통과 함께 죽게 해주겠다."

"좋은 생각이군요. 신니를 식골산에 담그는 일도 흥미롭겠는걸요."

요다는 빙글빙글 웃으며 고독침 두 개를 양손에 나눠들었다. 낭연의 양 어깨 견정혈 위로 침을 가져갔다.

"신니가 먼저 해답을 얘기한다면 이 실험은 묘묘 어른께 할 수도 있는 일입니다."

"잔소리 말고 손을 쓰거라."

낭연은 조금도 움츠러드는 기색 없이 말했다. 묘묘는 낭연의 기개가 안타깝기 그지없었다. 그때 신니가 손을 들어 요다를 멈추게 했다.

"무공이라는 것은 여기저기서 주워듣는 지식으로 익힐 수 있는 게 아니다. 찢어진 책 몇 장을 훔쳐서 익히려다가는 주화입마에 빠져들기 쉬울 뿐이다. 제대로 된 경서를 구해 처음부터 차근차근 시작하여라."

"고마운 충고로군요."

요다는 신니의 말을 건성으로 흘려들었다. 그리고 마침내 침을 내려꽂았다. 그러나 바로 그 순간 홀연 작은 물체 두 개가 날아들었다. 침들은 간발의 차이로 튕겨져나갔다. 실로 아슬아슬하게 낭연은 사지를 벗어난 것이었다. 작은 물체들에 실린 공력은 얼마나 대단했는지 요다는 연거푸 두 걸음을 밀려나고 말았다. 그것이 고작 두 알갱이의 돌부스러기였음을 깨달은 요다는 경악할 수밖에 없었다. 돌멩이가 날아온 곳을 보니 묘묘가 끌고 왔던 사내가 버티고 서 있었다. 그가 전혀 알지 못하는 사내였다. 요다는 그 사내의 공력이 그처럼 대단하리라고는 믿을 수 없었다. 더구나 그는 조금 전 옥대와 옥통소에 가슴을 얻어맞고 나뒹굴지 않았던가. 아마 자신이 지나치게 방심하고 있었던 탓이리라.

그러나 요다는 경각심을 늦추지 않고 물었다.

"자네는 무슨 제안이라도 있는가?"

"있지요."

신엽은 요다의 말투를 흉내내며 한 걸음 한 걸음 다가갔다. 그는 마지막 순간에 가까스로 독을 뽑아낼 수 있었던 것이다.

"그처럼 잔악한 독을 어찌 아름다운 소저의 몸에 쓸 수 있겠소. 이렇게 하는 것이 어떻겠소. 당신과 내가 길고 짧음을 겨루어 패한 자의 몸에 독을 시험하는 것이오."

요다는 내심 냉소하였다. 고려국에 인재가 많다고는 하나 일신 이선 사비를 제외하고는 자신과 일전을 나눌 만한 이가 없다고 믿었다.

"어떤 방법으로 길고 짧음을 겨루지?"

"무림인이 승부를 논하는 방법이야 한 가지뿐 아니겠소."

"내가 누군지나 알고 나서는 거냐?"

"내 비록 경륜을 짧지만 어찌 천하의 간적 요다 훈게이를 모를 수 있겠소."

요다는 기뻐해야 할지 분개해야 할지를 알 수 없었다. 도무지 사내의 정체를 짐작할 수 없다는 사실도 그를 망설이게 했다. 그러나 무림 일파의 대종사를 자처하는 이로서 계속 머뭇거리고 있을 수만은 없는 일이었다. 이윽고 그는 마음을 정했다.

"내 그대에게 십 초의 기회를 주겠다. 십 초 내에 나를 출수하게 하거나 혹은 옷자락 하나라도 상한다면 그대가 이긴 것으로 하겠다."

신엽은 고개를 저었다.

"출수를 하고 안 하고는 당신 마음이오. 하지만 내가 원하는 승부는 당신의 목숨이오."

말을 마친 신엽은 묘향신니의 옥통소를 집어들고 신니에게 양해를 구했다.

"후배가 잠시 빌려써도 되겠습니까?"

신니는 묵묵히 허락해주었다.

요다와의 일전을 정하면서 신엽은 대결 방법을 고심했었다. 우선 장과 장의 대결은 피하기로 했다. 워낙 간계와 독공이 뛰어난 위인이라 안심할 수 없었던 것이다. 그러나 월정검을 뽑아든다면 모든 이들이 자신의 신분을 알아차릴 것이었다. 다른 사람이야 상관없었지만 요다에게는 아직 알릴 수 없는 일이었다. 신엽은 자기 몸에서 일어난 변화를 정확히 알지 못했다. 따라서 자신의 무공만으로는 요다를 이기기 힘들 것이라 생각했다.

그럼에도 불구하고 그가 기세 있게 나선 것은 시간을 끌기 위해서였다. 요다가 조심스럽게 머뭇거리도록. 그래서 그 동안 신니와 묘묘가 스스로 혈도를 풀 수 있도록. 만약 요다가 신엽의 정체를 알아차린다면 서둘러서 끝장을 보려고 덤빌 수도 있지 않겠는가.

그러다가 그는 신니의 옥퉁소에 생각이 미쳤다. 퉁소는 길이와 무게가 모두 월정검과 비슷하여 안성맞춤이었다. 게다가 조금 전에 배운 신니의 선녀소법을 시험하기에도 좋을 성싶었다.

"당신도 무기를 드는 편이 좋을 것이오."

짧은 경고와 함께 신엽은 요다에게 다가들었다. 간결하고 군더더기 없는 동작으로 선녀소법을 펼쳤다. 일학일소의 초식인가 했는데 어느 사이 일학십소(一鶴十簫)로 변화하여 요다의 임맥 열 곳 요혈들을 찔러갔다. 요다는 깜짝 놀라 공중으로 일 장 반을 뛰어올라 피했다. 십 초를 양보한 사람이 시작과 더불어 그처럼 달아난다는 것은 수치스러운 일이었다. 그러나 어쩔 도리가 없었다. 신엽은 그림자처럼 따라 날아오르며 옥소를 비스듬히 베었다. 소단만엽(簫斷萬葉)의 일식이었다.

그런데 그 순간 신엽은 이상함을 느꼈다. 그는 일 장 반을 오르려고 솟구쳤는데 그의 몸은 멈추지 않고 솟아오르는 것이었다. 이 장도 두어 자를 넘게 오르고서야 겨우 멈추어 섰다. 예전 같으면 안간힘을 써도 오를 수 없었을 높이였다. 그는 당황하였지만 곧 자신의 공력이 어느 만큼이나 증진되었나를 짐작할 수 있었다.

한편 요다는 신엽이 따라붙는 것을 보고 다시 반 장을 더 차고 올랐다. 그러나 신엽이 유령처럼 가볍게 솟아오르자 경악하고 말았다. 그는 다급히 좌족천근추의 신법을 구사하여 좌측방으로 떨어져 내렸다. 절세의 경신술을 발휘하여서야 간신히 숨돌릴 틈을 가질 수 있었다.

신니와 묘묘 등은 처음 신엽이 나섰을 때 별 기대를 갖지 않았었다. 그러나 불과 일 초의 공격을 보고는 생각이 달라졌다. 낯선 사내의 무공은 결코 가볍지 않았다. 더구나 그는 지금 자신의 무공이 아닌 신니의 선녀소법을 구사하고 있었다. 그럼에도 불구하고 조금도 어설프지 않은 모습이었다. 신니로서는 가히 기가 막힐 노릇이었다. 반면에 묘묘는 그 사내가 원래 신니의 제자였나 보다고 생각했다. 감쪽같이 속고 말았구나. 저렇듯 훌륭한 제자가 있었다니. 묘묘는 부러움과 질투를 느꼈다.

그러나 누구보다 크게 경악한 사람은 바로 요다였다. 일신 이선사비를 제외하고 고려 땅에 이처럼 뛰어난 고수가 있었음을 그는 전혀 알지 못했던 것이다. 게다가 만약 그가 열흘 전 자신과 일 초를 주고받은 신엽임을 알았다면 더욱 놀랐을 것이었다.

요다는 방심하지 못하고 독문호신강기인 설포삼(雪袍衫)을 십이 성 끌어올렸다. 설포삼은 『빙백경』에 수록된 마지막 무공으로 요다가 지난 십 년간 여색을 멀리하며 익힌 바로 그 신공이었다. 철포삼이나 금종조가 외피를 무쇠처럼 단단하게 하는 외분무공인 반면 설포삼은 피부와 근육을 눈송이처럼 부드럽게 만드는 무공이었다. 도검이 부딪혀도 피부는 솜털처럼 물러나서 상처입을 일이 없었다. 말하자면 철포삼 등속보다 한 단계 상위의 무공이었다. 이 설포삼이 완성되자 요다는 자신 있게 바다를 건너 고려 땅을 밟은 것이었다.

설포삼을 끌어올리는 한편 요다는 효탐지의 신법을 전개하여 스스로의 인영을 흐트렸다. 공력이 낮은 사람의 눈에는 마치 그가 환위술(換位術)을 전개하는 듯 보일 것이었다. 그러나 신엽의 공력은 결코 그의 하위가 아니었다. 고립되어 있던 자혜대사의 공력이 현묘공과 합쳐지면서 놀라운 증진을 이룬 까닭이었다. 신엽은 매번 요다의 신형을 정확하게 포착하여 두 자 거리로 따라붙었다. 그리고는 천지 운문 기문 혈해혈 등 요혈들을 노렸다. 요다는 점점 더 놀랄 따름이었다. 효탐지를 십이 성 발휘하여도 좀처럼 신엽을 떨쳐낼 수가 없었다.

신엽의 세번째 공격이 양쪽 겨드랑이 극천혈로 파고들자 요다는 내심 경악했다. 그곳은 그가 가장 꺼리는 자리였다. 더이상 피할 수만은 없었다. 그는 자신의 무기를 꺼내어 옥퉁소와 마주쳤다.

탕!

맑은 소리가 울리고 신엽과 요다는 각각 두 걸음씩을 뒤로 물러났다.

요다의 손에는 옥 막대기 모양의 붓 한 자루가 들려 있었다. 옥퉁소보다 반 자가 더 길었고 색깔은 조금 더 밝은 백록색을 띠고 있었다. 바로 요다가 자랑하는 한옥필(寒玉筆)이었다. 북해의 만년설빙 속에서 캐낸 한옥으로 만든 것이었다. 그것은 멀리서 보아서는 선녀의 옥퉁소와 분간하기 어려울 만큼 닮은 꼴이었다.

신엽은 소향을 살해한 것이 바로 저 한옥필이었구나 생각하자 분노를 억제할 수 없었다. 온몸의 공력을 옥퉁소에 모아 한옥필을 치고 베고 때렸다. 요다 역시 물러서지 않고 일일이 부딪혀 공격을 해소했다. 그러자 맑은 충돌음이 탕 탕 탕 잇달아 울려퍼졌다. 두 사람은 서로 상대방의 공력에 놀라울 뿐이었다.

한옥필이 만년설빙 속에서 캐낸 만년한옥이라면 묘향신니의 옥퉁소는 전혀 상반되는 성질을 갖고 있었다. 수백 년 전 신라 말기 화랑방의 한 제자가 제주도 한라산에 올랐었다. 그는 용암 속에서도 녹지 않고 빛나는 옥석순 하나를 발견하고는 계림으로 가져가 방주에게 진상했다. 방주는 귀하게 보관하였지만 어디에 써야 할지를 알수 없었다. 몇 대의 방주가 바뀌는 사이 옥석은 기억에서 잊혀졌다.

그로부터 오랜 세월이 흘러서야 그것은 윤지림의 눈에 띄었다. 윤지림은 대뜸 진가를 알아보았고, 아름답고 단단한 옥퉁소를 만들었다. 그리고 그것은 윤지림을 옥소선녀라 불리게 할 정도로 진가를 발휘한 것이었다.

차가움과 뜨거움의 정화라 할 만한 두 옥기(玉氣)는 부딪힐수록 서로를 강하게 했다. 신니와 묘묘 등은 옥소와 옥필이 부딪힐 때마다 주변으로 물결치는 열기와 냉기에 거듭 놀랄 따름이었다.

초수가 거듭되면서 신엽은 더욱 힘을 얻었다. 새롭게 형성된 공력이 초식과 어우러지며 점차 더 강맹한 위력을 발휘하게 된 것이었다. 반면에 요다는 위축됨을 느꼈다. 이 정체 모를 사내의 무공은 괴이하기 짝이 없었다. 처음에는 신니의 선녀소법을 펼치는가 했으나 몇 차례 부딪쳐보니 그렇지도 않았다. 드러난 초식은 선녀소법이었지만 거기에 실린 공력은 전혀 낯선 것이었다. 게다가 갈수록 고강해지고 있었다. 한옥필이 옥퉁소와 한 차례씩 부딪칠 때마다 어깨에까지 진동이 왔다. 요다는 차츰 요령을 부려 피하는 쪽에 치중하게 되었다. 그러나 그에게도 나름대로 계산이 있었다.

이백 초가 지났을까. 신엽은 거의 확연한 우위를 점하고 있었다. 내심 스스로 자신감도 생겼다. 신니는 신엽이 자신의 선녀소법 초식만으로 요다를 제압하는 것을 보며 내심 기꺼워했다. 비록 직접 출수는 못했지만 묘향산의 무공이 요다의 어떤 사공(邪功)보다 뛰어남을 증명하는 듯해서였다.

신엽은 좌하에서 우상으로 비스듬히 옥소를 찔렀다. 소단만엽을 찌르기로 변형시킨 것이었다. 요다는 감히 허공으로 피하지 못하고 뒤로 두 걸음을 물러섰다. 신엽은 곧바로 따라붙으며 손곤위에 세 개의 옥화를 뿌렸다. 동시에 요다의 우측 어깨인 태건위를 베었다. 아! 묘묘가 탄성을 울렸다. 지금 신엽이 잇달아 펼친 두 초식은 모두 자신의 옥대편 무공이었던 것이다. 과연 그것은 사실이어서 신엽은 묘묘의 무공을 빌려쓰고 있었다. 바로 조금 전 묘묘와 신니의 일전을 보며 그가 아쉬움을 느꼈던 부분이었다. 예상은 보기 좋게 들어맞았다. 요다는 미처 피하지 못하고 옥소에 어깨를 얻어맞았다.

신니와 묘묘는 안도의 한숨들을 내쉬었다. 다행히 일찍 승부가 났구나. 그러나 다음 순간 놀라운 일이 벌어졌다. 신엽의 일격은 마치 구름이나 솜뭉치를 때린 것처럼 흐지부지 사라진 것이었다. 신엽은 소스라치게 놀랐다. 그리고 그때 요다의 한옥필이 슬그머니 신엽의 왼쪽 가슴 기문혈을 눌렀다. 느리기와 빠르기를 가늠할 수 없는 야릇한 일 초였다. 너무도 뜻밖의 상황이라 신엽은 고스란히 당할 수밖에 없었다. 그러자 한줄기 음한지기가 비수처럼 그의 가슴을 파고들었다. 신엽은 뒤로 일 장을 주르륵 미끄러졌다. 일순 기혈이 들끓더니 검붉은 피 한 덩이가 토해져나왔다.

요다와 신엽은 잠시 서로를 노려보았다. 요다는 빙그레 미소를 머금었다. 어려운 상황이 끝났다고 믿었다. 어깨에 일격을 맞았을 때 그는 설포삼을 십이 성 끌어올려 방비한 터였다. 십이 성의 설포삼이라면 어지간한 고수의 공격은 기별도 오지 않을 정도였다. 신엽의 공력은 실로 심후하여 약간의 내상은 입었지만 차 반 잔 마실 시간이면 해소할 수 있었다. 그러나 자신이 신엽의 기문혈에 찔러넣은 음한지기는 다름아닌 빙백신공이었다. 설사 금강일신이라 할지라도 반나절은 걸려야 해소할 수 있을 것이었다.

이윽고 요다는 다시 온몸으로 진기를 유통시키는 데 성공했다. 그는 기분좋은 웃음을 터뜨렸다.

"허허. 안됐지만 금잠고독은 그대를 택하고 말았군. 아직도 다른 할말이 있는가?"

신엽은 대답하지 않았다. 여전히 굳은 표정으로 요다를 노려보았다.

"갑자기 꿀 먹은 벙어리가 되었구먼."

요다는 빈정거리며 다시 약통을 꺼내었다. 금잠고독이 묻은 침을 뽑아들고는 한 걸음 한 걸음 신엽에게로 다가갔다. 그때 묘묘가 요다에게 물었다.

"조금 전의 그 사술은 무엇이라 하느냐? 어째서 먼저 일격을 당했는데도 멀쩡한 것이냐?"

"일격도 일격 나름이겠지요. 하하하. 굳이 궁금하다면 다시 한번 정중히 물어보시오."

"저 사람이 사용한 마지막 공격은 바로 묘묘의 무공이다. 결코 약하지 않은 위력이었다. 네가 무슨 수로 중상을 피했는지를 알지 못한다면 묘묘는 죽어서도 눈을 감을 수 없을 것이다."

"그렇다면 잠시만 기다리시오. 먼저 이 친구와의 약속을 지킨 다음 고독의 약효를 즐기면서 대답해 드리리다."

요다는 다시 걸음을 재촉했다. 그러자 신니가 말했다.

"그 사람은 녹운곡의 손님이다. 금잠고독은 먼저 주인인 내게 쓰도록 해라."

"재촉하지 않아도 괜찮소. 고독은 모두에게 쓰고도 남을 만큼 넉넉하니 말이오."

신니는 고개를 저었다.

"너는 이미 그에게 음한지독을 주입했다. 그러니 다시 고독을 쓴다면 정확한 효과를 입증하기 힘들 것이다."

요다는 그 말을 듣고 잠시 주춤했다. 신니의 지적이 틀리지 않았던 것이다. 그러나 다시 한번 생각해보니 어쨌든 이 사내에게 독을 써야 할 것 같았다. 내력이 놀랍도록 심후한 사내를 잠시라도 그냥 내버려둔다면 어떤 화근이 될지 알 수 없을 까닭이었다. 마음을 정한 요다는 독침을 들어올렸다. 그런데 그 순간이었다. 신엽이 문득 입술을 작게 오므리더니 가늘고 긴 숨을 내쉬었다. 그러자 얼음송곳 처럼 차가운 기운이 일직선으로 뻗어나와 요다의 코밑 수구혈을 찔 렀다. 요다는 깜짝 놀라 껑충 뛰어 피했다.

냉기를 뿜어낸 신엽의 안색은 이미 정상으로 돌아와 있었다. 신엽 은 담담하게 고개를 숙여 신니와 묘묘에게 인사했다.

"두 분 대선배님께 감사드립니다."

묘묘와 신니는 내심 다시 한번 놀랐다. 그들이 요다에게 자꾸 말 을 붙인 것은 시간을 벌기 위해서였다. 신엽이 입술을 굳게 다물고 선 것을 보고 그가 내력으로 음한지독을 해소하려 함을 감지하고서 였다. 그래서 잠시나마 시간을 주려고 이런저런 시비를 붙인 것이었 다. 하지만 눈치 빠른 요다는 곧바로 신엽에게 금잠고독을 쓰려 하 였고, 신니 등은 이미 일이 틀어졌다고 생각했다. 그 짧은 시간 동 안 무엇을 할 수 있었겠는가. 아까운 사람을 잃는구나. 그런데 뜻밖 에도 신엽은 해독에 성공한 모양이었다.

신엽의 몸에는 원래 서로 다른 두 가지 기운이 공존하고 있었다. 현음지기와 현양지기였다. 때문에 어떤 종류의 음독이나 열독도 빠 른 시간 내에 해소할 수 있었다. 묘묘와 신니가 벌어준 그 짧은 시 간 동안 그는 현양지기를 끌어올리고, 요다의 음한지독을 폐부로 모아 응축시켰다. 그리고는 한줄기 냉기로 뽑아내는 데 성공한 것이 었다.

신니는 놀라움을 뒤로 하고 신엽에게 도움이 될 말을 찾았다.

"요다는 특별한 외문사술을 익혔어요. 내가 보기에는 북해 빙궁 의 설포삼이 아닌가 싶군요. 설포삼은 상대하기 까다로운 무공이지 만 어딘가에 연문(軟門)이 생기게 마련이니 침착하게 응수하며 그 연문을 찾도록 하세요."

"설포삼의 연문은 극히 은밀한 곳에 생긴다 하오. 배꼽, 겨드랑이 극천혈, 사타구니 회음혈, 혹은 발바닥의 용천혈 중 한 곳일 것이오. 하지만 연문을 찾기 어렵다면 시간을 끄는 것도 한 방법이오. 외피와 관계된 무공은 공력이 빠질수록 약화되기 마련이니까."

두번째 조언은 묘묘의 것이었다.

그들의 충고를 듣자 신엽은 깨닫는 바가 있었다. 큰 승부일수록 조급함을 버리는 것이 중요했다. 그런데 그는 지금 너무 서두르고 있었다. 조금 전에도 분노를 누르지 못하고 마구 몰아붙이다가 자칫 모든 일을 그르칠 뻔했던 것이다. 만약 신니와 묘묘가 시간을 끌지 않았고 그 사이 음독을 해소하지 못했다면 어떤 결과가 벌어졌을까. 생각만 해도 끔찍한 일이었다. 신엽은 몸가짐과 마음가짐을 모두 반박자씩 늦추기로 했다.

신엽이 차분해지자 요다는 반대로 조바심이 났다. 신니와 묘묘가 단번에 자신의 무공을 알아맞혔다는 것은 놀라운 일이었다. 게다가 그들은 설포삼의 단점까지 정확하게 지적하고 있었다. 물론 설포삼은 그런 한두 가지 지적으로 무너질 만큼 간단한 무공은 아니었다. 또 자신의 연문은 은밀한 구석에 자리하였기에 크게 걱정할 일도 아니었다. 지구전 역시 하루 밤낮 정도는 너끈히 버텨낼 자신이 있었다.

하지만 상대의 공력은 결코 자신에게 부족하지 않을 성싶었다. 더구나 이제 막 봉오리를 터뜨리는 봄꽃처럼 물이 오르고 있었다. 신니와 묘묘라는 늙은 여우 두 마리가 옆에서 지도까지 한다면 시간이 길어질수록 자신에게 불리해질 것은 명약관화한 일이었다.

요다는 속전속결을 결심하고 빠른 공격을 시작했다. 그러자 그의 몸놀림은 확연하게 달라졌다. 마치 날개 달린 한 마리 표범처럼 현란한 신법을 전개하며 신엽의 주변을 맴돌았다. 한옥필의 날카로운 끝이 몇 차례나 아슬아슬하게 신엽의 옷깃을 스쳐갔다. 중국과 고려와 왜국을 통틀어 검법이 가장 성행하는 나라는 단연 왜국이었다. 검을 가장 숭상하는 이들도 다름아닌 사무라이들이었다. 요다의 한옥필법은 바로 그 사무라이 검법의 정수만을 집대성하여 만든 것이었기에 예리한 살기가 뼈를 얼릴 듯했다. 신니와 묘묘는 고개를 저었다. 그가 여직껏 진짜 실력을 숨기고 있었구나. 과연 사내가 얼마큼이나 버틸 수 있을까.

그러나 신엽의 표정에는 아무런 동요가 없었다. 그는 침착하고 정확하게 요다의 공격들을 해소하고 있었다. 그의 간결한 움직임을 지켜보면서 신니와 묘묘는 약간의 안도감을 느꼈다. 신엽의 검법 운용이 요다에 비하여 결코 아래가 아닌 듯한 까닭이었다.

그들은 알지 못했지만 그때 이미 신엽의 검법은 최고의 경지에 올라서 있었다. 길상사의 절예인 길상칠검으로 기초를 다졌고, 수심장을 통하여 설녀검법과 선녀소법을 익혔으며, 모든 검술인들의 꿈이라는 월광검법을 연성한 덕분이었다. 적어도 검에 관한 한 그는 검심일체(劍心一體)의 경지에 올라 있다 해도 과언이 아니었다. 왜국 사무라이의 검술이 아무리 잔악한 살기로 가득 차 있다 해도 고려 삼대문파의 최고 검법들을 당해낼 수는 없었던 것이다.

다만 신엽이 쉽사리 우위를 점하지 못하는 것은 길상칠검과 월광검법 등 자신의 무공을 감추고 선녀소법과 묘묘의 옥대편공만을 사용하기 때문이었다. 게다가 지구전을 염두에 두고 애써 공격을 자제하기 때문이기도 했다.

순식간에 다시 삼백여 초가 지나갔다. 그 사이 요다는 온갖 종류의 살초들을 펼쳐내었다. 그러나 여전히 신엽을 궁지로 몰아넣지 못하자 점점 초조해지기 시작했다. 그는 공력뿐 아니라 검법에 있어서도 상대가 자신보다 하수가 아님을 인정해야 했다. 그러자 여러 가지 생각들이 머리를 스쳐갔다. 고려에는 참으로 고수가 많다는 생각, 암수를 써서 신니나 묘묘 등 한두 명을 쓰러뜨렸다 해서 조금도 기뻐할 일이 아니라는 생각 등등이었다. 그나마 『금해진경』을 입수한 것은 얼마나 다행스러운 일이란 말인가. 하지만 현구포제(玄具抱諸) 음양쌍생(陰陽雙生) 운운하며 이어지는 글귀는 도대체 무엇을 뜻하는 것일까.

요다가 『금해진경』을 얻은 것은 노력과 우연이 겹쳐진 결과였다.

그가 이미 오래 전부터 『금해진경』을 찾는 데 몸이 달아 있었음은 모두가 아는 일이었다. 수많은 부하들을 고려 땅에 파견한 것도 오직 한 가지, 『금해진경』 때문이었던 것이다. 지리산 영신봉에서의 실패를 보고받은 요다는 어쩐지 그 일에 길상사가 관련되어 있으리라는 예감이 들었다. 때문에 얼마 후 안동호의 영웅 대회 소식을 접하자 무릎을 쳤다. 장문인을 포함한 많은 고수들이 자리를 비울 것이고, 길상사를 뒤지기에 가장 적합한 때가 되리라 계산한 것이었다. 마침 『빙백경』의 모든 무공을 완성한 터이라 그는 자신 있게 바다를 건넜다.

누구에게도 알리지 않고 요다는 먼저 길상사로 향했다. 꼬박 하루 반나절을 숨어서 사찰 주변을 살피며 때를 기다렸다. 장문인 등이 길을 떠난 후에도 한나절을 더 기다린 다음 해시가 되어서야 경내로 숨어들었다. 그는 사방을 뒤졌지만 특별한 것을 찾을 수 없었다. 자긍대사가 너무 자주 돌아다녀서 짜증도 났다.

그러나 그는 자긍의 발길이 몇 차례고 뒷산 석굴로 향하는 것을 보고는 그곳을 주목하게 되었다. 자긍대사가 돌아간 다음 요다는 석굴로 들어갈 방법을 찾았다. 그런데 그때 어둠 속에서 조심스럽게 다가오는 한 인영이 있었다. 검은 복면을 쓰고 있었다. 요다는 잽싸게 몸을 숨기고 지켜보았다.

　복면인은 비밀 통로를 통해 석굴로 들어갔다. 요다는 그의 뒤를 따랐다. 복면인은 아마도 내부인인 듯했다. 조심스럽게, 그러나 거침없이 움직여 한 석실로 들어갔다. 그 방에는 노승 한 명이 면벽정좌하고 있었다. 복면인은 즉시 암수를 가하여 노승을 쓰러뜨렸다. 그 솜씨가 잔인하고 정확하여 노승은 단번에 등의 근골이 으스러지고 말았다. 요다는 내심 박수갈채를 보냈다. 복면인은 노승을 밀치고 노승이 앉아 있던 자리를 파기 시작했다. 두 자 가량을 팠을까. 그는 작은 금합 하나를 꺼내었다.

　그 순간 요다는 바람처럼 다가들어 복면인의 대추혈을 눌렀다. 금합 속의 물건이 어쩐지 중요할 것 같은 예감에서였다. 예감은 적중하였고, 금합 속에는 천하제일의 무공비급이라는 『금해진경』이 들어 있었다. 요다는 입술이 귀에 걸릴 만큼 기뻐했다. 즉시 복면인을 울러메고 석굴을 빠져나왔다. 그리고 길상사를 떠났다. 비급을 훔쳐 간 사람이 복면인인 듯 꾸미기 위해서였다. 그날의 복면인은 바로 광정이었다. 애초부터 좋지 않은 마음으로 길상 제자가 되었던 그는 장문인과 장로들이 심한 꾸중을 내리자 『금해진경』을 훔쳐 달아나리라 작정하고 자휼대사를 해친 것이었다.

　비급을 얻은 요다는 즉시 내용을 살펴보았지만 이해되지 않는 글귀가 대부분이었다. 그는 우선 내려(來麗)한 목적 몇 가지를 더 달성한 다음 일본국으로 돌아가 차분히 공부하리라 계획했다. 신니와 묘묘를 이간질하는 일은 그중 가장 중요한 목적이었다. 두 여인들이 원수가 되면 이선과 사비가 원수가 되는 셈이었다. 그들이 다투면 고려 무림계는 자중지란에 빠져들 것이었다. 그렇게만 되면 요다는 손에 물도 묻히지 않고 코를 풀지 않겠는가.

　일은 기대 이상으로 진행되어 요다는 신니와 묘묘를 모두 수중에 넣게 되었다. 그는 묘묘를 죽이고 신니를 일본국으로 데려갈까 생각했다. 신니를 곁에 두어 한편으로는 즐기고 한편으로는 천천히 심문하여 『금해진경』의 글귀들을 해석하게 하리라. 그러나 묘묘의 실제 모습을 보니 그냥 죽이기에는 아까운 미인이었다. 더구나 조의사비 무공의 뿌리가 고구려에 있었던 만큼 묘묘가 『금해진경』을 더 잘 풀어내지 않을까 하는 생각도 들었다. 그래서 머뭇거린 터였는데 난데없이 생면부지의 절세고수가 등장한 것이었다.

『금해진경』에 마음이 미치자 요다는 자꾸 조급해졌다. 차라리 즉시 귀국하여 『진경』의 무공을 익히는 건데 하는 후회도 들었다. 눈앞의 상대가 자꾸 더 커 보일수록 후회도 더해갔다. 일단 마음이 흔들리면 팽팽한 승부는 한쪽으로 기울게 마련이었다. 요다는 점차 위축되었고, 신엽은 조심스러운 우위를 점해갔다. 그러자 요다는 비상 수단을 쓰기로 했다. 그는 십이 성의 공력으로 사무라이 검법의 최고 살수들을 펼쳤다. 동시에 왼손으로는 빙백신공을 전개했다. 잇달아 삼 초씩 육 초를 퍼붓자 신엽은 잠시 뒤로 밀렸다.

그 순간 요다는 신니와 묘묘를 향해 옷자락을 뿌렸다. 여덟 개의 작은 은빛 물체들이 두 사람을 향해 날아갔다. 바로 악명 높은 오독 은침이었다. 신엽은 예상 밖의 암수에 경악하였다. 혈도를 제압당한 사람들에게 독침을 쓰다니.

그러나 너무 멀리 떨어져서 은침들을 받아낼 방법이 없었다. 더구나 수중에는 암기로 사용할 만한 것도 없었다. 다급한 마음에 그는 들고 있던 옥퉁소를 던졌다. 옥퉁소는 타원형으로 회전하며 날아가 일곱 개의 은침들을 쳐내고는 신엽에게로 돌아왔다. 그러나 마지막 한 개의 은침이 제지되지 않고 신니를 향해 날아갔다. 은침은 신니의 왼쪽 관자놀이 태양혈로 파고들었다. 태양혈은 공력을 한꺼번에 손실할 수도 있는 요혈이었다.

아!

신엽은 안타까운 탄성을 질렀다. 그런데 그 순간 뜻밖에도 신니는 가볍게 머리를 비켜 은침을 피했다.

신니는 이미 오래 전에 혈도를 푼 상태였다. 하지만 아직 독기운이 남아 있었고 신엽이 선전하던 터라 사태를 관망하고 있었다. 그 같은 사정은 묘묘도 마찬가지였다.

신니가 이미 스스로 해혈하였음을 안 요다는 사태가 틀어졌음을 깨달았다. 중독된 몸으로도 도경해혈(導經解穴)을 해내다니. 다음 기회를 노릴 수밖에 없겠구나. 판단과 동시에 요다는 신엽에게 한줌의 은침을 뿌렸다. 신엽이 급히 피하는 사이 요다는 멀리 사오 장 밖으로 달아났다.

"다음번에도 운이 좋지는 않을 것이오."

요다는 호기롭게 소리치며 사라져갔다.

신엽은 잠시 어찌할 바를 몰라 서 있었다. 요다를 놓아보내고 싶지 않았다. 그러나 오늘의 일이 모두 자신의 잘못으로 일어난 것이니 신니와 묘묘에게 사죄하고 큰벌을 받을 입장이기도 했다. 그런 마음을 짐작한 듯 신니가 다그쳤다.

"무얼 망설이는 거요. 하늘 끝까지라도 쫓아가시오."

신엽은 급히 허리 숙여 조아렸다.

"훗날 응분의 벌을 받도록 하겠습니다."

말을 마침과 동시에 신엽은 몸을 날려 요다를 쫓아갔다. 칠팔 장을 가다가 문득 아직 묘향신니의 옥퉁소를 쥐고 있음을 깨닫고는 신니에게로 던졌다. 옥퉁소는 일직선을 그리며 정확히 신니를 향해 날아갔다. 신니의 한 자 앞에서 속도를 늦추더니 빙글 한 바퀴를 돌아서 천천히 내려앉았다. 이미 신엽의 몸은 십여 장 밖으로 날아간 후였다. 신니는 내심 고개를 끄덕였다.

금강일신이 지하에서나마 흡족한 미소를 머금겠구나.

　그녀는 조금 전의 사내가 신엽임을 알아차렸다. 옥퉁소를 타원형으로 던져 일곱 개의 은침을 받아낸 수법이나 이제 막 옥퉁소를 돌려준 수법은 모두 길상사의 적룡권편 중 비룡취주라는 초식의 응용이었다. 비어삼태극에 버금가는 지난한 절예로서 금강일신 이후로는 누구도 연성한 바가 없었다. 그러니 그 사내는 신엽일 수밖에 없었던 것이다.

중원의 악녀들

　　신엽은 오래지 않아 요다를 칠팔 장 거리로 따라잡을 수 있었다.
그러나 그때부터는 쉽게 거리가 좁혀들지 않았다. 신엽의 추격을 알
아차린 요다가 속도를 높인 까닭이었다. 두 사람은 두 줄기 바람처
럼 달려 몇 개의 산을 넘고 물을 건넜다.
　　요다가 달리는 방향은 종잡을 수 없었다. 청천강 줄기를 따라 서
남쪽으로 치닫는가 싶더니 다시 어느새 서북쪽으로 틀어서 나는 듯
이 달려가는 것이었다. 그렇게 일 식경이 지났을까. 그들은 한 거대
한 강가에 도착하였다. 포구를 스쳐가며 객점 간판을 힐끗 본 신엽
은 깜짝 놀라고 말았다. 그곳은 다름아닌 의주였다. 그렇다면 눈앞
의 대하는 바로 압록강이라는 애기였다.
　　불과 일 식경 만에 묘향산에서 의주까지 달려오다니. 그러고도 조

금도 지칠 줄 모르다니. 자신의 공력이 이렇듯 크게 증진되었단 말인가.

강을 만나고도 요다는 한참을 더 달렸다. 신엽은 굳이 전력을 다한다면 거리를 좁힐 수도 있을 성싶었다. 그러나 갑작스런 암수에 대비하기 위해 일이 할의 공력을 남겨두고 달렸다.

요다는 내심 당황하고 있었다. 그는 어려서부터 경공술을 모든 무공의 으뜸으로 생각하며 익혔다. 어떤 강적을 만나 어떤 위기를 당한다 해도 달음박질만 빠르다면 달아날 수 있다는 계산에서였다. 때문에 그의 경공술은 항상 다른 무공 수준보다 한두 단계 상위에 있게 마련이었다. 이제 『빙백경』의 무공을 완성하여 감히 대적할 자가 없으리라 자부하던 터에 경공술로조차 따돌릴 수 없는 상대를 만났으니 그의 놀라움은 이만저만한 것이 아니었다.

저 녀석은 지 어미 뱃속에서부터 달음박질을 배웠단 말인가.

내심 그렇게 중얼거리며 요다는 공력을 십이 성까지 끌어올려보았다. 그러나 추격자는 여전히 같은 거리를 지키며 쫓아왔다. 요다는 수치심마저 느꼈다.

고려 땅을 밟고 며칠도 지나지 않아 이런 고수를 만날 줄이야. 참으로 세상은 넓고 무공은 높구나.

압록강 하구에는 화려한 배 한 척이 정박해 있었다. 요다가 준비해둔 배였다. 묘향산에서의 수작을 꾸미면서 그는 배를 멀찌감치에 숨겨두었다. 행여 신니나 묘묘가 낌새를 차릴까 봐서였다. 몸을 날려 배에 오르면서 요다는 부하들에게 소리쳤다.

"활을 쏘아라!"

배에는 일백여 명의 왜구들이 타고 있었다. 그중 노군을 빼고 무공을 아는 부하들만도 오십 명에 달했다. 그들은 신속하게 도열하여 신엽을 향해 화살을 쏘았다. 그러나 신엽에게 그런 정도의 화살들은 장애물이 될 수 없었다. 신엽은 배의 갑판으로 뛰어오르며 공중에서 두 개의 화살을 낚아채었다. 그것을 휘두르자 날아들던 화살들은 오히려 방향을 바꿔 사수들에게로 쏘아져갔다. 십여 명의 왜구들이 일시에 거꾸러졌다. 신엽은 그 위를 새처럼 스쳐지나가 갑판에 내려섰다. 왜구들은 직접 눈으로 본 사실을 믿지 못하고 입을 벌렸다.

"포경진을 펼쳐라!"

요다의 두번째 명령이 떨어졌다. 신엽은 목소리의 방향으로 요다를 찾으려 했지만 쉽지 않았다. 요다가 환성위법(煥聲位法)으로 음성을 분산시킨 까닭이었다. 게다가 수십 명의 왜구들이 일시에 에워싸고 빙글빙글 도니 시야마저 흐트러졌다. 과연 요다의 부하들은 기초와 훈련이 잘 다져진 터였다. 갑작스러운 상황에서도 신속하게 전열을 가다듬어 포경진을 펼쳤다.

포경진(捕鯨陣)은 여러 척의 작은 선박들이 거대한 고래를 둘러싸 포획하는 방법을 본따서 만든 진법이었다. 무공이 약한 무사 수십 명이 한두 명의 고수를 상대하는 데 가장 적합한 진법이라고 할 수 있었다. 몇 가지 진용들이 번갈아 치고 빠지며 상대를 괴롭히는데, 어떤 고수라도 시간이 지나면 기운이 빠지게 마련이었다. 거대한 고래가 연속되는 자잘한 작살질에 힘을 잃는 것과 같은 이치였다.

삼삼오오 무리를 지은 소진(小陣)들이 사면팔방에서 기습적인 공격을 감행해왔다. 그런데 공격들은 대부분 신엽에게 닿기도 전에 스스로 돌아가곤 했다. 어지럽기는 했으나 날카로운 기세는 느껴지지 않았다. 그들 하나하나의 무공은 높지 않은 모양이었다. 그러나 신엽은 조심스럽게 몇 초를 지켜보았다. 행여 요다나 다른 어떤 고수가 숨어들어 암습을 가할지도 모를 까닭이었다.

오륙 초가 지나자 신엽은 그들 대다수의 무공을 파악할 수 있었다. 별다른 고수는 없음이 분명했다. 그는 그들 모두의 무공을 폐하기로 작정하고 몸을 날렸다. 가장 먼 곳으로 물러나 있는 소진부터 차례차례 격파했다. 천돌이나 대추혈을 슬쩍슬쩍 짚어 공력을 제거해버렸다. 세 개의 소진을 와해시킨 신엽은 네번째 대상을 찾아 허공으로 뛰어올랐다. 그런데 그때 배가 이미 강가로부터 상당 거리 멀어지고 있는 것이 한눈에 들어왔다. 십 장은 족히 될 거리였다. 게다가 뭍 저만치에 바람처럼 멀어지는 인영 하나가 보였다. 다시 볼 것도 없이 요다였다.

저 간교한 여우에게 또 속았구나.

요다가 신엽을 배로 유인한 것은 시간을 벌기 위해서였다. 부하들의 목숨을 제물 삼아 신엽을 따돌리려 한 것이었다.

신엽은 천근추의 수법으로 갑판에 내려섰다. 그러자 갑판을 덮은 나무판자들이 우지끈 부서지고 다섯 명의 왜구들이 일시에 나자빠졌다. 신엽은 부서진 판자 다섯 쪽을 재빨리 쓸어쥐며 몸을 날렸다. 뱃전을 떠나 뭍을 향해 도약했다. 그러나 십여 장의 거리를 단숨에 뛰어 건넌다는 것은 불가능한 일이었다. 물 가까이로 떨어질 때마다 신엽은 판자 한쪽씩을 던졌다. 판자가 물과 부딪히는 순간 가볍게 그 판자를 밟으며 다시 솟구쳐올랐다. 그렇게 다섯 번을 거듭하자 신엽은 강가에 안착할 수 있었다. 다음 순간 그는 십이 성 공력을 끌어올려 요다가 사라진 방향으로 달리기 시작했다.

일단 멀어진 요다와의 거리는 쉽게 좁혀들지 않았다. 족히 일백 장은 될 성싶은 거리였다. 때로 신엽은 요다를 시야에서 잃어버리기도 했다. 그럴 때면 그는 후각에 온 정신을 집중했다. 몇 시진째 뒤따르면서 깨달은 사실인데, 요다의 몸에서는 미세하지만 기괴한 냄새가 풍겼다. 땀내 같기도 하고 바닷물의 짠내 같기도 한 냄새였다. 그는 알지 못했지만 묘묘가 노인으로 분장한 요다를 덜컥 믿은 데는 그 냄새의 역할도 있었다. 그것은 정녕 돌보는 이 없는 노인에게서나 날 법한 냄새였던 것이다. 그 냄새를 찾기 위해 후각을 집중하는 것은 유쾌한 일은 아니었다. 하지만 그 방법은 어김없이 신엽을 요다의 뒷길로 인도했다.

밥 한끼 해먹을 시간이 지나자 거리는 조금씩 좁혀졌다. 오십 장, 삼십 장, 그리고는 이십여 장 거리까지 좁혀들었다. 그럴 즈음 서산에 노을이 걸렸다. 잠시 후에는 사위가 어둑어둑해졌다. 그러나 신엽이나 요다에게는 별 문제가 없었다. 공력이 최상의 경지에 오른 그들은 별빛이나 반딧불 정도의 빛만으로도 사물을 명확히 볼 수 있었기 때문이었다. 더구나 신엽은 밤의 정적 덕분에 요다의 옷자락 소리를 듣게 되어 그를 놓칠 염려가 없었다. 피로함도 전혀 느껴지지 않았다. 오히려 신엽은 달릴수록 기운이 용솟음쳤다.

신엽이 다시 십 장 거리로 따라붙자 요다는 기가 막혔다. 그러나 다른 한편 호승심(好勝心)도 일었다. 저 녀석이 경공술에 공력을 몽땅 쏟아부어 기력이 떨어졌을지도 모른다. 그렇다면 다시 한번 상하를 겨루어보아도 될 듯싶었다. 그렇게 마음먹은 요다는 불쑥 달리기를 멈추고 돌아섰다. 달려드는 신엽을 향해 십이 성 공력의 한빙장을 내질렀다. 일격의 기습으로 승부를 가르고자 하는 욕심이었다.

하지만 신엽은 시종 경각심을 놓지 않고 있었다. 즉시 두 손을 가슴 앞에 모아 쌍장을 격출했다. 달려가던 힘과 내력이 합쳐지며 어마어마한 장력이 뻗어나갔다. 가히 산을 허물고 바다를 메울 만한 위력이었다. 요다는 감히 그 일 장을 받지 못하고 비켜섰다. 황급히 우측으로 세 걸음을 옮겨 가까스로 신엽의 장력을 벗어났다. 그러자 그 장력은 일 장 뒤에 서 있던 아름드리 참나무를 때렸다. 참나무는 유령처럼 꼿꼿하게 선 채 주루룩 밀렸다. 뒤의 나무 십여 그루를 쓰러뜨리고서야 자신도 쓰러졌다. 애초의 참나무 자리에는 보검으로 자른 듯 말끔히 베어진 밑둥만이 남아 있었다.

요다는 즉시 한옥필을 꺼내어 공격을 전개했다. 상대가 옥퉁소를 신니에게 돌려주었음을 아는 터라 다소 마음이 놓였다. 일필에 세 가지 초식을 펼치며 족태양방광경(足太陽膀胱經) 상의 여섯 곳 요혈들을 노렸다. 『빙백경』에 수록된 절초들의 특징은 경락 단위로 공격을 전개한다는 것이었다. 특히 수기(水氣)를 관장하는 방광경이 주요 타격 대상이었다. 상대가 그 이치를 파악하면 방어하기 쉬울 성도 싶었지만 사실은 그렇지 않았다. 경락이란 거개가 인체의 상하로 기다랗게 형성되어 있었다. 때문에 일시에 모든 경혈들을 보호하기란 쉬운 일이 아니었다. 더구나 이따금 엉뚱한 곳을 기습하여 상대의 의표를 찌르는 묘미도 있었던 것이다.

신엽은 망설이지 않고 월정검을 뽑아들었다. 그는 이미 요다와 싸워 지지 않을 자신감을 얻은 터였다. 신니와 묘묘를 염려할 필요도 없었다. 그렇다면 정정당당히 맞서지 않을 이유가 없었다. 길상칠검 가운데 해화수(解花手)의 일식을 전개하여 여섯 가지 공격을 모조리 해소했다.

요다가 놀라서 물었다.

"네 녀석도 길상사의 이신엽이었더냐?"

"이신엽을 몇 명이나 만났기에 그러시오."

"아니야. 그럴 리가 없어. 그 녀석의 무공은 이렇게 대단하지 않았어."

"칭찬으로 알겠소."

"어서 정체를 밝혀라. 누군지도 모르는 상대와 사생결단을 내고 싶지는 않다."

"당신 입으로 얘기하지 않았소. 이신엽이라고. 오늘은 기필코 금강일신과 월하고검 어른의 영전에 당신을 바치겠소."

"월하고검?…… 하하하, 그랬구나. 조의일비 석준경도 결국 그 길로 세상을 버렸구나. 좋은 일이야. 좋은 일이지."

두 사람은 대화를 나누는 중에도 끊임없이 살초들을 나누고 있었다. 그럼에도 불구하고 말소리는 정자에 앉아 한담하는 사람들처럼 편안했다. 우열을 가리기 힘든 고수들의 대결에서 이런 여유를 부리기란 쉬운 일이 아니었다. 그러나 그들은 이 대화를 일종의 기세 싸움으로 병행한 것이었다.

요다의 마지막 말에 신엽은 자신의 실수를 깨달았다. 부지불식간에 월하고검 석준경의 죽음을 알려준 것이었다. 이는 비단 조의사비의 명예와 관계된 일이었을 뿐 아니라 요다 일파의 사기를 북돋우는 일이기도 했다. 강적 한 명이 사라졌음이 확인된 까닭이었다. 신엽은 기필코 요다를 처벌하리라 작정하고 월하고검의 월광검법을 펼치기 시작했다.

요다는 월광검법의 위명을 익히 알고 있었다. 그러나 직접 겪은 적은 없었다. 계림에서 석준경과 조우하였으나 곧바로 암수를 써서 중독시켰기에 월광검법을 맛볼 기회가 없었던 것이다. 그런데 이제 신엽이 펼치는 검세를 보니 과연 간담이 서늘해졌다. 옥퉁소를 들고 신니의 흉내를 내던 때와는 사정이 달랐다. 대개 검법이라는 것은 몇 가지 기본적인 동작을 중심으로 이루어지게 마련이었다. 치고 베고 쓸고 찌르는 등등의 동작이었다. 어떤 훌륭한 검법이라 할지라도 그 동작들의 조합을 크게 벗어나지 않았다. 단지 조합과 운용 방식, 사용자의 공력 등에 따라 등급이 매겨지는 것이었다.

하지만 지금 처음 접하는 월광검법은 그와 같은 기존의 관념을 파괴하고 있었다. 월정검은 마치 독립된 인격체처럼 신엽의 주변을 빙글빙글 돌았다. 게다가 걸핏하면 시야에서 사라지기 일쑤였다. 내려치는 듯하다가 문득 사라졌으며 사라졌는가 싶으면 엉뚱한 곳에서 솟아오르며 급소를 찔렀다. 일백여 초를 교환하는 사이 요다는 세 차례나 당하고 말았다. 만약 그가 설포삼을 연성하지 않았더라면 이미 차가운 시신으로 드러누웠을 것이었다.

이건 검법이 아니다. 결코 검법일 수 없다. 사술임에 분명하다. 두 눈을 크게 뜨고 살펴보면 그 술책을 간파할 수 있을 것이다.

요다는 그렇게 생각했다. 눈앞에서 펼쳐지는 검법을 믿을 수 없었기 때문이었다. 그 자신이 술법과 책략의 대명사인 까닭도 있었을 것이었다. 그러나 아무리 정신을 가다듬고 신엽의 일거수 일투족을 지켜보아도 이치를 깨달을 수 없었다.

요다의 설포삼에 탄복하기는 신엽도 마찬가지였다. 분명히 베었다고 믿었는데 요다는 미꾸라지처럼 미끌미끌 빠져나가는 것이었다. 다행이라면 신엽은 신니와 묘묘의 조언을 명심하였다는 사실이었다.

서두르지 마라. 천천히 연문을 탐색해라. 설사 연문을 못 찾더라도 조급해할 필요는 없다. 피부와 관계된 외문무공은 공력이 소진되면 자연히 소멸되는 법이니까.

그 말들을 몇 차례 되뇌이자 신엽은 놀랄 만큼 침착해졌다. 머리는 얼음처럼 차가워지고 단전은 용암처럼 뜨거워졌다. 그는 상대를 의식하지 않고 자신의 무공에 점점 더 깊이 몰입하였다. 그럴수록 심후한 강기가 뻗어나와 온몸을 감쌌다. 일 검 일 검이 전개될 때마다 요다는 바다가 밀려오고 산이 내려치는 느낌을 받았다. 그는 차츰 월광검법이 술책이 아닐지도 모른다고 생각하게 되었다. 그러던 어느 순간 요다를 아연실색케 하는 사건이 발생했다. 신엽이 돌연 시야에서 사라진 것이었다.

월광검법을 일정 수준 연성하면 검신일체를 이루어 신(身)으로 검(劍)을 지우는 일이 가능해졌다. 그러나 그것이 최상의 경지에 이르면 검으로 신을 지우는 일이 일어났다. 예전에 도월희천 척항무가 신엽에게 그런 말을 한 적이 있었다. 달빛 아래에서 참된 월광검법을 전개하면 놀라운 일이 일어날 것이라고. 그 말은 곧 그 경지를 가리킨 것이었다. 신엽은 미처 알지 못했지만 이 순간 바로 그런 일이 벌어지고 있었던 것이다.

요다는 판단이 빠른 위인이었다. 설명할 수 없는 상황이 벌어지자 즉시 몸을 돌려 달아나기 시작했다. 혼자서는 신엽을 당해낼 수 없음을 명백히 깨달은 것이었다. 그래서 다시 두 사람의 추격전이 시작되었다. 남쪽으로 남쪽으로, 산을 넘고 개울을 건너고 불 꺼진 마을을 스쳐가며 그들은 달리고 또 달렸다.

요다는 차츰 기력이 부침을 느꼈다. 불안감도 들었다. 왜국의 경공술 중 가장 뛰어난 것은 효비옥천(梟飛獄天)이라고 했다. 바로 천도문과 요다 일파가 사용하는 경공술이었다. 이름이 말해주듯 그것은 야밤에 더 효과적으로 만들어져 있었다. 야간기습과 야간도주에 유리하도록. 그런데도 신엽과의 거리는 늘릴 수가 없었다. 그는 머릿속으로 수십 가지 책략들을 꾸며보았다. 하지만 어느 것도 신통해 보이지 않았다.

그들은 다시 어느 험준한 산으로 들어갔다. 그런데 산 중턱 어드매에서 불빛 하나가 어른거렸다. 요다는 즉시 그쪽으로 방향을 잡았다. 잠시 후 그들은 불빛 앞에 이르렀다. 모닥불이 거의 다 꺼져서 불씨만이 남아 있었고, 그 앞에는 서생 차림의 한 젊은이가 앉아 있었다. 요다는 대뜸 다가들며 젊은이의 대추혈을 내리쳤다. 젊은이는 뜻밖의 상황에 놀라면서도 신속하게 대응했다. 목을 움츠림과 동시에 장검을 뽑아 요다의 어깨를 베었다. 결코 얕잡아볼 수 없는 실력이었다. 요다는 내심 움찔했다.

고려에서는 길에 차이는 돌멩이도 무공을 아는구나.

　그러나 요다의 움직임은 더욱 빨랐다. 연거푸 두번째 세번째 공격을 퍼부어 젊은이의 대추혈을 찍고야 말았다. 그 일격에는 칠 성의 공력을 실었기에 천하장사라도 죽음을 모면할 수 없었다. 젊은이는 사지를 웅크리며 두 눈을 부릅떴다. 요다는 그를 등뒤의 신엽에게로 던졌다.

　정확한 정황을 보지 못한 신엽은 일단 날아오는 사람을 두 손으로 받았다. 동시에 혈도를 제압하려고 보니 그 사람은 이미 경련을 일으키고 있었다. 왼손으로 신엽의 옷고름을 움켜쥐고는 부르르 떨었다. 그는 놀랍게도 운중선의 첫번째 제자인 백무였다. 신엽은 급히 그의 맥박과 호흡을 살펴보았다. 그러나 상황은 끝난 후였다. 경추를 지나는 모든 경락들이 얼어터지고 만 것이었다.

　"누구냐! 어서 그를 내려놓아라!"

　어딘가에서 또다른 젊은이가 날아들며 소리쳤다. 신엽은 그가 백궁임을 직감할 수 있었다. 난감하기 그지없는 일이었다. 살인자 요다는 이미 사라지고, 신엽만이 백무의 시신을 들고 백궁과 마주 서게 된 것이었다. 당황 속에서도 신엽은 한 가지 생각을 했다. 백궁에게 모습을 보여서는 안 된다는 생각이었다. 그는 즉시 일 장을 격출하여 불씨를 완전히 꺼버렸다. 사위는 일순간 어둠으로 빠져들었다. 그러자 백궁의 장검이 신엽의 두 다리 양교혈을 베어왔다. 신엽은 가볍게 몸을 솟구치며 검을 피했다. 그러나 장검은 양교혈을 그림자처럼 따라붙었다. 신엽은 백궁의 검법이 정심함에 내심 감탄했다. 과연 운중선의 제자답게 변화가 신속하고 정확했다. 만일 열흘 전에 같은 공격을 받았다면 간단히 벗어날 수 없었으리라 생각되었다.

　신엽은 허공에서 두 발을 엇갈리게 벌려 검을 피했다. 동시에 왼발 끝을 돌려 장검 옆구리를 살짝 밟았다. 검신에 실리는 무게를 느낀 순간 백궁은 장검을 아래로 떨어뜨렸다. 그러나 여전히 장검의 무게는 떨쳐지지 않았다. 보기 드문 강적이로구나, 그는 그렇게 직감했다. 좌장을 뻗어 수격좌안의 일식으로 신엽의 아랫배 관원혈을 쳤다. 그 일 장에 백궁은 십일 성의 공력을 실었다. 장력은 정확하게 관원혈을 가격하는 듯싶었다. 하지만 다음 순간 그의 장력은 흔적 없이 사라지고 말았다. 오히려 팔목이 저릿해지며 힘이 풀어졌다. 신엽의 현묘공이 스스로 운기하여 백궁의 장력을 흡수해버린 것이었다. 백궁은 경악하여 다급히 일 장 밖으로 물러섰다.

신엽은 천천히 땅으로 내려섰다. 백무의 시신을 얌전히 안은 채였다.

"존성대명을 밝히시오."

백궁이 조심스럽게 물었다. 그는 만약 조금 전 상대가 사정을 보아주지 않았더라면 꼼짝없이 당했을 것임을 알고 있었다.

신엽은 잠시 머뭇거렸다. 신분을 밝히고 사정을 설명하는 것이 도리일 것이었다. 그러나 그럴 수가 없었다. 백궁은 그의 형이 이미 주검으로 변했음을 알지 못했다. 형을 죽인 또다른 사람이 그곳에 있었다는 사실조차 알지 못했다. 어떤 말을 해도 믿지 않을 것이었다. 게다가 요다는 일각일각 멀어지고 있었던 것이다. 신엽은 후에 요다를 붙잡아 사정을 밝힐 수밖에 없노라고 마음먹었다. 백무의 시신을 백궁에게로 던지고 자신은 반대쪽으로 몸을 날렸다.

잠시 후 귓전으로 백궁의 울부짖음이 들려왔다.

"네 이놈! 하늘에 맹세코 오늘의 원한을 갚을 것이다!"

신엽은 쓸쓸함을 금할 수 없었다. 일이 자꾸 꼬이고 있었다. 요다는 참으로 어려운 상대임을 다시 한번 실감했다. 위기 속에서도 오히려 적에게 살인자의 누명을 씌우다니. 하지만 그가 할 수 있는 일이라고는 요다가 사라진 방향으로 달리고 또 달리는 것뿐이었다.

한 시진을 더 달렸지만 신엽은 요다를 찾을 수 없었다. 그것은 당연한 일이었다. 천재일우의 기회로 추격자를 따돌린 교활한 여우가 다시 꼬리를 드러낼 리 없었으니까. 신엽은 더이상 서두르는 것이 무모함을 깨닫고 달리기를 멈췄다. 그리고는 천천히 걷기 시작했다.

천천히 걷는다고는 했지만 신엽의 걸음은 여느 사람들의 달음박질보다도 빨랐다. 잠시 만에 다시 몇 개의 산을 넘었다. 이젠 내일을 위해 쉬어야겠다는 생각과는 달리 정작 쉬고 싶은 마음은 없었다. 피곤하거나 지치는 느낌도 없었다. 해결하지 못한 일들이 너무 많았기 때문이었다.

그렇게 얼마큼을 더 걸었을까. 신엽은 문득 청아하게 울리는 가야금 소리를 들었다. 띵 띵 띠이잉. 단조롭지만 적지 않은 내공이 실린 소리였다. 그 소리는 곧 한 사람을 떠올리게 했다. 바로 미도리였다. 금산사에서 처음 그녀를 보았을 때 미도리는 야릇한 가야금 산조로 뭇 사내들의 심금을 뒤흔들었던 것이다. 그때를 생각하자 왠지 신엽은 얼굴이 달아올랐다. 그러나 지금 들려오는 소리는 그때의 소리와 비교하여 훨씬 간결하고 단순했다. 신엽은 소리의 주인이 누구인지 궁금했다.

가야금 소리를 찾아 다시 하나의 산을 넘으니 희미한 불빛 하나가 눈에 들어왔다. 소리는 바로 거기에서 울려오고 있었다. 신엽은 가만히 다가가 나무 위에 몸을 숨겼다.

그곳에는 작은 정자 한 채가 서 있었다. 정자에는 붉은 야명주가 걸려 있어 주위를 은은히 밝혔다. 그리고 정자에는 다름아닌 미도리가 자리하여 가야금을 타고 있었다. 깊은 산 외로운 정자 붉은 야명주 아래에서 음악을 연주하는 그녀의 모습은 정녕 한 폭의 그림과 같았다. 신엽은 예전에도 미도리가 아름답다고 생각한 적이 없지 않았지만 오늘처럼 강렬하기는 처음이었다. 만약 그녀를 오늘 처음 보는 것이었다면 하늘에서 하강한 선녀라고밖에는 믿을 수 없었을 것이었다. 하지만 그녀의 왼쪽 어깨 아래가 허전하여 오른손으로만 연주하는 것을 보자 일시에 만감이 스쳐지나갔다.

이 여인의 진실은 과연 어디에 있는 것일까. 모악산 금산사에서, 가야산에서, 또 지리산 영신봉에서 몇 차례씩이나 나를 구해준 이유는 무엇이었을까. 그럼에도 불구하고 사무라이들에게로 돌아가 광한 대사형을 해한 이유는 무엇이었을까. 모친을 독살한 연유는 무엇이며, 스스로 자신의 팔을 잘라 사죄한 까닭은 또 무엇이었을까. 왜구에게 끌려간 고려인이었다는 고백은 믿을 만한 것이었을까. 지리산의 동굴에서 석 달이나 함께 지내며 그녀가 내게 보인 태도들도 모두 거짓이었단 말인가.

아무리 생각해도 해답은 찾아지지 않았다. 신엽의 가슴을 더욱 무겁게 만든 것은 그가 이제 그녀를 죽여야 한다는 사실이었다. 백번을 양보하여 모든 일을 용서한다 해도 모친을 죽인 죄만은 용서할 수 없었기 때문이었다. 신엽은 자신도 모르게 깊은 한숨을 내쉬었다.

가야금을 타던 미도리의 손이 문득 멈추어졌다. 그녀는 누군가의 한숨 소리를 들은 듯 싶었다. 그러나 그 소리가 너무 가까이서 들렸기에 믿을 수 없었다. 혹시 그것은 자신의 한숨이었던가. 아니면 산신께서 그녀의 처지를 가련히 여겨 짓는 한숨 소리였을까. 그런데 그때 한 인영이 바람을 가르며 달려와 그녀 앞에 우뚝 섰다.

"팔도 없는 주제에 야밤에 청승맞은 가야금이냐."

신엽은 처음에 그 사람을 알아볼 수 없었다. 머리카락을 풀어 얼굴을 절반 넘게 가린 까닭이었다. 다만 잘룩한 허리와 풍만한 골반으로 보아 여자임을 짐작했을 따름이었다. 그런데 그 목소리를 듣는 순간 소름이 끼쳤다. 온몸으로 살기가 뻗어올랐다. 그녀는 바로 히데코였던 것이다. 신엽은 즉시 그녀를 잡아 소운의 행방을 다그치려 했다. 하지만 다음 순간 간신히 스스로를 진정시켰다. 생각만 앞서 서두르다가 이미 여러 차례 일을 그르쳤음을 기억했다. 근처에 또 어떤 다른 고수들이 숨어 있을지 모를 일이었다. 그는 우선 그들이 무슨 얘기를 나누는지를 들어보기로 했다.

미도리가 대꾸하지 않자 히데코는 다시 한마디를 쏘아붙였다.

"흥. 네 년의 엉큼한 속셈을 내 모를 줄 아느냐?"

"미도노의 행방은 찾았나요?"

미도리는 담담하게 물었다.

"미도노를 찾았느냐고? 그걸 왜 내게 묻는 거냐? 그를 찾는 건 네가 할 일인데."

"흑록무당의 집에서 미도노를 마지막 본 사람이 언니였잖아요."

히데코는 내심 뜨끔했다.

"무슨 말같잖은 소릴 하는 거냐. 미도노가 그러던?"

"실종된 사람이 무슨 말을 하겠어요. 하지만 세상에는 말하지 않아도 알 수 있는 일들이 있죠."

"선무당이 사람 잡는다더니, 꼭 네 년을 두고 하는 말이로구나."

"그게 아니라면 왜 소운의 행방을 추적하는 거죠? 소운을 찾아야 미도노도 찾을 거라면서요?"

소운의 이름이 거론되자 신엽은 귀를 곤두세웠다.

히데코는 얼핏 말문이 막혔다. 그 얘기가 어떻게 이 계집의 귀에까지 들어갔을까. 소운을 찾아야 한다는 말은 오라버니인 히야시에게만 살짝 한 귀띔이었던 것이다. 그러나 잠시 생각해보니 경로를 짐작할 것 같았다. 미도리에게는 청홍황록비라는 네 명의 시비들이 있었다. 그녀가 부상하여 몇 달간 실종되었던 사이 네 시비는 히야시의 지휘를 받았었다. 계통을 따르자면 미도후사나 미도리 밑에 있어야 했겠지만 아시겐지가 그렇게 명했다. 시비들의 미모가 빼어났으므로 히야시에게 맡겨두고 마음껏 농락할 속셈이었던 것이다. 물론 덕분에 히야시도 톡톡히 재미를 보게 되었다. 그후 미도리가 돌아온 후에도 아시겐지는 얼른 시비들을 돌려주지 않았다. 미도리에게 몇 가지 미심쩍은 점이 있다는 이유에서였다. 그러던 것을 최근 고려로 건너온 요다가 바로잡았다. 미도리에 대한 요다의 신임은 두터웠다. 그는 즉시 시비들을 복귀시켜 미도리의 지위를 굳혀주었다. 소운을 찾아야 한다는 말은 아마도 히야시에게서 어느 시비를 통해 미도리의 귀에 들어갔을 것이었다.

어리석은 히야시. 그토록 입이 가볍다니.

그런 얘기를 계속해봐야 재미가 적을 것임을 알고 히데코는 말머리를 돌렸다.

"세상 사람 모두를 속일 수 있을지 몰라도 내 눈은 못 속인다. 네 년의 마음이 누구에게 가 있는지를 내가 모를 줄 아느냐?"

"그건 또 무슨 얘기죠?"

"시침떼지 마라. 네 년이 매번 이신엽이란 놈의 목숨을 구해준 일을 내가 모를 줄 아느냐? 일찌감치 금산사에서 제거해버렸더라면, 아니 가야산에서만 해치웠더라도 성가신 일들은 한결 줄었을 것이다."

"그의 무공은 나보다 한 수 이상 위예요. 어떻게 쉽게 해치울 수 있었겠어요."

"둘러대도 소용없어. 이젠 내가 그를 용서치 않을 테니까. 온몸을 바늘로 찔러 죽이고 뼈와 살을 갈아마실 것이다."

히데코는 그 말을 하며 부드득 이를 갈았다. 미도리가 냉랭하게 웃었다.

"호호호, 이신엽 소협께 톡톡히 당한 일이 있나 보군요."

"못된 년 같으니!"

화를 참지 못한 히데코는 일 장을 치켜들었다. 그러나 잠시 머뭇거리다 다시 천천히 팔을 내려뜨렸다. 과거 그녀는 미도리의 적수가 되지 못했다. 비록 미도리가 한 팔을 잃었다고는 하지만 아직 확실한 승산은 서지 않았다.

"말해보아라. 천지이악이 놈에게 당한 다음 놈의 어미를 빼돌려 달아난 이유가 무엇이더냐?"

"생각보다 머리가 나쁘군요. 그가 천지이악을 죽인 까닭이 무엇이겠어요. 그럼 그 자리에 내버려두어 곱게 어미를 찾아가도록 하는 게 옳았나요?"

히데코는 고개를 저었다.

"그 일은 우연이었다. 그가 알고 찾아온 게 아니었어. 그런데 네년이 어미를 들쳐업고 뛰어서 그를 뒤따르게 한 거다."

"덕분에 그의 모친은 삼조독이 번져 죽었죠."

"넌 그때 그 여자의 중독 사실을 알지 못했어. 미도노가 천지이악에게만 귀띔했었다니까. 더구나 네가 그때 달음박질친 방향은 길상사가 있는 속리산 쪽이었단 말이다. 어떠냐? 아직도 할말이 있느냐?"

미도리는 얼핏 대답하지 못했다. 나무 위의 신엽은 누구의 말이 진실인지를 분간하기 어려웠다. 그러고 보니 그때 미도리가 모친을 업고 달린 방향은 길상사 쪽이 분명했다. 그렇다면 그녀는 정말 그런 사실을 몰랐던 것일까? 하지만 다음 순간 미도리의 대꾸가 다시 그를 혼란스럽게 했다.

"정말 알고 싶다면 가르쳐드리죠. 미도노와는 코흘리개 시절부터 함께 자랐어요. 그의 역겨운 미소만 보아도 난 그가 살인을 생각하는지 벌거벗은 여자를 생각하는지 알 수 있어요. 그가 인질을 잡아두고 독을 쓰지 않았다는 건 있을 수 없는 일이죠. 그때 내가 길상사로 향한 건 여자를 이신엽에게 돌려주기 위해서였어요. 왠지 알겠어요?"

히데코는 냉소를 머금었다. 둘러대는 재간이 얼마나 뛰어난지 보자는 듯한 표정이었다. 그러자 미도리가 말을 이었다.

"볼 수 없으면 아예 포기하기도 쉽죠. 하지만 눈앞에서 모친이 죽어간다면 어느 아들이 견딜 수 있겠어요. 해약을 구하기 위해 그는 유황불 속이라도 뛰어들었을 거예요. 해약을 미끼로 난 그를 선유도로 불러들이려 했던 거예요."

"일은 그렇게 되지 않았다."

"고려인들이 그토록 무지할 줄은 몰랐어요. 중독된 여자가 코앞에서 죽어가는데 아무도 몰랐다니."

히데코는 미도리가 요리조리 말을 꾸미는 데 울화가 치밀었다. 간단히 허점을 잡아낼 수 없었기에 더욱 분통이 터졌다.

"팔까지 선뜻 잘라준 이유는 또 뭐지?"

"큰 것을 위해서는 작은 것을 버릴 줄 알아야지요."

"그렇지 않아. 내가 그 진짜 이유를 말해볼까?"

"말하고 않고는 자유예요. 하지만 말같잖은 소리는 내뱉지 않는 게 이로울 거예요."

"듣고 싶지 않을 테지. 그래도 들어야 해. 아무리 내숭을 떨어도 네 년의 속마음을 꿰고 있는 사람이 몇 명은 있다는 걸 알아야 하니까. 첫번째 이유는 이가놈에게 사과하여 잘 보이기 위해서지. 그가 끔찍히도 위하는 대사형의 팔을 잘랐으니 어차피 없던 일로 할 수는 없었으니까. 하지만 더 큰 이유는 사부님의 끈끈한 시선을 떨쳐버리기 위해서지. 어때? 내 말이 틀렸나?"

미도리는 내심 깜짝 놀랐다.

여자의 마음은 여자가 안다더니. 과연 히데코의 매서운 눈은 피하기 어렵구나.

"역시 말같잖은 소리였군요. 시간 낭비 말고 어서 가서 미도노나 찾아보세요."

"사부님이 스스로 금녀령(禁女令)을 풀고 고려로 건너오자 넌 바짝 긴장했다. 첫번째로 원할 여자는 바로 너라는 걸 알았거든. 이날 이때까지 그가 널 지켜준 건 무르익은 숫처녀의 순음지기를 스스로 취하기 위해서였으니까. 그런데 이가놈에게 마음을 빼앗긴 네가 그걸 달가워할 리 없었지. 그래서 고민 끝에 네 몸을 망가뜨리기로 한 거다. 사부님은 결벽증이 있어서 완전하지 않은 물건에 손대는 법이 없었으니까."

"재미있는 추리로군요."

"어쩌면 한 가지가 사실과 다를지도 몰라. 네 년이 이가놈에게 마음만 준 것이 아니라 이미 몸까지 주었을지도 모르지. 행여 사부님이 그 사실을 알게 될까 봐 고심 끝에 팔을 자른 것일지도 말이야."

"감히 그런 소리를!"

미도리는 얼굴이 빨갛게 변했다. 야명주 아래에서 붉게 물든 그 모습은 더욱 아름다웠다. 그녀는 오른팔을 한 번 후려치며 설편을 풀어들었다. 금빛 연편이 한 마리 용처럼 기다랗게 굽이쳤다.

"말같잖은 소리는 지껄이지 않는 게 이롭다고 얘기했죠."

"나를 죽여서 입을 막겠다는 거냐? 호호, 불구의 몸으로 가능한 일일까?"

히데코는 양쪽 어깨에서 두 자루의 장검을 뽑아들었다.

두 사람은 일시에 어우러져서 십여 합을 겨루었다. 미도리의 연편은 과연 신편의 제자답게 위력적이었다. 왼쪽 팔을 잃었다고는 하지만 공력은 조금도 변함이 없어 매섭게 히데코를 몰아붙였다. 히데코의 무공도 사납기는 마찬가지였다. 두 자루의 장검을 바람개비처럼 돌리며 설편의 접근을 막았다. 동시에 미도리의 왼쪽으로 악랄한 공격들을 퍼부었다. 그러나 그녀는 기대했던 것만큼 쉽게 우세를 점할 수 없었다.

신엽은 만감이 교차하여 멍하니 그들의 대결을 내려다보고 있었다.

과연 누구의 말이 진실일까. 히데코의 추리는 정확한 것일까. 만일 그렇다면 미도리는 왜 아직도 요다와 사무라이패를 떠나지 못하는 것일까. 소운은 또 지금 어디서 어떤 고초를 겪고 있을까. 미도노가 소운을 잡아간 지도 벌써 나흘이 지나고 있는데…… 소운의 실종을 생각하자 신엽은 가슴이 쓰라렸다.

그러던 어느 순간이었다. 신엽은 문득 소스라치게 놀랐다. 어느새 정자 지붕 위에는 세 명의 붉은 인영들이 서 있었던 것이다. 피처럼 붉은 옷을 입고 검은 머리카락을 기다랗게 늘어뜨린 그 인영들은 마치 이제 막 묘지를 헤치고 나온 혼령들 같았다. 비록 다른 생각에 빠져 있긴 했지만 그들의 접근을 신엽조차 눈치채지 못했다면 여간한 공력의 소유자들이 아닐 것이었다. 미도리와 히데코도 곧 불청객의 출현을 알아차리고 대결을 멈추었다.

히데코가 먼저 그들에게 소리쳤다.

"요망한 것들! 사람이면 내려오고 망령이면 지옥에나 가라."

붉은 인영들은 아무런 대꾸도 하지 않았다. 미동도 없이 미도리와 히데코를 내려다보고 있을 뿐이었다. 그런 그들을 보자 미도리는 불길한 느낌이 들었다. 언젠가 미야자키 사부로부터 들은 이야기가 생각난 것이었다. 히데코는 자기를 무시하는 듯한 세 인영의 태도에 발끈하여 소리쳤다.

"지옥에 가더라도 날 원망하지는 말아라."

그녀는 장검들을 잠시 땅에다 꽂았다. 그리고 다음 순간 쌍수를 가볍게 튕겼다. 아홉 개의 은빛이 반짝이며 붉은 인영들을 향해 쏘아져갔다. 바로 악명 높은 오독은침이었다. 은침들은 세 인영의 각기 다른 요혈 아홉 곳을 노리며 파고들었다. 암기의 나라에서 잔뼈가 굵은 사무라이답게 날카롭기 그지없었다. 신엽은 지붕 위의 세 사람이 영문도 모른 채 비명횡사할까 봐 조바심이 났다. 대신 출수하여 암기를 받아내려는 생각까지 했다. 그러나 그것은 한갓 기우에 지나지 않았다.

"호호호!"

기분 나쁜 웃음소리가 들리는가 싶더니 세 인영은 벌써 지상으로 내려와 있었다. 일순간 그들은 히데코를 에워쌌다. 그리고는 차례로 히데코의 뺨을 때렸다. 짝 짝 짝. 차가운 마찰음이 밤공기를 갈랐다. 이상한 일은 히데코가 손가락 하나 꼼짝 못 하고 고스란히 세 차례의 뺨을 맞았다는 사실이었다. 소리가 끝났을 때 세 사람은 반 장 밖으로 물러서 있었다. 움직임을 통해서 신엽은 그들이 여인들임을 짐작할 수 있었다.

히데코는 피 한 모금과 이빨 조각 몇 개를 토해냈다. 두 뺨은 벌써 벌겋게 부어오르고 있었다. 그녀는 방금 당한 일을 믿을 수가 없었다. 세 대의 뺨을 맞는 동안 마치 쇠사슬에 묶인 듯 옴짝달싹할 수 없었던 것이다.

요망한 것들이 사술을 부렸구나.

내심 그렇게 판단한 히데코는 장검들을 뽑아들었다. 동시에 장사입동(長蛇入洞)의 일 초를 펼쳐 세 여인들에게로 찔러갔다. 그 일검은 나무랄 데 없는 공격이었다. 누가 보았어도 갈채와 찬사를 보냈을 것이었다. 그러나 세 적의(赤衣)여인들은 히데코를 거들떠도 보지 않았다. 검끝이 반 자 앞으로 다가들었을 때야 슬쩍 어깨들을 움직였다. 그들은 일시에 서로에게서 멀어졌다. 자연히 히데코는 그들의 한가운데로 뛰어들게 되었다. 그러자 다시 놀라운 일이 벌어졌다. 사납던 기세는 어디론가 사라지고 히데코는 두 팔을 축 늘어뜨린 것이었다. 장검들도 그녀의 손을 떠나 좌우 두 적의여인 수중에 들어가 있었다. 히데코는 안색이 일변했지만 숨이 막히는지 소리조차 지르지 못했다.

"흐흐흐!"

또 한 차례 기분 나쁜 웃음소리가 흐르고, 세 여인은 히데코를 에워싸고 빙글 한 바퀴를 돌았다. 다음 순간 그들은 반 장 뒤로 물러섰다. 그들 각자의 손에는 이상한 물건들이 하나씩 들려 있었다. 잠시 후에야 신엽은 그게 무엇인지를 확인하고 경악하고 말았다. 한 여인은 히데코의 머리카락을, 또 한 여인은 히데코의 오른팔을, 나머지 한 여인은 히데코의 왼쪽 다리를 들고 있었다.

"아아악!"

뒤늦게 히데코의 비명이 울렸다.

그녀의 모습은 실로 처참했다. 팔과 다리가 한쪽씩 잘려나가 불구가 되었을 뿐 아니라 모조리 뜯겨나간 머리카락은 흉측한 얼굴을 고스란히 드러내고 있었다. 그 얼굴은 이마와 왼쪽 뺨이 화상으로 일그러져 있었다. 지난번 묘향산의 흑록무당 집에서 신엽에게 떠밀려 입은 화상이었다. 그녀는 그 화상을 숨기기 위해 가발까지 덧써서 앞을 가리고 있었던 것이다.

신엽은 일시 섬뜩한 느낌이 들었다. 그러나 곧 분노와 동정심이 함께 일었다. 분노는 세 적의여인들을 향한 것이었고 동정심은 히데코를 향한 것이었다.

어찌 사람이 사람에게 저런 짓을 저지를 수 있단 말인가.

히데코는 다시 한번 처절한 비명을 내지르고는 숲을 향해 달아났다. 한 발과 한 팔을 잃어 비틀거리며, 돌부리에 걸려 넘어지고 나무

둥치에 머리를 짓찧으며. 그렇게 어둠 속으로 사라져버렸다. 기다란 비명의 여운만이 오래도록 이어졌다.

"적차삼(赤叉三)!"

미도리가 조용히 말했다. 그런데 그 목소리에는 깊은 떨림이 숨겨져 있었다. 그녀는 침착하려 애썼지만 긴장을 억제할 수 없었다. 신엽은 여태껏 미도리의 그런 모습을 본 적이 없었다. 어떤 위급한 상황에서도 추호의 흔들림이 없던 그녀였던 것이다.

"흐흐흐. 어른을 알아보는구나."

"가증스런 것들. 감히 여기까지 와서 날뛰느냐."

적차삼이라고 불린 세 명의 적의여인들은 잠시 기가 막힌 모습을 했다. 지난 십여 년간 그들의 면전에서 시비를 걸어온 자는 없었기 때문이었다. 가운데의 여인이 다시 말했다. 어줍잖은 고려말이었다.

"같은 꼴을 당하고 싶구나."

"사악한 짓을 하면 결국은 천형을 받게 마련이다. 언젠가는 너희 세 야차들도 같은 꼴을 당할 것이다."

미도리는 이미 냉정함을 되찾고 있었다. 신엽은 내심 그녀의 당당함에 찬사를 보냈다. 그러자 갈등이 일었다. 히데코가 일 초 만에 당했다면 미도리도 그들의 적수는 될 수 없을 것이었다. 그렇다면 그는 그녀를 구할 것인가, 아니면 못 본 척 외면할 것인가. 그녀를 구하는 일이 고려를 위해서는 반역하는 것이 되지 않을까.

적차삼은 즉시 공격을 시작했다. 세 명이 일시에 미도리를 덮쳐가더니 돌연 세 갈래로 쪼개어졌다. 미도리는 머뭇거리지 않고 재빨리 우측으로 몸을 날렸다. 세 여인이 만드는 삼각형 속에 갇히지 않기 위해서였다. 히데코가 당하는 모습을 보며 미도리는 약간의 이치를 깨달은 터였다. 그것은 항상 그들의 포위망 밖에서 싸워야 한다는 것이었다. 무슨 영문인지는 모르지만 포위망에만 갇히면 힘을 잃는 듯싶었다. 히데코가 속수무책으로 당한 것은 그렇게밖에 설명할 수 없었다.

같은 생각을 하였던 신엽은 미도리의 명민함에 감탄했다. 자신은 나무 위에서 내려다보았으니 깨닫기가 쉬웠다. 그러나 현장의 당사자가 짧은 시간에 이런 이치를 얻기는 어려운 일이었던 것이다. 그는 은근히 미도리가 이겨주기를 바랐다. 하지만 사정은 그렇게 돌아가지 않았다. 미도리는 그들을 상대할 방법은 찾았지만 공력이 부족했다. 적차삼이라는 세 여인들은 무공이 괴이했고 합종공격술이 뛰어났을 뿐 아니라 한 사람 한 사람의 공력도 결코 만만하지 않았다. 설사 미도리가 일 대 일로 싸운다 해도 승기를 잡기가 쉽지 않을 것이었다. 그런데 세 명이 합종하여 괴이한 진법으로 을러대니 당해낼 도리가 없었던 것이다. 그들은 끊임없이 미도리를 포위망 속에 옭아매려 했고 미도리는 연신 몸을 날려 달아날 도리밖에 없었다. 그러나 그녀는 멀리 달아날 수도 없었다. 적차삼은 항상 그녀의 퇴로를 예상하고 차단하여 포위망을 좁혀오는 까닭이었다.

그러기를 십여 차례, 미도리는 마침내 적차삼의 삼각형 포위망에 감금당하고 말았다. 일순간 그녀의 설편은 힘을 잃고 풀어졌다. 그런데 그 순간 사면에서 소녀들의 힘찬 기운 소리들이 울렸다.

얍 얍 얍 얍!

바로 미도리의 부하인 청홍황록 네 시비들이었다. 그녀들은 장검을 뽑아들고 동서남북 네 방향에서 몸을 날렸다. 각각 적차삼 중 한 명씩을 공격했다. 신엽은 그들의 공격이 효과를 보이기를 기대했다. 포위망의 바깥이니 어느 만큼은 위력적이지 않겠는가. 그러나 기대는 말짱 수포로 돌아갔다. 시비들은 적차삼의 몸 가까이에도 이르지 못하고 퉁퉁 튕겨져나가고 말았다. 두터운 강기가 삼각형의 포위망 전체를 감싸고 있었던 것이다.

시비들의 공격으로 잠시 머뭇거렸던 적차삼은 다시 미도리를 조여들었다. 미도리는 히데코와 다를 바 없이 무력해졌다.

"호호호!"

기분 나쁜 웃음소리를 흘리며 세 여인은 팔들을 뻗었다. 미도리의 다리와 팔, 머리카락을 움켜쥐려 했다. 이제 찰나지간이면 미도리도 히데코와 같은 몰골로 변할 것이었다. 신엽은 더이상 망설일 수 없었다. 그는 세 개의 비어자를 미도리의 정수리 백회혈을 향해 쏘았다. 비어자는 맹렬히 회전하며 백회혈 앞 한 자 거리까지 다가간 다음 삼태극을 그리며 쪼개어졌다. 동시에 신엽은 미도리를 향해 몸을 날렸다. 적차삼은 암기의 변화와 강맹함에 놀라서 각각 일 장씩 뒤로 피했다. 그것은 다행스러운 일이었다.

신엽은 아직 알지 못했지만 적차삼의 포위망은 세 사람의 공력이 서로서로 얽혀서 만들어내는 엄청난 기운의 자장이었다. 세 공력이 교차하며 여섯 배의 공력을 만들었고, 다시 그것이 중앙으로 모여들면 아홉 배로 증가했다. 무공을 모르는 사람이 그 기운의 압력에 짓눌린다면 즉시 오장육부가 터지고 뼈와 살이 찢어져 죽을 것이었다. 히데코나 미도리 정도의 공력을 지닌 사람만이 그래도 간신히 버틸 수 있었다. 신엽의 공력이 아무리 뛰어나다 해도 그 자장 속에서 미도리를 뽑아낼 수는 없었다.

그러나 다행히 세 여인이 동시에 뒤로 물러서자 자장의 압력은 일시적으로 감소되었다. 그리고 그 짧은 순간 동안 신엽은 미도리를 낚아채어 포위망 밖으로 빠져나갈 수 있었다.

미도리는 일시에 온몸의 기운이 빠져나가 꼼짝할 수 없었다. 고스란히 당하는구나 생각했는데 뜻밖의 구원을 받자 자신을 구한 사람이 누구인지 궁금했다. 살그머니 눈을 들어 구원자의 얼굴을 보았다. 처음에 그녀는 그를 알아볼 수 없었다. 거무튀튀한 수염과 눈 아래의 일그러진 화상이 정말 낯설었다.

그러나 다음 순간 그녀는 그가 바로 신엽임을 깨달았다. 수염과 화상은 모두 그녀가 붙여준 대로였던 것이다. 자신이 다른 누구도 아닌 신엽의 품에 안겨 있음을 안 미도리는 가슴이 마구 뛰었다. 얼굴도 화끈거리며 붉은빛으로 변했다. 그리고는 무한한 행복이 가슴으로 밀려왔다. 신엽이 그녀를 미워하는 것만은 아니지 않은가. 그녀는 그의 품속에서 한없이 작아져 한 방울의 이슬로 변해버리고 싶었다.

하지만 다음 순간 미도리는 행복감에만 도취해 있을 때가 아님을 깨달았다. 적차삼은 천하에 악명이 높은 살인마들이었다. 신엽이 기습 공격으로 자신을 구해내기는 했지만 그들 세 야차를 당할 수는 없을 것이었다. 머뭇거리다가 다시 포위망에라도 갇힌다면 두 번의 탈출은 요원할 터였다. 자기 목숨이야 아까울 게 없었지만 신엽은 구해야 했다.

"동쪽으로 달려요."

미도리는 귀엣말로 속삭였다. 그녀는 이미 주변 지형을 한눈에 담아두고 있었다. 정자의 서쪽에는 숲이 있었고, 동쪽으로는 약간의 풀밭이 펼쳐져 있었다. 히데코가 달아난 방향은 서쪽 숲이었다. 그런데 그 지형은 실제와 달랐다. 서쪽의 숲은 아주 짧게 끝나고 광활한 벌판으로 이어졌다. 그쪽으로 달아난다면 몸을 숨길 곳이 없었다. 반면에 동쪽의 풀밭은 곧 계곡으로 떨어지며 울창한 숲에 가로막혔다. 어둠을 타고 숲으로 스며든다면 누구도 찾아내기 어려운 지형이었던 것이다.

신엽도 일단 몸을 피해야 한다는 데는 동의했다. 사람을 구하고 악인을 벌하는 두 가지 일을 동시에 하기는 불가능해 보였기에. 그러나 신엽은 미도리의 말과는 반대로 서쪽의 숲으로 뛰어들었다. 그것은 그녀를 오해한 까닭이었다. 몸 하나 가릴 곳 없는 풀밭으로 달리라 했다면 그쪽에는 그녀의 증원군이 있다는 얘기이리라 짐작했다. 여우를 피해서 늑대에게로 달려갈 수야 없는 일이라고 생각한 것이었다. 청홍황록의 네 시비들도 분분히 몸을 날려 숲으로 뛰어들었다. 그러자 적차삼도 괴성을 지르며 뒤쫓아왔다.

아, 그가 나를 믿지 못하는구나.

그런 생각으로 미도리는 가슴이 아팠다.

몇 걸음을 더 달리니 신엽은 숲 밖으로 나와 있었다. 시비들도 뒤따라나왔고, 적차삼도 부지런히 쫓아왔다. 신엽은 미도리를 안았어도 누구보다 빠르게 달릴 수 있었다. 머지않아 적차삼을 따돌릴 수 있을 것이었다. 그러나 시비들은 사정이 달랐다.

원래 청홍황록의 시비들은 다른 어떤 무공보다 경신술이 뛰어났다. 경신술이 거의 전부라고 할 수 있었다. 진법을 운용하기 위해서 미도리는 그들에게 묘비월의 신법을 훈련시킨 것이었다. 따라서 그들은 짧은 거리에서는 놀라운 속도로 움직일 수 있었다. 그러나 거리가 길어지면 기운이 달렸다. 공력의 뒷받침이 부족하기 때문이었다. 만약 신엽이 미도리의 말을 듣고 동쪽으로 달렸다면 그들 모두는 울창한 숲으로 스며들어 적차삼을 피할 수 있었겠지만 서쪽의 벌판에서는 달리 방법이 없었다.

이십여 장을 더 달리자 시비들은 적차삼에게 가로막히고 말았다. 시비들은 즉시 장검을 세우고 사방진을 펼치려 했다.

"흥, 주제넘은 것들! 겁을 상실했구나!"

가운데의 적의여인이 갈고리 같은 손으로 홍비의 목을 할퀴었다. 전광석화와도 같은 공격이었다. 홍비는 그 일격에 목이 부러지며 일장 밖으로 튕겨져나갔다.

이미 자신의 불신이 위기를 초래했음을 깨달은 터라 신엽은 시비들을 버려두고 달아날 수 없었다. 그는 즉시 걸음을 돌려 되돌아갔다. 홍비의 시신을 스쳐가며 발로 그녀의 장검을 찍어찼다. 장검은 시위를 떠난 화살처럼 날카롭게 가운데의 여인을 찔러갔다. 마침 두 번째로 황비를 할퀴려던 그녀는 쌍장을 돌려 장검을 쳤다. 챙! 금속성이 울리며 장검은 신엽에게로 되돌아왔다. 자세히 보니 그녀의 손에는 적색 장갑이 끼워져 있었다. 끝이 뾰족하고 곳곳이 반짝이는 것으로 보아 특별한 금속제가 분명했다. 그녀뿐 아니라 다른 두 적차들도 각각 청색과 흑색의 장갑을 끼고 있었다.

신엽은 허공에서 가볍게 날아오는 장검을 받아쥐었다. 동시에 선녀소법 중 일학일소의 초식으로 세 송이 검화를 뿌렸다. 검화들은 적색장갑 여인의 염천 기문 부사혈 등 세 곳 급소로 매섭게 파고들었다. 이때 신엽은 세 적차들이 구축한 삼각형의 바깥에 있었으므로 공격의 효과를 기대했다. 그러나 놀라운 일이었다. 검화들은 여인의 몸 반 자 앞에 이르자 문득 흔적 없이 흡수되어버리는 것이었다. 뿐만 아니라 신엽의 장검도 파르르 떨렸다. 강한 흡인력이 끌어당기는 까닭이었다.

신엽은 즉시 월광검법의 공력을 끌어올려 검과 몸을 하나로 묶었다. 그리고 재빨리 여덟 번의 공격을 퍼부었다. 팔방풍우(八方風雨)의 연환팔검식으로 날렵하고 예리하기가 비할 바 없는 공격이었다. 적색장갑은 평범하게 생긴 사내의 검법이 뜻밖에도 날카롭자 방심할 수 없었다. 그녀는 두 손으로 일일이 신엽의 공격을 해소하고는 두 걸음 뒤로 물러섰다.

"너는 누구냐?"

적색장갑의 질문에 신엽은 잠시 생각했다. 그리고는 이렇게 대답했다.

"본협은 식차일마라 한다."

미도리는 신엽의 엉뚱한 대답에 내심 실소를 머금었다. 이런 위기에서도 농담을 생각하다니. 식차일마(食叉—魔)는 신엽이 임기응변으로 지어낸 이름이었다. 세 여인이 스스로를 적차삼이라 한다면 자신은 야차를 잡아먹는 마귀라는 뜻으로 만든 것이었다. 이즈음 신엽은 이미 숱한 일들을 경험했기에 백척간두에서도 침착과 여유를 지킬 수 있었다. 반면에 적차삼은 대로하였다. 그들이 중원에서 악명을 떨친 이래 이날 이때까지 이런 일은 처음이었다. 어느 누구도 면전에서 그들을 우롱하지 못했던 것이다.

"간덩이가 부었구나."

적색장갑의 여인은 쌍수를 치켜들고 승냥이처럼 할퀴어대기 시작했다. 두 손의 구부러진 모양이 응조수와 용조수를 뒤섞은 듯하여 정확한 무공을 파악하기 힘들었다. 게다가 신법은 가볍고 공력은 육중하여 상대를 혼란스럽게 했다. 신엽의 장검이 다가들면 그녀의 손은 자석에 쇠붙이가 끌리듯 따라붙었다. 장검은 그녀의 흡인력을 받아 이리저리 휘고 흔들렸다.

월정검을 쓴다면 이런 어려움은 없을 텐데.

그러나 그럴 수가 없었다. 신엽이 미도리를 구하기 위해 나설 수 있었던 것은 얼굴의 역용을 믿었기 때문이었다. 그녀가 자신의 정체를 알게 된다면 일은 무척 미묘해질 것이었다. 게다가 나중에 수상한 소문이 돌면 다시 곤욕을 치를 수도 있지 않겠는가.

한순간 다른 생각을 하는 사이 장검은 적색장갑의 수중에 붙잡히고 말았다. 툭 하는 소리와 함께 끝이 세 치 가량 부러져나갔다. 신엽은 곧 정신을 가다듬고 월광검법을 전개했다. 적차삼의 흡인력이 아무리 고강해도 월광검력을 십이 성 끌어올리면 대등한 대결이 가능했다. 신엽은 잇달아 삼 초식을 펼쳐서 적색장갑을 세 걸음 물러나게 하여 열세에서 벗어났다. 두 사람은 다시 십여 초를 교환했다.

　한편 그 대결이 진행되는 사이 다른 두 명의 적차들은 미동도 하지 않고 있었다. 제자리에 가만히 선 채 시선도 한 번 돌리지 않았다. 미도리는 그 이유가 궁금했다. 적색장갑은 신엽과의 대결에서 결코 우위를 점하지 못하고 있었다. 물론 열세도 아니었지만 우열을 가리자면 긴 시간이 필요할 것이었다. 만약 그들이 가세한다면 훨씬 빨리 승기를 잡을 수 있을 것이었다. 그런데도 그들은 붙박인 석상처럼 꼼짝 않고 서 있었다. 그건 과연 무슨 까닭이었을까.

　잠시 후 미도리는 한 가지를 짐작해내었다. 적색장갑은 지금 세 적차들의 공력을 모두 모아서 신엽과 대결하는 것일지 모른다는 짐작이었다. 그것은 충분히 그럴듯해 보였다. 조금 전 삼각형에 갇혔을 때 그녀를 짓눌러온 내력은 셋이 아니라 거대한 한 덩이였던 것이다. 그렇다면 그들은 항상 그렇게밖에 싸울 수 없다는 얘기였을까…….

　그러나 다음 순간 또 한 가지 가능성에 생각이 미쳤다. 그들의 책략일지 모른다는 것이었다. 신엽은 지금 그들의 삼각형 밖에서 싸우고 있었다. 그래서 그나마 대등한 형국을 유지할 수 있었다. 하지만 만약 포위망에 걸려든다면 사정은 급변할 것이었다. 적차삼의 노림수는 바로 거기에 있지 않을까. 두 사람이 석상처럼 굳어서 신엽의 경계를 풀어버린다, 그래서 신엽이 부지불식간에 삼각형 속으로 말려들도록 한다!

　미도리는 다급하게 신엽에게 주의를 주었다.

　"조심하세요. 삼각형에 다가가서는 안 돼요."

　신엽은 아차 싶었다. 그러나 그때는 이미 늦은 후였다. 적색장갑의 좌측 옆구리를 베어들어가던 그는 문득 강력한 자장에 휘말려 삼각형 속으로 끌려들고 만 것이었다. 그러자 그 순간 일찍이 경험한 적이 없는 강도의 압력들이 사방에서 조여들었다. 그것은 실로 야릇한 압력이었다. 어느 곳은 짓누르는가 하면 어느 곳은 끌어당기고 또 어느 곳은 수백 개의 송곳처럼 날카롭게 찔러대었다.

신엽은 즉시 현묘공을 끌어올렸다. 현음지기와 현양지기로 원형의 자장을 만들어 단전과 대맥에 걸쳤다. 호신강기가 형성되자 압력들의 횡포는 다소 둔화되었다. 그러나 여전히 움직임은 불편했다. 마치 수십 길 깊은 물 속에서처럼 느릿느릿밖에 움직일 수 없었다. 왼쪽 옆구리에는 미도리를 끼고 있었기에 더 어려운 사정이기도 했다.

신엽이 포획되자 석상처럼 굳어 있던 두 명의 적차들도 움직이기 시작했다. 세 여인은 춤을 추듯 너울거리며 조금씩 삼각형을 좁혀들었다. 덕분에 청황록의 세 시비들은 자장의 압력에서 벗어났다. 그들은 이미 기운이 풀려 풀썩풀썩 주저앉고 말았다.

적차삼은 내심 경악하고 있었다. 지난 십수 년 동안 그들은 참 많은 적들과 겨룬 터였다. 중원의 이른바 일류 고수들이 무수히 그들의 포획망에 갇혀 숨을 거두었었다. 그런데 그들 중 어느 누구도 신엽처럼 내공이 두텁지는 못했던 것이다. 고려에는 일신 이선 사비라 불리는 기인들이 있다더니 과연 그 무공에도 놀라운 구석이 있구나. 새삼 경각심을 일깨우며 적차삼은 더욱 치밀하게 포획망을 좁혀들었다.

삼각형의 자장은 이제 다섯 자 거리까지 조여들었다. 각각의 적차들과 신엽과의 거리는 두 자 남짓밖에 되지 않았다. 누구든 먼저 손을 뻗어 닿는다면 적을 해칠 수 있는 거리였다. 네 사람은 서로 선공을 취하려고 안간힘을 썼다. 신엽의 움직임은 그들 중에서 가장 빠른 편이었다. 그러나 세 사람의 공격을 일시에 막아내기에는 절대적으로 부족한 빠르기였다.

적색장갑의 공격이 먼저 신엽의 팔꿈치 소해혈에 닿았다. 신엽은 팔꿈치를 비키며 장검 끝으로 적색장갑의 장심을 찔렀다. 적색장갑은 즉시 뒤로 빠져달아났다. 다음 순간 청색장갑이 허리 뒤 혼문과 명문혈을 할퀴려 했다. 두 곳 모두 슬쩍 긁히기만 해도 전신이 마비되는 요혈들이었다. 신엽은 장검을 어깨 위로 빙글 돌려 가까스로 그 공격을 해소할 수 있었다. 그러나 그때 흑색장갑은 신엽의 왼쪽 복부 천추혈을 찌르고 있었다. 이미 어떤 대응을 하기에도 늦은 순간이었다. 신엽의 왼팔은 미도리를 안고 있었기에 쓸 수가 없었다. 유일한 방법이라면 미도리를 앞으로 돌려 흑색장갑의 일격을 대신 맞게 하는 것이었지만 신엽은 차마 그럴 수 없었다.

뜻밖의 요녀들을 만나 뜻밖의 일을 당하는구나.

신엽은 체념하며 눈을 질끈 감았다. 마지막이라 생각하니 자혜대사와 척항무, 묘향신니 등 여러 선배 고인들의 얼굴이 눈앞을 스쳐 갔다. 그분들의 뜻을 끝내 저버리게 된 일이 죄스럽기 그지없었다. 그런데 그 순간 또 한 가지 뜻밖의 일이 벌어졌다. 그의 왼쪽 허리 부분에서 날카로운 독침 하나가 쏘아진 것이었다. 독침은 흑색장갑의 겨드랑이 극천혈을 정확하게 겨냥하고 있었다. 흑색장갑은 경악하여 급히 공격을 거두었다. 동시에 허리를 축으로 핑글 한 바퀴 돌았다. 그것으로 간신히 독침은 비켜날 수 있었지만 삼각형의 자장은 일순간 힘을 잃고 말았다.

지극히 짧은 순간이었지만 신엽은 그 순간을 놓치지 않았다. 즉시 허리를 비틀며 반탄력을 이용하여 솟구쳤다. 흑색장갑과 청색장갑 두 여인의 틈새로 몸을 날렸다. 그 움직임이 상상할 수 없을 만큼 기민한 것이었으므로 두 여인은 미처 신엽을 막을 새도 없었다. 신엽은 거의 그들의 포위망을 벗어난 듯싶었다. 그러나 그게 그렇게 간단한 일은 아니었다. 어느새 소리없이 두 줄기 잠력이 밀려왔다. 신엽이 깜짝 놀라 돌아보니 두 개의 유성추가 따라붙고 있었다. 바로 흑색 청색 두 장갑의 여인들이 쏜 것이었다. 포위망에 구멍이 뚫리는 듯하자 그들은 곧 비밀 병기인 유성추를 사용한 것이었다.

신엽은 다급한 김에 오른발로 왼발의 뒤꿈치를 찍었다. 적룡회전신법이었다. 허공에서 수평으로 구십 도를 돌아 왼발로 오른쪽의 흑색 유성추를 걸어차며 부러진 장검으로는 왼쪽의 청색 유성추를 쳐내었다. 그러나 청색 유성추는 예상하고 있었다는 듯 가볍게 방향을 꺾더니 신엽의 하복부로 미끄러져들어왔다. 왼쪽 하복부는 그 순간 가장 취약한 지점이었다. 미도리를 안은 왼손을 전혀 사용할 수 없는 까닭이었다. 청색 유성추의 주인도 그 점을 명백히 알고 있었다.

명불허전의 악명이로구나.

신엽은 그 일격을 멀쩡히 당하기로 했다. 그럴 수밖에 없었다. 대신 현묘공을 모아 내상을 최소한 줄이기로 했다. 그런데 그때 미도리가 요동을 쳤다. 그녀가 유성추를 향해 머리를 밀어넣은 것이었다. 자신을 바쳐 신엽을 구하겠다는 결단이었다. 신엽은 더욱 경악했다. 하지만 미도리의 그 짧은 움직임은 신엽에게 반탄력을 주었다. 그는 즉시 우측방으로 두 자를 움직여 유성추의 공격을 피할 수 있었다. 간신히 두 공격이 모두 해소된 듯 보였다. 실로 위기일발의 사태였다.

그런데 다음 순간 그의 아래쪽에서 둔탁한 파열음들이 들렸다. 밑을 내려다본 신엽은 다시 한번 경악하지 않을 수 없었다. 그곳에는 청황록 세 시비들이 참혹한 시신이 되어 뒹굴고 있었다. 그리고 그들의 몸에는 핏빛 유성추가 휘감겨 있었다. 신엽은 곧 무슨 일이 있었는지를 짐작할 수 있었다. 청색장갑과 흑색장갑의 유성추가 배후에서 좌우로 따라붙는 사이 아래로는 적색장갑의 유성추가 소리없이 파고들고 있었던 것이다. 미처 그것까지 알지 못했던 신엽은 고스란히 당할 형편이었다. 설사 알았다 할지라도 어쩔 도리가 없었을 것이었다. 그런데 세 시비가 자신들의 몸을 던져 신엽과 미도리의 목숨을 구한 것이었다.

포위망을 벗어나 땅으로 내려선 신엽은 가슴이 끓었다. 차마 그대로 그 자리를 떠날 수가 없었다. 그러나 왼팔에 안긴 미도리가 기어들어가는 소리로 말했다.

"어서 달려요. 동생들의 죽음이 헛되지 않게……."

신엽은 눈물을 머금고 몸을 날렸다. 이번에는 미도리가 처음 말했던 동쪽 방향으로였다. 적차삼이 괴성을 지르며 쫓아왔지만 거리는 가까워지지 않았다. 오히려 한두 걸음씩 멀어졌다. 울창한 숲을 들어서자 얼마 후부터는 괴성도 차츰 잦아들었다.

괴성이 완전히 사라진 후에도 신엽은 달렸다. 도중에 방향을 남동쪽으로 꺾어 다시 한 시진을 달렸다. 그러자 멀리 동쪽 하늘에서 희부연 동이 트기 시작했다. 신엽은 그제서야 멈추었다. 그러곤 바위 아래 작은 동굴 하나를 찾아들어 미도리를 내려놓았다.

미도리는 이미 오래 전부터 의식을 잃고 있었다. 달리기가 시작될 무렵부터일 것이었다. 처음 적차삼의 포위에 걸렸을 때 그녀는 절반 너머 진기를 소진했었다. 신엽과 함께 두번째로 걸렸을 때 다시 극심한 고통을 느꼈다. 그럼에도 불구하고 공력을 모아 입으로 오독은침을 쏘았다. 마지막으로 신엽을 위해 유성추로 머리를 밀어넣은 다음 그녀는 곧 혼미한 상태로 빠져든 것이었다.

신엽은 미도리의 맥을 짚어보았다. 기운이라고는 하나도 없는 것이 그녀가 얼마나 탈진했는가를 짐작케 했다. 그러나 다행히 생명이 위태로울 것 같지는 않았다. 신엽이 잠시 기운을 주입하니 호흡도 편안해지고 맥박도 고르게 돌아왔다. 신엽은 그녀를 더 어떻게 해야 할지 알 수 없었다. 조금 더 기운을 주입하면 그녀는 깨어날 것이었다. 하지만 그 다음에는 무슨 말을 한단 말인가. 왜 번번이 자신을 구하려고 목숨을 내놓느냐는 구태의연한 질문을 다시 할 것인가. 하지만 지금 그녀는 자신이 누구인지도 모르지 않는가. 아니면 행여 눈치채기라도 했단 말일까. 그런 생각을 하자니 머릿속이 복잡해졌다. 조금 전 히데코가 미도리에게 퍼붓던 말들까지 떠올라 더욱 산란해졌다.

신엽은 망연히 미도리의 손목을 잡은 채 혼잣말처럼 중얼거렸다.

"당신은 도대체 누구요? 왜 이다지도 나를 곤혹스럽게 하는 것이오?…… 나는 당신의 은혜에 감사하오. 어쩌면, 어쩌면 당신을 좋아하는지도 모르오. 하지만 그럴 수는 없는 일이오. 적인지 친구인지도 알 수 없는 사람을 좋아할 수는 없는 일이잖소…… 게다가 나는 이미 사매 소운과 장래를 함께하기로 약속했다오. 그녀가 악한의 손에 이끌려 실종되었으니 더더욱 그럴 수 없는 일이지요…… 대관절 내가 지금 무슨 소릴 하는 건가요. 실로 망측한 소리들을 주워섬기고 있군요……."

그렇게 중얼거리다가 신엽은 홀연 잠에 떨어지고 말았다. 그는 알지 못했지만 그의 몸은 극도로 피곤해져 있었다. 묘향산 녹운옥에서 요다와 일전을 시작한 이후로 잠시도 쉬지 못한 까닭이었다. 경공술로 의주까지 달려갔다가 남으로 몇 시진을 내려왔으며 백궁의 죽음을 목도한 다음 곧 적차삼을 상대했었다. 그리고 다시 몇 시진을 달렸으니 몸도 마음도 모두 지치지 않을 수 없었던 것이다.

미도리는 그때 이미 깨어 있었다. 신엽이 내력으로 치료하였을 때 의식을 회복한 것이었다. 다만 그녀 역시 무슨 말을 해야 할지 몰라 눈을 감고 있었을 뿐이었다. 신엽이 혼잣말을 늘어놓을 땐 가슴이 마구 뛰고 얼굴이 붉어졌다. 행여라도 그가 알아차릴까 봐 더 조바심이 났다. 그러나 신엽은 망연히 동녘 하늘만 바라보다가 잠에 떨어졌다. 미도리는 안도했지만 다른 한편으로는 아쉽고 원망스럽기도 했다. 그에게 속시원히 모든 것을 고백할 수 없는 자신의 처지가 무엇보다 원망스러웠다. 그나마 신엽이 그녀의 손을 놓지 않고 잠들었다는 사실이 위로가 되었다.

미도리는 신엽을 깨우지 않기 위해 꼼짝 않고 누워 있었다. 신엽 정도의 고수라면 몇 장 밖에서 쥐 한 마리만 기어가도 잠을 깰 것이었다. 시간이 흘러 팔다리가 저려왔지만 미도리는 움직이지 않았다. 나중에는 온몸이 뻣뻣하게 마비될 지경이었다. 하지만 그의 편안한 휴식을 위해서라면 자신의 고통은 행복이라 여겨졌다. 언제 그를 위해 또 이런 고통을 감내할 기회가 주어질까, 오히려 그 점이 안타까울 뿐이었다.

신엽이 잠을 깬 것은 해가 중천에 떠오른 다음이었다. 그는 미도리가 여전히 잠들어 있음을 보고는 살그머니 일어났다. 먹을 것을 구해올 요량으로 동굴을 나섰다.

미도리는 신엽의 발걸음이 멀어지자 즉시 몸을 일으켰다. 그 자리를 뜨기 위해서였다. 그러나 아직 공력이 완전히 회복되지 않아 경공술을 전개할 수 없었다. 그녀는 잠시 고민했다. 어설프게 움직였다가는 신엽을 부르는 결과밖에 안 될 텐데.

미도리는 곧 마음을 정했다. 설편을 풀어 부근의 가장 무성한 나무에다 걸었다. 그것을 당겨 나무 위로 오르니 그녀의 행적은 감쪽같이 지워졌다.

잠시 후 신엽이 돌아왔다. 손에는 두 마리의 꿩이 들려 있었다. 동굴로 들어간 그는 곧 놀라서 뛰어나왔다. 그리고는 이리저리 사방을 쫓아다녔다. 미도리의 이름을 부르면서.

"미도리! 미도리! 미연 소저!……"

그 모습을 보는 미도리의 두 볼에는 눈물이 흘렀다. 신엽이 역용을 지우고 본래의 얼굴로 돌아가 있었기 때문이었다. 그렇다면 그는 다시 한번 그녀를 믿기로 마음먹었다는 얘기가 아니겠는가.

결국 미도리를 찾지 못한 신엽은 동굴로 돌아왔다. 그는 그곳에서 한식경을 더 기다린 다음 실망한 표정으로 일어섰다. 두 마리의 꿩을 동굴 입구에다 내려놓고 발길을 돌렸다. 꿩은 나중에라도 돌아올지 모를 미도리를 위한 것이었으리라.

신엽이 떠나가고 한참이 지나서야 미도리는 나무에서 내려왔다. 그녀는 신엽이 두고 간 선물을 소중히 감싸안았다. 다행히 꿩들은 아직 숨이 붙어 있었다. 혈도만 살짝 눌려 있을 뿐이었다. 미도리는 그들의 혈도를 풀어주었다. 그리고 각각의 이마에 입을 맞춘 다음 허공으로 날려보냈다.

그들 두 마리의 꿩이 신엽과 자신의 지난한 사랑을 대신해줄 것을 기원하면서. 그래서 오래오래 행복하게 살 것을 기원하면서.

꿩들은 그녀의 기원을 알기라도 하는 듯 아름다운 날개를 한껏 펼치며 하늘 높이 날아올랐다.

어부지리

　신엽은 부지런히 길상사로 향했다. 일단 발길을 그쪽으로 정하자 마음이 급해졌다. 간교한 요다와 아시겐지가 그 사이 또 어떤 음모를 꾸몄을지 짐작할 수 없는 일이었다. 세 분 스승님들을 비롯하여 길상사에는 그들의 음모를 감당할 만큼 간교한 사람이 없었던 것이다. 게다가 소운의 소식도 궁금하기 짝이 없었다. 제발 그 사이 소운이 길상사로 돌아와 있기를 그는 간절히 기원했다. 아니면 적어도 소식이라도 전해져 있기를.

　걸음을 서두른 덕분에 신엽은 늦은 오후 무렵 속리산 자락으로 들어설 수 있었다. 사찰이 가까워지면서 그런데 의아한 일이 있었다. 주변 경계를 서는 승려들의 모습이 전혀 보이지 않는다는 사실이었다. 길상사는 평상시에는 경계가 삼엄한 편이 아니었다. 하지만 최근 사무라이들의 습격이 잦아지면서 경계망을 산자락까지 넓히고 있었다. 만약 경계를 서는 승려들이 있었다면 신엽을 보고는 뛰어나와 인사들을 했을 것이었다.

신엽은 여느 때 경계승이 서는 자리를 직접 확인해보았다. 처음 두 곳에서는 아무도 찾을 수 없었다. 그러나 세번째 경계초소에서 그는 여섯 명의 승려들을 발견했다. 처음 두 초소의 승려들까지 함께인 셈이었다. 하나같이 옥침혈이 제압당한 채 쓰러져 있었는데 반항 한 번 못 하고 일격에 당한 게 분명했다. 다행이라면 기습자가 그들의 목숨을 취하지는 않았다는 사실이었다. 신엽은 즉시 그들의 혈도를 풀어주었다. 그리고 어찌된 영문인지를 물었다. 승려들은 당황하여 얼굴만을 붉혔다.

"잘 모르겠습니다. 갑자기 뒷머리가 뜨끔했을 뿐입니다."

"상대도 보지 못했다는 말씀입니까?"

"그렇습니다."

그들의 대답은 하나 같았다.

"그게 언제쯤 일이죠?"

"글쎄요, 그게……."

별안간 혼절했다가 이제야 깨어났으니 시간을 알 턱도 없었다. 신엽은 즉시 몸을 날려 산을 올라갔다. 강적이 찾아온 게 틀림없었다. 사주경계를 서는 승려들은 대단한 고수는 아니었지만 아주 모자라는 하수도 아니었다. 그들이 상대의 접근조차 느끼지 못했다면 작은 일이 아니었다. 세 개 조 여섯 명이 똑같이 당했으니 잠을 잤거나 한눈을 판 까닭도 아니지 않겠는가. 그는 자신이 너무 늦지 않았기를 빌었다.

길상사가 가까워지자 역시 싸우는 소리들이 들려왔다. 장검이 바람을 가르고 무기들이 부딪는 소리들이었다. 꽤 여러 명이 어우러져서 싸우는 듯했다. 신엽이 한 걸음에 내달아 일주문과 천왕문을 넘어서 보니 대웅보전 앞마당에서 격전이 벌어지고 있었다. 자긍대사와 대사형 광한, 광은, 혜정 사형 등 네 사람이 화랑방의 백궁 등 네 사람과 교전을 벌이고 있었다. 화랑방은 네 명이 두 개의 이교진을 형성하여 길상사를 협공했다. 백궁과 낭경이 한 조를 이루고 다른 낯선 두 사람이 한 조를 이루었다. 그런데 그 낯선 두 사람의 무공이 가벼워 보이지 않았다. 나이들도 중년을 넘긴 성싶었고, 태양혈이 불룩불룩한 것이 제법 정심한 내공을 익힌 듯 보였다.

자긍대사 등은 십성진(十成陣)을 형성하여 대항했지만 역력히 비세를 보이고 있었다. 광은과 혜정의 옷은 곳곳이 찢어지고 더러는 피도 배어나와 있었다. 그도 그럴 것이 광은이나 혜정이 십성진을 배운 것은 극히 최근의 일이었다. 게다가 대사형 광한은 왼팔이 부족하여 진법을 펼치기에 불편했다. 십성진은 네 사람이 서로의 왼쪽 어깨와 팔을 연결하여 공력을 교류하는 진법이었기에 한쪽이 빌 수밖에 없었던 것이다.

격전장 양쪽으로는 쌍방의 사람들이 대치하고 있었다. 우측에는 운중선 구장격을 비롯한 화랑방 사람들이 서 있었고, 좌측 뒤편으로는 장문인 자연대사 등이 보였다. 그런데 자연대사는 이미 내상을 입었는지 눈을 감고 정좌하고 있었다. 안색이 몹시도 창백해 보였다. 신엽은 분노와 슬픔이 한꺼번에 치밀어올랐다. 아무리 근래 화랑방의 기세가 드세어졌다기로서니 이럴 수가 있단 말인가. 함께 고려 무림의 맥을 이어온 명문정파 길상파에게 이토록 잔악할 수 있단 말인가.

신엽은 원통전을 넘어 격전장 한가운데로 뛰어내렸다. 동시에 두 팔을 뻗어 화랑방의 새 인물 두 사람을 붙잡아서는 집어던졌다. 두 사람은 한순간에 이삼 장 밖으로 나가떨어졌다. 신엽은 그들을 돌아보지도 않고 자긍대사와 대사형 등에게 인사를 올렸다. 그리고는 뚜벅뚜벅 장문인 앞으로 걸어가 일배를 올렸다.

"불충한 제자 신엽이 이제서야 돌아와 사부님을 뵙습니다."

신엽의 목소리에는 울먹임이 배어 있었다.

자연대사는 가만히 고개를 끄덕였다. 그는 신엽이 원통전을 넘어설 때 눈을 떴다. 신엽이 화랑방의 두 고수를 가볍게 집어던지는 것을 보고는 놀라움과 안도를 느꼈다. 제자의 무공이 그 사이 또 큰 진전을 이루었던 것이다. 길상사가 오늘 아주 허망하게 패하지는 않겠구나. 장문인의 끄덕임 속에는 그런 안도감이 깃들여 있었다.

"사람을 상하지는 말아라."

자연대사는 아주 작은 목소리로 그렇게 말했다. 신엽이 간신히 알아들을 정도의 작은 목소리였다. 그 소리를 내고도 그는 울컥 검붉은 피 한 덩이를 토해낸 다음 다시 눈을 감았다.

자리에서 일어난 신엽은 자긍대사에게 말했다.

"사숙께서는 손을 쉬십시오. 손님들은 이제 사질 신엽이 모시겠습니다."

자긍대사는 신엽이 때맞춰 돌아온 것이 반갑기 이를 데 없었다. 그는 겉보기에는 멀쩡해 보였지만 실상 곳곳에 내상을 입고 있었다. 사질들의 부족한 부분을 메우느라 혼자서 고군분투하여 탈진 상태에 이른 지 오래였던 것이다. 다행히 신엽이 돌아왔으니 길상사의 이름이 처참해지지는 않겠구나 싶어 절로 안도의 한숨을 내쉬었다. 그러나 자긍대사는 그런 마음을 내색하지는 않았다. 대신 한 가지 주의를 당부했다.

"저들의 화랑이교진이 간단하지 않으니 조심해야 한다."

"명심하겠습니다."

신엽은 공손하게 대답했다.

자긍대사와 광한 등은 모두 왼편으로 물러섰다. 이제 격전장에는 화랑방의 네 사람과 신엽만이 우뚝 서 있었다.

조금 전 신엽에게 집어던져졌던 두 사람은 기가 막혔다. 어려서부터 화랑방에서 잔뼈가 굵은 그들은 계림쌍협(鷄林雙俠)이라는 이름으로 잘 알려져 있었다. 십여 년 전 화랑 방주가 피살되고 방내에 내분이 일자 어디론가 자취를 감춘 터였다. 따라서 신엽 또래의 무인들에게는 낯선 이들일 수 있었다. 그러나 화랑방에서 본거지인 계림을 붙여 계림쌍협이라고까지 칭하였던 것을 보면 그 무공이 결코 부족하지 않음을 알 수 있었다. 그들은 운중선 구장격이 방주로 취임하여 화랑방의 방세를 정비한다는 소식을 듣고 최근에야 계림으로 돌아갔다. 이번 출정은 신임 방주 앞에서 그들의 실력과 충정을 보여줄 첫 기회였다. 그런데 한낱 새파란 젊은 친구에게 단번에 집어던져지자 어이가 없었던 것이다.

기실 계림쌍협은 방금 전의 일이 믿어지지도 않았다.

아마 방심했던 탓일 게야.

그들은 그렇게 생각하며 슬금슬금 신엽 앞으로 다가들었다. 세 걸음 앞까지 다가섰을 때였다. 두 사람은 슬쩍 곁눈질을 하더니 동시에 장검을 치켜들었다. 벽력 같은 기합 소리와 함께 신엽을 베었다. 한 사람은 수향(水向)에서 토향(土向)으로, 다른 한 사람은 감괘(坎卦)에서 이괘(離卦) 방향으로였다. 이는 바로 화랑이교진의 절묘한 노림수 중 하나였다. 오행과 팔괘의 이치에 따라 복부 아래를 틈없이 베었으니 적은 십중팔구 공중으로 도약하게 마련이었다. 그 순간 두 사람의 검초는 방향을 틀어 도약하는 적을 따라붙는 것이었다. 두 사람은 한동안 이 절초로 무수한 고수들을 굴복시켰었다.

그러나 그들은 상대가 신엽이라는 사실을 알지 못했다. 불행히도 신엽은 화랑이교진의 변화를 누구보다 잘 알고 있었다. 상체를 좌우

로 흔들하는가 싶더니 신엽은 다시 계림쌍협의 어깨를 붙잡아 멀찌
감치 집어던져버렸다. 두 사람은 담장 바로 앞까지 날아가 떨어졌
다. 만약 신엽이 사정을 보지 않았더라면 담장에 두개골이 으깨어져
즉사했을 것이었다.

멋쩍게 일어나 먼지를 털어낸 계림쌍협은 버럭 소리를 질렀다.

"어린 놈이 요사스런 사술을 쓰는구나!"

두 사람은 다시 장검을 쳐들고 달려들었다. 그러나 이번에는 가까
이 다가가지 않고 먼발치에서 장검만 맹렬하게 휘둘러대었다. 그러
자 백궁과 낭경이 가세하여 사 대 일의 접전이 시작되었다.

네 사람이 휘두르는 네 개의 장검은 하나같이 살기로 가득 차 있
었다. 계림쌍협은 이제 막 뭇 사람들의 면전에서 수모를 당했으니
죽기살기인 것이 당연했다. 백궁은 또 자기 나름의 분노가 있었다.
무공을 익힌 지 십오륙 년. 그는 이제 자신의 무공이 천하를 호령할
수도 있으리라 자신했었다. 그러나 사부를 떠난 후 불과 며칠 사이
말할 수 없는 창피와 고초를 겪었다. 묘향산에서는 월월묘묘를 만나
단 몇 초 만에 혈도를 제압당했고, 돌아오는 길에는 유일한 혈육이
자 사형인 백무마저 잃었다. 그를 죽인 자를 눈앞에 두고서도 옷자
락 하나 건드리지 못했다. 그런저런 일들의 분노가 한껏 응어리져
신엽을 향한 장검에 실리고 있었다. 게다가 그는 안동호의 영웅연에
서 소운과 신엽의 다정한 모습을 본 이후로 무의식중에 신엽을 질
시하게 되었기에 분노는 더욱 뜨거웠다.

낭경 역시 분노와 한이 누구에게도 뒤지지 않았다. 그의 한은 직
접적으로 신엽에 대한 것은 아니었다. 하지만 길상사의 인물이라면
누구라도 예외가 될 수 없었다. 지난날 소운에게 당한 일이 가슴에
맺힌 까닭이었다. 그래서 그는 운중선에게 온갖 이야기를 꾸며서 일
러바쳤고, 운중선마저도 길상사를 혐오하도록 만들었던 것이다. 또

한 그 역시 안동호에서 소운이 신엽과 친한 모습을 보았으므로 단단히 분풀이를 하리라 작정하고 있었다.

네 사람의 마음이 모두 이러하였으니 그 장검들에 실린 살기가 어떨지는 짐작할 수 있는 일이었다. 그들은 조금 전 자긍대사 등을 상대할 때보다 더욱 매섭고 악랄한 살수들을 연거푸 펼쳐대었다. 그러는 그들을 보며 운중선 구장격은 혀를 찼다.

쯧쯧. 도대체 어떤 일들이 있었길래 저런 원한이 쌓였단 말인가.

구장격은 화랑방 사람들의 분노가 지난 십여 년간 길상사로부터 당한 설움과 수모에 대한 울분이라 짐작했다. 특히 신엽이 많은 악행들을 저지른 것이 틀림없다고 믿게 되었다.

살기 어린 검림(劍林) 속에서 신엽은 잠시 당황했다. 무공으로 인한 당황은 아니었다. 바로 그 살기에 대한 당혹감이었다.

무슨 일로 이 사람들이 쌍심지를 켜고 달려드는 것일까. 길상사가 어떤 잘못을 저질렀길래. 내가 알지 못하는 어떤 오해라도 있었단 말인가.

당혹감은 신엽의 움직임을 둔화시켰다. 때문에 한동안은 어려운 형편에 처하기도 했다. 백궁과 계림쌍협의 장검이 몇 차례 아슬아슬하게 급소를 스쳐지나갔다. 그러나 시간이 지나면서 사정은 달라졌다. 조금씩 차분해진 신엽이 일단 눈앞의 일에 집중하기로 마음먹은 까닭이었다.

신엽은 모든 감각을 동원하여 네 사람의 움직임을 살폈다. 이교진은 신엽에게도 익숙한 것이었다. 그러나 네 사람이 함께 펼치는 쌍이교진은 아직 경험한 바가 없었다. 몇 초식 지나지 않아 신엽은 두 개의 이교진이 다시 각각 오행과 팔괘의 방위에 따라 움직이고 있음을 깨달을 수 있었다. 백궁과 낭경의 조가 오행을 따라 돌았고, 계림쌍협은 팔괘를 밟고 있었다. 검과 검이 어우러지는 이치도 본래의 이교진과 크게 다르지 않았다. 다만 변화가 더욱 화려하고 신속하여 눈을 어지럽히는 효과가 있을 뿐이었다.

진법의 이치를 파악하자 신엽은 한결 편안해졌다. 일일이 확인하지 않아도, 바람 소리와 옷자락 소리만 들어도 누가 얼마큼의 공력으로 어떤 초식을 전개하는가를 짐작할 수 있었다. 신엽은 매번의 공격을 맞상대하는 대신 적룡신법을 구사하여 가볍게 피해 다녔다. 살기로 가득 찬 검림을 그림자처럼 돌아다녔다. 네 자루의 장검이 끊임없이 쫓아와 베었지만 시종 신엽의 옷소매 한 조각도 잘라내지 못했다.

그때 이미 신엽의 무공은 그들 네 사람을 합친 것보다도 높은 곳에 올라서 있었다. 마음만 정한다면 십 초 내에라도 그들 모두의 장검을 부러뜨릴 수가 있었다. 그러나 그는 그럴 마음이 없었다. 처음의 분노가 가라앉자 장문인 자연대사의 당부가 생각난 것이었다.

사람을 상하지는 말아라.

그 말은 사태를 더이상 악화시키지 말라는 뜻이었다. 자연대사는 위기에 처해서도 눈앞의 일보다 먼 장래를 염려하고 있었다. 화랑방이 이처럼 분기탱천하여 찾아온 데는 필시 곡절이 있을 것이었다. 오해이거나 혹은 누군가의 이간질일 가능성이 컸다. 오해가 오해에서 끝난다면 풀어낼 방법이 있겠지만 사람이 상한다면 문제는 달라졌다. 원수는 복수를 낳을 것이며, 복수는 점차 더 큰 복수와 참화를 야기할 것이었다. 불가의 제자로서 그처럼 뻔히 보이는 죄업을 시작할 수는 없는 노릇이었다. 신엽은 잠시 후 그들이 지치면 싸움을 물리고 대화를 나눠보리라 생각했다.

화랑방 네 사람의 생각은 그러나 신엽과 달랐다. 그들은 차츰 모멸감에 빠져들고 있었다. 네 사람이 장검을 들고 화랑방의 절예인 쌍이교진을 펼치면서도 맨손의 신엽 하나를 어쩌지 못하였으니 당연한 일이기도 했다. 백궁은 쌍이교진의 비기를 사용하기로 작정하고 다른 세 사람에게 눈짓했다. 네 사람은 일시에 공격을 멈추고 일 장 뒤로 물러섰다. 동서남북 사방에 정확하게 자리하여 장검 끝을 신엽에게로 향했다. 장검이 조금씩 좌하위로 내려가는가 싶더니 일제히 원을 그리며 달리기 시작했다. 원은 점차 빨라지며 중심으로 모여들었다. 신엽은 싸늘한 검기의 원반이 가슴을 조여들어옴을 느꼈다. 차갑고도 육중한 짓눌림이었다. 이런 진법은 처음이었다. 네 사람 이상일 경우에만 가능한 진식이었으므로 신엽은 경험할 기회가 없었던 것이다.

원형진법의 더 난해한 묘리는 네 사람간의 순서가 수시로 뒤바뀐다는 점에 있었다. 백궁 낭경 계림일협 이협 순이던 배열이 몇 차례 회전 후에는 낭경 백궁 이협 일협의 순서로 바뀌었다. 그리고 잠시 후에는 다시 일협 백궁 이협 낭경의 순서로 변했다. 그 변화는 어지간한 공력의 소유자가 아니라면 포착하기 힘들 만큼 신속하고 교묘했다.

회전망은 반 장 앞까지 모여들더니 잠시 주춤했다. 그러나 곧 다시 같은 속도로 좁혀들기 시작했다. 거대한 회오리바람과 압력이 덩달아 좁혀들었다. 신엽은 적차삼의 삼각형에 갇혔을 때와 유사한 중압감을 느꼈다. 하지만 그때보다는 조금 가벼운 듯도 싶었다.

장검들은 이제 신엽 몸 앞 한 자 거리까지 조여들었다. 신엽은 여전히 미동 없이 서 있었다. 그 어느 순간 문득 네 자루의 장검은 상하로 흩어지며 신엽의 몸을 베었다. 무릎, 허리, 목 그리고 머리 위 한 자 지점이었다. 머리 위는 퇴로를 차단하는 것이었다. 회전의 탄력을 받은 장검들은 실로 쾌속하게 빛을 갈랐다. 길상사의 승려들은 낯빛이 변하며 탄성을 냈다.

아! 참으로 무서운 진법이구나. 신엽도 저렇게 쓰러지는 것인가.

그러나 다음 순간 예상 밖의 일이 벌어졌다. 쾌검을 베어가던 백궁과 계림일협이 황급히 검을 거둬들이며 용수철처럼 튕겨 달아났다. 낭경과 이협은 동시에 비명을 질렀다.

"악!"

"안 돼!"

사람들의 눈은 휘둥그레졌다. 원형진의 한가운데 신엽이 있던 자리에는 이미 신엽은 간 곳 없고 낭경이 거꾸로 서 있었다. 머리를 땅으로 곤두박질치고 두 발은 허공으로 뻗은 채. 그리고 계림이협의 장검은 낭경의 목 아래 천돌혈을 베어들고 있었다. 낭경의 비명은 죽음에 대한 공포였고, 이협의 비명은 검을 멈출 수 없어 동료를 베어야 하는 데 대한 경악이었다. 그런데 그 순간 땅 쪽에서 발 하나가 불쑥 튀어올라왔다. 발은 이협의 우수를 걷어차 장검을 날려보냈다. 이협은 회전력을 주체하지 못하고 빙글빙글 돌아 이 장 밖으로 날아가 떨어졌다.

사람들은 그제서야 사정을 깨달을 수 있었다.

네 사람이 마지막 살초를 전개했을 때 첫번째로 손을 쓴 사람은 낭경이었다. 머리 위 한 자 지점을 맡은 그는 신엽의 퇴로를 차단하기 위해 가장 먼저 움직인 것이었다. 그러나 신엽은 바로 그 움직임을 역이용했다. 베어들어오는 낭경의 검끝을 살짝 움켜쥐고는 아래로 끌어내렸다. 동시에 자신은 몸을 낮추어 수평으로 드러누웠다. 땅바닥에 찰싹 달라붙을 정도로. 그 변화는 실로 한순간의 일이었다. 목과 허리를 맡았던 일협과 백궁은 사정을 알아차리고 즉시 검을 거둬들였다. 그러나 가장 아래쪽의 이협은 깨달음이 늦어 검을 멈출 수 없었다. 만약 신엽의 발길질이 없었더라면 낭경은 이미 머리와 몸이 분리되어 나뒹굴고 있었을 것이었다.

신엽은 낭경도 이 장 밖으로 내던지며 몸을 일으켰다. 핑글 한 바퀴를 돌아 애초의 자리에 우뚝 섰다. 평화롭기 그지없는 모습이었다. 게다가 그의 몸에는 흙먼지 하나 묻어 있지 않았다. 길상사의 승려들은 박수갈채를 보냈다.

"훌륭하다. 훌륭해!"

"길상사의 대운이 다시 열리는구나!"

그들이 그처럼 기뻐하는 데는 이유가 있었다. 그것은 신엽이 사용한 무공이 하나에서 열까지 길상사의 독문무공이라는 데 있었다. 화랑방이나 조의사비의 무공을 상당 정도 섭렵했음에도 불구하고 신엽은 철저히 적룡권법과 적룡신법만으로 적을 상대한 것이었다. 금강일신이 떠나고 특출한 인재가 나오지 않던 동안 많은 젊은 승려들은 회의적으로 변하고 있었다. 길상사의 무공이 원래 범상한 게 아닐까 하는 회의였다. 그러나 이제 신엽의 무공을 본 그들은 회의를 말끔히 씻어버릴 수 있었다. 그런 사실이 그들을 더욱 기쁘게 만들고 있었다.

백궁 등은 다시 대열을 정비하고 신엽을 에워쌌다. 더 지독한 분노와 살기로 무장하고서. 하지만 운중선 구장격이 그들을 제지하고 나섰다.

"물러서거라."

구장격은 이미 더이상의 교전이 무의미함을 깨달은 터였다. 도서원진(屠鼠圓陣)으로도 안 된다면 현격한 역부족이었다. 게다가 사대 일의 대결을 오래 지속하는 것 자체가 화랑방에는 타격이 될 수 있었다. 그는 천천히 걸어 대결장으로 나갔다. 백궁 등은 분을 삭이며 뒤로 물러났다. 그런데 그때였다. 물러서던 낭경이 문득 신엽의 등뒤를 향해 몸을 날린 것이었다. 검과 사람이 일체가 되어 명문혈을 파고들어갔다. 놀랄 겨를도 없는 순간적인 기습이었다.

"앗!"

사람들이 이를 보고 소리질렀을 때는 이미 장검 끝이 명문혈의 세 치 앞에 이르고 있었다.

다음 순간, 낭경의 장검은 신엽의 몸을 뚫고 들어가는 듯 보였다. 그러나 그것은 착각이었다. 장검은 갈대처럼 둥글게 구부러지더니 낭경의 몸을 튕겨내고 말았다. 살기를 감지한 순간 신엽이 월정검으로 등뒤를 보호한 까닭이었다. 그의 검법이 너무 신속하였기에 구장격을 제외하고는 누구도 제대로 보지 못한 일이었다. 월정검이 나왔다가 들어간 사실을 아는 사람조차 하나 없었다.

신엽은 아무 일 없었다는 듯 그 자리에 그대로 서 있었다.

낭경은 하필 구장격의 발 앞으로 떨어졌다. 구장격은 일어나는 낭경의 뺨을 왕복으로 갈긴 다음 등뒤로 던졌다. 화랑방의 제자가 비열한 암수를 저지른 데 대한 처벌이었다. 그리고 구장격은 신엽에게 말했다.

"너의 무공은 간단치가 않구나. 사부들의 이름을 쭉 거명해보아라."

"제 사부님은 자연대사이십니다."

신엽은 공손하게 대답했다. 구장격은 고개를 저었다. 이미 안동호에서 한 차례 같은 문답을 주고받은 적이 있기 때문이었다.

"사부가 아니라도 좋다. 네게 무공을 가르친 분들을 모두 거명해보아라."

신엽은 구장격의 눈이 역시 매섭다고 느꼈다. 자신은 줄곧 적룡권법과 적룡신법만을 사용했고, 대다수 사람들도 그렇게 믿고 있었다. 그러나 운중선 구장격만은 그 사이사이에 보이지 않게 스며든 사비와 묘향신니의 무공을 간파하고 있었던 것이다. 신엽은 더이상의 부정은 어른에 대한 무례라 생각하여 입을 열었다.

"후배의 첫번째 사부님은 자연대사이십니다. 하지만 이치를 따지자면 길상사의 모든 선배 고인들이 사부가 되십니다."

"그 점은 알겠다."

구장격이 고개를 끄덕였다. 신엽이 금강일신과의 관계를 우회적으로 시인함을 인정한 것이었다. 그건 그가 이미 짐작한 일이기도 했다.

"월하고검 석준경 어른께 월광검법을 배웠습니다. 다만 후배의 자질이 일천하여 석 어른의 발치에도 미치지 못함이 부끄러울 따름입니다."

"그 밖에 또 누가 있느냐?"

신엽은 잠시 생각했다. 구장격은 화랑방의 무공에 대해서 묻는 것이 분명했다. 그러나 그에 대해서는 마땅히 무어라 설명해야 할지를 알 수 없었다. 그가 처음 수심장을 배운 것은 금강일신 자혜대사로부터였다. 자혜대사는 원래 수심장이 타방의 무공이라 전수할 뜻이 없었지만 불가피한 위기 상황에서 어쩔 도리 없이 가르친 것이었다. 구구절절한 그 사연을 구장격에게 늘어놓을 수는 없는 일이었다. 게다가 그후로도 소운과 낭연, 묘향신니 등을 통해 조금씩 어깨너머 공부를 하였으니 길고도 긴 이야기였던 것이다.

"여기저기서 보고 들은 것을 나름대로 연습하여 익혔습니다."

"다른 문파의 무공을 도둑질해 배우는 건 무림인의 금기라는 사실도 몰랐더냐?"

"죄송합니다. 그때마다 부득이한 사정이 있었습니다."

"그럴 테지. 핑계 없는 무덤이 어디 있겠느냐."

신엽은 마치 구장격이 길상사의 무공을 비웃는 듯하여 단호하게 말했다.

"앞으로 후배는 화랑방과 관계된 무공은 결코 사용하지 않겠습니다."

"화랑방의 무공만이냐?"

자궁대사 등은 내심 속이 탔다. 구장격의 교묘한 유도심문이 바로 이런 다짐을 얻어내기 위한 것이었음을 그제서야 깨달은 것이었다. 그러나 달리 신엽을 도울 방법이 없었다. 신엽의 강직한 성품은 구장격의 유도심문을 뻔히 알면서도 다시 한번 약속하지 않을 수 없었다.

"정식으로 전수받은 무공이 아니라면 어느 것도 사용하지 않겠습니다."

"이 시각 이후로 영원히?"

"그렇습니다."

"온 천하에 서약하는 것이냐?"

"그렇습니다."

"흥. 설사 서약을 깨뜨리더라도 본 방주와는 상관없는 일이다. 다만 길상사의 명성이 진흙탕에 떨어질 것이다."

구장격은 기대 이상의 소득을 얻고도 기뻐하지 않는 척했다. 그는 지금 노련한 심리전을 운용하고 있었다. 신엽의 무공이 이미 절정에 올라 자기도 승부를 장담하기 어려움을 깨닫고는 몇 가지 예비조치를 취한 것이었다. 만약 신엽이 강직한 성품이 아니었다면 이미 심정적인 평화를 잃기 시작했을 것이었다. 그러나 사정은 그렇지 않았다. 신엽은 자신의 약속이 당연한 것이라 여겼다. 결코 부당한 양보라고 생각하지 않았다. 때문에 그는 조금도 동요되지 않았다. 오히려 더 편안해진 기분이었다.

"후배가 한 가지 여쭤봐도 되겠습니까?"

"그건 네 녀석 마음이다."

"운중선 구장격 어른은 이 나라 무림의 최고 어른들 중 한 분이십니다. 사람들은 운중선이 의를 행할 수 없는 경우에도 결코 불의는 행하지 않는다고 말합니다. 그런데 오늘은 어찌하여 예고도 없이 무리를 이끌고 명문정파 길상사를 침입하셨습니까?"

"어린 녀석의 말버릇이 지나치구나. 무리를 이끌고 길상사를 침입하였다니. 화랑방이 무슨 도적떼라도 된단 말이냐?"

구장격이 발끈하여 말했다. 그러나 신엽은 물러서지 않았다. 길상사의 명예가 그의 두 어깨에 지워져 있음을 잘 알았기 때문이었다.

"지금의 형국이 그와 같지 않습니까?"

"나는 다만 확인할 일이 있어 길상사를 예방했을 뿐이다. 길상사의 손님 접대가 험악하여 이 지경에 이른 것이다."

"예방객이 폐사의 외곽 경비를 맡은 승려들을 암습하여 혼절시킨 것은 무슨 까닭입니까?"

자긍대사는 고개를 끄덕였다. 그는 화랑방이 떼지어 들이닥쳤는데 비상신호조차 울리지 않은 것을 궁금해하던 터였다. 알고 보니 암습을 당한 것이었다. 그는 신엽의 당당한 지적이 대견스럽기만 했다.

구장격은 일시 말문이 막혔다. 해서 짐짓 딴전을 부렸다.

"누가 오는 길에 중들을 본 일이 있느냐?"

그는 제자들을 돌아보며 물었다. 낭경이 기다렸다는 듯 대답했다.

"나무 위에 흉기를 든 수상한 자들이 숨어 있었습니다. 제자는 산적인 줄 알고 잠깐 혼을 내주었습니다."

구장격은 흡족한 미소를 머금었다.

"그랬구나. 다음부터는 쥐새끼 한 마리를 잡더라도 내게 보고하도록 하여라."

"명심하겠습니다."

"잘 들었느냐? 흉기를 들고 숨어 있었다니 산적으로 오인한 것은 당연지사 아니겠느냐."

신엽을 비롯한 길상사 승려들은 기가 막혔다. 억지를 써도 유분수지, 저런 생억지가 또 있단 말인가.

곁에서 지켜보던 광은이 참지 못해 입을 열었다.

"귀방 사람들은 모두 벙어리에 귀머거리들인 모양이군요. 한마디 대화로 확인하면 될 것을 주먹부터 앞세우니."

구장격은 들은 척도 하지 않았다. 그는 감히 광은 따위는 자신에게 말을 걸 자격도 없다고 여긴 것이었다. 그러자 자긍대사가 한 걸음 앞으로 나섰다.

"아까부터 확인 운운하는데 무엇을 확인하시겠단 말씀인지요?"

"길상사가 무림의 오랜 금기를 깨고『금해진경』을 도굴했다는 소릴 들었다. 그게 사실이냐?"

구장격은 자긍의 질문에도 대꾸하지 않고 신엽에게 말했다. 그는 한 번에 여러 명과 얘기하는 것이 질색이었다. 산만한 것을 싫어하는 까닭이었다. 게다가 무공이 낮은 사람은 사람 취급도 안 하는 경향이 있었기에 오직 신엽 한 사람만을 대화 상대로 인정하고 있었다.

"어디서 누구로부터 들은 말씀입니까?"

"그게 무슨 상관이냐? 사실인지 아닌지만 대답하여라."

"먼저 내막을 밝히시기 전에는 말씀드릴 수 없습니다."

"어린 녀석이 하늘 높은 줄을 모르는구나."

"노여워 마십시오. 제가 먼저 내막을 밝히시기를 여쭙는 것은 이 일에 왜국 사무라이들의 음모가 얽혀 있기 때문입니다."

"그렇다면 좋다. 일을 더 간단하게 만들자. 지금 길상사에『금해진경』이 있느냐 없느냐. 그것만 대답하여라."

신엽은 잠시 고민했다. 본시 거짓말을 못 하는 터라 대답하기가 곤란했던 것이다. 그러나 그는 곧 그게 자신이 고민할 일이 아님을 깨달았다.

"후배는 모르겠습니다. 그 일에 대해서는 장문인께 여쭙는 것이 도리인 듯합니다."

"그러면 너는 물러서거라. 내 직접 길상사 장문인에게 묻겠다."

"지금은 안 됩니다. 장문인께서 내상을 입으셨으니 돌아가셨다가 훗날 다시 찾아주십시오."

구장격은 발끈하여 소리쳤다.

"내가 묻겠다면 묻는 것이다."

"죄송합니다."

신엽도 물러서지 않았다. 그러자 구장격이 말했다.

"내 처음 이곳에 들어섰을 때 모두에게 말했다. 길상사에 나의 삼장을 받아낼 사람만 있다면 즉시 돌아가겠노라고. 네 녀석이 한번 해보겠느냐?"

구장격은 과연 그런 말을 했었다. 길상사의 기세를 꺾기 위해서였다. 그래서 장문인 자연대사가 나설 수밖에 없었다. 그러나 그는 구장격의 이 장을 받고는 중한 내상을 입고 말았다. 남은 일 장을 더 맞는다면 죽음뿐일 것이었다. 그런데도 자연대사는 다시 일어나 마주 섰다. 구장격은 거침없이 제삼장을 펼치려 했다. 그러자 자긍대사 등이 참지 못하고 뛰어들었고, 운중선의 제자들도 쫓아나와 십성진과 쌍이교진의 대결이 벌어진 것이었다.

"신엽아. 신중해야 한다. 무공의 대결은 힘만으로 하는 것이 아니다."

자긍대사가 신엽의 주의를 환기시켰다. 구장격이 그 말을 비웃었다.

"자신이 없다면 강요하진 않겠다."

"후배 목숨을 걸고 받아보겠습니다."

　신엽은 가슴을 쭉 펴고 대답했다.

　신엽도 내심 불안감이 없지 않았다. 운중선 구장격은 당금 무림의 자타가 인정하는 최고수였다. 그런 고수가 필생의 공력을 실어 삼 장을 펼친다면 그 위력은 실로 대단할 것이었다. 더구나 장력의 대결은 기예와 초수를 겨루는 대결과는 달랐다. 삼 장을 받는다는 것은 삼백 초나 그 이상을 겨루는 것과 다를 바가 없었다. 달아날 곳도 재간을 부릴 틈도 없었고, 오직 공력의 중후경박에 의해서 승부가 가려지기 때문이었다.

　구장격이 신엽에게 장력 대결을 제안한 것도 바로 그런 까닭이었다. 그가 보기에 신엽은 여간 민첩하지 않았다. 여러 가지 절예들을 익힌 덕분에 근골과 관절들이 고루 부드럽게 풀어져 있었다. 손발이나 무기를 사용하는 대결로는 쉽게 제압하기 어려울 듯 보였다. 그러나 공력의 깊이로 따지자면 감히 자기를 따라오지 못하리라 자신했다. 신엽은 고작 십팔구 세의 청년이었던 것이다.

　"스스로 원한 것이니 나를 원망하지는 말아라."

　구장격은 천천히 두 팔을 가슴 앞으로 올렸다. 장심을 바닥으로 향한 채 어깨 높이까지 올리더니 정면을 향해 부드럽게 밀었다. 신엽은 그것이 수심십육장의 제이장인 수류탕탕(水流湯湯)임을 알 수 있었다. 단순하였지만 다른 어느 장법보다 힘이 좋은 일 장이었다. 해일이 일듯 거대한 물결이 신엽에게로 밀려왔다. 신엽은 즉시 쌍장을 앞으로 밀었다. 그가 사용한 것은 적룡권법 중 신룡관산(神龍貫山)이라는 일 장이었다.

　수류탕탕이 대하의 도도한 물결이라면 신룡관산은 한 줄기 뜨거운 열풍이었다. 그리고 그 속에는 맹렬한 회전이 숨어 있었다. 두 장력이 마주치자 허공이 일렁였다. 수류는 끊임없이 밀고 들어가려 했고, 열기의 소용돌이는 그 수 기운을 사방으로 흩어버렸다. 그 파편

애 깜짝 놀라 주변 사람들은 몇 걸음씩 물러서야 했다. 허공의 일렁임은 잠시 후에야 잦아들었다.

"일장이요!"

길상사의 광은이 낭랑하게 소리쳤다.

구장격은 적이 놀랐다. 이 일 장에 십 성의 공력을 실었으나 조금도 득을 보지 못한 것이었다. 그는 이번에는 십일 성의 공력으로 제 이장을 펼쳤다. 장법은 역시 동일한 수류탕탕이었다. 신엽은 상대가 같은 장법을 전개함을 보고 똑같이 신룡관산으로 맞섰다.

다시 두 개의 장력이 맞부딪혔고, 허공은 조금 더 강하게 일렁였다. 구장격과 신엽은 각각 한 걸음 두 걸음씩 뒤로 물러났다. 그러나 이번에도 승부가 가려진 것은 아니었다. 구장격은 위신 때문에 버텨서 한 걸음만 밀려났지만 신엽은 자연스럽게 두 걸음을 물러선 것이었다.

"이장이요!"

광은의 목소리가 기분좋게 울렸다.

구장격은 잠시 신엽을 노려보았다. 그는 다음 공격을 생각하는 듯 보였지만 실은 끓어오르는 기혈을 진정시키는 중이었다. 신엽은 구장격이 세번째 공격도 동일한 장법을 사용하리라는 것을 짐작했다. 그 이상 강력한 장법이 드물었을 뿐 아니라 어른으로서의 자존심도 대단했으니까.

마침내 두 사람은 세번째로 부딪혔다. 산을 허물고 바다를 가를 듯한 장력들이 한데 어우러졌다. 더 큰 폭음과 함께 흙먼지가 자욱하게 일었다. 수백 년 된 절의 담벽들이 웅웅 소리를 내며 울렸다. 그 울림 속에서 광은이 소리쳤다.

"삼장이요!"

흙먼지가 가라앉고 시야가 열리자 사람들은 모두 경악하고 말았다. 두 사람의 장력 대결은 이번에도 승부를 가리지 못한 게 분명했다. 똑같이 세 걸음씩을 물러서 있었으니까. 그러나 그 사이 신엽에게는 변고가 생겨 있었다. 그의 등뒤에는 장검이 반 자 가량 박혀 있었다. 그리고 그는 백궁의 목을 움켜쥐고 있었다.

"이놈! 어서 나도 죽여라! 내 손으로 형의 원수를 갚지 못하는 것이 안타깝다만 결국 화랑방이 너를 응징할 것이다."

백궁이 신엽에게 소리쳤다.

돌연한 변고에 누구보다 놀란 사람은 바로 구장격이었다. 그는 비록 성격이 냉랭하고 괴팍하였지만 이날 이때까지 무도(武道)에 어긋나는 일을 한 적이 없었다. 사람들이 그를 이선이라 칭송하는 데는 그같은 이유가 있었다. 그런데 애제자가 부당하게 끼어들어 상대를 암해하자 경악한 것이었다.

"궁아! 이 무슨 비열한 짓이더냐."

"사부님. 용서하십시오. 제자 실력이 부족하고 분노가 하늘에 치솟아 이런 꼴을 보이고 말았습니다. 그러나 방금 제자는 백무형을 죽인 범인을 찾아내었습니다."

"무엇이라? 그게 누구냐?"

"그날은 밤이 어두워 똑똑히 볼 수 없었습니다. 하지만 백무형은 죽음을 당하면서 한 가지 단서를 남겼습니다. 바로 이것입니다."

백궁은 가슴속에서 백색 헝겊 조각 하나를 꺼내어 높이 들었다. 그것은 뜯어져나간 옷고름이었다. 신엽은 내심 아뿔사 싶었다. 그날 요다로부터 백무를 받아들었을 때 그의 몸은 이미 경련을 일으키고 있었다. 백무는 신엽의 옷고름을 움켜쥐고 부르르 떨었는데 신엽이 그를 백궁에게 던짐으로써 옷고름이 뜯겨나간 것이었다. 사정이 이러하였으니 백궁이 자신을 범인으로 단정한 것은 어쩔 수 없는 일이었다. 신엽은 한숨을 내쉬고 백궁을 놓아주었다.

　몸이 자유로워진 백궁은 즉시 다시 신엽에게 쌍장을 후려쳤다. 신엽은 가볍게 공격을 해소하고 장력으로 그를 밀었다. 백궁은 이 장을 미끄러져 사부 곁으로 돌아갔다. 그 일로 힘을 쓰느라 신엽의 등에서는 피가 흐르기 시작했다. 안색도 한결 창백하게 변했다. 대사형 광한이 뛰어와 장검을 뽑고 출혈을 막은 다음 금창약을 발라주었다.

　그 무렵 신엽의 무공은 설사 백궁이 암습을 가하더라도 부상을 입힐 수 없을 경지에 올라 있었다. 만약 평상시 그런 일이 있었다면 백궁은 되레 신엽의 전신을 감싼 현묘공에 당하고 말았을 것이었다. 그러나 운중선과의 장력 대결에 십 성이 넘는 공력을 쏟아낸 까닭에 신엽은 일시적인 공력의 진공 상태를 맞고 있었다. 바로 그 순간 뒤에서 백궁이 장검을 꽂았기에 당할 수밖에 없었던 것이다.

　"그 일이 사실이냐?"

　구장격이 떨리는 목소리로 신엽에게 물었다. 조금 전 세 번의 장력 대결을 벌이면서 그는 내심 신엽을 아끼는 마음을 갖게 되었었다. 신엽의 무공은 생각보다도 훨씬 고강했다. 그 삼 장에 자신은 전력을 퍼부었지만 신엽은 여분을 남기고 필요한 만큼만 사용하였음도 알 수 있었다. 그것은 운중선 구장격에 대한 예우임이 분명했다. 혹은 화랑방과 더이상의 악연은 맺고 싶지 않다는 뜻이었거나. 구장격은 깨끗이 패배를 자인하고 계림으로 돌아가리라 생각했다.

　그런데 뜻밖에도 백궁이 신엽을 백무의 살해범이라 지목한 것이었다. 더구나 거기에는 움직일 수 없는 증거까지 있었다. 누구보다 백무를 아낀 구장격이었기에 그 슬픔과 분노는 형언할 수 없을 정도였다.

　"제가 그 자리에 있었던 것은 사실입니다. 그러나 백무 소협을 죽인 범인은 다른 사람입니다."

“그게 누구란 말이냐?”

“요다 훈게이입니다.”

“거짓말 마라!”

백궁이 다시 신엽을 손가락질하며 나섰다.

“그 자리에는 다른 사람이 없었다. 아무리 어두운 밤이었다지만 그 정도는 알 수 있어. 사부님. 저놈이 범인이 틀림없습니다.”

“함부로 지껄이지 마라!”

“삼사형은 결코 없는 얘기를 꾸며내는 분이 아니오.”

혜정과 광은 등이 발끈하여 앞으로 나섰다. 신엽은 그들을 달래어 들여보내고 차분히 말했다.

“그날 저는 몇 시진째 요다를 뒤쫓고 있었습니다. 그렇게 달리던 길에 불행히 백무 소협이 요다와 맞닥뜨렸고, 요다가 소협을 죽여 죄를 제게 덮어씌웠던 것입니다. 백궁 소협이 나타났기에 내막을 설명하려 했지만 워낙 상황이 좋지 않아 나중에 요다를 붙잡아 밝히리라 마음먹고 자리를 피한 것이었습니다.”

“흥. 그렇다면 묘향산에서의 일은 어떻게 설명할 테냐. 네 옷차림을 보니 모든 게 선명해지는구나.”

백궁의 말에 운중선이 물었다.

“그건 또 무슨 얘기냐?”

“묘묘가 신니를 찾아왔을 때 옆구리에 한 사내를 끼고 있었습니다. 그때는 몰랐지만 지금 생각해보니 바로 저놈이었습니다. 얼굴에 수염과 화상 자국을 붙여서 위장했을 뿐 옷차림은 똑같았습니다. 저놈이 묘묘와 작당하여 녹운곡을 쑥밭으로 만들고 묘향신니를 중독시킨 것입니다.”

백궁은 그날 녹운옥에서의 일을 정확히 알지 못했다. 묘묘와 신니가 일전을 겨루는 곳까지만 보았고 곧 요다의 독향에 쓰러진 까닭이었다. 그가 깨어났을 때는 이미 묘묘나 신엽, 요다 등이 모두 현장을 떠난 후였다. 때문에 그는 요다가 모든 술책의 진원지였음을 알지 못했다. 요다가 그 자리에 있었다는 사실조차 알지 못했다. 다만 자신과 백무를 포함한 그 자리의 모든 사람들이 독향에 당한 것만을 알 수 있었다. 다행히 요다는 독에 정심하지 않아 그가 사용한 무색무취의 독향은 독성이 그리 강하지 않았다. 신니가 마련한 해독약을 복용하고는 모두 정상으로 돌아왔다. 그러나 정작 신니 자신은 간단히 독성을 풀 수 없었다. 중독된 몸으로 억지로 공력을 모아 혈도를 푸는 과정에서 독이 단전까지 스며든 까닭이었다. 아무리 가벼운 독이라도 단전에까지 이른다면 사정은 달라졌다.

신니는 백무가 건넨 운중선의 서찰을 읽고는 고개를 저었다. 그리고 이렇게 말했다. 나는 이미 세상사에 흥미를 잃었다. 게다가 오랜동안 독상을 치료해야 할 것이다. 그 서찰에서 운중선은 길상사와 사비가 작당하여 화랑방을 능멸하려 하니 도와달라는 뜻을 전한 터였다.

백궁은 구장격에게 그 모든 일을 보고한 터였다. 요다의 자리에 묘묘와 남자를 집어넣는 추리력으로. 그런데 이제 그 남자가 바로 신엽이었음이 밝혀지자 구장격의 분노도 하늘을 찌를 듯 치솟았다. 구장격은 다짜고짜 일 장을 신엽에게 갈겼다. 신엽은 적룡신법으로 급히 피하며 백궁에게 물었다.

"신니께서 중독을 풀지 못하셨나요?"

"뻔뻔스러운 것. 네가 직접 한 짓을 왜 내게 묻는 거냐?"

신엽은 가슴이 아팠다. 그는 즉시 사정을 짐작할 수 있었다. 요다의 독향은 대단한 게 아니었다. 그런데도 신니가 중독을 풀지 못했다면 그건 억지로 혈도를 푸는 과정에서 독상이 악화된 까닭이었다. 신니가 그렇다면 묘묘 역시 다를 바 없을 것이었다. 그리고 그 모든 일은 백궁의 말대로 자신의 잘못에서 비롯된 터였다. 그래서 그는 더욱 가슴이 아팠던 것이다. 그러나 해명할 일은 해명할 필요가 있었다. 구장격은 잇달아 십여 장을 펼쳐서 신엽을 공격했고, 신엽은 빙글빙글 돌아 피하며 말했다.

"화랑 방주님께서는 제 말씀을 들어주십시오. 그날의 일은 모두 요다의 간계에 의한 것이었습니다. 요다가 묘묘의 제자 소향을 죽여 신니의 소행인 양 꾸몄습니다. 마침 제가 현장을 목격하였기에 묘묘는 후배를 포박하여 묘향산으로 찾아간 것입니다. 묘묘와 신니의 대결이 절정에 이르렀을 때 요다가 독향을 피워 사람들을 중독시켰습니다."

"이것도 요다, 저것도 요다, 모든 것을 요다 훈게이에게 뒤집어씌우려는 게냐?"

"사실이 그렇습니다. 신니나 묘묘 어른께 여쭤보면 당장 아실 일입니다. 그런 일을 왜 후배가 꾸며내겠습니까."

"신니는 독상을 치료하기 위해 한동안 은둔할 것이다. 네 놈은 그걸 노렸겠지. 게다가 네가 묘묘에게 포박당했다는 얘기를 누가 믿겠느냐? 네 놈의 무공이면 거꾸로 묘묘를 포박할 수도 있었을 텐데."

구장격은 말을 하면서도 맹렬한 공격을 늦추지 않았다. 신엽은 그를 믿게 하는 일이 불가능한 상황임을 깨달았다. 설명해야 할, 그러나 설명할 수 없는 너무 많은 일들이 가로놓여 있었던 것이다.

운중선 구장격의 위명은 명불허전이었다. 그가 움직이는 동작들을 보면 하나하나가 구름 속을 노니는 신선처럼 부드럽고 여유로웠다. 그러나 그 동작의 마디마디에서 뿜어져나오는 살기는 가히 뼈를 깎고 살을 에일 듯했다. 신법은 변화를 짐작할 수 없었고, 장법은 흐름과 끊어짐을 분간할 수 없었다. 신엽은 많은 사람들의 낙영비와 수심십육장을 접했지만 오늘처럼 두터운 장벽을 느끼기는 처음이었다. 연거푸 적룡신법의 절초들을 구사하여 장력 틈새를 빠져나가기에 급급할 따름이었다. 그가 그처럼 고전하는 데는 물론 백궁의 일검으로 입은 상처가 큰 몫을 하고 있었다. 등에서는 이미 다시 피가 흐르고 있었고, 더불어서 공력도 새어나가고 있었다. 더구나 상체를 한 번씩 비틀 때마다 예리한 통증이 찾아오는 것이었다.

광한, 광은 등은 참지 못하고 뛰어나가 신엽을 도우려 했다. 그러나 자긍대사가 이를 만류했다. 여느 때는 누구보다 급한 성격의 자긍이었지만 정작 위기에 처하니 생각이 깊어졌다. 사형 자휼대사가 불구의 몸이 되었고 장문인 자연대사까지 중상을 입은 까닭에 스스로 책임감이 막중해진 것이었다. 그도 역시 당장 뛰어나가 신엽을 돕고 싶은 마음이었지만 그건 결코 신엽을 돕는 일이 아니었다.

신엽은 지금 고도의 집중력으로 구장격의 맹공을 피하고 있었다. 부상은 약하지 않았지만 당장 패할 기색은 아니었다. 그런데 만약 광한 등이 뛰어든다면 백궁과 계림쌍협이 가만 있지 않을 것이었다. 대결장은 일대 수라장으로 변할 것이었고, 신엽은 집중력이 흐트러져 더 큰 위기에 처할 것이었다. 그런 까닭에 자긍은 이를 악물고 참는 중이었다.

대신 자긍대사는 평상시 영웅연하던 구장격의 자존심에 시비를 걸기로 했다. 그는 허공을 향해 큰 소리로 한탄했다.

"허허! 천하의 운중선 구장격도 이제는 서산에 걸린 해로구나. 까마득한 후배에게 암수를 가하고서도 낯부끄러운 줄 모르다니. 다시 어느 후인이 그를 이선의 한 사람으로 기억할 것인가."

구장격의 강한 자존심은 세상이 모두 아는 바였다. 그런 그의 아픈 점을 자긍대사가 매섭게 꼬집었으니 심기가 어떨지는 짐작할 일이었다. 그러나 구장격은 손을 멈추지 않았다. 그는 손을 멈출 수가 없었다. 묘향신니 윤지림마저 묘묘와 신엽 등에게 중독을 당했다는 소식이 너무 충격적인 까닭이었다. 조의문과 길상사가 손잡고 이선의 목을 죄어온다면 앞으로의 일들은 얼마나 험난할 것인가. 혼자서 아무리 고군분투한다 해도 어찌 그들 모두를 당해낼 것인가. 그렇다면 그는 이번 기회에 신엽을 제거할 수밖에 없다고 결심했다. 비록 도리에 어긋나고 명예에 흠이 가는 일일지라도.

다시 한번 마음을 굳힌 구장격은 장검을 뽑아들었다. 더 신속하게 일을 마무리짓기 위해서였다.

"너도 무기를 들어라."

그는 신엽이 월정검을 꺼내어 들 시간을 주었다. 그런 다음 질풍같이 설녀검법을 전개하기 시작했다.

검법이 펼쳐지자 신엽은 더욱 어려워졌다. 그는 이미 내력의 상당량이 빠져나가 구장격과 맞부딪힐 힘이 없었다. 적룡신법으로 겨우겨우 피해왔을 뿐이었다. 수심장의 공격은 그럭저럭 피할 수 있었지만 설녀검법은 훨씬 크고 치명적인 공격망을 형성하여 빈틈을 찾기 어려웠다. 때로 그는 어쩔 수 없이 검과 검을 맞부딪혀 위기를 벗어나야 했다. 그런 일이 두세 차례 이어지자 등의 상처가 악화되었다. 근육이 찢어지고 피가 샘물처럼 솟아나와 대웅보전 앞은 온통 피바다가 되고 말았다. 신엽은 이따금 눈앞이 흐려지기까지 했다. 이제 이렇게 죽는 것이로구나 싶었다. 소운의 얼굴이 어른거렸다.

소운은 지금 어디서 무얼 하고 있을까. 살아 있기나 한 것일까. 그녀만 곁에 있다면 어떻게든 난국을 풀어낼 수 있을 텐데…….

그러자 그는 문득 소운의 가르침이 생각났다. 소운은 항상 무공보다 머리를 써서 싸울 것을 당부했던 것이다.

그때부터 신엽은 연기를 시작했다. 더 많이 비틀거리고 더 많이 휘청거리는 연기였다. 그래서 가벼운 공격들에는 얻어맞기까지 했다. 그는 실제로 탈진 상태에 있었기에 조금도 연기처럼 보이지 않

왔다. 광한과 광은, 혜정이 더 참지 못하고 뛰어들었지만 백궁 등에
가로막혀 한 발짝도 다가올 수 없었다. 구장격은 이제 마지막 일격
이 가까웠노라고 믿었다. 그러나 그때 신엽의 단전에는 오히려 조금
씩 기운이 모여들고 있었다. 구장격의 기대와는 다른 각도의 마지막
일격을 준비하는 것이었다. 동시에 신엽은 구장격이 전개하는 검법
을 유심히 관찰했다. 그 검법이 여러 면에서 낭연의 설녀검법이나
묘향신니의 선녀소법과도 다르다는 사실을 감지한 까닭이었다.

신엽의 느낌은 정확했다. 구장격의 설녀검법은 화랑방의 정통 설
녀검법과 차이가 있었다. 지난 십여 년간 구장격은 설녀검법의 모태
인 창랑검법을 복원하는 연구에 몰입해 있었던 것이다.

설녀검법은 부설거사가 아내를 위해 정리한 관계로 여성적인 측
면이 많았다. 그래서 힘보다는 기교에 치우치는 경향이 있었고, 그
것으로는 조의일비 월하고검의 월광검법을 깨뜨릴 수가 없었다. 구
장격은 보다 힘있고 남성적인 검법을 찾기 위해 창랑검법의 복원에
몰두했다. 십여 년간 그는 상당 부분을 더 위력적으로 고쳤다. 그러
나 자료 부족 등의 이유로 완전한 복원은 이루어지지 않고 있었다.
구장격이 두 눈에 쌍심지를 켜고 『금해진경』을 찾아나선 이유도 사
실은 거기에 있었다. 『금해진경』 자체의 무공보다 그 속에서 숨어들
었을 창랑검법의 흔적을 찾기 위해서였다. 황창랑이 금해 연개소문
보다 조금 앞선 시절의 대가였으니 어떻게든 영향을 미쳤으리라 믿
은 것이었다.

어쨌든 그런 까닭에 구장격의 창랑검법은 불완전한 것이었다. 삼
십이 식의 검식 가운데 이십이 식 가량이 더 강력해진 반면 나머지
십 식은 전승되는 설녀검법을 답습하고 있었다. 신엽이 주목한 것은
바로 그 부분, 창랑검법과 설녀검법이 교차하는 경계 지점이었다.
그곳에서 구장격은 미세한 허점을 노출하고 있었던 것이다. 절정고

수들의 대결에서는 바늘끝만큼의 미세한 허점도 결정적인 승부처가
될 수 있었다.

목표를 정한 신엽은 더 심하게 비틀거렸다. 몸을 아끼지 않고 연
기하여 곳곳에 자잘한 상처를 입었다. 덕분에 그의 새하얀 옷은 붉
은 꽃송이들이 만발하였다. 구장격은 다시 창랑검법을 제일식부터
차근차근 펼쳤다. 이번이 마지막이라 다짐하며 다부지게 전개했다.
십식, 이십식이 지나고 마침내 제이십삼식의 차례가 되었다. 신엽은
이미 그 부분을 암기하고 있었다. 구장격은 장검을 왼쪽으로 뻗어
두 송이 검화를 뿌린 다음 신엽의 오른쪽 옆구리 대맥혈을 베어왔
다. 화약쌍연(花若雙嚥)이라는 초식이었다. 그러자 장검의 중간 부분
이 파르르 떨렸다. 이십이식까지와 기운의 운용이 달라졌기에 장검
에 남아 있던 기운이 저항 현상을 일으키는 것이었다. 구장격은 그
순간만큼은 다른 것을 살필 겨를이 없었다. 신엽은 월정검을 수평으
로 뻗어 구장격의 장검을 마중나갔다.

그러나 다음 순간, 구장격은 소스라치게 놀라고 말았다. 월정검은
어느 사이 시야에서 사라지고 신엽은 맨손으로 자신의 장검을 쳐오
는 것이 아닌가. 그는 내심 아뿔사 싶었다. 잠시 방심하는 사이 월광
검법의 절초가 펼쳐지는구나. 이 녀석에게 아직도 이런 내력이 남아
있었단 말인가. 하지만 이미 때는 늦은 후였다. 월정검은 일단 사라
지면 어디를 어떻게 베어올지 예측할 수 없었다. 재빨리 일 장 밖으
로 물러서는 방법밖에 대책이 없었다. 그러나 구장격은 그럴 수도
없었다. 장검의 저항을 제어하느라 일순간 신법을 전개할 수 없었던
것이다.

월정검이 나타난 것은 신엽의 정수리 위에서였다. 검은 빛살처럼
날렵하게 구장격의 정수리 백회를 찍어내렸다. 구장격은 멀뚱멀뚱
쳐다볼 수밖에 없었다. 그의 장검은 고작 신엽의 손목이나 잘라내겠

지만 그의 몸은 고스란히 두 조각이 날 것이었다. 평생 자만심으로 타인을 업신여기더니 결국 이런 최후를 맞는구나. 그런 생각을 하며 그는 두 눈을 감았다. 그런데 이상한 일이었다. 검은 그를 내려치지 않았다. 뿐만 아니라 신엽의 신형이 다급히 어딘가로 움직였다. 구장격은 반사적으로 일 장을 뻗어 신엽을 쳤다. 그 일 장은 공교롭게도 신엽의 등뒤 백궁에게 입은 검상에 격중했다. 신엽은 일시 비틀했지만 멈추지 않고 달려갔다. 바람같이 몸을 날려 향로전을 넘어갔다.

"거기 섰거라!"

구장격은 일갈하며 뒤를 따랐다.

향로전을 넘어선 다음에야 구장격은 사정을 알 수 있었다. 저만치 청색가사 차림의 한 승려가 길상사의 장문인을 들쳐업고 달아나고 있었다. 그리고 신엽은 그 뒤를 쫓고 있었다. 등에서 뿌려지는 피로 기다란 한줄기 길을 만들면서. 그러나 십여 장을 뒤쫓던 신엽은 털썩 쓰러지고 말았다. 완전한 탈진 상태에 이른 까닭이었다. 구장격은 내심 어린 신엽의 초인적인 정신력에 혀를 내둘렀다. 상식적으로 논하자면 신엽은 이미 오래 전에 저런 꼴을 보였어야 했던 것이다.

청색 가사승의 무공도 놀라운 지경이었다. 신엽과 구장격이 잠시 머뭇거리는 사이 사오십 장을 달아나 종적을 감추어버렸다. 한 사람을 들쳐업고도 그런 속도로 달릴 수 있다면 경신술이 가히 입신의 경지에 올랐다고 할 수 있었다.

"저 중은 누구냐?"

구장격이 신엽에게 물었다. 신엽은 가쁜 숨을 몰아쉬었다. 천천히 몸을 일으켜 앉은 그는 대답을 하려다 말고 한 움큼의 핏덩이를 토해내었다. 그의 안색은 이미 유령처럼 창백해져 있었다.

"요다 훈게이……"

"또 요다를 들먹이느냐. 내 근래 요다를 본 적이 있다만 그는 중머리가 아니었다."

"요다가 분명합……."

신엽은 말을 채 맺지 못했다. 그럴 때 길상사와 화랑방의 사람들이 우루루 몰려왔다. 그들은 다시 티격태격 교전을 시작했다. 신엽에게 다가가려는 길상사 사람들을 백궁 등이 제지하려는 까닭이었다. 운중선이 묵직한 내력을 실어 말했다.

"멈추어라!"

화랑방 사람들은 방주의 명에 따라 일제히 손을 거두었다.

자궁과 광한 등이 황급히 신엽의 곁으로 달려갔다. 그러나 구장격이 장검을 한 번 뿌리자 냉랭한 검기가 뻗어나와 그들을 원래의 자리로 돌아가게 했다. 구장격은 다시 신엽에게 물었다.

"네 말대로 요다라 하자. 그런데 요다가 왜 길상사 장문인을 데려간 것이냐?"

신엽은 내심 짐작되는 바가 없지 않았다. 그러나 함부로 발설할 수는 없는 일이었다. 그는 천천히 고개를 저었다. 자신도 알 수 없다는 뜻을 담고서. 그러나 구장격은 그것을 말할 수 없다는 뜻으로 해석했다.

"흥. 길상사와 요다 간의 일이라면 나도 관여하지 않겠다. 하지만 내 제자를 죽인 일은 매듭을 지어야겠다. 너는 무슨 일로 백무를 죽였느냐."

신엽은 눈앞이 자꾸 흐려져왔다. 기력이 쇠하여 앉아 있는 일조차 힘겹기만 했다. 자신의 두 어깨에 지워져 있었던 일들을 생각하니 한숨만 나올 뿐이었다.

금강일신, 월하고검, 도월희천, 장문인 자연대사, 참 많은 분들께 고마운 은혜를 입었는데 무엇 하나 제대로 못 이루고 떠나게 되었으니 저승에서라도 어찌 그분들을 뵙는단 말인가…….

그는 두 눈에서 눈물이 쏟아지려는 것을 가까스로 참았다.

억지로 억지로 몸을 움직여 신엽은 무릎을 꿇었다. 그리고 모기 소리처럼 작은 목소리로 구장격에게 말했다.

"운중선 어른께서는 저를 죽여 백무 소협의 한을 푸십시오. 하지만…… 한 가지 은혜만 베풀어주신다면 혼이 되어서도 고마움을 잊지 않겠습니다."

"먼저 무슨 일로 백무를 죽였는지를 말해라."

신엽은 잠시 생각했다. 그러나 얼핏 그럴듯한 이유를 찾을 수가 없었다.

"차차 아시게 될 것입니다. 제발 한 가지 은혜만 약속해주십시오."

말과 함께 신엽은 고개가 땅에 닿도록 조아렸다. 그 상태에서 그는 몸을 일으키지 못하고 검은 피 한 덩이를 토해내었다. 광한과 광은이 참지 못하고 몸을 날려 구장격을 들이받으려 했다. 그러나 구장격은 가볍게 좌장을 저어 두 사람을 돌려보냈다.

"말해보아라."

"길상사와 조의문은 단 한순간도 화랑방을 적으로 생각한 적이 없습니다…… 어른께서는 길상사 장문인을 요다의 수중에서 구해서 길상사의 칠백 년 대업이 오늘로 끊어지지 않도록 도와주소서."

신엽은 다시 고개를 조아려 사정하려 했다. 그러자 구장격이 내력을 밀어 신엽의 몸을 붙들었다.

"또 한 번 움직인다면 본 방주가 손을 쓰기도 전에 스스로 숨이 끊어질 것이다. 그 일은 차후 내막을 알아보고 이치에 맞는 쪽으로 행하겠다."

"감사합니다."

"할말을 마쳤으면 너는 이제 죽을 방법을 선택해라. 여기 두 알의 사약이 있다. 검은 약은 천천히 편안하게 죽는 것이고, 흰 약은 고통스럽지만 짧게 끝나는 것이다."

"구장격, 이 빌어먹을 인간아! 세상 사람들이 너를 이선이니 운중선이니 칭송한 일이 부끄럽기만 하구나. 어린 후배는 기회를 만들고도 너를 살려주었거늘, 너는 그 후배에게 두 차례나 암수를 가하더니 기어코 독약까지 먹여 죽이려느냐."

자긍대사가 한맺힌 소리를 질렀다. 길상사의 장로이자 사숙인 몸으로, 아니 실제로는 사부인 입장으로 눈앞에서 제자가 살해되는 것을 지켜보아야 했으니 그 원한은 실로 처절한 것이었다.

그러나 구장격은 눈도 깜짝 하지 않았다.

"그가 나를 죽이지 못한 것은 뜻밖의 인물이 나타나 길상사 장문인을 납치한 까닭이니 내가 감사할 일은 아니다."

"설사 요다가 뛰어들지 않았더라도 신엽은 너를 해치지 않았을 것이다. 네가 체념하고 눈을 감았을 때 신엽은 이미 검초를 거두고 있었다. 애당초 그럴 계획이 아니었다면 그처럼 신속하게 공격을 멈출 수 있었을 것 같으냐?"

구장격은 대답하지 않았다. 할말이 없었기 때문이었다. 자긍대사의 말은 한치도 이치에 어긋남이 없었던 것이다.

신엽이 담담하게 말했다.

"두 약을 모두 먹겠습니다."

"그것도 좋겠지."

구장격은 태연히 답하며 검은색과 흰색의 알약 두 개를 신엽에게 주었다. 신엽은 망설이지 않고 입 안에다 털어넣었다. 그러자 곧 속이 부글부글 끓으며 달아올랐다. 구장격이 다시 신엽에게 말했다.

"그 약들에는 해약이 없다. 너는 이제 죽을 수밖에 없다. 마지막으로 한 번 더 묻겠으니 바른 대로 대답하거라. 정녕 백무를 네가 죽인 것이냐?"

"그렇습니다. 하지만 이는 길상사와는 무관한 일이니 어른께서는 부디 자연대사를 구해주시기 바랍니다."

신엽은 마지막까지 거짓말을 고집했다. 그것은 행여라도 구장격의 기분을 상하게 할까 봐서였다. 그래서 그가 약속을 지키지 않을까 봐서. 구장격은 돌연 좌장을 들어 신엽의 뺨을 후려쳤다. 신엽의 볼에는 붉은 손자국이 선명하게 찍혔다.

"운중선 구장격은 비열한 짓은 하지 않는다. 지금 네가 복용한 것은 사약이 아니라 흑백연단환(黑白鍊丹丸)이다. 내상 치료에 조금은 도움이 될 것이다. 훗날 네 공력이 모두 회복되면 내 정식으로 화랑방의 제자를 죽인 죄를 추궁하겠다."

구장격은 자긍대사를 돌아보며 말을 이었다.

"오늘 본 방주가 길상사를 찾은 것은 『금해진경』을 넘겨받기 위함이었소. 불행인지 다행인지 본 방주의 삼 장을 받아낸 이가 있어 그 문제는 더 거론하지 않겠소. 하지만 역부족인 자가 보물을 얻으면 참화는 피해가기 어려운 법, 대사께서는 부디 조심하시기 바라오."

말을 마친 구장격은 화랑방 제자들을 이끌고 총총히 떠나갔다. 그 뒷모습을 바라보면서 신엽은 정신을 잃었다.

천지(天地)는 인중(人中)에서 합일하느니

신엽이 다시 깨어난 것은 해가 서산에 걸릴 무렵이었다. 꼬박 한 나절이 지난 후였다. 그는 대웅보전 한가운데 누워 있었는데 자긍대사의 우장이 단전 위에 올려져 있었다. 그 뒤로는 광한, 광은, 혜정 등이 십자 모양으로 정좌하고 있었다. 네 사람이 십성진으로 그를 치료한 것이었다. 덕분에 신엽의 단전에는 약간의 기운이 모여 있었다. 신엽은 즉시 운기하여 네 사람의 공력을 돌려주고 자리에서 일어났다. 일시 현기증이 몰려왔다.

"무얼 하는 거냐. 어서 눕거라."

자긍대사가 말했다. 그러나 신엽은 그들이 이미 한계 상황에 이르고 있음을 알 수 있었다. 네 사람이 하나같이 땀을 비 오듯 쏟고 있었다. 특히 공력이 부족한 광은과 혜정은 얼굴색이 붉게 변하고 있었다.

"많이 좋아졌습니다. 걱정을 끼쳐드려서 죄송합니다."

"그렇지 않다. 너 하나에게 너무 많은 짐을 지운 것 같아 안타까울 뿐이다. 다행히 목숨은 건졌지만 꼬박 한 달은 꼼짝 말고 정양해야 할 것이다."

"아닙니다. 며칠 후면 훌훌 털고 일어날 것입니다."

"잘 치료하지 않으면 모든 공력을 회복하기 어려울 것이다."

"명심하겠습니다."

그날부터 길상사 경내에는 탕약을 달이는 냄새가 끊이지 않았다. 신엽뿐 아니라 다른 네 사람도 며칠 동안 약을 먹어야 했다. 결전을 치르고 신엽을 치료하느라 기운들을 많이 쓴 까닭이었다. 그러는 한편 자긍대사는 모든 승려들을 연무장으로 내몰았다. 하루 종일 무예를 연마하며 소리들을 지르도록 시켰다. 약냄새가 오래 가면 주변에서는 사찰 내에 우환이 생겼음을 감지할 것이었다. 교활한 적이라면 기회를 노릴지도 몰랐다. 그럴수록 경내를 시끌벅적하게 만들어 길상사가 건재함을 과시할 필요가 있었던 것이다.

신엽의 몸은 하루가 다르게 회복되었다. 워낙 내공의 기초가 단단한 덕분이었다. 닷새가 지나자 공력의 오 할을 되찾을 수 있었다. 이제 칠팔 일만 더 요양하면 완전히 회복될 성싶었다. 그러나 신엽은 다시 칠 일을 편안하게 쉴 형편이 아니었다. 소운이 실종된 지 벌써 십여 일이 지나고 있었다. 그녀가 어딘가에서 왜구들에게 시달리며 자신의 손길을 기다릴 것을 생각하면 잠을 이룰 수 없었다.

더구나 사흘째 되던 날 그는 광은과 혜정이 걱정하는 소리를 엿들었는데 요다가 서신을 보내었노라고 했다. 열흘 이내에 운봉으로 『금해진경』의 첫 석 장을 가져오지 않는다면 장문인과 장문인의 신물이 모두 끝장날 것이라고 협박했다는 것이었다. 서신이 온 것이

첫날 신엽이 의식을 잃었을 때였으니 이제 닷새가 남았을 뿐이었다.

요다는 원래 『금해진경』을 손에 넣고도 그 첫 세 장이 뜯겨져나간 사실을 알지 못했었다. 자연대사가 워낙 정교하게 뜯어낸 까닭이었다. 하지만 묘향산에서 받은 신니의 가르침이 요다를 일깨웠다. 신니는 무릇 모든 무공은 시작부터 끝까지 한 체계를 이루는 법이라 한 것이었다. 그 말을 듣고 보니 의심이 갔다. 아무리 『금해진경』이라지만 어찌 자신이 첫 장부터 막혔을까. 『빙백경』을 독학으로 연성했고, 고려의 무공에도 어지간히 친숙한 자신이. 혹시 누락된 부분이 있는 것은 아닐까. 신엽을 따돌린 다음 그는 가장 먼저 『금해진경』을 조사했다. 그러자 곧 처음의 세 장이 감쪽같이 찢어진 사실을 알 수 있었다. 그는 그 세 장이 당연히 길상사에 있을 것으로 짐작하여 잠입했다가 신엽과 구장격이 싸우는 틈을 타 장문인 자연대사를 납치한 것이었다.

일곱째 날 아침 신엽은 자긍대사를 찾아뵈었다. 그는 그 동안의 일들을 모두 보고드렸다. 광정이 요다의 독인이 된 일, 그래서 그를 죽이게 된 일, 그리고 『금해진경』이 요다의 수중에 들어간 것 같다는 이야기 등을 했다. 그 며칠 동안 자긍은 신엽의 회복을 위해 일체의 대화를 삼가했었다. 신엽은 또 소운과 헤어지게 된 경위도 설명했고, 묘향산 녹운옥에서 시작된 요다와의 접전, 화랑방의 백무가 요다에게 살해당한 사정, 중원에서 온 적차삼이라는 여인들과의 교전도 남김없이 보고했다.

"그랬었구나. 그래서 요다가 그런 서신을 보내었구나."

자긍대사가 고개를 끄덕였다. 그는 광정이 훔쳐간 『금해진경』이 어떻게 요다 훈게이의 수중에 들어갔는지 의아했던 것이다. 신엽이 물었다.

"요다가 무엇을 요구했습니까?"

"아니다. 너와는 무관한 일이니 그만 가서 쉬거라."

자긍대사는 시침을 뗐다. 신엽의 치료를 방해하지 않기 위해서였다. 신엽은 그가 결코 입을 열지 않을 것임을 알고 말머리를 돌렸다.

"그런데 적차삼이라는 여인들은 어떤 내력을 지녔습니까?"

"그녀들이 정말 고려 땅에 나타났다면 작은 일이 아니구나. 그들과 일합을 나누어보니 어떻더냐?"

"부끄럽게도 가까스로 목숨을 구해 달아날 수 있었습니다."

신엽은 내심 가슴이 쿵덩거렸다. 미도리 등이 관계된 일은 자긍대사에게 숨겨야 했던 것이다. 자긍대사는 한숨을 내쉬었다.

"달아날 수 있었던 것만도 큰 다행이라 아니할 수 없다. 그들의 손에 한번 걸려든 사람은 어느 누구도 성한 몸으로 빠져나온 이가 없다니까…… 애초에 그들은 정파의 인물들이었다. 아미파의 현지(賢智) 현정(賢貞) 현아(賢雅) 세 사태들이었다. 이름대로 정숙하고 단아한 여인들이었다지. 그런데 십여 년 전 어느 날 그들이 한 권의 무공비급을 얻어서 익히면서부터 근본적인 성품이 변해버렸다는구나. 장문인 이하 아미파의 모든 고수들을 불구로 만들어버리고는 뛰쳐나와 중원을 떠돌며 악행을 저질렀어. 소림, 무당 등 각대문파의 내로라 하는 고수들이 응징에 나섰지만 번번이 실패하고 말았단다. 너의 대사부님께서만 건재하셨어도 따끔한 가르침을 내렸을 텐데."

"제자의 식견이 좁아 자신할 수는 없습니다만, 어쩐지 그들의 무공이 고려국의 무공과 흡사하다는 느낌이 들었습니다."

"그렇구나…… 전하는 말에 따르면 그녀들이 얻은 무공비급은 원래 당나라의 명장이었던 이정(李靖)이 쓴 것이라 한다. 이정은 금해 연개소문의 가르침을 받아 병법을 깨쳤고, 그 가르침을 옮겨 적은

『이위공병법(李衛公兵法)』은 중국에서도 무경칠서(武經七書)의 첫 권으로 꼽히는 책이 되었지. 그런데 그가 병법뿐 아니라 금해의 무공에 대해서도 한 권의 기록을 남겼던 모양이야. 그건 감히 무공 자체를 다루지는 못했고, 다만 금해의 신공이 어떠어떠하다 하는 정도로 개략적인 겉모양만 기술한 것이었다. 그의 수준에서 금해의 무공을 얘기하자면 그 정도가 고작이었겠지. 후세에 무공이 출중했던 어느 사파 인물이 이정의 기록을 접하면서 사건이 확대되었다. 그는 남달리 영특한 곳이 있어 금해 무공의 묘리를 한두 가지 찾아낸 거다. 그래서 자신의 무공과 결합하여 더 무서운 무공을 만들어냈다. 하지만 그렇게 만들어진 무공이 조화로운 것일 수는 없었다. 그 인물은 몇 년 후 주화입마에 빠져들어 세상을 떠났다. 눈을 감으면서 그는 후인을 위해 이런 글을 남겼다. '이 무공서는 득보다 실이 많으니 범접하지 말라. 그러나 만약 공력과 기질이 비슷한 세 사람이 있어 함께 연공한다면 의외의 성과를 얻을 수도 있을 것이다.' 그 이후에 일어난 일은 이미 얘기한 바와 같다. 네가 그들의 무공에서 고려국의 흔적을 느꼈다면 그 옛날 사파의 고수가 아주 헛다리를 짚지는 않았던 모양이구나."

"놀라운 일입니다. 그런데 어째서 정숙한 세 여인이 야차로 변해 버렸는지 알 수 없는 일이군요."

"그 점에 대해서는 알려진 바가 없다. 사악한 무공이 그들의 기질을 바꿔버린 것이 아닐지 짐작할 뿐. 어쨌건 그들이 이곳까지 왔다면 사정이 더 복잡해질 것이니 각별히 조심하여라."

"명심하겠습니다."

자긍대사는 잠시 생각에 잠기는 듯하더니 고개를 저었다.

"벌써 소문이 중원에까지 퍼졌단 말인가?"

"사부님께서는 그들도 『금해진경』을 노리고 온 게 아닌가 염려하시는군요."

"그게 아니기를 바랄 뿐이다."

자긍대사는 다시 한번 고개를 내젓고는 신엽을 물렸다.

"그만 가서 쉬도록 해라."

그날 밤 자정이 조금 지났을 때 신엽은 자리에서 일어났다. 옷을 단정히 입고 방을 정돈한 다음 대웅보전의 부처님을 향해 삼배를 올렸다. 그는 그 밤 운봉을 향해 떠날 작정이었다. 아직 공력은 육 할 남짓밖에 회복되지 않았지만 더 미룰 수가 없었다. 요다가 통지한 시한이 불과 사흘 앞으로 다가온 까닭이었다. 자긍대사에게 말한다면 불허할 게 뻔한 일이었으니 조용히 떠날 수밖에 없었다.

그런데 그가 막 삼배를 마쳤을 때 창문 밖에서 작은 소리가 들렸다. 옷자락이 바람에 스치는 소리였다. 신엽은 즉시 몸을 날려 지붕 위로 올라갔다. 희미한 달빛 아래 멀어져가는 인영 하나가 보였다. 신엽은 분개하여 그 뒤를 쫓았다. 길상사가 아무리 어려움에 처했기로서니 이렇듯 무례하게 들락거릴 수 있단 말인가.

인영의 경공술은 대단히 뛰어났다. 더구나 길상사의 내부를 훤히 아는 사람 같았다. 요사채와 원통전의 모퉁이들을 다람쥐처럼 빠져나가 뒷산으로 올라갔다. 신엽은 공력을 모조리 끌어올려서야 그와의 거리를 유지할 수 있었다. 잠시 후 인영은 고승들이 폐관시 사용하는 석굴 속으로 자취를 감추었다. 그곳에서는 지금 자휼대사가 요양중이었다. 신엽은 삼사부의 안위가 걱정되어 곧바로 뒤따라 들어갔다.

석실에는 자휼대사가 등받이에 몸을 기댄 채 앉아 있었다. 그런데 그 곁에는 뜻밖에도 자긍대사가 서 있었다. 신엽은 그제서야 그를 유인해온 것이 바로 자긍대사였음을 깨닫고 무릎을 끊고 앉았다.

"제자 운봉으로 떠나려던 참이었습니다."

"그러리라 짐작했다. 그래서 네 방을 지켜보았다. 하지만 겨우 그 만큼을 달리고 숨을 몰아쉬는데 운봉은 가서 무얼 하겠느냐."

"가는 동안 차차 좋아질 것입니다."

"생명의 이치는 그리 간단하지 않다. 사람이 몸을 상하는 데는 일 각이면 족하지만 그 부상을 치유하는 데는 몇백 배 몇천 배의 시간 이 소요되는 법이다. 지금 충실히 치료하지 않는다면 장차 더 큰 어 려움이 있을 것이야."

신엽은 말을 못 하고 고개를 숙였다. 눈시울이 붉어졌다. 자긍대 사의 지적은 정확한 것이었다. 신엽도 모르는 바 아니었다. 그러나 대사부 금강일신 자혜대사에 이어 이사부까지 암해당할 위기에 놓 인 형편이라 자신의 안위를 돌아볼 여유가 없을 뿐이었다. 게다가 그는 그곳에 가면 소운의 소식도 알 수 있지 않을까 기대하는 터였 다.

신엽을 지켜보던 자긍대사와 자휼대사는 서로 눈짓을 했다. 자휼 대사가 고개를 끄덕이고는 자리 밑에서 무언가를 꺼냈다. 그는 허리 아래는 완전히 마비 상태였지만 두 팔과 손은 자유롭게 쓸 수 있었 다. 자휼대사가 꺼낸 것은 세 장의 낡은 종이였다. 자휼은 그것을 신 엽에게 주었다. 종이를 받아든 순간 신엽은 그게 무엇인지를 짐작할 수 있었다. 바로 『금해진경』에서 찢어낸 첫 석 장이었던 것이다. 신 엽은 깜짝 놀라 돌려주려 했다.

"안 됩니다. 이것이 요다의 손에 들어가면 더 큰 참화를 불러올 것입니다."

자휼대사가 고개를 저었다.

"요다에게 주라는 것이 아니다. 네가 공부하여 익히라는 뜻이다."

"더욱 안 될 말씀입니다."

신엽은 고개를 조아려 사양했다. 『금해진경』은 고려뿐 아니라 천하의 무림인들이 꿈꾸는 무공비급이었다. 어찌 감히 그가 탐낼 수 있겠는가. 그러자 자휼대사가 천천히 말했다.

"장문인께서 이것을 내게 줄 때 나는 한사코 사양했었다. 당연히 장문인이 지녀야 할 물건이라고. 하지만 지금 생각해보니 얼마나 다행스러운 일인지 모르겠다. 장문인께 선견지명이 있으셨던 게야…… 내게 간수를 부탁하면서 장문인은 이런 부탁도 하셨다. 사태가 더욱 악화되어 고려국이 위기에 처하면 네게 이 세 장을 익히도록 하라고. 그리고 종이는 파기해버리라고. 무슨 뜻인지 알겠느냐."

"부족한 제자 감히 큰일을 그르칠까 두렵습니다."

"지금 이 나라는 한치 앞을 분간하기 힘든 연무에 싸여 있다. 무림의 어른들도 사분오열하여 어른 구실을 제대로 못 하고 있다. 일신과 일비는 요다의 암수에 돌아가셨고, 묘향신니와 월월묘묘는 독상을 입은 상태다. 도월희천 척항무는 성정이 괴이하고 변덕스러워 예측하기 힘들며 운상대객 장사량은 이미 모습을 감춘 지 오래다. 그나마 기대하고 싶은 운중선 구장격은 무슨 까닭인지 『금해진경』에 목숨을 걸고 있다. 심지어는 왜구 사무라이와의 거래도 마다하지 않는다. 그가 예전처럼 인의로운 모습을 보였다면 길상사는 그에게 『금해진경』을 바쳤을 것이다."

자휼대사는 긴 한숨을 내쉰 다음 말을 이었다.

"네 무공의 진전이 빠른 것이 다행스러울 뿐이었다. 하지만 이번에 큰 내상을 입어 다시 어려움에 직면했다. 갈 길은 바쁜데 회복은 더뎌 마음이 조급할 것이다. 사실을 말하자면 우리의 마음도 너만큼이나 조급하다."

"심려를 끼쳐드려 죄송합니다."

"너로서는 최선을 다했으니 미안해할 일은 아니다…… 그래서 자

궁과 내가 상의하여 네게 『금해진경』의 첫 세 장을 익히게 하기로
했다."

신엽은 더욱 묵묵히 고개를 조아렸다. 자긍대사가 한마디를 거들
었다.

"『금해진경』은 워낙 난세를 당하면 나라를 구하라는 뜻으로 전해
져온 무공비급이다. 모두 십여 장인데 첫 세 장에 가장 중요한 심법
과 무공의 이치가 담겨 있다. 그 세 장만으로도 공력의 운용에 큰
진전을 볼 수 있을 것이다. 다른 사람은 뜻이 있어도 능력이 부족하
여 네 어깨를 무겁게 할 수밖에 없으니 일심으로 연성하도록 하여
라."

신엽은 더이상 거역하지 못하고 두 손으로 공손히 받들었다. 종이
세 장의 무게가 삼천 근도 넘게만 느껴졌다.

일을 정리한 자긍대사는 산 아래 절로 돌아갔다.

신엽은 차가운 석실 바닥에 무릎을 꿇고 앉은 채 세 장의 종이를
펼쳐들었다. 첫머리에 금해 연개소문의 서설이 적혀 있었다.

이 신공은 내가 창안한 것이 아니다. 치우천왕 이래로 비전되어
온 것을 다만 체계적으로 정리하여 완성하였을 뿐이다. 이 민족
최고의 경전인 천부경(天符經)과 그 묘리를 같이 하는바 감히 천
부신공(天符神功)이라 이름하기로 한다.

신엽은 고개를 끄덕였다. 알고 보니 천부신공이었구나. 금해 연개
소문은 역사가들이 말하는 것보다 겸손한 분이었구나. 그런 생각을
하자 신엽은 한층 경건한 마음가짐이 되었다.

서설 아래에는 천부심법(天符心法)이라는 소제목이 있었다. 그리
고 그 아래로 알 듯 모를 듯 아리송한 글귀들이 잠언처럼 이어졌다.

허정현구(虛情玄具) 포제공명(抱諸公明), 일비월침(日飛月沈) 풍수만우(風水滿宇)…… 신엽은 그 글귀들을 읽고 또 읽었다. 그러나 도무지 선명한 일감이 찾아오지 않았다. 첫 구절인 허정현구 포제공명부터가 그러했다. 신엽은 요다가 신니에게 물었던 글귀 중에 현구포제라는 말이 있었던 기억이 났다. 그렇다면 이 여덟 글자가 그 구절을 설명하는 것일 텐데, 과연 이건 무슨 뜻일까.

그렇게 두 시진이 지났을 무렵 자휼대사가 신엽을 가까이로 불렀다. 자연대사는 자휼에게 세 장의 종이를 주며 단지 보관만을 당부한 것은 아니었다. 일견에도 난해하고 심오한 『진경』의 내용을 연구할 것을 함께 당부했었다. 자휼대사는 여러 날을 고민해서야 조금씩 내용을 깨칠 수 있었다. 그것은 그가 불구의 몸이 되면서 많은 집착을 놓고 우주의 섭리에 더 순응하게 되었기에 가능했던 일이었다. 만약 불구가 되지 않았다면 몇 배의 시간이 걸렸거나 혹은 영영 불가능했을지도 모를 일이었다. 그는 신엽에게 자신이 깨친 『진경』의 의미를 차근차근 설명해주었다.

"심법은 무공을 사용하는 사람의 마음가짐을 가르치는 법이다. 마음은 단지 마음으로 끝나는 것이 아니라 스스로 내력을 강화하고 혈도를 열어 외기와의 교류를 조화롭게 한다. 그래서 더 큰 기운을 부릴 수 있게 한다. 무공을 외공으로만 이해하는 사람들이 일정 단계에 이르면 더이상 진전을 이룰 수 없는 까닭이 바로 여기에 있다. 허정현구 포제공명이란 기실 지극히 단순한 이치이다. 욕망이 사라져 텅 빈 가슴이 가장 현묘한 그릇이니 부귀공명을 꿈꾸는 모든 이들의 기운을 감싸안을 수 있다는 뜻이다. 그러나 그릇은 또 끊임없이 무언가를 주워담게 마련인 법, 그릇이라는 관념까지도 지워버리는 것이 허정현구의 참뜻이라 할 것이다……."

자휼대사의 몇 마디 가르침을 받자 신엽은 깨닫는 바가 있었다.

그는 즉시 정좌하여 한 구절 한 구절을 단전으로 내려보냈다. 단전에는 언제나처럼 뜨거운 기운과 서늘한 기운이 모여들어 태극 문양의 원을 그렸다. 바로 현양지기와 현음지기가 어우러진 현묘공이었다. 그런데 그 느낌이 한층 편안하고 자연스러웠다. 부상을 당한 이후로는 처음 가져보는 편안함이었다. 작은 것에 연연해하던 마음, 견디기 힘들었던 조바심 등이 멀찌감치 물러가고 세상만사가 결국은 정의로운 원칙을 향해 나아가리라는 자신감이 싹텄다.

신엽이 무념무상의 경지에 빠져드는 것을 보고 자휼대사는 이어지는 구절들을 읽어주었다. 천천히 천천히 몇 번이고 되풀이하여 읽었다. 신엽의 기운은 글귀를 따라 온몸을 구석구석 돌며 막힌 곳을 뚫고 헝클어진 부분을 바로잡았다.

"음양쌍생(陰陽雙生) 오행성인(五行成人) 삼재원일(三才圓一)……"

이 부분에 이르렀을 때 신엽은 문득 또 한 가지 깨닫는 바가 있었다. 언젠가 금강일신 자혜대사로부터 비슷한 말을 들었던 기억이 났다.

자고로 참된 진기(眞氣)는 천(天) 지(地) 인(人) 삼재가 한데 어우러져서 생성하는 것이다. 천은 양이요 지는 음이요 인은 곧 오행이니 음양이 오행 중에서 하나 될 때 비로소 참공력을 얻었다 하리라.

그 말을 되새기는 순간 한줄기 뜨거운 기운이 백회에서 회음까지를 관통했다. 신엽은 전신이 부르르 떨렸다. 백궁의 검에 찔리고 운중선의 장력에까지 얻어맞은 등의 부상에 다시 지독한 통증이 찾아왔다. 그러나 신엽은 그 통증이 내상을 치료하는 과정임을 느낄 수 있었다. 시간이 흐르면서 통증은 차츰 약해지더니 시원한 쾌감으로 변했다. 더불어 신엽의 양미간 상단전에서는 현묘공과 천부신공의 이치가 더욱 명료해졌다.

신엽은 금강일신 대사부의 혜안에 내심 탄복하지 않을 수 없었다.

일신은 『금해진경』을 본 적이 없었다. 그럼에도 불구하고 혼자만의 공부로 현묘공이라는 놀라운 내공법을 만들어내었다. 그리고 그 현묘공은 천부신공과 동일한 이치를 논하고 있었던 것이다. 천은 양이요 지는 음이요 인은 곧 오행이니 음양이 오행 중에서 하나 될 때 비로소 참공력을 얻었다 하리라…… 천부신공은 그것을 하늘과 땅이 사람 속에서 하나가 된다(人中天地一)는 말로 설명하고 있을 뿐이었다.

만약 금강일신이 요다의 암수에 당해서 다리를 잃고 공력을 손상당하지만 않았다면 스스로 천부신공의 가장 깊은 묘리까지 터득하였을지도 모를 일이리라. 그의 엄하고 따뜻했던 가르침을 생각하자 신엽은 가슴이 촉촉이 젖어왔다.

신엽이 미처 알지 못했던 한 가지는 일신의 깨달음이 전적으로 혼자만의 것은 아니라는 사실이었다. 그 이치의 상당 부분은 이미 『진표현경』에 수록되어 있었다. 길상사의 창건자인 진표율사가 육백 년 전 깨달은 바를 기록으로 남겼으나 누구도 그 깊은 뜻을 해득할 수 없었다. 그러던 것을 금강일신이 깨쳤고, 한 걸음 더 나아가 인중천지일의 경지에까지 오른 것이었다.

시간이 지나면서 신엽은 천부신공의 이치를 더 깊이 깨치게 되었다. 천부신공의 요점은 내공의 운용을 극대화하는 방법에 있었다. 그리고 그 방법의 중심에는 차기미기(借氣彌氣)의 원리가 있었다.

차기미기는 보통 무림인들에게 공격해오는 상대의 기운을 받아들여 자신의 내공으로 만드는 정종의 상승무공이라 알려져 있었다. 그러나 천부신공은 그 정의를 한층 크게 확대했다. 비단 상대의 기운뿐 아니라 우주의 모든 기운을 빌려오는 것이 곧 차기미기라는 것이었다. 불어가는 바람, 따사로운 햇살, 흐르는 시냇물과 새의 날갯짓, 그 모든 것으로부터 인간은 기운을 받아들일 수 있노라고 설명했다. 그것은 인중천지일의 경지가 단전에 자리잡을 때 가능한 일이라고 했다.

신엽은 자신도 모르게 가슴이 벅차올랐다. 그랬구나. 그랬었구나. 그는 대다수 무림인들의 연공법이 잘못된 것이었음을 깨달을 수 있었다. 사람들은 항상 더 많은 것을 주워담아 쌓으려고만 했다. 그러나 참공력을 얻는다는 것은 자신과 우주, 즉 내기와 외기와의 경계를 허무는 데 있었던 것이다.

다시 몇 시진이 지났을까. 자긍대사가 석실로 돌아왔다. 신엽은 그의 말을 듣고 깜짝 놀랐다. 어느새 꼬박 하루가 지나 이틀날 자정이 되었다는 것이었다.

자긍대사는 신엽의 진전에 고개를 끄덕였다. 부상도 거의 치료되었고, 공력은 팔 할 가까이 회복된 상태였다. 더구나 신엽은 천부신공의 심법과 묘리를 어느 만큼 터득한 듯 보였다. 하루의 성과가 이 정도라면 앞으로 더 큰 성장을 기대할 수 있으리라.

신엽은 다시 자긍대사에게 길 떠나기를 청했다. 자긍도 이번에는 조심스럽게 허락했다. 신엽의 상태도 호전되었거니와 요다가 정한 시한이 불과 이틀 앞으로 다가온 까닭이었다. 그는 신엽에게 두 가지 물건을 주었다. 하나는 한 권의 책이었고, 또하나는 한지에 곱게 싼 세 장의 종이였다. 책은 신엽이 『금해진경』과 함께 가져왔던 『금해병서』였다. 자긍대사는 그것을 운봉(雲峰)에서 왜구와 교전중인 이성계(李成桂) 장군에게 전하라고 했다.

그즈음 운봉에서는 치열한 전투가 벌어지고 있었다. 한 달 전 진포에서 대패한 왜구 잔당들이 내지로 잠입하여서는 세력을 규합했다. 오백여 척의 대규모 선단이었기에 패잔병만도 수만에 달했다. 거기에다 이미 고려 각지에 침투하여 활동중이던 왜구 무리들까지 모여들어 기세를 올리고 있었다. 그들은 추풍령을 넘어 경상도 내륙

지방으로 진입하였다가 다시 전라도 남원 방면으로 진로를 돌린 터였다. 경상도 남해안을 통해 왜국으로 돌아가려 했으나 고려군의 방어망이 치밀하여 전라도 남해안 쪽을 택한 것이었다.

고려 조정에서는 이성계를 양광전라경상도 도순찰사 문하찬성사에 명하고 변안렬(邊安烈)을 도체찰사 찬성사로 삼아 왜구 토벌군을 남원으로 파견하였다. 이미 운봉의 인월역에 진출하여 유리한 고지를 점령하고 견고한 진지까지 구축한 왜구들은 완강히 저항하였다. 때문에 이성계의 토벌군은 힘겨운 전투를 벌이고 있었다. 요다가 자신을 운봉으로 찾아오라 한 것으로 보아 그곳의 왜구 부대를 총괄 지휘하는 인물이 바로 요다인 성싶었다. 그렇다면 고려군이 고전하는 것은 충분히 이해할 수 있는 일이었다.

자긍대사가 『금해병서』를 이성계에게 전하라고 한 것은 그가 현재 고려국의 희망이라고 믿은 까닭이었다. 실제로 이성계는 당시의 여러 장수들 중에서 용맹과 지혜가 가장 돋보이는 명장이었다.

"그리고 이 세 장의 종이는 만일의 경우에 대비한 것이다."

자긍대사는 그 종이들을 『금해진경』의 첫 세 장과 나란히 세워 보였다. 신엽은 감탄하지 않을 수 없었다. 두 가지는 얼핏 구분할 수 없을 정도로 흡사했다. 종이의 크기와 빛이 바랜 정도는 물론 힘있는 필체까지도 동일했다. 내용 또한 마음을 다스리는 잠언류여서 진위를 판별하기 힘들었다. 아무리 영악한 요다라지만 한 번은 속일 수 있을 듯싶었다.

"이 또한 고구려 말 금해가 쓴 책의 일부분이다. 당시 그가 당나라에서 수입한 오두미교의 이치를 담은 것이지. 장경각의 승려들이 며칠 밤을 새워서 찾아내었으니 만약의 사태에 요긴하게 쓰도록 하여라."

신엽은 두 가지 물건들을 가슴 깊이 간직한 다음 하직 인사를 드렸다. 신엽을 혼자 떠나보내는 자궁의 가슴은 안쓰럽기 그지없었다. 소운이라도 있어서 함께 떠난다면 한결 든든할 텐데. 하지만 그녀는 여태껏 소식이 없었다. 다른 제자들은 무공이나 지모가 모두 부족하여 오히려 신엽의 짐이 될 것이었다.

운봉 전투

신엽은 밤을 새워 길을 재촉했다. 아직 부상에서 완쾌된 것은 아니었으므로 경공술은 삼갔다. 대신 말을 달려 새벽녘에는 남원 땅에 이르렀다. 남원에서 수소문하니 고려군은 황산 아래 운봉에 진을 치고 있다 하므로 그곳으로 달려갔다.

운봉이 가까워지니 벌써 아우성이 들리고 멀리 자욱한 흙먼지가 보였다. 운봉과 인월 사이에서는 이른 아침부터 치열한 전투가 벌어지고 있었던 것이다.

전장은 몹시 어지럽게 얽혀 있었다. 한군데가 아니라 동시에 서너 곳에서 격전이 벌어지고 있었다. 어느 곳에서는 고려군이 우세하였고, 어느 곳에서는 왜구 부대가 기세를 올렸다. 그러나 한결같이 난전을 거듭하고 있었다.

신엽은 사령부인 듯싶은 진지를 찾아가 이성계 장군을 뵈러 왔노라고 말했다. 한 부하 장수가 신엽의 행색을 보고는 냉대했다. 그는 아예 신엽을 상대하지도 않으려 했다. 신엽이 몇 번을 거듭 청하자 그는 되레 병사들에게 명하여 포박해버리고 말았다. 적의 첩자인 듯하니 붙잡아두었다가 처형하겠노라고. 신엽은 기가 막힐 노릇이었다. 그러나 그는 분을 참고 기다리기로 했다. 격전이 진정되고 이 장군께서 나타나면 그때 사정을 얘기하리라. 그를 포박하던 병사들 중 한 명이 이 장군은 지금 적진 깊숙이에서 전투를 지휘하고 계시노라고 귀띔해주었다.

시간이 흐를수록 전세는 격렬해졌다. 양측 모두 한치의 물러섬도 없는 사생결단의 기세였다. 그러던 어느 순간, 난전의 틈새를 뚫고 일백여 기의 왜구 기병대가 사령부 진지로 돌진해왔다. 그들은 잘 훈련된 정예부대였다. 기마술과 창검술이 한결같이 뛰어났다. 사령부를 지키던 백여 명의 병사들도 용감했지만 마상의 무사들에게는 당해낼 도리가 없었다. 순식간에 이십여 명의 고려 병사들이 말발굽 아래로 쓰러졌다. 신엽의 포박을 명했던 장수는 그중 뛰어난 무술로 좌충우돌하며 두 명의 왜구를 베었으나 차츰 위기에 몰리고 있었다.

신엽은 분기를 참지 못하고 포박을 끊었다. 가볍게 몸을 날려 한 왜구의 말과 장검을 뺏었다. 그로부터 왜구들을 닥치는 대로 찌르고 베었다. 그로서는 참 드물게 살기를 띠고 휘두르는 검이었다. 그렇게 몇십 명을 베었을까. 기울었던 전세가 역전으로 돌아섰다. 고려 군사는 다시 기운을 얻어 함성과 북소리를 드높였다.

그때 좌측 전방의 격전지에서 말 한 필이 다급하게 달려왔다. 고려군의 한 장수였는데 온몸에 화살이 박혀 피투성이였다. 그는 누구에게랄 것도 없이 큰 소리로 외쳤다.

"이 장군께서 위험하시오!"

말을 마치자 그는 곧 의식을 잃고 마상에서 굴러떨어졌다. 신엽은 재빨리 그가 달려온 곳으로 말머리를 돌렸다. 그 장수가 말한 이 장군이 바로 이성계 장군일지도 모른다고 걱정하며. 가는 길에 그는 진흙을 한 주먹 퍼올려서 얼굴에 발랐다. 행여 요다의 부하들이 그를 알아본다면 자연대사를 구하는 일이 까다로워질 것을 염려해서였다.

좌전방 격전지의 상황은 몹시 좋지 않았다. 고려군은 주춤주춤 밀려서 물러서고 있었다. 그리고 그 앞쪽에는 일단의 고려군이 고립되어 수천 명의 왜구들에게 포위 공격을 당하고 있었다. 고립된 군사의 숫자는 모두 해서 삼사십에 불과했으니 그들은 일당백의 고전을 벌이는 셈이었다. 그러나 포위망 속의 고려 군사들은 일당천의 투지로 버티고 있었다. 특히 말을 탄 몇몇 장수들의 무용은 가히 눈부셨다. 그들은 조금의 두려움이나 당황함도 없이 늠름하게 싸웠다. 수많은 왜구들이 그들의 창검 아래 쓰러져갔다.

그럴 때 왜구측에서 변화가 생겼다. 여섯 명의 청의인들이 청색 장창을 꼬나잡고 나타난 것이었다. 그러자 상황은 역전되었다. 그들은 즉시 십여 명의 고려 병사들을 쓰러뜨렸다.

신엽은 박차를 가하며 적진 속으로 뛰어들었다. 한 왜구의 장창을 뺏어들어 길을 뚫으며 고려군들 쪽으로 달려갔다. 그러는 사이 고려 군사들은 초개처럼 쓰러지고 있었다. 두 명의 장수들이 그나마 가까스로 버틸 뿐이었다. 그러나 그들도 등과 다리에 화살을 맞고 창상을 입어 바람 앞에 선 등불 신세였다. 검은 갑옷의 장수가 붉은 갑옷의 장수에게 소리쳤다.

"장군께서는 어서 피하시어 옥체를 보존하십시오!"

그러나 검은 갑옷 장수도 붉은 갑옷 장수도 이미 꼼짝할 수 없는 형편이었다. 청의인들이 두 개 조로 나뉘어 그 두 장수를 집중 공격한 것이었다. 특히 붉은 갑옷의 장수에게는 네 명이 달라붙어 창을 찔러대었다. 말이 쓰러지고, 장수는 마상에서 뛰어내려 장검을 뽑아들었지만 역부족이었다. 네 자루의 장창이 주변을 맴돌다가 배부와 복부의 네 곳 요혈들을 향해 찔러들었다.

신엽은 더 지체하지 못하고 몸을 날렸다. 그는 단숨에 사오 장을 뛰어넘어 두 자루의 청색 장창 머리에 내려섰다. 동시에 손에 든 창으로는 다른 두 자루의 장창을 후려쳤다. 네 자루의 장창은 일시에 중간 부분이 부러져나갔다. 청의인들은 경악하였지만 즉시 임기응변술을 발휘했다. 그들은 부러진 장창들을 뒤집으며 손잡이를 눌렀다. 네 줄기 쇠사슬이 파공음과 함께 파고들었다. 두 줄기는 신엽을, 두 줄기는 붉은 갑옷 장수를 노리고 있었다. 신엽은 창을 한 차례 떨쳐 네 줄기 쇠사슬 모두를 튕겨내었다.

그러자 검은 갑옷 장수를 공격하던 두 청의인이 가세하여 신엽을 에워쌌다. 그들은 순식간에 육합진세를 이루었다. 그런데 그 육합진의 주 타격 대상은 신엽이 아니라 붉은 갑옷의 장수였다. 그 장수를 죽이는 것이 그들의 임무였던 것이다. 신엽은 그들이 미도후사와 미도노의 부하들임을 알았기에 손속에 사정을 두지 않기로 했다.

비열한 자들. 자고로 강물은 우물물을 범하지 않는다 하였거늘, 무림인을 투입하여 장수를 베려 하다니…….

신엽은 장창으로 월광검법을 전개하기 시작했다. 그 무렵 신엽의 월광검법은 어떤 무기로도 자유자재로 펼쳐낼 만큼 숙련되어 있었다. 월광이 난무하게 되자 청의인들은 삽시간에 방향을 잃었다. 그들은 애당초 신엽의 상대가 될 수 없었다. 불과 삼사 초 만에 신엽은 그들 모두의 눈을 멀게 만들어버렸다. 유독 눈을 공격한 까닭은 그들이 나중에라도 신엽을 알아보고 일을 복잡하게 만들 것을 경계해서였다.

여섯 명의 청의인들이 일시에 당하자 왜구들은 주춤거렸다. 그때 신엽이 타고 온 말이 포위망 속으로 뛰어들었다. 주인은 떠났지만 멈추지 않고 달려 다시 주인을 찾아온 것이었다. 신엽은 재빨리 붉은 갑옷의 장수를 안고 올라타서는 박차를 가했다. 적진 속에서 오래 머뭇거리다가는 좋을 일이 없었다. 적이 주춤하는 틈을 타 신속히 빠져나가는 것이 상책이었다. 신엽은 장창을 좌우로 휘둘러 길을 열었다. 뒤를 따르는 검은 갑옷 장수는 말등에 거꾸로 앉아 날아드는 화살들을 쳐내었다. 신엽은 그 두 장수들에 대해 존경하는 마음이 절로 일었다. 무림인이 아니어도, 의기만으로도 이처럼 훌륭히 싸울 수 있는 것이로구나.

잠시 후 세 사람은 포위망을 벗어났다. 그리고 안전한 아군의 진지로 돌아왔다. 고려 군사들이 하늘을 무너뜨릴 듯한 함성으로 환영했다. 붉은 갑옷 장수는 부상이 가볍지 않았다. 그러나 생명에는 별 지장이 없었고, 기개도 여전히 늠름했다. 짐작했던 대로 그가 바로 이성계 장군이었다. 마지막까지 그의 곁을 떠나지 않고 보필했던 장수는 이성계의 심복부장인 이지란(李之蘭)이라 하였다.

이성계는 신엽의 공을 크게 치하했다. 그리고 그의 소속 부대와 직책을 물었다. 신엽은 감히 거짓말을 할 수 없어 속리산 길상사의 속가제자이며 바칠 물건이 있어서 찾아뵌 길이라고 아뢰었다. 이성계는 신엽을 한참 동안 들여다보더니 말했다.

"그대는 내게 참얼굴을 보여줄 수 있겠는가."

신엽은 그 말뜻을 몰라 어리둥절했다. 그러나 곧 진흙으로 위장했던 일이 생각나 닦아내었다. 사람들은 그가 채 스물이 안 된 소년임을 알고는 놀라움을 금치 못했다. 그런데 그중에서도 이성계와 부장 이지란은 정색을 했다. 두 사람은 서로 무슨 말인가를 수군거리더니 이성계가 다시 물었다.

“그대는 고향이 어디이며 부친 되는 분은 누구신가?”

“소인은 전라도 남원 땅에서 자랐습니다. 부친은 소인이 어릴 때 돌아가셨다고 합니다.”

“전라도 남원 땅이라. 부친의 함자는 알고 있겠지?”

“선친은 이(李)자 분(芬)자……”

“잠깐!”

이성계는 문득 소리쳐 신엽의 말을 막았다. 그리고는 빙그레 웃으며 부장 이지란을 돌아보았다.

“마지막 자는 이 장군이 맞혀보겠소?”

“소인이 없는 재주를 한번 부려보겠습니다. 손(孫)자가 아닌가 싶습니다.”

“어떤가? 부친의 끝자가 맞는가?”

이성계는 다시 신엽에게 물었다. 신엽은 깜짝 놀라 무릎을 꿇고 엎드렸다.

“그러하옵니다. 소인의 아비가 장군님께 큰 죄라도 저지르셨는지요.”

이성계는 큰 소리로 탄식했다.

“허허, 그렇지. 큰 죄를 저질렀지. 나쁜 사람…… 나와 이 장군을 두고 먼저 가버렸으니 죄 중에서도 가장 큰 죄지 무엇이겠느냐.”

그는 천천히 걸어나와 신엽을 일으켜 세웠다.

“그렇다면 네 이름이 신엽이겠구나.”

“그러하옵니다.”

“아들을 얻었다고 기뻐하던 네 아비의 모습이 지금도 눈에 선하구나.”

이성계는 신엽의 어깨를 끌어안았다. 그때 그의 나이는 사십오 세. 신엽은 마치 돌아가신 선친의 품에 안기는 듯한 따뜻함을 느꼈다. 이성계의 눈에도 신엽의 눈에도 물기가 스며들었다. 그들을 지켜보던 이지란도 눈시울이 붉어져 눈길을 아래로 떨구었다.

이성계는 신엽을 자신의 옆자리에 앉혔다. 부하들에게 명하여 술 한 병을 가져오게 해서는 손수 한 잔 따라주었다. 그는 신엽뿐 아니라 그날 노고를 겪은 모든 부하 장수들에게 술잔을 돌렸다. 그때는 왜구들이 인월로 물러가 교전이 소강 상태에 접어들어 있었다.

이성계는 놀랍게도 신엽의 모친 정씨부인까지 알고 있었다. 그는 모친의 안부를 물었고, 신엽이 간단한 사정을 설명하자 한숨을 내쉬었다. 그런 여인도 드물 테지…… 그러다가 그는 신엽에게 부친의 죽음에 관해 얼마나 아는가를 물었다. 신엽이 많이 알지 못한다고 대답하자 상세한 설명을 해주었다.

이분손은 문무를 겸비한 지장으로서 약관의 나이에 이미 병마판관이라는 자리에 올라 있었다. 이성계는 그를 아껴 수하에 두기를 원했었다. 그러나 조정에는 이성계를 시기하는 세력이 있어 그를 북방으로 올려보냈다. 평안도 일대를 침구하던 홍건적을 소탕하라는 것이었다. 동시에 이분손을 교동도로 배치한 다음 병마사 이선과 변광수의 선단에 귀속하여 서해안의 조운선들을 보호하라는 명을 내렸다.

당시 서해안은 고려 영토인지 왜구들의 앞마당인지를 분간하기 어려울 지경에 있었다. 이선과 변광수는 모두 조정에 아부하여 자리를 얻은 자들로 전투에 대해서는 무지한 졸장들이었다. 그들은 이작도 부근에 적이 매복하고 있다는 적정을 접하고도 이를 묵살하고 무작정 진격을 명했다. 이분손은 사태의 심각성을 인식하고 스스로 선단의 선두로 나섰다. 위기를 당하면 직접 나서서 싸우겠다는 각오였다.

과연 사태는 우려했던 바와 같았다. 선단이 이작도 남안에 이르렀을 때 오십여 척의 왜선들이 사면에서 쏟아져나왔다. 고려 수군의 선두는 왜선들에 포위당하고 말았다. 멀찌감치서 뒤따르던 이선과 변광수는 지레 질겁하여 후퇴를 명했다. 왜선의 숫자는 오십여 척이었고 고려 수군은 팔십 척의 선단이었으니 그때라도 전열을 재정비했다면 패하지는 않았을 것이었다. 그런데도 그들은 서둘러 도주 명령부터 내린 것이었다. 덕분에 대부분의 고려군은 퇴각하였고, 포위망에 갇힌 선두 부대 십여 척만 왜선들과 싸우게 되었다.

절대적으로 불리한 상황 속에서도 고려 수군은 용감하게 분전했다. 병마부사 박성룡을 비롯하여 많은 장수와 병사들이 부상을 당했지만 끝끝내 굴하지 않았다. 그리고 마침내는 왜선들을 격퇴시킬 수 있었다. 그러나 그 전투에서 고려는 수많은 병사들과 여러 명의 아까운 장수를 잃고 말았다. 신엽의 부친 이분손도 그들 중 한 명이었다. 이성계는 그날 살아남은 병사들이 한결같이 이분손을 칭송하였다고 말했다. 그의 죽음이 있었기에 그들이 살아돌아올 수 있었다는 것이었다.

"내 그가 떠났다는 소식을 듣고 오랫동안 슬픔을 가누질 못했었다. 그런데 오늘 너의 모습을 보니 흡사 십칠 년 전 그를 보는 듯하구나. 더구나 백척간두에서 네가 나를 구하였으니 이는 분손의 영령이 너를 보낸 것이 아닌가 싶다."

이성계는 신엽의 두 손을 쥐고 한숨을 내쉬었다. 기뻐해야 할지 슬퍼해야 할지를 알 수 없어하는 모습이었다. 그는 신엽에게 여러 가지 질문들을 했다. 그 동안 모친 정씨와 함께 살아온 일들에 대한 궁금증이었다. 남원에 가까운 지인들은 더러 있었는지, 살림은 넉넉했는지, 조석은 어떻게 해결했는지 등등. 신엽은 행여 그의 마음을 아프게 할까 봐 어려웠던 이야기는 하지 않았다. 대신 모친과 함께 했던 행복한 기억들만을 들려주었다. 이성계는 기뻐하며 고개를 끄덕였다. 그리고 신엽의 부친 이분손에 대한 기억들을 되새기곤 했다. 그가 얼마나 용감하고 굳건한 기상의 장수였던가를 아들에게 설명해주었다. 이따금 기억이 막힐라치면 이지란 부장이 그를 도왔다.

그런저런 이야기들로 그들은 즐거이 담소했다. 그러나 신엽은 그 시간을 이용하여 이성계 장군의 부상을 치료하는 것도 잊지 않았다. 그가 신엽의 손을 잡고 있는 사이 은근히 내력을 밀어넣어 내상을 치료했다. 다행히 워낙 건강한 몸인지라 빠른 회복을 보였다.

신엽은 또 길상사가 자체적으로 만들어 사용하는 금창약을 이성계의 부상 부위들에 발라주었다. 무림인이 사용하는 약은 그 효과가 뛰어난 까닭에 어지간한 상처들은 쉽게 아물었다. 이성계는 담소에 열중하여 알지 못했지만 곁에서 지켜보는 이지란은 놀라움을 금할 수 없었다. 신엽이 몇 번 손을 쓰는 사이 이 장군의 부상은 말끔히 낫고 있었던 것이다.

이지란은 내심 안도하며 이성계에게 오래 전부터 하고 싶었던 말을 꺼냈다.

"장군님께 외람된 말씀을 여쭙고자 합니다. 이번 기회에 갑옷을 다른 색깔로 바꾸는 게 어떠실는지요."

"왜 그런 말을 하는 거요?"

지란은 비록 부장이었으나 이성계는 그를 높이 평가하여 사람들 앞에서 하대하는 법이 없었다.

"붉은빛은 기상은 늠름하나 너무 두드러지는 단점이 있습니다. 적이 쉽사리 장군님을 노릴 것입니다."

"허허. 네 생각은 어떠하냐?"

이성계는 가벼이 웃고는 신엽의 의견을 물었다. 신엽은 마침 이지란과 같은 생각을 하고 있었으므로 같은 의견이라고 대답했다. 그러자 이성계는 고개를 저었다.

"전장에 나선 장수가 어찌 적의 눈에 띄는 것을 두려워하겠는가. 오히려 우리 군사의 눈에 두드러지는 것을 기뻐해야지. 내가 힘을 내어 분전한다면 우리 병사들이 한층 더 용기백배하지 않겠는가. 그렇지 않소, 이 장군?"

"송구스러울 따름입니다."

이지란은 이성계의 뜻이 그와 같다면 결코 바꿀 수 없을 것을 알고 고개를 숙였다. 신엽은 명장이 명장으로 불리는 데는 그에 합당한 이유가 있는 것임을 깨달을 수 있었다.

치료를 마친 신엽은 이성계의 앞에 무릎을 꿇었다. 품속에서 곱게 싼 비단 보자기 하나를 꺼내어 두 손으로 바쳤다.

"이게 무엇인가?"

이성계는 비단 보자기를 풀다가 문득 놀라서 손을 멈추었다. 그는 이지란에게 명하여 주변을 물리도록 하였다. 사람들이 모두 나가고 세 사람만이 남게 되자 이성계는 보자기를 마저 풀었다. 이지란의 두 눈도 놀라움으로 휘둥그레졌다. 이성계나 이지란이 그처럼 놀라는 것도 무리가 아니었다. 그들은 『금해병서』 네 글자를 보고 있던 것이다.

떨리는 손으로 책장을 넘기던 이성계는 그것이 금해 연개소문이 직접 저술한 진본임을 깨닫고 더욱 놀라지 않을 수 없었다. 『금해병서』는 원래 고려 중엽까지도 간간이 모습을 보인 책이라 했다. 나라에서 변방 요지로 발령받는 장수들에게 사본 한 권씩을 하사했다는 것이었다. 그러나 그 책은 원본에 비교하면 질이 현격히 떨어지는 것이라 했다. 수백 년을 내려오는 동안 누락이나 가필에 의해 변질된 까닭이라는 말도 있었고, 애당초 고구려가 망할 때 신라 왕조로 넘겨진 『금해병서』는 가짜였기 때문이라는 말도 있었다. 그럼에도 불구하고 그 병서는 장수들 사이에서 고려국 최고의 무경(武經)으로 대우받았노라고 했다.

그러나 그 『금해병서』는 고려 중엽 몽고의 침입과 지배를 받게 되면서 아예 종적을 감추게 되었다. 몽고 조정에서 고려군이 재차 강성해질 것을 염려하여 모조리 쓸어간 까닭이었다. 따라서 그 시절 이후로 병법을 공부하는 고려 장수들은 여간한 어려움을 겪은 게 아니었다. 그런데 이제 눈앞에서 연개소문이 직접 쓴 『금해병서』를 보고 있었으니 이성계의 감격이 무량했음은 다시 말할 나위가 없는 일이었다.

"이것을 어떻게 구했느냐?"

이성계가 물었다. 신엽은 자긍대사가 당부한 말을 전했다.

"출처에 대해서는 차후 다시 말씀드릴 기회가 있을 것입니다. 하지만 당분간은 장군님께서만 아시는 일로 하여주십시오. 그렇지 않으면 한바탕 풍파가 일 것이라 하였습니다."

자긍대사의 당부는 『금해병서』가 알려지면 당연히 무림인들이 『금해진경』을 쫓아 구름처럼 모여들 일을 염려한 것이었다. 그러나 그것은 『금해병서』 자체로도 충분히 가능한 우려였다. 이성계는 잠시 생각하더니 고개를 끄덕였다. 그처럼 진귀한 병서의 진본이 출현하였음이 알려진다면 각 나라 각 지방의 장수들이 탐을 내어 피바람을 일으킬 것이 분명하지 않겠는가.

이성계는 마음을 차분히 하고 다시 내용을 읽어보았다. 병서는 연병(練兵) 행군(行軍) 출진(出陣) 공방(攻防) 퇴병(退兵) 공벌(攻伐) 등의 부문으로 나뉘어 있었다. 각각의 부문에는 주옥 같은 글귀들이 실려 있었다. 이성계는 특히 공방 편에서 목전의 난제인 성(城)과 관계된 부분을 찾아보았다. 성을 효과적으로 공격하는 방법에는 어떤 것들이 있는지. 다행히 『병서』에는 그에 대한 실전지침들이 상세하게 설명되어 있었다. 성은 연개소문의 시절에도 중요한 문제였다.

당시 고구려는 요동 일대의 요동성, 개모성, 백암성, 안시성 등을 두고 당나라와 치열한 접전을 계속하고 있었다. 고구려는 주로 방어하는 입장이었지만 연개소문은 공격과 방어법을 동일한 비중으로 소개하고 있었다. 공격을 모르고서는 방어 역시 불가능한 까닭이었다. 한 구절 한 구절을 읽어내릴 때마다 이성계는 무릎을 치며 기뻐했다.

그날 오후 이성계와 이지란은 몹시 분주했다. 그들이 분주했다면 휘하의 장수와 병사들이 더욱 분주했을 것임은 말할 나위도 없었다. 이성계는 먼저 장수들을 모아 새로운 작전과 편제를 교육했다. 그리고 새 편제에 따라 부대를 나누어 간단한 기동훈련도 가졌다. 장사 병들은 중상을 당한 것으로 알았던 이성계 장군이 직접 불호령을 터뜨리며 지휘하자 열 배 스무 배의 사기를 얻었다.

신엽은 그 오후를 조용히 보냈다. 인월성으로의 잠입은 야음을 틈탈 계획이었으므로 따로 할 일이 없었다. 다만 왜구들과 싸우고 이성계를 구하느라 약간의 공력을 사용한 터라 대부분의 시간을 운기 조식에 할애했다. 여느 때였다면 그 정도는 아무런 영향도 주지 못했을 것이었다. 그러나 아직 부상이 완전히 회복된 게 아니었으므로 부담이 되었던 것이다. 그는 이성계가 정해준 막사에서 홀로 천부심법을 익혔다. 심법의 구절들을 몇 차례 되뇌이자 마음은 놀랄 만큼 맑은 평정을 되찾았다. 더불어 기운도 조화롭게 변했다.

저녁 식사 시간이 되자 이성계는 신엽을 지휘부 막사로 불렀다. 그곳에서 신엽은 장수들과 함께 저녁을 들었다. 식사 자리에서도 이성계는 부하 장수들과 그날의 훈련 결과를 검토하는 일에 열중했다. 대체로 긍정적인 평가들이 많았다. 신엽은 식사가 끝나는 대로 하직 인사를 드리리라 생각했다. 그런데 그때 말발굽 소리를 울리며 전령이 달려왔다. 다급한 전갈이 있었다. 적의 대부대가 막 인월성을 나섰다는 것이었다. 경계병의 관측에 따르면 야간 공격을 위해 진격중인 듯하다고 했다. 이성계는 즉시 호탕한 일갈을 터뜨렸다.

"마침 근질근질하던 참인데 잘되었구나. 모두 나가서 섬나라 쥐떼를 섬멸하도록 하자."

신엽은 그의 대담함과 자신감에 경의를 표하지 않을 수 없었다. 또한 그 부대의 치밀한 경계태세에도 감탄하는 바가 컸다.

"신엽아. 너도 함께 가자. 네가 가져온 선물이 어떤 위력을 발휘하는지 보여주마."

이성계는 신엽에게 한마디를 던지고 앞장서 나갔다. 신엽은 조용히 사라질까도 생각했었지만 함께 가보기로 했다. 아직 잠입에는 이른 시각이기도 했고, 『금해병서』의 위력을 직접 확인하고 싶기도 한 까닭이었다. 그는 얼른 진흙으로 얼굴을 위장하고는 이성계의 뒤를 따랐다.

막사를 나선 신엽은 지휘부와 함께 움직이는 고려군의 숫자가 의외로 적은 것에 놀랐다. 그러나 곧 그 사정은 설명되었다. 고려군은 이미 땅거미가 깔릴 무렵부터 작전을 전개해두고 있었다. 몇 개의 부대들로 나뉘어 운봉과 인월 사이의 요소요소에 잠복해 있었던 것이다. 그들의 움직임이 은밀하고 질서정연하여 신엽조차 알지 못했을 따름이었다.

삼사 리를 더 나아가자 고려군의 본진이 나타났다. 그들은 적을 내려다볼 수 있는 유리한 지형에 의지하여 숨죽이고 기다리고 있었다. 잠시 후 왜구 부대가 모습을 나타내었다. 신엽은 적의 규모가 의외로 큰 것에 놀라지 않을 수 없었다. 수만 명의 왜구들이 집결하였노라고 들었는데 과연 조금도 과장이 아니었다. 더구나 그들은 촘촘하게 횃불들을 밝혀들어 밤의 산천을 통째로 장악한 듯 보였다. 또한 악명 높은 왜구 출신답게 갖가지 괴이한 소리와 춤동작들로 공포스런 분위기를 연출하고 있었다.

이번에 이성계 장군과 함께 내려온 토벌군은 숫자가 얼마나 될까.

신엽은 내심 궁금해하며 이성계 장군을 살펴보았다. 그러나 이성계는 조금도 놀란 기색이 아니었다. 오히려 대규모의 적을 단번에 쳐부술 수 있게 되어 기뻐하는 듯한 모습이었다.

이성계는 왜구들이 지척으로 다가올 때까지 끈기 있게 기다렸다. 삼십 장, 이십 장, 마침내 십사오 장 거리가 되었을 때 그는 공격 시작 신호를 보냈다. 그러자 삼면에서 동시에 고려군의 기습이 시작되었다. 화살들이 일제히 퍼부어지고, 어둠을 가르며 병사들이 돌진했다. 왜구들은 일시 주춤했다. 그러나 그들도 결코 만만한 상대는 아니었다. 곧 전열을 정비하여 창검으로 맞섰다. 백병전이 전개되자 왜구들은 대등한 기세를 회복했다. 고려군은 일시에 내달아 충격을 안긴 다음 다시 뒤로 물러났다. 그러면 뒤에서 준비중인 사수들이 화살을 퍼부어서 왜구의 추격을 저지했다. 그리고 곧이어 다른 장소에서 고려군의 기습 부대가 출격했다.

그 무렵 왜국과 고려의 전쟁 방식은 사뭇 달랐다. 왜국의 병사들은 무엇보다 백병전에 능했다. 자국에서 오랜 동안 내전을 겪어온데다 해적질을 나선 이후로 무수한 싸움들을 경험한 까닭이었다. 사무라이 문화의 정착도 그같은 현실과 무관하지 않았다. 반면에 고려군은 실전의 경험이 많지 않았다. 특히 일을 당하여 급조된 농민군은 더욱 그러했다. 따라서 창검을 겨루는 백병전보다는 화살에 의지하는 전투가 많았다. 그래서 고려군은 기습전과 화살 공격을 병행하고 있었다.

신엽은 조금씩 걱정이 들었다. 이런 식의 전투는 초반에는 재미를 볼 수 있겠지만 긴 승부에는 불리할 게 분명했던 것이다.

그런데 그 순간 그가 미처 예상치 못한 일이 시작되었다. 왜구 부대의 좌우측 허리 부근이 술렁이기 시작했다. 자세히 보니 고려군 기병대가 양쪽에서 그들의 허리를 베어들어가고 있었다. 왜구를 앞과 뒤 두 동강으로 자르고 있었던 것이다. 뿐만 아니라 정면에서도 다시 한줄기의 고려군이 왜구 진영을 파고들기 시작했다.

이성계의 전략은 그렇게 두 단계로 나뉘어 있었다. 기습전과 화살 공격으로 우선 적의 전열을 흐뜨린다. 그런 다음 세 가닥 기병부대가 돌격하여 적을 네 조각으로 자른다. 이진과 삼진 기병대는 허리를 자르고 일진 기병대는 정면을 돌파한다. 일단 잘라져서 분열된 적은 자중지란에 빠져들게 마련이므로 일시에 섬멸할 수 있을 것이다. 애초에 기습과 화살 공격을 퍼붓던 고려군이 부실해 보인 것은 바로 기병부대에 대다수 정예군을 투입한 까닭이었다.

작전은 계획대로 진행되었다. 특히 이진과 삼진 기병대는 거침없이 적의 허리를 베고 진격하여 곧 양쪽이 하나로 통했다. 그러나 정면으로 투입된 기병대는 속도가 약간 느렸다. 왜구의 뛰어난 용사들이 대체로 전면에 배치되어 발목을 잡고 있었다. 이성계와 이지란은 그들을 지원하기 위해 말을 몰아 합류했다. 신엽도 그들을 따랐다. 이성계 장군 일행이 가세하자 정면 부대는 다시 기세를 올렸다. 그런데 뜻밖에도 그 기세는 오래가지 않았다.

"아기발도다!"

"아기발도가 나타났다!"

고려 군사들 사이에서 웅성거림이 일었다. 긴장과 두려움이 역력한 소리들이었다. 오히려 정면 부대는 주춤주춤 밀려나기까지 했다. 아기발도가 대관절 무엇일까. 신엽이 궁금해하는 사이 이지란이 말을 몰아 이성계에게로 달려왔다.

"장군님! 명령을 고쳐주십시오. 시간이 없습니다. 아기발도를 생포하려다가는 우리 군사들의 피해가 너무 커질 것입니다."

이지란은 다급하게 말했다. 짧은 순간 이성계는 생각에 잠겼다.

아기발도는 왜구측의 한 어린 장수였다. 아기(阿其)는 우리말로 어리다는 뜻이었고, 발도(拔都)는 몽고어로 용사라는 뜻이었다. 그는 불과 십오륙 세의 어린 나이였지만 용맹하고 무술이 뛰어나 고려군의 어떤 장수도 당해낼 수 없었다. 뿐만 아니라 갑주(甲冑)와 호항(護項)으로 온몸을 중무장하여 어지간한 화살로도 맞힐 수가 없었다. 때문에 그가 나타나기만 하면 고려군은 힘을 잃고 흩어졌다. 이성계는 일찍이 그의 용전을 보고 아끼는 마음이 들어 죽이지 말고 생포하라는 명을 내린 터였다. 그러나 이제 승패의 기로에서 이지란은 이성계에게 명령을 번복해줄 것을 요청하고 나선 것이었다.

이성계는 곧 고개를 들었다.

"이 장군의 말이 옳소. 생과 사를 따지지 않겠소."

"은혜에 감사할 따름입니다."

이지란은 즉시 명령을 전하여 몇 명의 궁수를 모았다. 평상시 그가 특별히 신임하는 명궁들이었다. 그는 그들에게 아기발도를 맞혀 말에서 떨어뜨리는 자에게는 큰 상을 내리겠노라고 말했다. 궁수들은 다투어 활을 쏘았다. 매서운 화살 십여 발이 일시에 아기발도를 향해 쏘아졌다. 그러나 그 화살들은 어느 하나도 아기발도의 몸을 꿰뚫지 못했다. 몇 개는 아기발도가 창으로 쳐내었고, 몇 개는 갑주와 호항을 맞히고는 힘없이 떨어졌다. 그러자 왜구들은 더욱 기세를 올렸다. 아기발도는 한결 날렵하게 움직이며 고려 군사들을 베었다.

상황이 점점 어려워짐을 깨달은 이성계는 직접 활을 잡았다. 그러자 이지란도 함께 활을 들었다. 이성계와 이지란은 고려국 전체에서도 가히 으뜸가는 명궁이라 할 수 있었다. 두 사람은 일찍이 서로의 활솜씨에 매료되어 의기투합한 사이였던 것이다. 신엽도 그들의 명성은 들은 바가 있는 터라 내심 기대가 되었다.

과연 두 사람은 화살을 고르는 눈매부터가 달랐다. 수많은 화살 중에서 한눈에 굳세고 올곧은 화살을 골랐다. 그리고는 힘껏 시위를 당겼다. 다음 순간 두 개의 화살은 바람을 가르며 아기발도의 면전으로 날아갔다. 가히 신궁이라 이를 만한 위력들이었다. 신엽은 고개를 끄덕였다. 의기상통이로구나. 상대의 약점이 어디인가도 똑같이 파악했으니. 아기발도가 저 두 개의 화살을 피하기는 쉽지 않으리라.

아기발도 역시 사정이 위급함을 깨달은 듯했다. 그러나 그 깨달음에는 대책이 없었다. 화살들은 이미 각각 그의 양쪽 눈으로 파고들고 있었던 것이다. 그가 꼼짝없이 당하려는 순간, 신엽의 눈을 의심하게 하는 일이 일어났다. 두 개의 화살은 아기발도의 두 눈 한 자 앞에서 미묘한 변화를 일으켰다. 그리고는 아슬아슬하게 양쪽 관자놀이를 스쳐지나가버린 것이었다.

이성계와 이지란은 서로를 돌아보았다. 믿을 수 없어하는 표정들이었다. 그도 그럴 것이, 두 사람은 방금 일어난 일의 전말을 정확히 알지 못했다. 그 변화는 지극히 미세하여 신엽 정도의 고수만이 겨우 포착하였을 정도였다. 그들은 다만 화살이 빗나간 것으로만 알았던 것이다. 신엽은 그것이 아기발도의 능력은 아니라는 것을 단번에 알 수 있었다. 그의 무용도 뛰어났지만 그 정도는 아니었다. 곁에서 어떤 무림 고수가 돕고 있음이 분명했다. 아마도 어리고 용맹한 아기발도를 영웅으로 만들어 고려 군사들의 사기를 꺾으려는 책략이리라. 그런데 그 고수는 과연 누구이며 어디에 숨어 있는 것일까.

신엽은 두 눈을 크게 뜨고 주변을 살폈다. 손을 쓴 수법으로 보아 아기발도로부터 멀리 있지는 않을 성싶었다. 잠시 만에 그는 한 인물을 찾아낼 수 있었다. 아기발도의 바로 뒤에 위치한 기수였다. 요사스런 치장을 하고 커다란 붉은 기를 치켜들고 얄궂은 엉덩이춤을 추어대는 그 기수는 뜻밖에도 히야시였다. 신엽은 고개를 저었다. 히야시가 지켜준다면 이성계와 이지란이 다시 열 번을 쏜대도 아기발도를 쓰러뜨릴 수 없을 것이었다. 게다가 고려군의 형편은 사뭇 악화되고 있었다. 왜구의 허리를 자른 이삼진 기병대는 정면의 일진 기병대를 애타게 기다리고 있었다. 어서 다시 왜구를 좌우로 쪼개어 주기를. 그래서 함께 양동 작전을 전개할 수 있기를. 만약 그러지 못한다면 이진과 삼진은 적의 협공만을 자초하여 곧 괴멸되고 말 것이었다. 신엽은 머뭇거릴 틈이 없음을 알고 이성계에게 말했다.

"상대는 아기발도가 아니라 적의 기수입니다. 제가 그를 따돌릴 테니 장군께서는 다시 한번 아기발도의 면상을 쏘십시오. 이번에는 기필코 성공하실 것입니다."

말을 마침과 동시에 신엽은 말을 몰아 적진으로 내닫았다. 그는 잇달아 몇 명의 왜구를 베고 아기발도를 덮쳐갔다. 사람들은 모두 그가 아기발도에게 싸움을 거는 것이라 생각했다. 그러나 다음 순간 신엽은 왜구의 붉은 기를 뺏어들고 달아나고 있었다. 실로 감쪽같은 솜씨였다. 기를 들고 있던 히야시조차 자신이 어떻게 그것을 빼앗겼는지 알 수 없을 지경이었다.

기를 뺏어들자 신엽에게는 왜구의 공격이 빗발처럼 모여들었다. 화살과 창이 날아들어 단번에 말을 꺼꾸러뜨렸다. 신엽은 재빨리 몸을 날려 마상의 한 왜장을 걷어차고 그의 말을 빼앗았다. 그리고는 좌측으로 달렸다. 당연히 고려 군영으로 달아나리라 짐작했던 왜구들은 허를 찔렸다. 덕분에 신엽에게는 약간의 여유가 생겼다.

그러나 그는 이미 왜구 진영 한가운데 있었기에 사방이 왜구이기는 마찬가지였다. 게다가 그 사이 히야시가 정신을 차리고 신엽을 뒤쫓기 시작했다. 그는 번개처럼 몸을 날려 신엽을 추격했다. 신엽

은 한 마리의 말이 쓰러질 때마다 다른 왜구의 말을 뺏어타고 달렸
다. 중간중간에 왜구의 머리를 밟고 그들의 창검 위로 재주를 넘으
면서.

이성계는 적진에서 동분서주 달아나는 신엽의 날렵함에 감탄하지
않을 수 없었다. 또 그의 예리한 안목에도 적잖게 놀랐다. 신엽이 상
대는 아기발도가 아니라 적의 기수라고 얘기했을 때 이성계는 선뜻
그 말을 믿지 못했다. 그러나 지금 신엽을 쫓아가는 기수를 보니 과
연 그 말이 거짓이 아님을 알 수 있었다. 기수의 몸놀림은 일찍이
그가 상대했던 어떤 뛰어난 장수보다 민첩했던 것이다.

한동안 신엽과 기수의 추격전을 넋을 놓고 바라보던 이성계는 그
러고 있을 때가 아님을 깨달았다. 신엽의 당부가 생각난 것이었다.
그는 곧 이지란을 불러 지시했다.

"내가 아기발도의 투구를 맞힐 것이니 그대는 그의 목줄기에 화
살을 꽂도록 하시오."

두 사람은 굳센 화살 두 개를 뽑아 각각 시위를 당겼다. 이성계의
화살이 허공을 가르자 뒤이어 이지란의 화살도 시위를 떠났다. 약속
대로 이성계의 화살은 아기발도의 투구 한가운데를 때렸다. 투구가
뒤로 밀리고 아기발도의 놀란 얼굴도 가볍게 젖혀졌다. 그러자 그의
턱과 호항 사이로 부드러운 목살이 드러났다. 그리고 이지란의 화살
은 그 목의 인후를 정확하게 꿰뚫어버렸다.

아!

불과 십오륙 세, 어린 용사 아기발도는 비명 한마디 지르지 못하
고 생을 마감했다.

아기발도가 마상에서 굴러떨어지자 고려군은 일제히 환호성을 울
렸다. 사기가 북돋아진 고려군은 다시 질풍처럼 왜구 진영을 뚫기
시작했다. 반면에 왜구는 기세를 잃고 힘없이 무너져내렸다. 이성계

는 다시 신엽이 걱정되어 돌아보았다. 신엽은 여전히 씩씩하게 좌충
우돌하며 멀어져가고 있었다. 이제 곧 왜구 진영을 벗어날 수 있을
듯 보였다. 이성계는 이분손의 영령과 신엽에게 깊은 감사를 표하며
큰 소리로 군사를 독려했다.

　신엽은 기실 훨씬 더 빨리 적진을 벗어날 수 있었다. 그럼에도 짐
짓 시간을 끈 것은 히야시를 유인하기 위해서였다. 아기발도의 죽음
을 확인하고서도 마찬가지였다. 그에게는 또 한 가지의 이유가 있었
기 때문이었다. 그래서 그는 일부러 속도를 줄여 위태위태한 모습으
로 히야시를 유혹했다.

　그리고 고맙게도 왜구들까지 그를 돕고 있었다. 중앙에서 멀어지
자 왜구들은 신엽과 히야시가 각각 어느 쪽 사람인지를 분간하지
못했다. 두 사람 모두 정식 군사복을 입지 않은 까닭이었다. 그런 가
운데 신엽은 왜구의 기를 들고 달아나고 히야시는 그를 뒤쫓으니
오히려 착각하는 병사들도 많았다. 그래서 더러는 신엽을 돕고 히야
시의 추격을 방해하기도 했다. 분개한 히야시가 병사 몇 명을 베어
버리자 사정은 더 악화되었다. 히야시는 기가 막혀 고래고래 소리를
질렀다. 왜구들의 그런 도움이 아니었다면 눈치 빠른 히야시는 신엽
의 무공을 눈치채었을지도 모를 일이었다.

함정을 찾아서

왜구 진영을 벗어난 신엽은 산으로 달아났다. 산 속은 훨씬 어두 웠으므로 히야시를 속이기가 쉬웠다. 삼사 리를 더 달아나 호젓한 곳에 이르자 신엽은 힘겨운 모습을 보였다. 그리고는 마침내 쓰러졌 다. 악에 받친 히야시는 대뜸 달려들며 일 장을 갈겼다. 신엽은 그의 손이 옷자락에 다다를 때까지 넘어져 있다가 불쑥 손가락을 내밀어 노궁혈을 짚었다. 히야시의 거센 장력은 신엽의 손가락질 한 번에 미풍으로 변해서 사라졌다. 대신 히야시의 팔은 어깻죽지까지 저릿 해졌다. 히야시는 깜짝 놀랐지만 때늦은 일이었다. 온몸의 힘이 풀 어지며 무릎을 꿇고 말았다. 노궁혈은 인체대혈 중에서도 몇 손가락 안에 꼽히는 요혈이었다. 만약 신엽이 그 일지에 삼 할의 공력만 더 넣었더라도 히야시는 이미 무공이 전폐되었을 것이었다.

"너, 너는 누구냐?"

히야시의 작은 목소리가 떨려나왔다. 혈도를 제압당한 까닭에 그는 큰 소리조차 낼 수 없었다. 신엽은 천천히 일어나 얼굴의 진흙을 닦았다. 그가 누구인가를 확인한 히야시는 잠시 망연한 표정을 지었다.

신엽의 무공이 이처럼 증진되다니. 안동호의 영웅연에서만 하더라도 자신과 큰 차이가 없지 않았던가. 그나저나 큰일이로구나. 그가 기어코 나를 잡았으니 금강일신의 원한을 갚으려 할 텐데.

그러나 히야시는 곧 안색을 되찾았다. 신엽이 무슨 일로 이곳까지 달려왔는지를 짐작한 까닭이었다. 그는 빙그레 미소까지 머금으며 말했다.

"길상사는 동작들이 굼뜨구나. 장문인의 행차가 벌써 아흐레 전이었는데 이제서야 어슬렁어슬렁 나타나다니."

"장문인께서는 안녕하시냐?"

"오, 물론이지. 약속 기한이 아직 하루 남았는데 별고야 있겠느냐."

신엽은 타는 속을 감추고 묵묵히 물었다.

"우리 장문인의 내상은 어찌되었느냐?"

"그것까지야 내가 알겠느냐? 직접 가서 물어보려무나."

"지금 어디에 계시냐?"

"글쎄다……."

히야시는 말꼬리를 흐렸다. 신엽은 히야시의 술수가 뛰어나 긴 이야기가 불리함을 알고 있었다. 그는 즉시 오른손 중지를 히야시의 왼팔 척택혈 위에 올려놓으며 말했다.

"다시 한번 묻겠다. 우리 장문인은 지금 어디 계시냐?"

"그것까지는 나도 모른다. 다만 인월성 어딘가에 있는 것만은 분명하다."

신엽은 망설이지 않고 척택혈을 눌렀다. 그러자 히야시는 기어들어가는 신음 소리를 냈다. 오른팔이 마치 수만 마리의 불개미떼가 물어뜯는 듯 고통스러워진 것이었다. 결국 그는 손을 들었다.

"짐작 가는 곳은 있다."

신엽은 혈도를 풀어주었다.

"말해라."

"말한다면 나를 어찌하겠느냐?"

신엽은 잠시 생각했다. 히야시는 결코 용서할 수 없는 원수였다. 기필코 응분의 벌을 내리리라 다짐한 지 오래였다. 그러나 지금 당장은 자연대사의 소재를 알아내는 일이 급선무였다.

"바른 대로 말한다면 살려주겠다."

"목숨만 살려주겠다는 것이냐, 아니면 아무 짓도 않겠다는 것이냐?"

히야시는 꼬치꼬치 캐물었다. 그건 그가 세상 사람 모두를 자기처럼 의심하기 때문이었다. 신엽은 고개를 저었다.

"살려주겠다는 얘기는 곱게 보내주겠다는 것이다. 그러나 이번 한 번만이다. 다음에는 용서하지 않겠다."

"인월성 남동쪽 절벽 부근에 큼직한 우물이 하나 있다. 지붕이 있고 튼튼한 돌로 만들어진 것이지만 물은 괴어 있지 않다. 모두 말했으니 어서 나를 풀어주거라."

신엽은 고개를 저었다. 그는 히야시의 혈도 몇 곳을 더 짚어서 나무 위에 올려놓았다.

"살려주겠다고는 했지만 당장 풀어주겠다는 말은 하지 않았다. 내 먼저 가서 네 말이 사실인지부터 확인해보겠다. 만약 거짓이라면 즉시 돌아와 네 목을 벨 것이다."

"흥. 히야시는 목숨을 걸면서까지 거짓말을 하지는 않는다. 하지만 네가 돌아오지 못한다면 어찌되느냐?"

"네 몸의 혈도는 이틀 후면 자연히 풀어질 것이다."

"꼬박 이틀 동안 먹지도 말고 마시지도 말란 말이냐. 게다가 사나운 들짐승이라도……."

마지막으로 신엽은 히야시의 아문혈을 짚어 발성을 막았다. 히야시는 성난 표정으로 얼굴을 붉혔다. 그러나 거기까지가 그가 할 수 있는 고작이었다. 신엽은 지체하지 않고 인월성을 향해 걸음을 옮겼다. 내심 그는 다행스러움을 느꼈다. 인월성을 목전에 두고서도 어디를 어떻게 건드려야 할지 고민했었는데 뜻밖에도 히야시를 사로잡아 중요한 정보를 얻어낸 것이었다. 다만 아쉬운 일이라면 일 장에 히야시를 쳐죽이지 못하는 것뿐이었다.

인월성 안은 대낮처럼 밝고 분주했다. 연신 횃불을 든 전령이 쫓아다니면서 무슨 소식인가를 전했고, 장수복을 입은 몇몇은 칼을 휘두르며 큰 소리로 다투었다. 야간 공격에 나섰던 대부대가 오히려 패퇴하는 관계로 소란스러워진 것이 분명했다. 다행히 그들의 관심은 주로 서쪽의 고려군에 몰려 있었기에 남동쪽 언덕빼기는 조용하고 한산했다. 신엽은 어렵지 않게 히야시가 말한 우물을 찾아낼 수 있었다.

신엽은 우물 부근에 몸을 숨기고 한참 동안 기다렸다. 만약 정말 자연대사가 그곳에 감금되어 있다면 적의 경계가 있을 것이라 생각한 까닭이었다. 그러나 주변에는 이렇다 할 인기척이 느껴지지 않았다. 반 시진을 기다려도 사람의 그림자도 어른거리지 않았다. 다만 멀찌감치서 군사들의 함성만이 들려올 뿐이었다.

교전 상황이 좋지 않아 이곳에 신경을 못 쓰는 것일까. 아니면 설마 이곳을 알아내리라고는 예상하지 못하는 것일까.

이런저런 생각을 하며 신엽은 다시 반 시진을 기다렸다. 시간은 자시에 다다르고 있었고, 함성은 점점 더 가까이로 몰려오고 있었다. 신엽은 마음을 정하고 우물로 다가갔다.

우물은 일 장 반 남짓으로 그리 깊지 않았다. 히야시의 얘기처럼 물도 괴어 있지 않았다. 신엽은 즉시 몸을 날려 바닥으로 내려갔다. 그곳은 그저 평범한 우물의 밑바닥 같았지만 자세히 보니 기다란 틈이 있었다. 작은 문처럼 생긴 틈이었다. 신엽은 그 틈을 밀었다. 작은 돌문이 가벼운 음향과 함께 미끄러지고 몇 개의 돌계단이 나타났다. 돌계단 너머는 깜깜한 어둠이었다. 보통 사람이라면 한치 앞도 내다보기 힘든 어둠이었다. 신엽은 공력을 모아 조심스럽게 살펴보며 한 발 한 발 내려갔다.

계단 끝에는 좁은 통로가 있었고, 그 통로 벽에는 등잔 하나가 붙어 있었다. 신엽은 화섭자를 꺼내어 등잔에 불을 붙였다. 통로는 다시 하나의 석실로 이어졌다.

석실 입구에서 신엽은 잠시 숨을 멈추었다. 어두운 석실 속에 웅크리고 앉은 한 인영을 발견한 까닭이었다. 그는 공력을 십이 성 끌어올려 만일의 사태에 대비하며 인영을 노려보았다. 만약 그가 적이라면 이미 신엽의 출현을 알아차렸을 것이었다.

잠시 후 신엽은 용기를 내어 조심스럽게 움직였다. 석실 입구의 등잔에 다시 불을 붙였다. 불빛에 비친 인영의 모습에 그는 다소 안도감을 느꼈다. 인영은 다름아닌 자연대사였다. 가부좌로 앉아 고개를 숙이고 있었지만 자연대사가 분명해 보였다. 그의 몸에는 무거운 쇠사슬이 감겨 있었다. 혈도를 찍혔거나 독약에 당해서 신엽의 출현을 알아차리지 못하는 것이었으리라.

신엽은 눈물이 핑글 도는 것을 느끼며 자연대사에게로 다가갔다.

그런데 그때 신엽의 발길을 붙잡는 것이 있었다. 불쾌한 냄새였

다. 땀내 같기도 하고 바닷물의 짠내 같기도 한 냄새, 돌보는 이 없
는 노인에게서나 날 법한 퀴퀴한 냄새. 그것은 일찍이 신엽이 요다
를 추적하면서 감지한 냄새였다. 신엽은 요다가 멀지 않은 곳에, 아
니 지극히 가까운 곳에 있을 수도 있음을 느꼈다. 과연 그는 어딘가
에 숨어서 기회를 노리는 것이었을까.

신엽은 천천히 걸었다. 아주 천천히 걸으면서 암암리에 주위를 살
폈다. 그러는 사이 그는 자연대사로부터 불과 세 걸음 앞까지 이르
렀다. 그때 문득 신엽은 무언가가 잘못되었음을 깨달았다. 자연대사
의 가사였다. 가사는 원래 스님들이 장삼 위에 입는 법복인데 왼쪽
어깨로부터 오른쪽 겨드랑이 아래로 비스듬히 걸쳐지게 되어 있었
다. 그런데 자연대사의 가사는 반대로 오른쪽 어깨에서 왼쪽 겨드랑
이 아래로 걸쳐진 것이었다.

함정이로구나!

그런 깨달음이 번개처럼 신엽의 뇌리를 스치고 지나갔다. 바로 그
순간, 석실의 바닥이 꺼지며 사라져버렸다. 함정임을 깨닫는 순간
반사적으로 공력을 끌어올린 까닭에 신엽은 가볍게 뛰어 뒤로 물러
날 수 있었다. 등골에서 식은땀 한줄기가 주루룩 흘러내리는 순간이
었다. 그런데 뒤쪽으로 내려서려던 신엽은 다시 한번 놀랐다. 그곳
에도 그를 기다리는 것은 허공뿐이었다. 그곳만이 아니라 석실의 어
디에도 바닥은 없었다. 가로와 세로가 각각 일 장 반은 될 성싶은
석실의 바닥이 한꺼번에 사라지고 만 것이었다.

신엽은 일시 도마공의 수법으로 벽에 달라붙었다. 그러나 벽면은
차돌처럼 매끄러워 오래 지탱할 수가 없었다. 그가 갈 수 있는 곳이
라고는 자연대사를 가장한 인물이 앉아 있는 손바닥만한 자리뿐이
었다. 그런데 신엽은 이미 그가 바로 요다임을 짐작하고 있었다. 반
들반들한 석실의 다른 어디에도 요다가 숨어 있을 곳은 없었던 것

이다. 게다가 깎은 지 얼마 되지 않은 파릇한 중머리는 요다의 것이 분명해 보였다.

벽면을 박차고 신엽은 요다가 앉은 자리로 몸을 날렸다. 동시에 우장으로 분룡포사의 일 장을 펼쳤다. 발 디딜 곳도 없는 허공에서 안전한 자리의 적을 공격하는 것은 실로 무모한 일이었다. 위험도가 가히 몇 배는 될 것이었다. 그러나 신엽에게는 다른 방법이 없었다. 이미 그런 진행을 예상하고 있었던 요다는 즉시 가슴 앞에서 쌍장을 격출했다. 회심의 일격이었다. 신엽의 우장은 요다의 쌍장과 일 대충돌을 일으킬 듯 보였다. 하지만 다음 순간 신엽의 우장은 안개처럼 사라졌다. 대신 좌장이 뻗어나와 요다의 장력 위를 가볍게 찍었다. 그 반탄력으로 신엽은 다시 반대쪽 벽면으로 돌아갔다.

이번에는 처음처럼 힘없이 물러선 게 아니라 강하게 부딪혀간 것이었다. 그의 오른손에는 어느새 월정검이 들려 있었다. 그는 요다의 공격에서 얻은 기운으로 월정검을 벽면 깊숙이 찔러넣었다. 그리고는 핑글 한 바퀴 재주를 넘어 검신 위에 올라앉았다. 단정히 가부좌까지 틀면서. 그 모든 동작들은 제비의 저녁 귀가처럼 깔끔했다. 그것은 신엽이 애초에 도마공을 풀고 요다에게 부딪혀갔을 때부터 계산된 일련의 움직임인 까닭이었다.

“허허.”

말문이 막힌 요다는 헛웃음을 터뜨렸다.

“이소협의 무공은 실로 일취월장하는구려.”

그 한 번의 움직임으로 요다는 내심 패배를 인정하고 말았다. 신엽의 공력이나 무공이 모두 확연히 자신보다 우위에 있다고 판단한 것이었다. 하지만 그것은 사실과 달랐다. 그즈음 신엽은 아직도 화랑방의 두 차례 암습으로 당한 부상에서 회복되지 못하고 있었다. 천부심법의 덕택으로 팔 성 가량 회복했었으나 밤을 새워 운봉으로 달려와 몇 번의 교전을 치르면서 다시 칠 성 아래로 떨어진 상태였던 것이다. 다만 그가 한 차례 움직임으로 요다의 기선을 제압한 것은 천부신공의 극히 간단한 기초를 시전한 까닭에 불과했다. 그것을 보고 요다는 신엽이 공력의 출퇴를 자유자재로 구사할 만큼 정심한 경지에 오른 줄로 착각한 것이었다.

그런데 그것은 참으로 다행스런 일이었다. 만약 요다가 지레 겁을 먹고 위축되지 않았다면 그때 신엽은 최악의 위기를 맞았을 것이었다. 석실에는 요다가 장치해둔 무서운 기관들이 있었다. 그리고 신엽은 수직의 매끄러운 절벽에서 달랑 월정검 한 자루에 목숨을 걸고 있었던 것이다.

"저희 장문인께서는 안녕하신지요?"

그런저런 사정을 알지 못하는 신엽은 당당하게 물었다. 그가 당당한 것은 죽고 사는 일에 연연해하지 않은 까닭이었다. 그러나 요다는 자신의 판단을 더욱 믿게 되었다.

요다는 등뒤로 손을 돌려 무엇인가를 조작했다. 그러자 그가 앉은 자리 아래로 한 사람이 모습을 나타내었다. 바로 진짜 자연대사였다. 그때 석실의 바닥은 요다가 앉은 곳을 제외하고는 모두 밑으로 빠져 까마득한 절벽을 드러내고 있었다. 어둠 때문에 정확히는 알 수 없었지만 최소한 칠팔 장 깊이는 될 성싶었다. 추락하는 것은 모조리 즉사하고 말 깊이였다. 그 깊이 위에서 자연대사는 한 가닥 새끼줄에 묶여 흔들리고 있었다.

"사부님!"

신엽은 마음이 격해져서 소리쳤다. 자연대사는 두 눈을 꿈벅이더니 간신히 고개를 들어 신엽을 올려다보았다. 눈가로 희미한 미소가 스쳐가는 듯싶었다. 그러나 그게 고작이었다. 말 한마디 하지 못하고 다시 고개를 떨구었다.

"사부님!"

신엽은 다시 한번 소리지르다가 요다를 노려보았다.

"사부님께 무슨 짓을 한 것이냐?"

"너무 염려하지 말아라. 가벼운 미혼분을 마셨을 뿐이니까. 구장격의 손속이 지독하여 고생하는 것 같더라만 며칠 내로 죽지는 않게 해두었다. 『금해진경』의 절취 부분만 내게 넘긴다면 즉시 함께 돌아갈 수 있게 해주마."

요다는 빙그레 웃었다. 신엽은 그 웃음을 갈기갈기 찢고 싶은 마음뿐이었다. 그때 자연대사가 다시 고개를 들어 신엽을 보았다. 혼신의 힘을 다해 두 번 가로젓고는 다시 고개를 떨구었다. 결코 『진경』을 넘겨서는 안 된다는 뜻이 분명했다. 무슨 일이 있더라도. 설사 자신이 저 아래로 떨어져 바스러지더라도.

신엽은 가슴이 쓰라렸다. 당장 세 장의 가짜 진경을 요다에게 집어던지고 자연대사를 모시고 돌아가고 싶었다. 그러나 그는 그 일이 생각처럼 쉽지 않음을 알고 있었다. 우선 자연대사의 상태가 걱정이었다. 정신력 하나로 버티는 게 분명한 자연대사는 만약 신엽이 『진경』을 넘긴다면 충격을 감당하기 힘들 것이었다. 집심(執心)의 끈을 놓치거나 혹은 스스로 목숨을 끊을지도 몰랐다. 신엽은 그게 가짜임을 설명할 틈도 없을 것이었다. 의심 많은 요다가 선뜻 가짜 『진경』을 믿을지도 의문이었고, 설사 믿는다 할지라도 선선히 그들을 놓아줄 것 같지도 않았다.

과연 어찌해야 한단 말인가. 소운이 있었다면 곧 방법을 생각해내었을 텐데…….

생각이 막힌 신엽은 가만히 눈을 감았다.

그렇게 잠깐의 시간이 흘러갔을 때 석실 바닥이 움직이는 소리가 들렸다. 바닥이 다시 원상태로 복구되는 것이었다. 그리고 요다의 목소리가 귓전으로 흘러들어왔다.

"조급해할 것은 없다. 천천히 생각해서 결정하거라."

신엽은 그때 이미 한 가지 생각을 하고 있었다. 일이 어떻게 진행되건 생사를 자연대사와 함께하겠다는 마음이었다. 그러자 그는 이상하리만치 차분해짐을 느꼈다. 사람의 마음이란 원래 그같은 것이었다. 욕심을 내고 조바심을 낼수록 뒤엉키게 마련이었고, 몸을 버리고 뜻을 세우면 평정심을 되찾게 마련이었다. 거기에다 요다의 말은 그의 평정한 결심을 더욱 굳혀주었다.

그래. 서두를 일이 무어란 말인가. 우선 운기조식으로 기운을 되찾으면서 방법을 생각해보자.

신엽은 천천히 천부심법을 되뇌이기 시작했다. 심법은 그를 더욱 안정시켜주었다. 한 구절 한 구절이 백회에서 단전으로 흘러내림에 따라 기운이 대맥을 돌고 기경팔맥을 돌아 전신 구석구석으로 퍼져나갔다. 막히거나 손상당했던 생사현관들도 하나하나 시원스레 유통되었다.

요다가 신엽에게 시간을 갖고 생각하기를 권한 데는 나름대로 이유가 있었다. 그는 『진경』의 절취 부분만 넘긴다면 자연대사를 넘기겠다고 약속했지만 그 약속을 지킬 생각은 조금도 없었다. 어렵사리 신엽을 이곳까지 유인했는데 어찌 살려 보내겠는가. 어떤 수단방법을 쓰더라도 제거해야 할 기회였던 것이다. 그러나 그가 선뜻 손을 쓰지 못하는 까닭은 신엽의 무공이 너무 뛰어나 자칫 화를 자초할까 봐서였다. 해서 그는 시간을 끌며 신엽을 지치게 한 다음 기회를 노릴 생각이었다.

그런데 지금 신엽이 걸터앉은 자리를 보니 요다는 내심 고개가 끄덕여졌다. 그 자리는 한마디로 위태롭기 그지없었다. 그야말로 백척간두에서 한 자루 검에 의지하여 버티는 꼴이었으니 다시 말할 나위가 없었다. 자리가 위태로우면 마음도 흔들리고 기운도 어지러워지게 마련이었다. 신엽의 공력이 심후한 까닭에 당장은 느끼지 못하겠지만 시간이 흐를수록 급속히 지치리라는 것은 명약관화한 일이었다. 따라서 그는 짐짓 관대한 척 시간을 끌며 신엽이 지치기를 기다리려는 것이었다. 자기야 단단한 석판 위에 평화로이 앉아 있었으니 주야 며칠이라도 버텨낼 자신이 있었다. 그러나 요다가 한 가지 계산하지 못한 일이 있었으니 그것은 바로 천부심법이었다.

천부심법은 첫째 마음을 바르게 세우는 법이었다. 둘째 마음을 통하여 몸과 기운을 바르게 세우는 법이었다. 그 심법에 일심으로 정진한다면 자리나 환경의 사소한 잡티는 문제될 게 없었다. 신엽은 그때 일체의 사심을 비우고 천부심법을 운용하고 있었으므로 지치기는커녕 오히려 조금씩 공력을 회복하고 있었다.

허정현구(虛情玄具) 포제공명(抱諸公明), 일비월침(日飛月沈) 풍수만우(風水滿宇)……

몇 차례나 되풀이해서 외고 또 외웠을까. 시간이 흐를수록 심법의 뜻은 밝아지고 새로워졌다. 신엽은 매번 새로운 법문을 외는 느낌이었다. 아울러 몸속에서는 새로운 기운이 솟아올랐다. 기운은 끊임없이 기경팔맥을 유통하였을 뿐 아니라 나아가 외부의 기운과 조응하였다. 신엽은 차츰 자기 속의 공력과 외부의 기운이 서로 다른 것이 아님을 깨닫게 되었다. 언젠가 길상사의 석굴에서 자연대사가 들려준 말도 떠올랐다. 대저 공력이라는 것은 무인의 소유물이 아니다, 다만 천지만물의 기운으로부터 잠시 빌려 사용하는 것일 뿐 때가 되면 돌려주어야 한다는 얘기였다. 그때는 그게 정확히 무슨 말인지를 알 수 없었다. 하지만 이제는 어렴풋이나마 알 것 같았다.

그같은 깨달음의 과정에서 가장 큰 역할을 한 것은 바로 월정검이었다. 월정검은 원래 달의 정기를 축적하여 만들어진 보검이었다.

따라서 지고한 음유지기(陰柔之氣)를 간직하고 있었다. 그 기운이 땅 속 깊은 곳의 음기와 만나고 다시 신엽의 회음혈과 연결되면서 강한 기운의 자장을 형성한 것이었다. 자장은 시간의 흐름과 함께 강화되었다. 덕분에 신엽의 몸에는 점점 더 강한 기운이 쌓였고, 부상의 회복 속도도 갈수록 빨라졌다. 그렇게 다시 어느 만큼의 시간이 지나자 신엽은 원래의 공력을 완전히 회복하게 되었다. 오히려 그는 부상당하기 전보다 더 큰 기운이 몸과 마음에 충만해졌음을 느낄 수 있었다. 신엽은 더 지체할 필요가 없음을 알고 천천히 눈을 떴다. 그리고 한결 맑아진 머리로 방법을 강구하기 시작했다.

한편 그 사이 요다는 생각보다 불편한 시간을 보낸 터였다. 신엽은 알지 못했지만 그가 눈을 감고 명상에 잠겼던 것은 무려 이틀이나 되었다. 꼬박 이틀 밤 이틀 낮을 무념무상의 지경에서 보내다 온 것이었다. 요다 역시 운기조식에는 익숙하여 큰 어려움은 없었다. 그러나 기다리는 사람의 입장은 언제나 더 불편하게 마련이었다. 게다가 그가 앉은 자리는 신엽의 위치보다 낮았으므로 목을 빼고 지켜보는 일이 간단하지 않았다. 나중에는 목이 아프고 신경질까지 뻗었다. 그래도 그는 집요하게 참고 기다렸다. 자신의 사정이 아무리 나빠도 신엽보다 나쁠 수는 없으며 시간은 결국 자기 편이 되리라고 확신한 까닭이었다. 그는 어쩌면 신엽이 눈을 감고 졸다가 떨어져버릴지 모른다는 기대까지 가져보았다.

마침내 신엽이 눈을 떴을 때 요다는 일시 흥분했다. 결국 신엽의 인내가 한계에 도달했구나 생각했다. 그런데 그의 두 눈에 가득한 영기를 대하고는 경악하고 말았다. 도대체 저 녀석은 사람이란 말인가. 지난 이틀간의 고초가 아무 쓸모없는 것이었구나…… 하지만 만약 그 이틀 동안 신엽이 부상에서 완전히 회복된 사실을 알았다면 요다는 아마 스스로를 뜯어먹고 싶었을 것이었다.

요다는 즉시 잔머리를 굴리기 시작했다. 더 기다릴 것 없이 선제 공격에 나서기로 작정했다. 문제는 장치된 기관들을 어떤 순서로 펼치는가 하는 것이었다. 어떤 순간을 포착하는가도 중요한 문제였다.

두 사람이 동시에 비슷한 생각을 하게 되자 석실의 공기는 분주해졌다. 여전히 유지되는 외형적인 평화와는 달리 수면 아래서는 급박한 신경전이 전개되었다. 두 사람간의 공기는 점차 더 팽팽하게 부풀어올랐다. 그런데 그때 팽팽한 공기를 싸늘하게 식히는 사건이 발생했다. 우물 쪽에서 문득 인기척이 들려온 것이었다. 조심스럽게 돌문이 밀리더니 한 사람이 계단을 내려왔다. 그리고는 통로를 따라 걸어왔다. 인영은 통로 끝 석실의 입구에서 잠시 머뭇거리는 듯했다.

신엽은 고개를 저었다.

요다는 원군을 기다리고 있었구나. 하는 수 없지. 어차피 최악의 상황이니 최선을 다하는 수밖에.

그러나 요다 역시 같은 생각을 하고 있었다. 그도 새 등장인물을 신엽의 원군이라 여겼다. 부하들은 방해만 될 것이라 생각해 일체 출입 금지령을 내려둔 것이었다.

입구에서 주춤거리던 인영이 이윽고 석실로 들어섰다. 그리고는 곧장 요다에게로 달려갔다. 그 모습을 지켜보던 신엽은 깜짝 놀라 소리쳤다.

"조심해! 함정이야!"

그 사람은 다름아닌 소운이었다. 소운은 갑작스런 외침에 놀라 우뚝 멈추어 섰다. 그러자 문득 발밑이 허전해졌다. 바닥이 사라지고 그녀는 곧장 추락할 태세였다. 그때 누군가가 그녀의 어깨를 움켜쥐었다. 그러나 동시에 왼쪽 벽으로부터 이십여 개의 창이 발사되었다. 소운은 눈을 감고 말았다. 거리도 짧은데다 창들은 실로 쾌속무비하게 달려드는 것이었다. 어깨를 움켜쥔 사람은 그녀를 뒤편으로 집어던졌다. 다시 눈을 떠보니 석벽에 꽂힌 검 한 자루가 보였다. 그녀는 그 검을 향해 날아가고 있었다. 놀랍게도 그것은 신엽의 월정검이었다. 꿈에도 그리던 신엽의. 그러고 보니 조금 전 경고를 외친 목소리의 주인이 신엽 같기도 했다.

"삼사형!"

소운은 기뻐 소리지르며 그 검을 붙잡으려 했다. 그런데 이번에는 우측에서 수상쩍은 바람 소리가 들렸다. 시선을 돌린 그녀는 경악했다. 일백 개는 될 성싶은 은침들이 날아들고 있었던 것이다. 일견하는 순간 이미 그녀는 피할 수 없는 것임을 알 수 있었다. 그저 눈을 동그랗게 뜬 채 당할 수밖에 없었다. 그녀는 기가 막혔다. 천신만고 끝에 신엽을 찾았는데 얼굴도 못 보고 죽는단 말인가. 요다가 그곳에 장치한 기관들은 모두 신엽의 무공을 고려하려 특별히 제작한 것들이었다. 소운의 무공으로 피할 수 없는 것은 당연한 노릇이었다.

그때 무언가가 그녀의 오른발 뒤꿈치를 쳤다. 그러자 소운은 아래위가 뒤집어지며 곤두박질쳤다. 그러나 누군가의 팔이 그녀의 허리를 감싸안으며 추락을 멈추었다. 팔의 느낌과 체취만으로도 소운은 그가 신엽임을 느낄 수 있었다.

"삼사형!"

이번에는 감미로운 속삭임이 흘러나왔다.

과연 그녀를 안은 사람은 신엽이었다. 그러나 신엽은 소운의 속삭임을 음미할 계제가 아니었다. 신엽은 그녀를 낚아챔과 동시에 창 한 자루를 석벽에 찔러넣었다. 그리고는 창을 축으로 빙글 한 바퀴 돌아 창신 위로 올라섰다. 그 사이 은침들은 지나간 후였다. 또 어떤 암습이 날아들지 몰랐기에 한 번 공격이 지나간 자리로 돌아온 것이었다.

하지만 희대의 간웅 요다는 그같은 적의 심리까지 계산에 넣고 있었다. 신엽이 한 차례 숨을 돌리기도 전에 같은 자리로 똑같은 수의 은침들이 쏘아졌다. 다행히 신엽은 공력이 절정에 올라섰기에 호흡을 고르지 않고도 잇달아 내력을 펼칠 수가 있었다. 그는 즉시 소운을 우측 천장 가까이로 던졌다. 동시에 밟고 있던 창을 뽑아 그녀 바로 곁으로 던졌다. 그녀가 움켜쥐고 몸을 쉴 수 있도록. 그리고 자신은 머리 위의 월정검으로 뛰어올라갔다. 그는 월정검을 두 발끝으로 밟고 한 손은 검의 손잡이에, 또 한 손은 벽면에 붙였다. 어느 순간이라도 즉시 검을 뽑아 이동하기 위해서였다.

그러나 요다의 장치는 끝이 없었다. 그가 미처 자세를 취하기도 전에 다시 소운의 비명이 들려왔다. 눈을 들어보니 천장으로부터 쇠그물망 하나가 드리워져 있었다. 그리고 소운은 그 속에 갇혀 대롱거리고 있었다. 신엽은 한숨을 내쉬었다. 그로서는 최선을 다했지만 요다의 안배는 너무도 치밀했다. 도무지 두 사람을 모두 구할 수는 없었던 것이다.

소운을 잡은 요다는 일단 안도했다. 그러나 그 순간 요다는 신엽보다 열 배쯤 더 탄식하고 있었다. 신엽 무공의 깊이에 대한 부러움 때문이었다. 자기의 무능함에 대한 한탄 때문이기도 했다. 일평생을 최고의 무공을 익혔노라 자신했건만 고작 열여덟 살 소년의 발치에도 따라가지 못하다니, 다시 얼마를 더 공부해야 한단 말인가.

요다는 이 기회에 기필코 신엽을 제거하리라 다짐했다. 그러나 그는 한껏 온화한 표정을 지으며 입을 열었다.

"내가 원하는 것은 다만 『금해진경』의 절취된 부분뿐이다. 사람을 해칠 생각은 없으니 알아서 판단하거라."

"그 말을 어떻게 믿지요?"

신엽의 말에 소운이 먼저 소리쳤다.

"안 돼요. 『진경』을 넘겨줘서는 안 돼요. 삼사형은 즉시 이곳을 나가서 입구를 허물어버리세요."

신엽은 고개를 저었다. 만약 자신과 요다 두 사람만 있었다면 그는 그곳을 허물어버릴 수도 있었을 것이었다. 하지만 지금 이 함정 속에는 자연대사와 소운이 함께 갇혀 있었다. 요다를 잡는 일은 나중에라도 다시 기회를 볼 수 있으리라.

신엽의 표정을 읽은 요다는 빙그레 미소지었다.

"그래야지. 아직 젊은 사람들이니 기회는 얼마든지 있을 거야."

"방법을 말하시오."

"간단하다. 먼저 내게 『진경』을 넘겨라. 그러면 너와 네 여자, 그리고 길상사의 장문인을 모두 내보내주겠다."

"당신이 약속을 지키리라는 걸 어떻게 믿죠?"

"너희가 모두 나갈 때까지 나는 이 자리에서 꼼짝 않고 기다리겠다. 손가락 하나라도 움직인다면 네가 나를 죽이거라. 너의 무공이라면 사람을 구하지는 못하여도 나를 죽이는 것은 어렵지 않을 것이다."

"안 돼요. 그를 믿지 말아요."

소운이 다시 소리쳤다.

신엽은 잠시 생각했다. 당장은 요다의 말을 따르는 도리밖에 없었다. 다행히 넘겨줄 『진경』은 가짜이니 더이상 손해 볼 일은 없었다. 신엽은 품속에서 한지에 곱게 싼 세 장의 종이를 꺼냈다. 바로 자긍대사가 준비해준 가짜 『진경』이었다.

"이 손 위로 보내어라. 아주 천천히."

요다는 왼손을 옆으로 뻗고 손바닥 위를 가리키며 말했다. 만에 하나라도 신엽이 암수를 쓰지 못하게 하려는 방비였다. 신엽은 『진경』세 장을 가볍게 앞으로 밀었다. 한지 뭉치는 천천히 허공을 날았다. 아주 천천히, 마치 강물 위를 흐르는 종이배처럼. 그리고는 요다의 손바닥 위에 안착했다.

요다는 먼저 내용물을 확인했다. 한참 동안 들여다보더니 흡족한 미소를 머금었다. 지질이나 필체, 몇 가지 글귀 등이 그가 지닌 『진경』의 뒷부분과 일치했던 것이다.

"그럼 먼저 여자를 풀어주마."

말과 함께 요다는 등뒤로 손을 돌렸다. 무언가를 누르는 듯했다. 그러나 다음 순간 소운을 매달고 있던 쇠그물망은 뚝 소리와 함께 끊어져 추락했다. 요다가 약속을 어긴 것이었다. 동시에 요다는 출구 쪽으로 몸을 날렸다. 그는 이미 신엽의 성격을 짐작하여 계산을 마친 터였다. 어떤 상황에서도 신엽은 사람을 구하는 일에 먼저 매달릴 것이다. 따라서 소운에게로 달려갈 것이고, 그 틈에 자신은 간단히 석실을 벗어날 수 있지 않겠는가.

그러나 요다는 한 가지 일을 계산에 넣지 못한 터였다. 그 사람에게 달려가지 않고도 사람을 구하는 방법은 있다는 사실이었다. 쇠그물망이 천장에서 끊어지는 순간 신엽은 월정검을 뽑아 던졌다. 검은 정확하게 날아가 추락하던 소운의 그물망을 다시 석벽에 고정시켰다. 그리고 신엽 자신은 요다를 덮쳐갔다. 그는 석실 허공 한가운데서 요다의 뒷덜미를 움켜잡으려 했다. 적룡권법의 신묘한 포박수법이었다. 요다는 사색이 되어 몸을 비틀었다. 일순 그는 죽음의 그림자를 느꼈다. 신엽을 맞잡으면 부상은 면하겠지만 까마득한 바닥으로 함께 떨어질 수밖에 없었던 것이다.

그런데 그 순간 또다른 파공음이 귓전을 울렸다. 신엽이 깜짝 놀라 돌아보니 출구의 계단 위로 히야시가 어른거렸다. 그리고 그가 던진 세 자루의 비수가 소운을 향해 날아가고 있었다. 신엽은 탄식하며 요다를 잡으려던 손을 거두었다. 대신 일 장으로 그의 등을 때리며 반대쪽으로 몸을 날렸다. 신엽은 가까스로 세 자루의 비수를 받아낼 수 있었다. 그러나 그 사이 요다는 계단에 안착하였다. 신엽이 때린 일 장은 약하지 않았지만 설포삼의 호신강기가 있었기에 큰 부상은 입지 않은 채였다. 그는 재빨리 기관 장치를 작동시켜 계단의 출입구를 닫았다.

쿠르릉 쾅!

순식간에 사면은 매끄러운 석벽으로 막혀버렸다. 그 충격으로 입구의 등잔불도 꺼지고, 사위는 칠흑 같은 어둠에 잠겨들었다. 신엽은 쇠그물로 다가가 소운의 안위를 물었다.

"사사매, 괜찮은 거야?"

"아직은요. 그런데……."

그러나 그들은 그런 한가로운 대화를 나눌 겨를이 없었다. 다시 머리 위에서 육중한 음향이 시작된 것이었다. 아울러 요다의 기분 나쁜 웃음소리도 석벽을 타고 울려왔다.

"하하하하하. 어리석은 자는 저승에서 통곡하게 마련이더구나."

"천장이에요!"

소운이 다급하게 소리쳤다. 신엽은 무슨 뜻인지를 몰랐다.

"천장이 왜?"

"바보! 내려앉고 있잖아요!"

그때는 이미 신엽도 느낄 수 있었다. 그는 경악하여 월정검을 뽑았다. 그러자 소운은 쇠그물과 함께 추락했다. 신엽은 함께 떨어지며 쇠그물을 찢었다. 힘받이라고는 없는 허공에서 쇠그물을 찢는 일은 간단하지 않았다. 그러나 가까스로 소운을 빼낸 그는 쇠그물을 차며 솟구쳤다. 추락의 속도라도 늦추어보자는 생각에서였다. 동시에 월정검으로는 석벽을 찍었다.

끼기기기기깅…….

이미 가속도가 붙은 추락은 멈출 줄을 몰랐다. 다만 검과 석벽의 마찰음이 요란하게 울리고 불꽃들이 사방으로 튀었다. 워낙 짙은 어둠 속이었으므로 그 불빛만으로도 사위가 어렴풋이 드러났다. 소운은 신엽의 품에 안겨 눈을 감고 비명만 질러댔다.

아아아아악!

마찰음과 비명의 이중주는 그러나 어느 순간 뚝 끊어지고 말았다. 석벽이 울퉁불퉁해지면서 추락 속도가 줄더니 월정검이 푹 박혀버린 것이었다. 그러자 다시 짙은 어둠이 찾아왔고, 두 사람은 숨도 쉬지 않고 가만히 있었다.

한참이 지난 후 문득 소운이 신엽의 가슴을 꼬집었다. 신엽이 아파서 비명을 질렀다. 비로소 소운은 긴 한숨을 내쉬었다.

"왜 꼬집는 거야?"

"왜 숨도 안 쉬는 거예요. 놀랐잖아요. 그나저나 여기는 어디죠?"

"어서 불을 붙여봐."

소운은 화섭자를 꺼내어 작은 불을 만들었다. 그러자 그들은 자신들의 위치를 알 수 있었다. 천만다행히도 그들이 멈추어 선 곳은 바닥에서 불과 반 장 남짓 되는 높이였다. 바닥은 단단한 화강암이어서 만약 곧바로 떨어졌다면 즉사를 면치 못했을 것이었다. 먼저 떨어진 쇠그물망은 박살이 나서 여기저기 흩어져 있었다.

바닥으로 내려선 소운은 다시 신엽을 때리기 시작했다. 두 주먹을 꼭 쥐고서 가슴을 마구 두들겼다. 쿵쿵쿵. 두들기는 소리가 컴컴한 지하 동굴을 울렸다. 한참을 그렇게 때린 소운은 불쑥 돌아서서 걸어가버렸다. 신엽은 깜짝 놀라 그녀를 붙들었다. 또 어떤 무서운 장치가 도사리고 있을지 알 수 없는 까닭이었다. 소운의 어깨를 쥔 신엽은 그러나 더욱 놀라고 말았다. 소운은 온몸을 떨며 울고 있었다.

신엽에게 들킨 다음에는 아예 엉엉 소리내어 울었다. 신엽의 가슴에 얼굴을 파묻고서. 그러다가 이따금 생각난 듯 가슴을 두들기면서.

울음이 어느 만큼 잦아들자 신엽이 말했다.

"너무 무서워하지 마. 어떻게든 빠져나갈 길이 있을 거야."

소운은 기가 막히는지 울음을 멈추었다. 그리고는 하얗게 눈을 흘겼다.

"흥. 누가 무서워서 그러나요."

"그럼 왜 그러는 거야?"

"도대체 어떻게 된 거예요? 살아 있으면 당연히 나를 찾았어야 할 것 아녜요?"

그제서야 신엽은 정식으로 소운을 안았다. 사실 그는 소운을 다시 만난 것이 기쁘기 그지없었다. 그 역시 생사조차 알지 못한 그녀를 무척 그리워했던 것이다. 다만 잇달은 위기와 추락이 마음의 표현을 막고 있었을 뿐이었다. 소운은 심술궂게 신엽을 밀쳤다.

"그 동안 무슨 일이 있었는지 어서 얘기해봐요."

"우선 이 속에 뭐가 있는지부터 살펴보자."

소운은 과거지사가 더 궁금했지만 신엽의 말이 옳았으므로 따라야 했다. 옷을 찢어 작은 불을 만들어 그들은 그곳을 돌아보았다. 그들이 갇힌 함정은 짧고 뭉툭한 동굴 모양이었다. 너비와 높이가 모두 작지 않았지만 사오 장을 들어가니 가로막혀 있었다. 함정을 위해서 특별히 파낸 것 같지는 않았다. 아마 원래 있던 땅 속의 틈새였는데 요다 등이 함정을 파내려오다가 만난 듯 보였다. 팔 장이 넘는 깊이였고 바닥은 단단한 화강암이었으니 만족하고 그만둔 게 아니겠는가.

행여 다른 길이 있지 않을까 기대하며 두 사람은 동굴 속을 구석구석 살폈다. 그러나 어디에서도 두더지 구멍조차 보이지 않았다.

결국 출구라고는 떨어져내려온 길밖에 없다는 결론을 내리고 그들은 애초의 자리로 돌아왔다. 신엽은 그곳의 석벽을 찬찬히 만져보았지만 마음이 무거웠다. 벽면은 얼음처럼 차고 매끄러웠다. 게다가 까마득히 높았다. 혼자서라면 한 번 시도는 해보겠지만 소운을 안고서는 엄두조차 나지 않았다. 석실의 천장이 내려앉아 계단과 출구를 뒤덮었음을 생각하면 더욱 그러했다.

소운은 바닥의 편안한 곳을 골라 앉았다. 그리고는 신엽을 불렀다.

"걱정은 그만하고 이리 와서 앉아요. 무슨 일이 있었는지나 얘기해줘요."

신엽은 천연덕스런 그녀를 보니 가슴이 따뜻해졌다. 죽어도 그녀와 함께이니 무슨 미련이 남겠는가.

소운의 곁에 앉아서 신엽은 지난 일들을 들려주었다. 그날 묘향산 언저리의 흑록무당집에서 소운과 헤어진 이후에 있었던 일들을. 히데코를 걷어차고 뛰쳐나와 의식을 잃었는데 깨어보니 모친의 무덤 앞에 있었던 일, 소운을 찾아 헤매다 소향을 만난 일, 묘묘와 녹운옥에 관한 일, 요다를 쫓아 내려오다 적차삼과 겨룬 일, 운중선과 화랑방의 침입, 부상, 『금해진경』, 그리고 장문인을 찾아 이곳 인월성으로 들어온 일 등이었다.

소운은 한 소절 한 소절을 빠짐없이 경청했다. 그러나 그녀의 가슴속에서는 첫번째 이야기가 계속 맴돌고 있었다. 히데코를 걷어차고 뛰쳐나와 의식을 잃었는데 모친의 무덤 앞에서 깨어났다니, 그 사이에 과연 어떤 일들이 있었을까. 무엇이 그를 살린 것이었을까. 아니 누가…… 그때 히데코와 미도노가 음악에 관해 나누던 음란한 대화를 떠올리자 절로 얼굴이 붉어졌다. 가슴도 마구 떨렸다.

다행히 신엽의 이야기가 끝날 즈음 그녀의 가슴떨림은 많이 잔잔

해졌다. 다만 의심만이 짙어졌다. 혹시 신엽이 얘기하기 거북하여 거짓말을 하는 건 아니었을까. 아무것도 기억할 수 없었노라고.

소운은 시침을 뚝 떼고 물어보았다.

"이상한 일이군요. 히데코의 독약은 치명적인 것이라 하였는데 어째서 멀쩡하게 깨어났을까요?"

"정말 이상한 일이었어. 나도 많이 생각해봤는데, 어머님의 혼이 도와주신 게 아닐까 싶어."

소운은 내심 기가 막혔다. 그러나 무작정 큰소리칠 수 있는 일도 아니어서 다시 고개를 갸웃거렸다.

"설마 하니 그랬을라고요. 혹시 깨어났을 때 무슨 흔적 같은 건 없었나요? 누군가가 다녀간 흔적이라든가, 아니면…… 평상시와 다른 어떤 느낌 말예요?"

"평상시와 다른 느낌? 그게 어떤 거지?"

소운은 다시 얼굴이 붉어졌다. 어둠이 고마울 따름이었다.

바보 천치 같으니라구. 그걸 내게 묻는 거야.

"아니에요. 아무튼 다행이었네요. 무사히 깨어났으니."

"그래. 천만다행이었어."

소운은 몰랐지만 신엽 또한 그때는 어둠에 뼈저리게 감사하고 있었다. 그는 평상시와 다른 느낌이 무얼 말하는지는 알지 못했다. 그러나 누군가가 다녀간 흔적이라는 부분에서는 가슴이 쿵쾅거렸었다. 그날 아침 눈을 뜬 그는 어떤 은은한 여인의 향기를 느꼈었다. 그 동안 까맣게 잊었었는데 소운의 질문에 다시 떠올랐던 것이었다. 그래서 은밀히 소운의 체취를 들이마셨지만 그녀의 것은 아니었다. 소운에게서는 역시 거의 아무런 냄새도 느껴지지 않았다.

신엽의 엉뚱한 대답을 들으며 소운은 한 가지만은 분명히 알 수 있었다. 그가 거짓을 말하는 것은 아니라는 사실이었다. 그렇다면 더이상 추궁할 필요가 없었다.

그런데 그녀는 정녕 누구였을까. 신엽의 생명을 구하고 한마디 말도 없이 사라진 여인은. 혹시 여자가 아니라 남자였을 수도 있을까. 해약을 복용시켜 음독을 풀었을 수도. 아니면, 묘향산 녹운곡 부근이었으니 낭연 언니는 아니었을까. 혹은 녹운옥의 시녀들 중 한 명이, 혹은 어쩌면 바로 그녀가…… 소운의 생각은 끝없이 이어졌다. 그리고 결국은 그녀에게로까지 갔다. 그러나 소운은 손톱으로 허벅지를 꼬집으며 그 생각을 떨어버렸다.

"슬픈 일이군요. 소향이 죽었다니."

"모두 내 잘못이야. 조금만 조심했어도 그런 일은 없었을 텐데."

"그렇지 않아요. 혼자서 세상 사람 모두를 구할 수는 없는 거예요. 대신 다음에 요다를 만나면 열 배의 고통 속에서 죽게 하겠다고 약속해줘요."

"그래. 약속하지."

소운은 천천히 고개를 저었다.

"운중선 구장격이 그처럼 비열한 인간인 줄은 몰랐어요."

"아니야. 그렇지 않아. 결국 나를 살려주시고 흑백연단환까지 주셨잖아. 내가 보기에 운중선 어른은 길상사를 오해하는 것 같았어. 조의문과 밀월관계를 맺어 화랑방을 말살하려는 줄로 말이야."

"삼사형은 참 답답하군요. 그가 삼사형을 살려준 것은 순전히 체면 때문이었어요. 지금쯤은 땅을 치며 후회할 거예요. 게다가 그건 길상사를 오해하는 게 아니잖아요. 천하무림 전체를 의심하는 거죠. 세상 사람 모두가 자기를 질시하여 음모를 짰다는 얘기니까요."

"오랜만에 세상에 나왔으니 그런 의심을 가질 만도 했을 거야."

"그렇게 속좁고 겁많은 사람이 은둔은 왜 해요. 또 기왕 은둔을 했으면 나오기는 왜 나와요. 그냥 그렇게 살다가 죽을 일이지."

신엽은 더 할말이 없었다. 소운이 이처럼 과격하게 말하는 일은 흔치 않았던 것이다. 히데코의 음악 문제로 계속 그녀의 신경이 곤두서 있었음을 알지 못하는 그에게는 이해할 수 없는 일이었다. 소운도 자신의 말이 지나쳤음을 아는 터라 슬쩍 말머리를 돌렸다.

"적차삼에 대해서는 언젠가 묘향산 사부님께 들은 적이 있어요. 그 세 사람은 원래 무척 착한 여인들이었대요."

"자긍 사숙께서도 비슷한 말씀을 하셨어. 그런데 어쩌다가 그렇게 변한 거지?"

"아마 육 년쯤 전이었을 거예요. 신니께서 며칠간 중원 나들이를 다녀오신다며 나갔더랬어요. 한 달이 지나서야 신니는 초췌한 모습으로 돌아오셨어요. 낭연 언니와 전 너무 놀랐어요. 그때까지 그런 모습을 뵌 적이 없었거든요. 나중에 사정을 말씀하셨는데, 중원 나들이라고 나가신 게 사실은 적차삼을 제압하기 위해서였대요. 신니의 오랜 친구인 아미파 장문인이 혼자서는 도저히 방도가 없자 묘향신니께 부탁을 드린 거예요…… 신니와 아미파 장문인은 적차삼과 꼬박 사흘 밤낮을 싸우셨대요. 하지만 결국 승부를 내지 못하고 헤어졌대요. 적차삼과 신니는 내력이 소진되었을 뿐 큰 부상은 없었는데 아미파 장문인은 꽤 심각한 내상을 입었던가 봐요. 신니께서는 혹시 적차삼이 다시 그녀를 찾아가 해칠까 봐 아미파에 머물면서 도왔대요. 아미파 제자들을 지휘하여 만약의 사태에 대비한 거죠. 아니나다를까, 적차삼은 두 번이나 기습을 해왔었대요. 다행히 아미파의 고수 십여 명이 신니를 도와 그들을 물리쳤대요. 하지만 그러는 과정에서 신니는 기운을 너무 많이 써 초췌해지셨던 거예요."

"무서운 일이 있었군."

신엽은 괜히 몸이 오싹해졌다. 묘향신니와 아미파 장문인이 합공을 벌이고도 제압하지 못했다니, 그날 자신이 목숨을 구한 것은 실로 천행이지 않았겠는가.

"신니께서는 아미파에 머무는 동안 적차삼의 내력을 들었대요. 이위공의 기록과 사마고수의 비급에 관한 설명은 자궁 사숙 말씀대로였어요. 그런데 착하고 정숙했던 세 여인이 괴물로 변한 데는 그럴 만한 이유가 있었어요. 그들은 공력이 비슷한 세 사람이 공동연성한다면 의외의 성과를 거둘 수도 있다는 사마고수의 언질을 믿고 함께 비급을 공부하기 시작했대요. 얼마 지나지 않아 그들은 과연 큰 진전을 보였대요. 하지만 거기에는 뜻밖의 문제가 있었어요……『금해진경』의 맛을 보았다니까 물어보겠어요. 『진경』에 수록된 무공의 근본은 무엇이죠?"

갑작스런 소운의 질문에 신엽은 잠시 생각했다.

"글쎄, 그 근본은 내공의 운용을 극대화하는 방법에 있을 거야. 그 중에서도 차기미기(借氣彌氣)의 원리가 중심에 있었지."

"그렇군요. 신니께서도 비슷한 짐작을 하셨어요. 그런데 삼사형은 차기미기를 어느 정도 익혔나요?"

"익히다니. 아직 제대로 시작도 못 한걸."

신엽은 한숨을 내쉬었다. 그의 대답은 솔직하기도 했고 겸손하기도 했다. 실제로 그는 이미 차기미기의 큰 원리를 소화해낸 터였다. 천부심법이 바로 그 큰 원리였고, 이후의 천부신공은 보다 정교하고 세부적인 운용편이었던 것이다. 따라서 심법을 터득하는 일이 지난할 뿐 그 관문을 넘어선 사람은 이미 절반 이상을 익혔다고 말할 수 있었다. 그러나 그같은 내막을 알지 못하는 신엽은 고작 자신이 걸음마를 뗀 정도로 믿은 것이었다.

소운은 고개를 끄덕였다.

"간단한 일은 아닐 거예요. 신니께서도 차기미기는 전설로만 전해질 뿐이며 실제로 그런 내공법을 익힌 사람은 한 번도 본 적이 없었다니까요. 하지만 신니는 적차삼의 존재가 곧 차기미기의 실존을 증명하는 것이라는 말도 했어요. 어쨌든 현지, 현정, 현아 세 아미파의 사태들은 어느 날 문득 경악하고 말았어요. 세 사람의 몸이 일정 거리 이상으로 떨어질 수 없다는 사실을 발견한 것이었어요."

"그게 무슨 얘기지?"

"말 그대로예요. 세 사람이 서로 떨어질 수 없었다는 거예요. 비급을 함께 연성함에 따라 두터운 강기가 세 사람의 몸을 함께 감싸게 된 거예요. 그래서 일 장만 멀어져도 강력한 흡인력이 발동되어 서로를 끌어당기게 되었대요."

신엽은 적차삼과의 교전 장면을 떠올려보았다. 과연 소운의 말이 맞는 것 같았다. 맨 처음 등장부터 마지막 추격전까지, 적차삼의 세 여인은 항상 지척으로 붙어 있었다. 단 한순간도 일 장 이상 떨어진 적이 없었다. 그래서 그들은 세 사람이 아니라 세 개의 몸을 가진 한 사람처럼도 보였던 것이다.

"생각해보세요. 얼마나 불편했겠어요. 세 사람이 항상 손만 내밀어도 닿을 거리에서 붙어다녀야 했다면 말예요. 밥을 먹을 때도, 잠을 잘 때도, 몸을 씻거나 화장실을 갈 때도 함께 다녀야 했다면."

"끔찍한 고역이었겠군."

"고문이었을 테죠."

"다른 방법이 없었나?"

소운은 고개를 저었다.

"갖가지 수단을 써보았지만 소용없었대요. 그때는 아직 그들의 심성이 변하기 전이라 아미파 장문인을 비롯하여 많은 무림 선배들이 도왔지만 어림없었대요. 수십 명이 달라붙어 억지로 그들을 떼놓으려 하면 사색이 되어 비명을 질렀다는 거예요. 실제로 숨도 넘어갈 듯했고요…… 그렇게 얼마가 지난 후 세 여인은 종적을 감추었어요. 사람들은 이유를 몰랐죠. 그런데 그들은 은밀한 곳에서 다시 비급을 익히기 시작했어요. 자신들이 그 무공을 제대로 완성하지 못하여 그런 고통을 당하는 것일지 모른다고 짐작하고서요. 하지만 그건 틀린 짐작이었어요. 아무리 노력해도 사슬은 풀어지지 않은 거예요. 그때부터 그들은 서서히 절망하고 비틀리기 시작했어요. 서로를 해치고 죽이려는 시도까지 했었나 봐요. 그렇지만 그것도 안 되었어요. 이미 한몸과 같아진지라 다른 사람을 해치면 그 고통이 자신에게까지 돌아온 거예요. 그러니 그 절망이 어떤 것이었을지는 짐작이 가죠.”

“사마외도의 고수라는 자가 지독한 악인이었군.”

“그 사람도 잘 몰랐을 거예요. 자기도 익히지 못한 무공을 이론으로만 정리한 것이었으니까요.”

“그래서 어떻게 되었지?”

“그 뒤로는 삼사형도 아는 바와 같아요. 운명에 한이 맺힌 세 여인은 은둔지를 뛰쳐나와 돌아다니며 닥치는 대로 악행을 저질렀어요. 그리고는 세상 사람들에게 적차삼이라는 끔찍한 이름까지 얻게 된 거예요.”

“그런 사정이 있었군. 가련한 여인들이야.”

“또 그 착하고 여린 소년이 나오는군요. 정신 차리세요. 그 여인들도 『금해진경』을 노리고 온 게 분명하니까요.”

“소운도 그렇게 생각해?”

“달리 무슨 이유가 있겠어요. 안마당 같은 중원을 떠나 감히 일신이선 사비의 땅인 고려까지 찾아온 것은 오직 한 가지 목적 때문 아니었겠어요. 『금해진경』이 그들에게는 사슬을 풀 수 있는 유일한 희망이니까요.”

"자궁 사숙께서도 그런 말씀을 하셨어."

신엽은 묵묵히 생각에 잠겼다. 일이 참 어렵게 꼬인다는 생각이었다. 왜국의 요다만으로도 분란이 일고 있었는데 적차삼까지 끼어들었으니. 더구나 적차삼이 알았다는 건 이미 중원 무림인들이 모두 알았다는 얘기가 아닐까. 그렇다면 고려 땅에는 더 매서운 피바람이 휘몰아치지 않겠는가. 그런데 자신은 이런 몸으로 요다의 함정에 빠져 있다니.

소운은 신엽의 기분을 짐작하고 더 우울해졌다. 자기만 끼어들지 않았더라면 이런 일은 없었을 텐데 하는 생각 때문이었다. 불과 보름 남짓 만에 다시 만난 신엽의 무공은 경악스러울 만큼 진전되어 있었다. 그가 길상사의 제자이며 자신의 삼사형이자 연인이라는 사실이 자랑스럽기만 할 정도였다. 만약 일 대 일로 맞섰다면 요다의 어떤 수작도 신엽을 이길 수 없었을 것이었다. 그런데 자신이 덜렁 끼어들어 일을 망쳐버린 것이었다. 하지만 어떻게든 이 위기를 벗어날 수 있으리라. 내심 그렇게 다짐하며 소운은 다시 분위기를 바꿨다.

"도대체 내 생각은 눈곱만큼도 안 했군요."

"무슨 얘기야?"

신엽은 소운이 또 새침해지자 어리둥절했다.

"아무런 관심도 없잖아요. 그 동안 내가 어떻게 지냈는지."

"참, 그렇지. 그 동안 무슨 일이 있었던 거야?"

"그만둬요. 억지로 그런다고 누가 고마워할 줄 알아요."

"아니야. 내가 잘못했어. 그때 미도노에게 끌려가고 얼마나 걱정했었는지 몰라. 어떻게 위기를 벗어났지?"

소운은 한사코 입을 열지 않았다. 신엽이 거듭 몇 번을 사죄한 다음에야 마지못해하며 말문을 열었다.

“걱정하지 않았던 건 알지만 얘기할게요. 별로 할 일도 없으니까요. 흥. 미도노 그 인간 지금 어디서 어떤 꼴을 하고 있을지 궁금하네요. 흑록의 집을 나선 그는 한참 동안 정신없이 달렸어요……”

술 달이는 처녀

미도노는 실로 바쁘게 달렸다. 몇 개의 산을 넘고 요리조리 방향을 바꾸기까지 하면서 달렸다. 무슨 신바람이 났는지 혼자서 콧노래까지 흥얼거렸다. 그런데 그것은 소운에겐 천만다행한 일이었다.

혈도를 찍힌 사람이 움직이지 못하는 것은 그 부위에서 기혈 흐름이 막히기 때문이었다. 그러나 기혈은 언제나 흐르고자 하기에 시간이 지나면 다시 저절로 유통되게 마련이었다. 그리고 그 흐름은 몸을 많이 움직일수록 빨라지는 법이었다. 신체활동이 왕성해지면 기혈도 더 활발해지는 까닭이었다. 그런데 그때 미도노의 달음박질은 소운을 부단히도 흔들어대고 있었다. 평상시와는 달리 그는 무척 경박하게 달리고 있었다. 빨리 멀어져야겠다는 마음, 기쁘기 그지없는 가슴 설렘, 기대감 등등이 그를 들뜨게 했던 것이다. 그렇게 한참

을 달렸으니 소운은 저절로 조금씩 진기가 유통되기 시작한 것이었
다.

마침내 미도노가 소운을 내려놓은 것은 어느 높은 산의 정상이었
다. 그는 그곳이 다른 어떤 장소보다 안전하다고 판단한 모양이었
다. 그때 소운은 수궐음심포경이 가까스로 풀려 왼쪽 팔만을 움직일
수 있었다. 아직 단전까지는 연결되지 않아 공력은 쓸 수 없는 상태
였다. 그러나 소운은 그런 사실을 내색하지 않고 시신처럼 뻣뻣이
누워 있었다. 미도노는 호들갑을 떨며 옷을 벗었다. 그리고는 소운
에게 다가와 뜨거운 입김으로 귓전을 간질였다. 몇 마디 낯뜨거운
말까지 소곤거렸다.

그 순간 소운은 왼손으로 불쑥 미도노의 옆구리를 찔렀다. 미도노
는 깜짝 놀라 소운의 손을 막고 그 손에 쥐여 있던 작은 물건을 빼
앗아 멀찌감치 던져버렸다. 그러나 다음 순간 미도노는 더욱 경악하
고 말았다. 난데없이 밤하늘로 비단폭을 찢는 듯한 피리 소리가 울
려퍼진 것이었다. 그러자 소운이 미소를 머금었다. 미도노는 즉시
다시 소운의 혈도를 짚었다. 그리고 그제서야 사정을 깨달을 수 있
었다.

소운은 왼손의 경락이 풀어지긴 했으나 힘이라고는 하나도 없었
다. 설사 비수로 몰래 미도노를 찌른다 해도 계란으로 바위치기밖에
안 될 힘이었다. 그래서 어떡할까 고심하던 중 한 가지 계책을 생각
해내었다. 기회를 노리다가 그녀는 현죽소를 미도노의 옆구리로 찔
러넣었다. 마치 한 자루 비수인 듯. 당황한 미도노는 그것을 빼앗아
멀리 던져버렸다. 바로 소운이 계산했던 대로였다. 무의식적인 일이
라 손목을 뿌리며 던진 힘이 작지 않았다. 덕분에 현죽소는 포물선
으로 밤하늘을 가르며 높은 소리를 울린 것이었다.

현죽소가 길상사의 비상 신호 수단임을 아는지라 미도노는 당황

하지 않을 수 없었다. 먼저 소운의 뺨을 두어 차례 후려갈기고 그는 그녀를 들쳐업었다. 하지만 다음 순간 의문이 찾아왔다.

이 깊은 산중에 과연 누가 있어 그 소리를 들었을 것인가. 또 설사 들었다 한들 그들 중에 무림 인물이 몇이나 될 것인가. 무당집으로부터도 오십 리는 족히 달려왔으니 녹운옥까지 들렸을 리는 만부당하지 않은가. 게다가 여기는 산정이니 설사 누가 오더라도 먼저 볼 수 있을 것이다. 최악의 경우에도 삼십육계 줄행랑은 칠 수 있을 것이다.

미도노는 다시 소운을 내려놓았다.

"쓸데없는 기대는 말아라. 첩첩산중에 너를 구할 용사가 있겠느냐. 만약 누구라도 나타난다면 내 먼저 너를 찢어죽일 것이다."

소운은 암담해지고 말았다. 차라리 먼저 죽는다면 괜찮을 것이었다. 하지만 미도노의 말처럼 이 깊은 산중에 사람이 있을 것 같지도 않았다. 미도노가 당황하여 조금 더 돌아다닌다면 다른 방법을 만날 수도 있을 텐데. 결국 짐승 같은 꼴을 당하는 것인가. 내 전생에 무슨 업을 지었길래 이런 일을 당한단 말인가. 나오느니 한숨뿐이었다.

미도노는 다시 옷을 벗어젖히고 소운의 몸 위로 엎드렸다. 그는 그녀의 볼을 어루만졌다. 소운은 체념하고 눈을 감았다.

그런데 그 순간 문득 미도노가 몸을 뒤집으며 소리쳤다.

"누구냐!"

그는 이미 이 장 밖으로 날아가 있었다.

소운은 자신을 구한 것이 한 마리의 거대한 흑수리인 것을 보고 놀랐다. 양날개를 펼친 것이 일 장에 가까워 밤하늘을 가득 덮고 있었다.

하늘이 나를 도와 너를 보냈구나. 그래, 어서 나를 죽여주렴. 내

이 은혜는 내세에라도 잊지 않을게.

소운은 수리를 향해 편안하게 웃어주었다. 그런데 이상한 일이었다. 흑수리는 움직이지 못하는 소운은 내버려둔 채 미도노만 공격하는 것이었다. 더구나 그 수리의 몸놀림은 날렵하고 매섭기 그지없어 어지간한 무림 고수 못지않았다. 미도노가 두 자루의 장검을 뽑아들었지만 쉽사리 제압하지 못하고 씨근거렸다. 미도노가 장검을 마구 휘두르면 수리는 슬그머니 물러나 바라보았다. 그러다가 그가 틈을 보이면 다시 날쌔게 다가들어 부리와 발톱을 들이대었다.

시간이 지나면서 소운은 여유를 갖고 그들의 대결을 지켜보게 되었다. 그녀는 흑수리의 영특함이 놀라울 따름이었다. 수리가 귀찮아진 미도노는 다시 소운을 울러메고 달아나려 했다. 그러나 수리는 그의 그런 심보까지 알고 있었다. 미도노가 한 발이라도 소운 쪽으로 다가가려 하면 사나운 날갯짓을 몰아쳤다. 그래서 오히려 자꾸 먼 곳으로 밀어대는 것이었다. 그쯤 되자 미도노는 분개하여 미친 듯이 장검을 휘둘렀다. 수리는 슬그머니 물러섰고, 미도노는 간신히 애초의 자리를 되찾았다. 그러나 결코 그 이상은 다가설 수 없었다. 흑수리가 허락하지 않는 까닭이었다.

소운은 내심 그 대결이 새벽까지만 계속되어주기를 빌었다. 그즈음이면 그녀가 혈도를 풀고 수리를 도울 수 있을 테니까. 그러나 그것은 지나친 욕심이었을까. 미도노가 암기를 꺼내어들면서 사정은 달라졌다. 수리는 점차 뒤쪽으로 밀려났고, 미도노는 한 발 한 발 소운에게로 다가왔다. 그는 아예 그녀를 죽여버리기로 작정하고 있었다. 그는 어디선가 흑수리를 본 적이 있으며 그 수리가 어떤 대단한 고수의 벗이었음을 얼핏 깨달은 것이었다. 그렇다면 시간을 끄는 사이 그 고수가 나타나지 않겠는가.

마침내 소운의 곁 두 자 거리로 다가선 미도노는 장검을 치켜들었다. 높이높이 치켜들고 악을 썼다. 소운은 눈을 감았다. 그러나 그 장검은 내려오지 않았다. 미도노는 그 자리에 뻣뻣하게 굳어버리고 말았던 것이다. 흑수리가 날아와 날카로운 발톱으로 그의 얼굴을 할퀴고는 하늘 높이 날아올랐다. 얼굴이 한순간에 피투성이로 변했지만 미도노는 비명도 지르지 못했다. 그리고 잠시 후 어슬렁어슬렁 나타난 사람은 바로 도월희천 척항무였다. 그는 드러누운 소운을 보고는 껄껄거렸다.

"난 또 동생인가 했더니 동생의 애인이었구먼. 어쩌다가 이런 꼴을 당했누?"

척항무는 소운의 혈도를 풀어주었다. 자리에서 일어난 소운은 당장 미도노를 타작하기 시작했다. 정신없이 십여 차례를 때리다가 마지막 힘을 다해 사타구니를 걷어찼다. 미도노의 전신으로 경련이 찾아왔다. 그리고 소운은 다시 의식을 잃고 말았다. 독상에서 회복되자마자 어려운 일들을 겪은 탓에 그녀는 거의 소진 상태였다. 그런데 또 혼신의 힘으로 미도노를 타작하여 기력이 고갈된 것이었다.

소운이 눈을 뜬 것은 이튿날 아침이었다. 밤새 척항무가 치료해준 덕분에 많이 좋아져 있었다. 미도노와 흑수리는 이미 떠나가고 없었다. 미도노의 행방을 묻는 소운에게 척항무는 다시 껄껄거렸다.

"신니의 제자답게 대단하더구나. 씨주머니를 터뜨려버렸길래 불쌍해서 내가 놓아주었다."

"그게 무슨 얘기죠? 씨주머니라니……."

소운은 말을 채 못 맺고 얼굴을 붉혔다. 그러자 척항무가 친절하게 설명해주었다.

"불알 두 쪽이 모두 박살이 났다. 한마디로 고자가 되었다는 얘기지. 어떠냐, 시원하냐?"

소운의 얼굴은 한층 더 붉어졌다. 하지만 과연 가슴속은 후련하기 그지없었다. 그녀는 그제서야 척항무에게 인사 치레도 못 한 사실을 떠올리고 공손히 고개를 숙였다.

"후배를 구해주신 은혜 두고두고 잊지 않겠습니다."

"무슨 그런 섭섭한 소릴 하느냐. 너는 내 동생의 애인이니 장차 제수씨가 될 몸 아니냐. 그때가 되면 늙은 아주버니를 괄시하지나 않으면 고맙겠다. 그런데 신엽은 어디 있는 게냐? 흑수리가 있었으니 멀리 있지는 않을 텐데."

"흑수리가 신엽 사형과 관계 있나요?"

"그럼 그걸 몰랐더냐?"

척항무는 예전에 흑수리를 본 적이 있었다. 지리산의 칠선폭포에서였다. 영신봉에서의 결전을 치른 다음 몰래 신엽을 뒤따르던 중이었다. 신엽은 미도리를 발견하고 그녀를 구하려다가 요리모토의 암수에 당할 상황이었다. 그때 흑수리가 요리모토의 단검을 쳐내어 신엽을 구했던 것이다. 잠깐을 보았지만 신엽과 흑수리가 절친한 사이임은 잘 알 수 있었다. 흑수리의 모습이 너무도 영물스러워 척항무는 은근히 시샘까지 했었다. 어젯밤 다시 흑수리를 보았을 때 그는 무척 반가웠었다. 수리가 있다면 신엽도 있으리라 기대하며 부지런히 달려왔었다. 덕분에 그는 소운을 끔찍한 위기에서 구해낼 수 있었다.

그런 설명을 듣고도 소운에게는 한 가지 풀리지 않는 의문이 있었다. 흑수리가 어째서 자신을 구하려 했을까 하는 점이었다. 그녀는 알지 못했지만 흑수리는 이미 소운을 알고 있었다. 남원에서 소운이 요리모토 일행에게 둘러싸여 현죽소를 날렸을 때 그도 현장으로 날아갔었던 것이다. 그때 수리는 그의 벗 신엽이 소운을 위하는 마음을 보았었다. 또한 그 이후로 그들이 지리산을 벗어날 때까지 줄곧 그들 곁을 맴돌았다. 사랑다툼을 벌이며 영신봉으로 달려갔다가 『금해진경』을 찾아 떠날 때까지. 그들의 모습이 너무 사랑스러워 그는 몰래 숨어서만 지켜본 것이었다.

그날 이후로 흑수리는 그리움을 깨닫기 시작했다. 그는 자신이 외롭다는 것을 알았고, 지리산이라는 영토보다 소중한 것이 있음도 알게 되었다. 그리고 얼마 후 그는 영토를 떠나는 용단을 내렸다. 신엽을 찾아나선 여행이었다. 그는 산과 들과 하천을 떠돌며 벗의 흔적을 찾았다. 그렇게 묘향산 자락까지 올라왔다가 소운의 현죽소 소리를 들었고, 미도노를 제지하게 된 것이었다.

소운에게서 지난밤의 일을 전해들은 척항무는 발끈했다. 미도노를 놓아보낸 일을 후회하기까지 했다.

소운과 척항무는 곧 흑록무당의 집으로 달려갔다. 그러나 그곳은 잿더미로 변해 있었다. 구석구석 재를 뒤졌지만 사람의 시신은 발견되지 않았다. 일단은 안도하며 두 사람은 주변을 돌아보았다. 신엽을 찾기 위해서였다. 하지만 그는 어디서도 찾아지지 않았다. 그때 신엽은 이미 소향에게 납치되어 묘도로 끌려간 터였으니 당연한 일이었다. 결국 그들은 일차 수색 작업을 중단할 수밖에 없었다.

척항무가 소운을 위로했다.

"일은 두 가지 중 하나다. 좋은 일 아니면 나쁜 일. 그런데 무당집이 불타고 신엽의 종적이 없다는 건 좋게 해석해야 할 일일 거다. 조급해하지 말고 기다리자꾸나."

소운은 척항무의 짐작이 옳은 것이기를 빌고 또 빌었다.

척항무는 소운을 북수백산(北水白山)으로 데려갔다.

북수백산은 그리 유명한 산은 아니었다. 그러나 무림인들에게는 백두산과 어깨를 견줄 만큼 명산으로 알려져 있었다. 하늘을 찌를 듯한 높이와 웅장한 기세는 보는 이의 가슴을 서늘하게 했다. 남과 북으로 각각 두 개의 백산들이 버티고 서서 호위하였고, 주변으로는 대암산 연화산 차일봉 희사봉 등 관우 장비를 연상시키는 고산 준령들이 줄줄이 늘어서 병풍을 치고 있었다. 그 산과 봉우리들이 함께 뿜어내는 기개는 가히 하늘과 땅을 뒤흔들어 새로운 우주를 토해낼 듯했다. 그리고 그 산에서는 바로 조의사비의 넷째인 운상대객 장사량이 칩거하며 무학에 전념하고 있었다.

척항무가 북수백산으로 온 것은 칠팔 일 전이었다. 안동호의 영웅연이 끝난 후 그는 한동안 고심했더랬다. 일이 참 어렵게 돌아가는 까닭이었다. 요다와 아시겐지가 합작으로 운중선을 들쑤셔 길상사를 와해시키려 하고 있었다. 어리석은 운중선은 그 장단에 춤을 추고 있었고, 척항무 혼자의 힘으로는 도무지 그들을 상대할 수 없었다. 게다가 속을 알 수 없는 요리모토 일행이 뱀눈을 하고 지켜보고 있었다. 생각 끝에 척항무는 장사량을 불러내기로 했다. 그 외에 다른 대안이 없었다. 묘향신니는 초록이 동색이라 화랑방을 거들 것이었고, 월월묘묘는 같은 사비이긴 했지만 종잡을 수가 없었다.

북수백산에 당도한 척항무는 그러나 기운이 빠지고 말았다. 장사량은 없고 시동 하나만 빈집을 지키고 있었다. 사연을 물은즉 열흘 전 일백 일간의 폐관에 들어갔노라 했다. 산 속 깊은 곳의 동굴로. 열흘 전이라면 아직도 구십 일을 기다려야 한다는 말이었다. 구십 일 후에는 장사량은 전혀 출관할 필요조차 없는 상황이 되어 있을 것이었다. 척항무는 당장 동굴로 찾아가 불러내고 싶었지만 그럴 수가 없었다. 깊은 내공을 연마하는 중 엉뚱한 자극을 받는다면 예기치 않은 일이 벌어질 수 있었다. 기혈이 막힌다거나 역류한다거나. 때문에 폐관에 들어간 사람은 스스로 문을 열고 나올 때까지 기다리는 수밖에 없었던 것이다.

척항무는 조급하고 하릴없는 며칠을 보냈다. 장사량이 애지중지하는 최고급 술독을 모조리 비웠지만 취기도 오르지 않았다. 매일처럼 시동만 볶아대곤 했다. 그러던 차 지난밤 미도노가 던진 현죽소 소리를 듣게 되었다. 처음에 그는 시큰둥했었다. 현죽소의 소리가 너무 미미하여 고수들의 일이 아니라 여겨진 까닭이었다. 그러나 너 무도 무료하였기에 산책이나 할 요량으로 길을 나섰다. 그리고 뜻밖 에도 흑수리와 소운 등을 발견한 것이었다. 장차 제수씨가 될 사람 을 구하고 꼴보기 싫던 미도노 놈의 거세 현장까지 목격하였으니 척항무는 대단한 소득을 올린 셈이었다. 다음에는 어떤 작은 소리라 도 꼭 구경가봐야지. 그는 내심 그렇게 다짐까지 한 터였다.

장사량의 거처에서 소운은 며칠간 휴식을 취했다. 내공의 기초가 튼튼한 그녀는 빠르게 회복되었다. 사나흘 후에는 예전보다 훨씬 더 강한 기운이 온몸으로 유통되는 것을 느끼고 의아해했다. 그러나 그 녀는 곧 알 수 있었다. 칠상독을 치료하는 과정에서 신엽이 정성껏 기경팔맥을 돌려준 까닭이라는 것을. 덕분에 신엽의 공력 일부가 소 운의 몸으로 전수되었다는 것을. 그녀는 자기 속의 신엽을 느끼며 더없이 애절한 사랑을 느꼈다.

몸이 완전히 회복되자 소운은 북수백산을 떠나기로 했다. 떠나기 전 그녀는 척항무의 은혜에 보답하는 뜻으로 죽엽주를 만들었다. 그 날 당장 만든 것은 아니었고, 며칠 전부터 차근차근 준비한 것이었 다. 술이 끓어 마당 가득 향기가 감돌자 척항무는 흥분해서 서성거 렸다. 똥 마려운 강아지처럼 안절부절못했다. 그 향기가 너무도 감 미로웠던 것이다. 소운은 어려서부터 묘향신니에게 최고의 주조법 을 배웠기에 가히 최고의 솜씨를 가진 터였다. 더구나 낭연이 술 따 위에는 무관심했기에 신니는 소운에게 자신의 모든 재주를 전수해 준 것이었다.

그렇게 서성거리던 척항무는 문득 한 가지 기발한 생각을 해냈다. 그는 소운에게 도움을 청했다. 소운은 일언지하에 거절했다. 현실적으로 불가능할 뿐 아니라 그런 일에 낭비할 시간도 없었다. 그러자 척항무가 차근차근 설명했다. 왜 그 일이 필요한가를. 그리고 마침내 소운의 이해를 얻어낼 수 있었다.

척항무의 부탁은 산 속 장사량의 폐관 동굴 앞에서 술을 빚는 것이었다. 그래서 술향기를 동굴 속으로 솔솔 흘려보내는 것이었다. 그 방법이라면 장사량을 다치게 할 위험이 전혀 없었다. 게다가 천하의 애주가인 그가 최고 미주의 유혹을 이겨내기란 쉽지 않을 것이었다.

소운이 처음 그 일을 불가능하다고 단정한 것은 술을 담그는 일이 하루이틀 만에 되지 않는 까닭이었다. 일반적인 방법을 따르자면 최소한 십여 일은 걸려야 그럴듯한 술이 만들어졌다. 그러나 묘향신니가 소운에게 가르친 방법은 아주 특별한 것이어서 시도해볼 만했다. 몇 가지 약재로 잡맛을 제거한 다음 중불로 뭉근히 가열하여 발효를 촉진시키는 방법이었다. 다만 술의 재료와 약재들을 모두 구하려면 많은 손이 필요했지만, 척항무가 발벗고 나선다면 그리 어려울 것도 없었다. 물론 그 일은 소운에게도 고된 작업이었다.

그러나 그녀는 고려 무림의 앞날을 염려하는 척항무에 감동되어 어려움을 감수하기로 했다. 장사량이 일찍이 금강일신에게 했다는 약속도 그녀의 마음을 움직이는 힘이 되었다. 장사량은 길상사를 돕는 일에 힘을 아끼지 않겠노라고 약속했다는 것이었다.

이튿날 아침 일찍 두 사람은 산 속 깊은 곳 장사량의 동굴로 올라갔다. 동굴 앞은 거대한 바위로 막혀 있었다. 소운은 장사량이 그 큰 바위를 혼자서 옮겨 막았다는 사실에 적이 놀랐다. 듣던 대로 과연 장사로구나 싶었다. 그 동굴 앞에다 그녀는 지지대를 세워 솥을 걸고 땔감을 모았다. 그 사이 척항무는 바람처럼 산 속을 헤집으며 갖가지 약초와 꽃들을 모아왔다. 그러면 소운은 그것들을 향기와 신선도와 용도에 따라 가지런히 분류했다.

원래 술을 담그기 위한 재료들은 한 가지씩 선별하여 채집해야 했다. 향기가 섞이면 고유한 술맛을 내기 어려운 까닭이었다. 그러나 시간이 부족했기에 소운은 척항무에게 마구잡이 채집을 허락한 터였다. 대신 그가 모아오면 그녀가 분류하여 바람에 말려서 잡향을 제거했다.

그날부터 북수백산에는 매일처럼 술향기가 끊이지 않았다. 임금님의 어주고에서도 맡기 어려울 성싶은 최고급 술향기가, 그것도 매일 다른 종류로, 숲의 그윽한 향기와 어우러졌다. 국화주 두견주 황금주 부의주 등등. 그리고 그것은 바위틈을 비집고 장사량의 동굴로 스며들어갔다. 행여 바람의 방향이 다를 적이면 척항무는 은근한 장력으로 향기를 집어넣었다.

그런데 그 향기로 인해 고문당한 사람은 비단 장사량만이 아니었다. 척항무 역시 피해자의 한 사람이었다.

첫날 술이 다 되었을 때 척항무는 행복한 마음으로 술독 앞에 앉았다. 그러자 소운이 물었다. 무얼 하려느냐고. 척항무는 당연히 마시려 한다고 대답했고, 소운은 술독을 들어 멀찌감치 내다버리고 말았다. 척항무는 기가 막혀 따졌다. 소운은 그들의 계약에는 술을 빚는 것만 있을 뿐 척항무가 마신다는 조항은 없노라고 설명했다. 척항무는 할말이 없었다. 그래도 그는 화를 낼 수 없었다. 소운이 토라져 집어치기라도 하면 더 큰일이기 때문이었다.

이튿날부터 척항무는 더 열심히 일을 했다. 꽃과 약재도 캐고, 땔감을 모아서 불도 지피고, 물을 길어다 붓고, 힘든 일은 모조리 도맡아서 했다. 소운에게 잘 보이기 위해서였다. 그러나 소운은 냉담하기만 했다. 척항무는 떠날 수도 없고 붙어 있을 수도 없는 고혹적인 술향기 근처를 서성거리며 속만 태웠다. 이번 일은 자기 평생 저지른 실수들 중 가장 어리석은 것이었노라며 투덜거리기도 했다. 그러다가 마침내 척항무는 한 가지 방법을 생각해내었다. 그는 손뼉을 치고 기뻐하며 소운에게로 갔다.

"애야, 우리 서로에게 좋은 일을 찾아보는 게 어떠냐?"

"무슨 일인데요?"

소운은 관심없이 대꾸했다.

"내가 술값을 치르고 저 술을 마시는 거다."

"제가 뭐 돈이나 벌자고 이 짓을 하는 줄 아세요?"

"그게 아니지. 누가 네게 돈을 주겠다던."

"그럼 뭘 주실 건데요?"

"무림인이라면 누구나 탐내는 게 과연 뭐겠니. 바로 무공 아니겠니."

소운은 내심 미소짓고 있었다. 그녀가 기다린 게 바로 그 말이었던 것이다. 느림보 영감 같으니. 이제서야 생각해낸 거야. 그러나 그녀는 시침을 뚝 떼고 말했다.

"흥. 길상사에도 훌륭한 무공은 얼마든지 있어요."

"나도 안다. 알고말고. 하지만 무공의 이치는 워낙 복잡하고 다양하니 한 문파의 무공에만 정통하여서는 진정한 경지에 오르기가 어려운 법이란다."

"그래, 무슨 무공을 가르쳐주실 건가요?"

"이건 어떻겠니?"

척항무는 두 손 열 손가락을 일직선으로 뻗어 모았다가 벌리기를 서너 차례 반복했다. 그러자 그의 쌍수에 거무스레한 기운이 모이고, 손끝은 비수처럼 날카로워졌다. 바로 소림사가 자랑하는 철사장(鐵砂掌)이었다. 소운은 다시 코웃음을 쳤다.

"아직 시집도 못 간 처녀더러 그런 흉측한 손을 만들라는 거예요? 말로만 제수씨지 속마음은 전혀 딴판이군요."

"그렇군. 내 이 모자라는 생각이라니."

척항무는 스스로 뒤통수를 쳤다.

"그럼 이건 어떨까?"

양 무릎을 살짝 구부리는가 싶더니 그는 불쑥 몸을 솟구쳤다. 허공에서 빙글 한 바퀴를 돌더니 좌측으로 일 장을 날아간 다음 다시 한 바퀴를 돌았다. 그리고는 원래의 자리로 돌아왔다. 무당파의 절기인 제운종(梯雲從)이라는 경신술이었다.

"여자들에겐 뭐니뭐니 해도 경신술이 최고지. 무당파의 제운종은 남자들만 하는 줄로들 알지만 천만의 말씀이야. 자고로 절기라는 것은 적은 공력으로 큰 위력을 부리는 것이니 여자들이 못 익힐 절기는 절기가 아닌 법이지."

"저는 이미 연자신법과 낙영비를 익혔으니 다른 경신술은 필요하지 않아요. 술을 마실 뜻이 별로 없으신 듯하네요."

소운은 내심 척항무의 제운종에 감탄을 금치 못한 터였다. 하지만 그녀가 배우고 싶은 무공은 따로 있었다. 척항무도 그런 뜻을 짐작하고는 두 손을 들었다.

"알았어. 무영장을 배우고 싶단 말이지?"

"제 재주에 어디 배우기까지 하겠어요. 그냥 한 번 보여주시기만 해도 족하겠어요."

조의사비가 무림인들에게 사비라고 불리우는 데는 행적이 신비로운 까닭도 있었지만 그들의 무공이 비밀스러운 이유도 있었다. 무공의 원리가 오묘하였을 뿐 아니라 단지 한 사람에게만 전수되도록 정해져 있었던 것이다. 소운이 제운종을 마다하면서까지 무영장을 원하는 이유는 바로 거기 있었다. 척항무는 코앞의 술독이 너무도 유혹적이었기에 소운의 요구를 거절할 수 없었다. 게다가 그녀가 그저 한 번 보여주기만 하면 된다고 얘기하였기에 괜찮겠지 생각했다. 사비의 무공을 한 번 보고 배울 사람이 과연 몇 명이나 있을까.

"정말 한 번 보여주기만 하면 족하다는 거야?"

"일구이언은 이부지녀예요."

"좋아. 두 눈 크게 뜨고 봐."

무영장은 모두 십이 장으로 이루어져 있었다. 척항무는 천천히 제일장 무념무신(無念無身)을 시전하기 시작했다. 느린 듯하면서도 쌍장의 실제 위치를 종잡을 수 없는 미묘한 움직임이었다. 소운은 한 번에 이해하기가 어려움을 깨닫고 머릿속에 그 움직임을 각인했다.

일식이 끝나자 소운은 척항무의 시전을 중지시켰다. 척항무는 의외라는 듯 쳐다보았다. 소운이 말했다.

"사람들의 말에는 역시 과장이 심하군요. 하지만 한꺼번에 다 보면 재미가 적으니 하루에 한 장씩만 보여주세요."

"그럼 술을 마시는 거야?"

"마시든지 말든지요."

척항무는 술독으로 달려들어 벌컥벌컥 들이켜기 시작했다. 좋구나 좋아를 연발하며. 한편 소운은 머릿속의 각인이 지워지지 않도록 몇 번을 되풀이해서 돌렸다. 그리고 하루 종일 마음속에서 연습해보았다. 해가 지고 잠자리에 들 무렵이 되자 겨우 그 이치를 깨칠 성싶었다.

이튿날부터 소운은 매일 조금씩 척항무의 무영장을 구경했다. 무심히 보는 척했지만 그녀는 매섭게 하나하나를 머릿속에 담아두었다. 시전이 끝나면 척항무는 술독으로 달려갔고, 소운은 마음으로 그것을 연습했다. 간혹 막히는 곳이 있으면 술을 마시는 척항무에게 물어보았다. 지나가는 말투로. 척항무는 성실히 대답해야 했다. 만약 흐지부지할라치면 당장 소운이 술독을 뺏어들었기 때문이었다.

술을 빚기 시작한 지 꼭 열흘이 되던 날, 척항무가 술을 마신 지는 팔 일째 되는 날이었다. 그날도 척항무는 술향기에 애간장을 끓이며 무영장을 시전하고 있었다. 그런데 문득 동굴 입구의 바위가 덜컹거렸다. 잠시 후 바위는 굉음을 울리며 구르더니 술솥을 덮쳐왔다. 척항무가 깜짝 놀라 쌍장을 내질렀다. 그러자 바위는 방향을 틀어 숲 쪽으로 굴러갔다. 소운은 바위가 빠져나간 동굴을 보고는 입을 다물 수 없었다. 그곳에는 그녀가 지금껏 본 적이 없는 거인이 우뚝 서 있었다. 족히 팔 장은 돼 보이는 체구였다. 머리 어깨 팔 다리 어느 것 하나 작지 않아 균형을 잘 갖춘 거구였다.

"장 아우!"

"형님!"

척항무가 몸을 날려서는 거인을 끌어안았다. 거인도 몹시 반가운 표정으로 척항무를 안았다. 그런데 그들의 모습은 그야말로 고목과 매미라 해야 할 것이었다. 소운은 내심 키득거리면서도 고개를 갸웃거렸다. 아마도 그가 운상대객 장사량인 모양이었다. 처음에 소운은 그가 일찍이 본 적 없는 거인이라 여겼지만 다시 생각해보니 그렇지도 않았다. 히데유키와 그의 부하 몇 명이 하나같이 그에 못지않은 거인들이었던 것이다. 그럼에도 불구하고 그들은 장사량처럼 강하게 소운을 압도하지는 않았다. 그렇다면 그것은 무엇일까. 소운은 장사량의 위압감이 거구에서보다는 거대한 기풍에서 비롯됨을 깨달을 수 있었다.

소운은 장사량에게 공손하게 인사했다. 그리고 오랜만에 해후한 두 사비를 위해서 술상을 차려주었다. 장사량은 잠시 투덜거렸다. 어찌 이런 술향기를 풍겨서 폐관 수련을 어지럽히느냐고. 하지만 곧 척항무와 죽이 맞아 주거니 받거니 술잔을 기울였다. 이같은 미주를 위해서라면 폐관 아니라 무엇인들 못 집어치겠느냐며 껄껄거리기도 했다.

술안주를 장만하기 위해 소운은 숲으로 들어갔다. 장사량의 큰 배를 채우려면 많은 음식이 필요할 것 같아 토끼와 꿩을 몇 마리 잡았다. 돌아오는 길에 그녀는 두 사람이 누군가에 대해 이야기하는 것을 듣고 조용히 귀를 기울였다. 자기 이야기 같기도 하여 무슨 소리가 나오나 궁금했던 것이다.

"축하합니다, 형님. 드디어 숙원이던 전인을 구하셨군요."

장사량의 목소리였다. 척항무는 기쁘게 그 말을 받았다.

"고맙네. 고맙고말고. 장 아우가 보기에도 자질이 괜찮을 것 같던가?"

"물론입니다. 눈매가 날카롭고 기운이 조화로우니 빠른 진전이 있을 것입니다."

"그렇지. 나도 그렇게 생각한다네."

소운은 자기가 착각한 모양이라고 여겼다. 두 사람은 척항무의 전인에 대해 얘기하고 있었던 것이다. 조의이비 도월희천 척항무가 전인을 찾았다니. 그는 과연 어떤 인물일까. 궁금해하는 소운의 귓가로 그런데 미심쩍은 소리들이 흘러들었다.

"더구나 이런 고급 술까지 빚을 줄 아니 금상첨화 아니겠습니까?"

"그렇기도 해. 하지만 걱정이 아주 없는 것도 아니야."

"걱정이라뇨?"

"겉보기와 달리 속은 천하에 둘도 없는 말괄량이야. 내 저 아이 때문에 골탕먹은 일만도 한두 가지가 아니야. 신엽 동생한테 마음을 뺏겨서 나를 아주버니로 대접하는 척하니 그나마 다행이지만."

"뭐라고요? 천하에 둘도 없는 말괄량이라니, 지금 누구 얘길 하는 거예요?"

소운은 참지 못하고 나섰다. 그런데 그 모습은 참으로 가관이었다. 그녀의 양손에는 토끼와 꿩이 각각 두세 마리씩 매달려 있었던 것이다. 피까지 뚝뚝 흘리며. 척항무는 얼른 장사량의 등뒤로 숨어버렸다.

"그것 봐. 내가 뭐랬나."

"그리고 도월희천의 전인은 누굴 얘기하는 거죠? 설마 하니 저를 가리키는 건 아니겠죠?"

"아니라니. 너말고 그럼 또 누가 있느냐?"

척항무는 여전히 몸을 숨긴 채 말했다.

"이것 보세요, 척 아주버님. 고작 술값으로 무영장 몇 장 보여주고서 전인이라니 너무 심하지 않으세요?"

"넌 운이 좋은 편이다. 내가 배울 적에는 그렇게 친절하고 느린 시전은 꿈도 꾸지 못했어."

"게다가 전 길상사의 제자라고요. 묘향신니도 사부로 모시는 몸이고요."

"그딴 건 중요하지 않다. 누가 널더러 날 사부로 모시랬냐. 넌 그냥 조의이비의 전인이 되면 되는 거야."

소운은 기가 막혔다. 그러나 도월희천의 억지가 무슨 뜻인지는 이해할 수 있었다. 일찍이 그녀는 묘향신니로부터 조의사비가 전인을 정하는 방법에 대해 전해들은 바가 있었다. 그들은 문파나 사부 따위를 가리지 않고 최고의 재목을 골라 비밀리에 무공을 전수한다고 했다. 전인이 된 사람은 그후에도 원래의 문파를 떠날 필요가 없었다. 예전과 다름없이 지내면서 다만 가슴속에 조의사비로서의 자긍심만 간직하면 되었다. 그리고 때가 되면 다시 재목을 찾아 은밀히 무공을 전수하는 것이었다. 장구한 세월 숱한 시련 속에서도 조의사비가 명맥을 유지할 수 있었던 데는 그런 비밀이 있었다.

그때 소운은 신니가 왜 자신에게 그 이야기를 들려주는지 알지 못했었다. 그러나 지금 생각해보니 만약 그런 일이 있더라도 놀라지 말고 받아들이라는 뜻이지 않았나 싶었다. 그래도 소운은 잠시 망설이지 않을 수 없었다. 지금이 아니면 돌이킬 수 없는 상황임을 아는 까닭이었다. 그런데 그때 다시 척항무의 말이 이어졌다.

"사비 중에 둘째라면 괜찮은 자리야. 거인 장사량도 왜소한 척항무를 깍듯이 형님으로 모시잖아. 다만 신엽만큼은 여전히 한 급 높은 사형으로 네 윗자리에 있을 거야."

"그건 또 무슨 얘기죠? 신엽 사형도 조의사비란 말인가요?"

소운은 귀가 번쩍 뜨여서 물었다.

"그 녀석이 얘기하지 않던? 월하고검의 월광검법을 익혔다고?"

"그 얘긴 들었어요. 하지만 그건 어쩔 수 없는 상황에서 한시적으로만 맺은 약속이었다면서요."

"허허허. 똑똑한 네가 생각해보렴. 그게 무슨 뜻인지."

"신엽 사형을 속인 거로군요!"

척항무는 고개를 저었다.

"그 녀석에겐 그 방법밖에 없었다. 다른 말로는 아무리 설명해도 금강일신의 제자된 도리만 내세울 놈이니 말이다. 하지만 꼭 속인 것만도 아니야. 조의사비의 전수 과정이라는 게 원래 한시적으로 무공을 보유했다가 쓸 만한 재목에게 물려주는 것이니까."

"그런 재목을 찾는 일이 어디 쉽겠어요? 수십 년이 걸릴 수도 있는데."

"그러니 내 말했잖니. 그를 속인 게 아니라고."

소운은 더이상 할말이 없었다. 기가 막힐 일이었지만 다른 한편으로는 우습고 재밌기도 했다. 척항무에게 왜 도월희천이라는 별호가 붙었는지를 새삼 이해할 것 같았다. 신엽이 이런 얘기를 들으면 어떤 반응을 보일까.

"생각해보겠어요. 장차 도월희천의 활약을 지켜보면서 말예요."

소운의 말에 척항무는 비로소 활짝 웃었다. 장사량의 등을 벗어나 자기 자리로 돌아갔다.

"진작에 그렇게 말했어야지."

그런데 그 순간 소운이 왼손을 뿌렸다. 꿩 한 마리가 날아가 부리로 척항무의 발등을 쪼고는 푸드득 달아나버렸다. 척항무가 깜짝 놀라 소리질렀다.

"아야!"

"그 꿩은 척 아주버님을 위해 잡은 거예요. 나머지는 모두 장 아주버님 거구요. 그러니 척 아주버님께는 남은 음식이 없네요."

"왜 또 심통이냐?"

"진작에 그렇게 말했으면 무영장을 몰래 익히느라 끙끙댈 필요가 없었을 것 아녜요!"

"누가 언제 그러랬나."

그날 소운은 그들과 작별하고 남쪽으로 내려왔다. 신엽의 일이나 길상사의 일이 모두 바쁠 것 같아 서두른 것이었다. 척항무 등 두 사람은 나름대로 여러 가지 조사도 하고 신엽의 행방도 탐문한 다음 길상사에서 다시 만나기로 했다.

길상사에 도착한 소운은 희비가 엇갈리는 몇 가지 소식을 접했다. 기쁜 소식은 신엽이 무사히 돌아왔다는 것이었다. 그것도 무공이 한층 고강해져서. 그러나 다음 두세 가지는 모두 속상한 소식들이었다. 첫째는 구장격이 화랑방을 모조리 이끌고 침입했었다는 것이었고, 둘째는 그 틈을 이용해서 요다가 장문인을 납치해갔다는 것이었다. 그리고 신엽은 부상에서 완쾌되지도 않은 몸으로 장문인을 구하러 갔노라고 했다. 마지막 소식을 듣는 순간 소운은 다시 자리에서 일어나 자궁 사숙에게 인사를 고했다. 가장 빠른 말을 잡아타고 운봉으로 달렸다. 인월성이 이미 고려군에게 점령되었음을 알고 그녀는 적잖게 실망했었다. 요다 등이 자리를 옮겼을 터인 까닭이었다. 그러나 혹시 하는 마음으로 주변을 수색하다가 수상한 우물을 찾았고, 그리고는 뜻밖에도 신엽의 일을 망쳐버리게 된 것이었다.

밀실의 식인귀

"미안해요."

긴 이야기를 마치며 소운은 그렇게 말했다.

"제가 끼어들지 않았더라면 요다도 잡고 장문인도 구할 수 있었을 텐데."

"그렇지 않아. 소운 사매는 잘하려고 덤빈 일이었잖아. 게다가 일이란 건 잘된 듯 보이는 게 그릇된 것일 수도 있고 또 그 반대일 수도 있는 법이야."

신엽은 소운을 위로했다. 그렇게 말은 했지만 사실 그의 마음도 소운과 마찬가지로 답답함을 금할 수 없었다. 그러다가 문득 아차 싶었다. 요다 바로 아래 석벽에 매달려 있던 자연대사가 생각난 것이었다. 허둥지둥 일어나 위쪽을 보았지만 매달린 사람은 보이지 않았다. 소운은 신엽의 설명을 듣고 함께 찾아보더니 고개를 저었다.

"저기는 없어요. 떨어지지 않았으니 요다가 모셔갔을 거예요."

"그랬으면 차라리 다행일 텐데."

"걱정 말아요. 장문인은 우리와 달라 이용가치가 높으니 요다도 함부로 할 수 없을 거예요."

신엽은 그나마 위안이 되었다.

"우선 이걸 좀 먹고 기운을 차려요."

소운은 품속에서 비상 식량을 꺼냈다. 약간의 말린 음식과 물주머니였다. 두 사람은 서로에게 권하느라 천천히 먹었지만 워낙 많지 않은 양이라 금방 다 먹어치웠다. 물은 한 모금씩만 마시고 아껴 먹기로 했다. 소운은 물주머니를 어깨에 차며 일어섰다. 동굴 속을 다시 한번 살펴보자는 것이었다. 정말 아무런 방법도 없는 것인지.

동굴벽을 살피며 한 걸음 한 걸음 안쪽으로 들어가던 중 문득 소운이 신엽에게 말했다.

"이상한 냄새가 나지 않아요?"

"글쎄."

신엽은 선뜻 알 수 없었다. 그러나 자꾸 킁킁거려보니 냄새가 나는 듯도 했다.

"비린 냄새예요. 피냄새 같기도 하고 생선 냄새 같기도 하고……."

감각이라는 것은 집중력에 따라 훨씬 높은 단계까지 개발될 수 있었다. 소운의 말을 듣고 신엽은 모든 공력을 후각으로 집중시켰다. 그랬더니 과연 그런 냄새가 느껴졌다. 냄새는 동굴 안쪽으로 들어갈수록 짙어지고 있었다. 잠시 후 신엽은 냄새의 진원지로 보이는 한 지점을 잡아내었다.

"여기 어딘가에서 나오는 것 같은데."

소운은 심지를 키워 불을 더 밝게 한 다음 신엽이 말한 자리를

살피기 시작했다. 언뜻 보기에는 특별하달 게 없는 곳이었다. 그러
나 자세히 보니 의심스러운 점들이 있었다. 우선 벽의 흙색이 주변
보다 짙었다. 그리고 바닥에는 약간의 흙부스러기들이 떨어져 있었
다. 지극히 미세한 양이었지만 그들의 눈을 속일 수는 없었다. 그렇
다면 그건 최근에 그 부근에서 모종의 일이 있었다는 얘기가 아니
겠는가. 소운은 벽 색깔이 특히 짙은 지점으로 바짝 다가가 세심히
살폈다.

그런데 그 어느 순간 그녀가 비명을 내질렀다. 벽 속에서 불쑥 검
은 손 하나가 튀어나와 그녀의 머리카락을 움켜쥔 것이었다. 신엽은
재빨리 월정검을 뽑아들며 검은 손의 영도혈을 베어갔다. 그러나 손
의 움직임도 놀랄 만큼 신속했다. 손은 소운의 머리를 끌어당겼고,
소운은 순식간에 벽 속으로 빨려들어갔다. 덕분에 불이 꺼지고 동굴
에는 다시 칠흑 같은 어둠이 찾아왔다. 신엽은 행여 소운이 다칠까
봐 검을 거둘 수밖에 없었다. 대신 그는 소운을 뒤따라 벽 속으로
뛰어들었다.

벽을 통과하자 다시 약간의 빛이 있었다. 검은 손과 소운의 뒷모
습이 감지되었다. 신엽은 틈을 주지 않고 따라붙으며 검은 손의 주
인을 공격했다. 팔꿈치의 수삼리와 수오리, 겨드랑이의 천천혈과 천
지혈을 잇달아 찔렀다. 검은 손은 피할 생각은 않고 소운의 머리채
를 끌어당겨 방어했다. 신엽은 황급히 검초를 거두어들였다. 그러나
이미 공력의 출수가 자유로운 경지에 오른 그인지라 제이 제삼의
공격이 거두어들임보다 빨랐다. 월광검법을 전개하여 좌측 옆구리
와 오른쪽 사타구니, 오른쪽 목의 염천혈 등을 동시에 베어가니 적
은 어느 곳의 공격이 진짜인지 알아낼 도리가 없었다. 실제로 그 세
곳의 공격은 언제라도 허초와 진초가 뒤바뀔 수 있는 것이었다. 그
처럼 예측불가한 변화가 월광검법의 정수였던 것이다. 막아낼 도리

가 없음을 깨달은 적은 소운을 거칠게 밀었다. 소운은 비틀 중심을 잃고 신엽의 검망 한가운데로 들어왔다. 신엽은 얼른 공격을 거두고 그녀를 부축하여 물러났다.

"하하하. 좋아. 좋아. 그 사이 또 무공이 강해졌군. 그래야 일이 너무 싱겁지 않겠지."

목소리를 들은 신엽은 깜짝 놀랐다. 그 소리의 주인은 바로 미도노였던 것이다. 미도노는 소운의 어깨에서 뜯어낸 물주머니를 들어 콸콸콸콸 물을 마셨다. 남은 물은 얼굴에다 뿌리고 빈 물주머니를 멀찌감치 던져버렸다.

상대가 미도노임을 안 소운은 더욱 소스라치게 놀랐다. 마치 저승에서 돌아온 복수의 화신을 대하는 느낌이었다. 신엽은 그녀의 떨림을 알아차리고 힘을 주어 감싸주었다. 그리고는 찬찬히 주변을 살펴보았다. 그곳은 크지도 작지도 않은 밀실이었다. 천장에는 야명주 하나가 박혀 어슴푸레한 빛을 발하고 있었다. 그리고 그곳에는 그들 이외에도 한 사람이 더 있었다. 다름아닌 히데코였다. 그런데 그녀는 살아 있는 사람 같지가 않았다. 눈을 감은 채 한쪽 벽에 기대어 앉아 있었는데, 방금 들어온 소운이나 신엽에게는 관심도 없는 듯 보였다.

"우욱!"

문득 소운이 구역질을 했다.

의아한 듯 쳐다보는 신엽에게 그녀는 히데코의 다리를 손가락질 했다.

"미도노가 히데코를…… 먹고 있었어요."

신엽은 그제서야 사정을 깨달았다. 히데코의 다리는 두 쪽이 모두 허벅지 부근에서 사라지고 없었다. 한쪽은 적차삼이 잘라낸 것이었지만 다른 한쪽은 미도노가 조금씩 베어먹고 있었던 것이다. 그 다

리 아래로는 핏물이 흥건히 괴어 있었고, 신엽과 소운을 그곳으로
이끈 비린내는 바로 거기서 풍기고 있었다. 미도노의 앞에는 먹다
남은 히데코의 살점들이 흩어져 있었다. 그런데 다음 순간 다시 소
운을 자지러지게 만든 사건이 발생했다. 히데코의 눈꺼풀이 슬그머
니 열린 것이었다.

"아악!"

비명과 함께 소운은 신엽에게 엉겨붙었다. 그리고 울음을 터뜨리
고 말았다. 천하의 여장부라고 무림을 주름잡던 그녀였지만 이런 장
면 앞에서는 도리가 없었다. 신엽이 그녀를 다독거리며 미도노에게
물었다.

"어찌된 일이냐?"

"뭐가?"

미도노는 태연히 되물었다.

"물어볼 필요도 없어요. 어서 히데코를 죽여주세요. 부패할까 봐
숨만 남겨두고……."

소운은 말을 맺지 못하고 다시 구역질을 했다. 신엽은 간신히 소
운의 말을 이해할 수 있었다. 그러니까 미도노는 히데코를 죽이면
그녀의 몸이 부패해서 오래 먹지 못하겠기에 숨만 남겨둔 채 야금
야금 베어먹고 있었던 것이다. 그러자 신엽은 그를 향해 힘없이 껌
벅이는 히데코의 간절한 눈빛도 읽을 수 있었다. 그녀의 애원은 죽
여달라는 것뿐이었다. 어서 제발. 신엽은 즉시 비어자를 던져 히데
코의 양미간에 꽂았다. 그녀의 두 눈이 감사하는 듯 스르륵 감겼다.

소운을 바닥에 앉혀두고 신엽은 미도노에게로 걸어갔다. 그의 두
눈은 분노로 이글거리고 있었다. 짐승만도 못한 놈. 당장 목을 베어
죽이리라. 그런데 그때 미도노가 빙그레 웃더니 신엽을 올려다보았
다.

"나를 죽이고 싶으냐?"

"그렇다."

"내가 죽으면 이곳은 어떻게 빠져나가려느냐?"

"상관없다. 일단 너를 죽이겠다."

신엽은 월정검을 앞으로 내밀었다. 미도노는 고개를 갸웃거리더니 왼손을 펴 보였다. 그 손바닥 위에는 작은 약병 하나가 놓여 있었다.

"생각보다 훨씬 더 어리석은 녀석이구나. 그럼 네 여자친구의 중독은 어찌할 셈이냐? 내가 살짝 힘을 주면 이 해약은 먼지가 되어 흩어질 텐데?"

"무슨 소릴 하는 거냐?"

신엽은 깜짝 놀랐다. 또 그새 독을 썼단 말인가.

"저 계집의 왼쪽 어깨를 한 번 보거라."

신엽은 소운에게로 달려갔다. 소운은 이미 그곳의 이상 증세를 느끼고 있었다. 처음 미도노에게 잡혔을 때 그가 물주머니를 뺏어가며 상처를 입힌 것이었다. 신엽이 살펴보니 손톱으로 살짝 긁힌 상처가 있었는데 어떤 극독인지 주변을 핏빛으로 물들이고 있었다. 신엽은 눈물부터 핑글 돌리려고 했다. 소운에 대한 미안함의 눈물이었다. 벌써 몇 번째 지척에서도 그녀를 보호하지 못했단 말인가. 하지만 그는 약한 모습을 보일 수가 없어서 이를 앙다물었다.

"조건이 무어냐?"

"이제 좀 정신이 드는 모양이구나. 히히히."

미도노가 이죽거리며 말을 이었다.

"간단하다. 이 동굴을 벗어날 때까지 나를 머리끝 하나 상하지 않는 것이다. 그 점만 지킨다면 히데코의 고기를 나눠줄 수도 있다."

신엽은 기가 막혀 말도 제대로 할 수 없었다. 그가 부들부들 떨고

만 있자 소운이 말했다.

"동굴을 벗어날 방법은 있는 거냐?"

"미도노를 어떻게 알고 하는 말이냐. 벗어날 길도 없는 곳을 제 발로 걸어들어왔겠느냐."

"제 발로 걸어들어왔다고?"

소운은 믿어지지 않아 재차 확인했다.

"너희는 운이 좋다. 물론 길게 갈 운은 아니지만. 그러니 잔말 말고 내 처분을 기다리도록 해라. 지금 나는 시장하니 식사를 해야겠다. 함께 들겠다면 몇 조각 나눠주마."

미도노는 히데코의 다리를 한 조각 더 잘라냈다. 그리고는 입 속으로 쑤셔넣고 우물우물 씹어댔다. 붉은 피가 새어나와 턱밑으로 뚝뚝 떨어졌다. 소운은 고개를 돌렸고, 신엽은 애써 마음을 다잡았다.

"사매에게 쓴 독은 어떤 것이냐?"

"삼조독이라고 한다. 네 모친이 좋아했던 독이다. 히히히."

신엽은 바로 그 독에 모친이 돌아가셨다는 얘기인 줄 알 수 있었다.

"먼저 독을 풀어라."

"서두르지 마라."

미도노는 다시 살 한 점을 잘라 입에 넣고 우물거렸다.

"삼조독은 사흘째 아침마다 한 알씩의 해약을 먹으면 아무런 해를 끼치지 않는다. 한꺼번에 세 알만 먹으면 완전히 치료된다. 이곳의 일이 끝나고 바깥으로 나가게 되면 내가 따로 세 알을 주겠다."

사흘마다 해약을 먹으면 다른 해가 없다는 말에 일단 신엽은 안도했다. 그는 그 말을 믿을 수 있었다. 모친도 사흘째 되던 날 아침까지는 멀쩡했었던 것이다. 그때 소운이 물었다.

"이 동굴 속에서는 낮과 밤도 알 수가 없다. 어떻게 정확히 사흘째 아침을 알겠느냐.”

“왼쪽 무명지의 관충혈을 보면 붉은 반점 하나가 있을 것이다.”

신엽과 소운이 보니 과연 그런 것이 있었다. 무명지의 손톱 바로 아래 관충혈이었다.

“사흘째 아침이 되면 그 반점이 더욱 붉게 변한다. 색이 변하고 반 시진 내에만 약을 복용하면 아무 문제가 없다.”

소운은 신엽을 끌고 밀실 밖으로 나왔다. 그녀가 끌려들어왔던 구멍을 통해서였다. 일단 당장은 위험하지 않음을 확인한 터라 그곳을 벗어나고 싶어서였다. 미도노가 히데코를 베어먹는 현장을 도저히 지켜볼 수 없었던 것이었다.

두 사람은 일단 평평한 곳을 골라 당분간의 보금자리로 삼았다. 신엽은 온 신경을 미도노가 있는 곳으로 기울였다. 행여 그가 몰래 달아날지도 모를 일이었기에. 잠시 휴식을 취한 다음 소운은 무명실 끝에 돌멩이 하나를 매달아 일어섰다. 무얼 하려는 것이냐고 신엽이 묻자 대답했다.

“물을 찾아야 해요. 음식은 한 달쯤 굶을 수 있지만 물은 사흘만 못 마셔도 치명적이거든요.”

실과 돌멩이를 늘어뜨린 채 소운은 조심스럽게 동굴 속을 돌아다 녔다. 어느 곳에선가 돌멩이가 빙글빙글 돌며 원을 그렸다. 그녀는 기뻐하며 신엽을 불렀다. 그리고 그곳을 파게 했다. 과연 십여 자를 파들어가자 물이 괴기 시작했다. 물은 생각보다 깨끗했다. 바위가 많은 땅인 까닭이었다. 소운은 진흙으로 그릇 모양을 빚어 신엽에게 내력으로 열을 가하게 했다. 잠시 만에 진흙그릇은 단단하게 굳었 다. 소운은 그릇에 물을 가득 담아두고 안도의 한숨을 내쉬었다. 어 쩐지 서글픈 생각이 들었던 것이다. 이런 곳에서 이런 식으로가 아 니라 정말 둘만의 장소에서 신엽을 위해 음식을 만들 수 있다면 얼

204

마나 좋을까 생각되어서였다. 그같은 속마음을 알 리 없는 신엽은 무작정 소운을 위로했다.

이제 곧 이곳을 벗어날 수 있을 거야. 그러면 내 무슨 수를 써서라도 해약을 뺏어줄게. 그리고 미도노 놈을 가만두지 않겠어.

소운은 고개를 끄덕였다.

"알아요. 고마워요. 그런데 미도노는 왜 제 발로 이런 곳을 기어들어왔을까요?"

신엽도 이미 오래 전부터 그 생각을 하고 있었다. 그러나 대답은 쉽게 찾아지지 않았다. 두 사람이 이마를 맞대고 함께 고민했지만 마찬가지였다. 그러자 문득 밀실에서 미도노의 목소리가 들려왔다.

"너희가 천년 만년을 고민한댔자 이유를 알 수 있겠느냐. 하지만 한 가지 질문에 대답한다면 내가 가르쳐주마."

미도노와 신엽 등은 제법 멀리 거리를 두고 있었다. 그러나 동굴 속은 애당초 큰 장소가 아니었다. 게다가 그들 세 사람은 모두 공력이 뛰어났기에 바로 곁에서처럼 대화를 나눌 수 있었다. 소운이 대꾸했다.

"말해보아라."

"천리약자연(天理若自然) 인도즉무위(人道卽無爲)가 무슨 뜻이냐."

"무학을 수십 년간 공부한 사람이 그런 기본도 모른단 말이냐. 하늘의 이치는 자연과 같으니 사람의 도리는 거스르지 않음에 있다는 말 아니더냐."

미도노는 코웃음을 쳤다.

"흥. 그 정도는 나도 알고 있다. 다만 네 태도를 시험해보았을 뿐이다. 그럼 이제 진짜 문제를 주겠다. 현구포제(玄具抱諸) 음양쌍생(陰陽雙生), 오행성인(五行成人) 삼재원일(三才圓一), 식즉무흔(食卽無痕) 배이충정(排而充精). 이 세 글귀의 뜻을 풀어보아라."

신엽은 깜짝 놀랐다. 미도노가 읊은 구절은 이십 일 전 묘향산 녹운옥에서 요다가 신니 등에게 질문한 구절과 동일한 것이었다. 신엽이 반사적으로 입을 열려 하자 소운이 가로막았다. 소운은 그의 표정만으로도 무슨 사연이 있음을 짐작하고 대신 말했다.

"그게 무슨 얘기냐. 앞뒤 맥락을 알아야 뜻을 풀 것 아니냐."

"딴전은 부리지 않는 게 좋다. 신엽이 이미 『금해진경』의 앞부분을 익혔다고 하지 않았느냐."

소운은 사건을 대강 알 수 있었다. 그 세 글귀는 『금해진경』의 경문인 듯싶었다. 그렇다면 미도노가 요다의 『진경』을 훔쳐서 은밀한 장소라고 숨어든 게 아니겠는가. 게다가 그는 이미 신엽과 소운이 추락한 직후부터 그들간의 대화를 엿들은 게 틀림없었다. 그녀는 즉시 신엽의 손바닥에 몇 개의 글자를 적었다. 불인불부인(不認不否認) 다섯 글자였다. 인정하지도 말고 부인하지도 말라는 뜻이었다. 신엽은 곧 그녀의 뜻을 알아차리고 고개를 끄덕였다.

"네 말이 맞다. 내가 『금해진경』의 앞부분을 본 것은 사실이다. 하지만 워낙 어려운 경문이어서 제대로 익히지는 못했다. 오히려 아예 보지 않은 것만 못할 것이다."

신엽은 담담하게 말했다. 미도노는 그 말을 의심하지 않았다. 이미 앞서 신엽이 소운에게 비슷한 얘기를 하며 깊은 한숨을 내쉰 일을 아는 까닭이었다. 더구나 그는 직접 『금해진경』의 본문을 갖고 있었기에 그 한 구절 한 구절이 얼마나 난해한가를 누구보다 잘 아는 터였다. 그가 신엽에게 경문의 뜻을 묻기로 한 것은 역설적으로 그런 까닭이기도 했다. 경문을 몇 자 가르쳐준댔자 신엽이 제대로 알 수 있겠는가. 다만 그의 지식을 몇 가지만 얻어들을 수 있다면 스스로 경문을 터득하는 데 큰 도움이 되리라. 실제로 자신은 지난 십여 일간 작지 않은 진전을 이루지 않았던가.

그래서 미도노는 타이르는 어조로 다시 말했다.

"너무 많은 것을 기대하지는 않는다. 네가 아는 뜻을 다소라도 개진해보아라."

"그러고 싶지 않다."

신엽이 잘라 말했다. 물론 소운이 시키는 대로였다. 그러자 미도노가 코웃음을 쳤다.

"흥. 처지를 망각했나 보구나. 내가 알아듣기 쉽게 정리해주마. 나 미도노는 이미 삶에 뜻을 잃었다. 네 놈의 우라질 계집이 내게 무슨 짓을 했는지는 너도 알 것이다. 그래서 마지막으로 『금해진경』을 익혀서 이 연놈 저 연놈들에게 한풀이나 실컷 하려는 것이다. 너희 연놈도 죽이고, 척항무와 요다, 미도리 등도 모두 배를 갈라버릴 것이다. 하지만 그건 『금해진경』을 모두 익힌 다음에야 가능한 일이다. 그게 안 된다면 차라리 이 동굴 속에 뼈를 묻을 것이다. 그러니 너희는 바깥세상을 구경하고 싶다면 먼저 나를 도와야 한다. 무슨 말인지 알겠느냐."

신엽은 미도노와 약간의 실랑이를 더 벌였다. 그래서 미도노가 그들을 안전하게 동굴 밖으로 인도할 것을 거듭 다짐하게 한 다음 설명을 시작했다.

"현구포제(玄具抱諸)는 허정현구(虛情玄具) 포제공명(抱諸功名)의 여덟 글자를 네 글자로 줄인 것이다. 그 자의는 마음을 허정하게 하는 것이 가장 현묘한 그릇이니 부귀공명을 향한 모든 기운을 끌어안을 수 있다는 뜻이다."

"마음을 허정하게 한다고? 그건 또 무슨 뜻이지?"

"정(情)이라는 글자에는 여러 가지 뜻이 들어 있다. 뜻, 감정, 애정, 욕심 등등. 그중에서 정확히 무엇을 의미하는지는 네가 알아서 판단할 일이다."

신엽은 차근차근 자의들을 설명해주었다. 처음에는 비교적 정확하게 풀이했다. 미도노의 신뢰를 얻기 위해서였다. 그러나 너무 깊이까지 들어가지는 않았으며, 그 의미가 오묘한 대목에 이르면 적당히 얼버무렸다. 미도노는 신엽의 주해가 논리적이고 타당하다고 생각했다. 그리고 그 해석은 자신이 지난 십여 일간 얻어낸 깨달음과 크게 다르지 않았기에 더욱 신뢰하게 되었다.

미도노는 원래 대단히 총명한 자질의 소유자였다. 다만 선천적으로 총명한 사람들의 대다수가 그러하듯 자만심이 강했고 끈기가 부족했다. 게다가 욕심도 많아서 쾌락을 좇는 일에 열중했다. 그러다 보니 무공을 크게 이룰 수 없었다. 그러나 이제 고자가 되어 독을 품고 동굴에 처박히니 총명함이 다시 빛을 발했다. 불과 십여 일 만에 그는 『금해진경』의 묘리를 적잖이 터득한 터였다. 만약 자연대사가 앞의 세 장을 잘라내지 않았더라면 그는 이미 대단한 고수가 되어 있었을 것이었다. 신엽이 설명하는 한 구절 한 구절은 그가 앞서 해득한 이치를 더욱 선명하게 새겨주었다. 그는 내심 신엽의 수고를 비웃었다.

어리석은 것들. 내가 『진경』을 모두 터득할 즈음이면 너희는 굶주림에 탈진하여 살지도 죽지도 못하는 형편이 될 것이다. 그때 내가 너희와 더불어 어떤 색다른 유희를 즐길지나 기대해보거라.

사흘은 어느 결에 지나갔다. 그 사이 신엽은 『금해진경』과 차기미기의 경문 해석을 대체로 마무리짓고 있었다. 그러나 완전한 해석을 전하지는 않고 중간중간 머뭇거렸다. 그래서 미도노와 소운을 끌어들여 논의를 벌이기도 했다. 그 과정에서 미도노는 큰 소득을 얻었지만 신엽의 이득도 작지 않았다. 그는 불투명했던 몇몇 부분을 전혀 새로운 눈으로 해석하게 된 것이었다. 그 토의는 또 소운의 무공에도 큰 도움을 주었다.

세번째 날 아침 과연 소운의 왼손 관충혈은 더욱 붉은색으로 변했다. 신엽과 소운은 미도노의 밀실로 들어가 해약을 요구했다. 미도노는 반점의 색깔 변화를 확인한 다음에야 해약 한 알을 주었다. 그 약을 복용하자 곧 반점의 붉은색은 예전처럼 흐릿하게 돌아왔다.

그즈음부터 경문의 해석은 조금 다른 양상을 띠게 되었다.

미도노는 여전히 신엽에게 자의를 물었다. 그는 더욱 의존적으로 변해서 한 글자도 빠뜨림이 없이 묻고 있었다. 그런데 그 글귀들은 더이상 기본적인 원리가 아니었다. 천부신공을 연성하고 전개하는 방법들을 구체적으로 논하고 있었다. 이미 기본이 충실한 신엽은 잠시 생각하면 곧 이치를 알아낼 수 있었다. 그러나 그는 사뭇 난해한 듯 더듬거리기만 했다. 그러면 소운이 대신 자구 해석에 나섰다.

처음에 미도노는 그녀의 말을 듣지 않고 잠자코 있을 것을 요구했다. 하지만 차츰 태도가 변했다. 자꾸 듣다 보니 그녀의 해석이 그럴듯하게 여겨진 것이었다. 얼마 지나지 않아 그는 오히려 신엽을 무시하고 소운이 해서에만 귀기울이게 되었다. 그에 대한 자신의 의견도 덧붙이고, 때로는 그녀와 열띤 토론을 벌이기도 했다.

미도노가 소운의 해석에 빠져드는 데는 기실 이유가 있었다. 그것은 전적으로 그녀만의 해석은 아니었다. 신엽은 미도노가 문의한 자구를 풀이하면 곧 소운의 손바닥에 글로 써주었다. 소운의 재치는 즉시 그 해석을 비틀었다. 아주 그럴듯하게, 그러나 정의(正意)와는 전혀 다르게. 때문에 그녀가 읊어대는 풀이는 미도노를 유혹하기에 충분했던 것이다.

물론 소운은 처음부터 모든 것을 명료하게 밝히지는 않았다. 은근히 요점을 숨겼다. 그러면 미도노가 그녀의 심기를 긁어 토론을 이끌었다. 열띤 논쟁이 벌어지면 결국에는 모든 것이 밝혀지게 마련이었다. 미도노는 그녀가 총명함을 과시하는 데만 연연하여 자신을 돕고 있음을 내심 비웃었다. 자신의 총명함이 그녀를 앞지르는 것이라고 믿었다. 하지만 그 모든 일들이 소운의 치밀한 계산하에서 이루어지고 있음은 알지 못했다.

그들의 대화는 그러나 전적으로 『금해진경』에 대해서만 오간 것은 아니었다. 소운은 여러 가지 일들이 궁금했다. 미도노와 히데코가 동굴에 들어온 일이라든가, 히데코가 죽은 이유, 그리고 미도노가 같은 편인 요다와 미도리를 미워하는 이유 등등에 대해서. 그녀는 그래서 틈틈이 미도노의 옆구리를 찔렀다. 워낙 여자들과 수다떠는 일을 좋아하는 미도노였기에 한두 번만 찌르면 쌓였던 이야기가 줄줄이 풀려나왔다. 자신을 고자로 만든 사람이 바로 소운이라는 사실조차 잊은 채 그는 신나게 떠들어대었다. 소운은 미도노가 어려서부터 요다 문하의 천덕꾸러기였음을 알게 되었다. 그는 미도후사나히야시 등에 대해서도 결코 좋은 감정을 갖고 있지 않았다. 그런데 특히 요다와 미도리를 미워하는 까닭은 미도리가 항상 요다의 사랑을 독차지한 까닭이라 하였다. 그래서 미도리를 조금이라도 골려주려 하면 요다가 그를 며칠씩 냉방에다 처넣곤 했다는 것이었다.

"히데코와는 어땠죠?"

그런 수다를 떨 적이면 소운은 슬그머니 말꼬리를 올려주었다. 그곳에서는 미도노와의 수다가 그녀에게도 귀중한 낙이었던 것이다.

"히데코는 나와 비슷한 처지였다. 요다의 사랑을 받기 위해 무진 애를 썼지만 항상 미도리의 뒷전이었거든. 온갖 어려운 일들은 독차지하고…… 심지어 히데코는 초경도 시작하기 전부터 요다의 밤수청을 들기 시작했다. 고작 열한 살 무렵이었지."

"요다가 양녀에게까지 잠자리 시중을 들게 했단 말인가요?"

소운은 깜짝 놀라서 물었다.

"흥. 반반한 여자라면 지 에미도 그냥 보내지 않을 인간인걸. 열한 살 계집애를 눕혀두고 온갖 추잡한 짓으로 색욕을 개발했으니 어찌 히데코가 색녀가 안 될 수 있었겠냐.”

“맙소사! 그렇다면 미도리도 마찬가지였겠군요.”

“미도리는 달랐어. 무슨 까닭인지 요다가 아꼈지. 히데코는 요다가 미도리의 몸이 농익기를 기다리는 것이라 하더군. 몸과 기운이 모두 무르익은 숫처녀처럼 좋은 보약은 없는 법이니까. 하지만 다른 한편으로는 요다가 설포삼을 익히느라 한동안 여자를 가까이하지 않은 까닭도 있을 거다.”

“설포삼은 이미 완성되었잖아요.”

“그랬지. 그런데 문제가 생겼다. 미도리의 왼팔이 잘려나간 거다. 요다는 결벽증이 있어서 사과 한 알도 흠집 하나 없는 것만 골라먹는 소인이니 외팔이 미도리를 침실로 데려갈 리가 없었지.”

“그랬었군요.”

“미도리는 여우 같은 년이다.”

“그건 또 무슨 뜻이죠?”

“내가 먼저 물어보자. 미도리는 신엽에게 팔을 잘렸다고 했는데 그게 사실이냐?”

“그런 셈이죠.”

소운은 갑작스런 질문에 떠듬거리며 대답했다.

“무슨 대답이 그래. 난 지금 그게 사실인지, 그리고 팔이 잘릴 수밖에 없는 상황이었는지를 묻는 거다. 어이, 이신엽, 네가 한번 대답해보지.”

신엽 역시 조금은 당황하지 않을 수 없었다. 이미 미도노가 하려는 얘기를 짐작하는 까닭이었다. 그는 짐짓 단호하게 대답했지만 어쩐지 어설픈 목소리였다.

“목을 자르지 못한 일이 유감일 뿐이다.”

"흥. 글쎄. 남녀간의 일은 알 수가 없겠지. 똑똑한 계집애야, 잘 듣거라. 이 경험 많은 오라버니가 보기에 미도리는 네 남자친구에게 단단히 빠진 것 같더구나. 그녀가 팔을 자른 것은 요다에게 몸을 버리지 않기 위한 궁여지책이 아니었나 싶다. 혼자서 성녀인 척하는 계집이니 팔 하나쯤은 정조와도 맞바꿀 수 있었겠지."

소운은 괜히 얼굴이 달아올랐다. 미도노의 말을 충분히 이해할 수 있었다. 게다가 미도리가 스스로의 팔을 자르던 장면을 생각해보니 명백한 사실로 여겨졌다. 그때 미도리는 담담하기 그지없었다. 심지어 그녀는 달아나려는 시도조차 없이 선뜻 팔을 잘라내었던 것이다. 더이상 그 일로 왈가왈부할 필요가 없음을 깨닫고 소운은 화제를 바꿨다.

"동병상련의 처지였다면서 어째서 히데코에게 그처럼 잔인한 거죠?"

"이럴 생각까지는 없었다. 그런데 여자의 속은 역시 좁더구나."

"여자보다 속이 좁은 남자도 얼마든지 있어요."

미도노는 한숨을 내쉬었다.

"네 년에게 당한 나는 몰래 이곳 인월성으로 숨어들어왔다. 이런 꼴을 보여봤자 요다에게 천대밖에 못 받을 게 뻔하니 말이다. 나는 요다의 『빙백경』을 훔쳐서 이곳 동굴에 숨으리라 작정했다. 그런데 히데코도 같은 생각을 갖고 있었다. 적차삼인지 하는 세 마녀들에게 나만큼이나 참담한 꼴을 당하고 집이라고 돌아왔는데 요다는 히데코를 본 척도 않았다. 이용가치가 끝난 쓰레기 취급을 했다. 복수 따위도 언급하지 않았고…… 사무라이는 동료의 복수 맹세만 있으면 죽음도 달게 맞을 수 있다. 그러나 동료조차 외면하는 죽음은 처참할 뿐이다."

"그 심정은 알겠어요. 누구라도 그랬을 거예요."

"우리는 몰래 요다의 방을 뒤져 두 개의 경서 사본을 찾아내었다. 뜻밖에도 그것은 『금해진경』과 『독경(毒經)』이었다. 『독경』은 요다가 히야시를 시켜 몰래 아시겐지의 『독경』을 필사한 것이었고, 『금해진경』은 누구도 요다가 입수한 사실을 모르던 터였다."

"뜻밖의 수확이었군요."

"그랬다. 히데코와 나는 곧 역할을 분담했다. 그녀는 『독경』을 공부하고 나는 『금해진경』을 익히는 것으로. 그래서 함께 이곳으로 숨어들었다. 요다는 설마 우리가 이곳으로 달아났으리라고는 짐작할 수 없을 것이다. 원래 이 함정은 내가 판 것인데, 팔 때부터 나는 만일의 경우를 대비해두고 있었다."

"그런데 히데코는 어째서 저런 꼴이 되었죠?"

"『금해진경』을 공부한 지 칠 일이 지나자 나는 조금씩 이치를 알 것 같았다. 차기미기의 원리도 보이는 듯싶었다. 해서 누군가의 기운을 뺏어보고 싶었는데 이곳에는 히데코밖에 다른 누구도 없었다. 나는 히데코에게 사정을 설명해서 실험 대상이 되는 것을 허락받았다."

"히데코가 기운을 주기로 했단 말인가요?"

소운은 선뜻 믿을 수 없어서 확인했다.

"물론 그랬던 건 아니다. 내가 약간의 거짓말을 했지. 그녀는 설마 공력을 뺏길 줄은 몰랐을 것이다. 하지만 생각해보아라. 이미 팔 하나와 다리 하나를 잃은 사람이 공력은 갖고 있어 무엇 하겠느냐. 차라리 내게 주어서 복수를 돕는 편이 낫지 않겠느냐. 더구나 그녀의 공부는 『독경』이었으니 공력이 없더라도 큰 어려움은 없는 것이었지."

"참 편리한 아전인수로군요. 입장이 바뀌었더라면 당신은 그렇게 했을까요?"

"글쎄다. 그때가 되어봐야 알겠지."

"그래서 히데코의 공력을 모두 뺏어버렸군요."

소운은 그제서야 사정을 알 것 같았다. 처음 미도노의 손에 머리채를 잡혔을 때 그녀는 무척 놀랐더랬다. 그녀를 끌어당긴 공력은 몇 손가락 안에 꼽힐 고수급이었다. 상대가 미도노인 것을 알고는 의아함을 금할 수 없었다. 얼마 전까지만도 자신과 큰 차이가 없었는데, 언제 저런 공력을 익혔을까. 그런데 이제 알고 보니 그는 『금해진경』을 익혀 히데코의 공력을 흡입한 것이었다. 만약 그 사이 신엽의 무공이 일취월장하지 않았다면 그들 역시 이미 오래 전에 미도노에게 공력을 빼앗기고 히데코 꼴이 되어 있었을 것이었다. 생각만 해도 소름끼치는 일이었다.

"『금해진경』에 공력을 뺏었으면 사람까지 산 채로 먹어야 한다고 적혀 있던가요?"

"그런 건 아니다. 내 히데코와는 오랫동안 각별한 사이였는데 그럴 마음이야 있었겠느냐. 하지만 그녀의 좁은 속이 스스로 무덤을 팠다. 공력을 뺏긴 것에 앙심을 품고 몰래 음식에 독을 탔다. 이곳으로 내려올 때 꽤 많은 음식을 갖고 왔었는데 모조리 독약이 된 것이다."

소운은 기가 막혔다. 바로 그 일을 두고 미도노는 여자의 속은 역시 좁더라고 말하고 있었던 것이다.

"히데코가 남자였더라도 같은 복수를 시도했을 걸요."

"그럴지도 모르지. 네 말처럼 남자도 속 좁은 이들이 더러 있으니까."

"미도노 같은 버러지처럼 말이죠."

"망할 년! 내 언젠가는 네 년의 젖가슴을 질겅질겅 씹어먹을 것이다."

소운은 자기도 모르게 두 손으로 젖가슴을 가렸다. 미도노와 그녀의 거리는 이 장이 넘었는데도. 그리고는 더이상 아무 말도 하지 않았다.

삼조독의 해약을 두번째로 먹고 다시 하루 가량의 시간이 지났을 때였다. 신엽은 소운에게 『금해진경』의 원리들을 설명하고 있었다. 손바닥에 글씨를 써서. 소운의 공력은 아직 천부신공을 익히기에는 많이 부족했다. 물론 미도노 식으로 익히자면 못 할 일도 아니었지만 그 결과는 끔찍할 수 있었다. 적차삼의 신세가 바로 그러했던 것이다. 때문에 그녀는 감히 신공을 익히려는 생각은 버리고 단지 원리만을 공부하고 있었다. 그것은 거꾸로 신엽을 도울 수도 있었고, 나중에라도 그녀에게 큰 진전을 가져다 줄 수 있을 것이었다.

그러나 그 공부가 그녀를 가장 기쁘게 한 점은 따로 있었다. 바로 신엽과의 접촉이었다. 신엽의 손가락이 그녀의 손바닥을 간질일 때마다 소운은 표현하기 어려운 기쁨을 느꼈다. 두 사람의 사이가 한 층 더 긴밀해지고 단단해지는 듯했다. 그래서 그녀는 자꾸자꾸 신엽에게 글씨를 쓸 것을 조르곤 했다.

그런데 그 어느 순간 문득 이상한 굉음이 동굴을 울렸다. 소운은 곧 함정의 입구가 열리는 것임을 깨달았다. 그녀는 신엽의 손을 잡고 입구 아래로 가보았다. 입구에는 한 사람의 그림자가 어른거렸다. 하지만 그들은 그가 누구인지 알 수 없었다. 팔구 장이 넘는 거리였고 오랜만에 밝은 빛을 대하여 동공이 축소된 까닭이었다.

잠시 후 그곳으로 한 묵직한 보퉁이가 떨어졌다. 단단히 포장하였음에도 불구하고 내용물의 일부가 밖으로 터져나왔다. 뜻밖에도 그것은 음식물이었다. 말린 과일과 몇 가지 곡류들이었다. 물건을 떨어뜨린 사람은 잠시 머뭇거리더니 입구를 닫고 돌아갔다.

사방이 조용해지고도 다시 한참이 지나서야 소운은 보퉁이로 다가갔다. 보퉁이 속에는 여러 가지 음식들이 더 들어 있었다. 김이 모락모락 오르는 만두도 있었고, 쪄서 말린 현미, 소금과 된장, 말린 고기도 종류별로 싸여 있었다. 한 사람이 먹는다면 족히 두세 달은 먹을 수 있을 분량의 음식이었다. 자세히 살펴보던 소운은 보퉁이를 다시 원상태로 돌려두고 물러섰다.

"누구였을까?"

신엽이 물었다. 소운은 고개를 저었다.

"짐작 가는 사람이 없어요?"

"글쎄. 척항무 형님은 아닐까?"

"척 선배님이 오셨다면 왜 한마디 말도 없이 돌아가셨겠어요."

"그렇군."

"더구나 이건……."

소운은 문득 입을 다물고 뒷말을 잊지 않았다.

"왜 그래? 짐작 가는 바가 있어?"

"아녜요."

소운이 하려던 말은 음식 보따리를 주고 간 사람이 여자이리라는 것이었다. 영양분과 맛을 배려하여 골고루 곱게 싼 맵시가 선연히 여자의 손길을 느끼게 했던 것이다. 그러나 다음 순간 그녀는 한 인물에 의심이 갔다. 입을 다문 것은 그런 까닭이었다.

"먹지 않는 게 좋겠어요. 함정일지도 모르잖아요."

"그래. 나도 그렇게 생각했어. 배고픈 것쯤이야 참아야지."

두 사람은 다시 동굴 안쪽의 보금자리로 돌아갔다. 『금해진경』의 원리를 공부하는 일을 계속했다. 그러나 그 순간부터는 공부가 제대로 이뤄지지 않았다. 그들은 이미 칠 일 이상을 굶은 터였다. 그리고 지척에는 진수성찬이 차려져 있었다. 그것을 모른 척 내버려두고 경문이나 외기는 쉬운 일이 아니었다. 더구나 소운은 이미 기력을 잃어가고 있었다. 신엽은 워낙 공력이 심후하여 한 달을 더 굶는대도 큰 문제가 없었다.

사람이 기운을 얻는 방법에는 두 가지가 있었다. 음식물을 통하여 지기(地氣)를 얻는 방법이 있었고, 호흡을 통하여 천기(天氣)를 얻는 방법이 있었다. 내공이 일정 단계를 넘어서면 천기만으로도 오랜 기간을 버텨낼 수 있었다.

신엽은 이미 그런 단계에 올라서 있었던 것이다. 그러나 소운은 그렇지 못했다. 음식이 필요했다. 때문에 하루하루 힘을 잃어가고 있었다. 그런 사정을 잘 아는 까닭에 신엽은 무공에만 열중할 수가 없었다.

다시 하루가 지났을까, 신엽이 참지 못하고 일어섰다.

"내 가서 음식을 가져오겠어. 독이 있는지 없는지는 알아봐야지."

"알았어요. 저한테 맡겨두세요."

신엽의 마음을 잘 아는지라 소운도 반대하지 않았다.

소운은 음식물 보퉁이를 조심스럽게 들어서는 그 아래 내용물들만을 빼내었다. 그리고 보퉁이는 다시 고스란히 원상태로 돌려놓았다. 신엽은 그녀의 세심한 배려에 감탄하지 않을 수 없었다. 그는 고작 독 정도를 생각했지만 그녀는 한 가지를 더 경계하고 있었다. 만약 음식을 준 사람이 적이라면 그 사람은 며칠 후 되돌아올 것이었다. 그리고 보퉁이를 확인할 것이었다. 만약 보퉁이가 움직여졌다면 신엽과 소운이 여전히 살아 있음을 알게 되지 않겠는가.

음식을 앞에 두고 신엽이 말했다.

"내가 먼저 먹어보겠어. 조금이라도 이상이 있으면 즉시 토해낼 테니 걱정하지 마."

"그래요. 조심하세요."

소운은 고개를 끄덕였다. 말린 고기 한 점을 뜯어서는 신엽의 입에 넣어주었다. 신엽은 입을 벌리고 받아먹으려 했다. 그러나 문득 코밑이 따끔함을 느꼈다. 몸이 움직여지지 않았다. 음식을 넣어주는 척하며 소운이 신엽의 수구혈을 짚은 것이었다. 신엽은 화가 나서 두 눈을 크게 떴다. 소운은 그를 놀리듯 빙그레 웃더니 고기를 자신의 입으로 가져갔다. 고기를 씹으며 그녀는 자연스럽게 말했다.

"맞아요. 제가 먼저 맛보는 편이 낫겠어요. 만약 독이 들었다면 두 사람이 모두 중독되는 거잖아요. 이미 제가 독상을 입었으니 당연히 제가 시험해봐야죠."

소운의 말은 신엽보다 미도노가 들으라고 한 것이었다. 행여라도 그가 딴 마음을 먹지 않도록.

그녀는 계속해서 모든 음식을 시험했다. 조금씩조금씩. 그녀가 새 음식을 하나씩 시험할 때마다 신엽은 애간장이 탔다. 그는 온 힘을 다해서 혈도를 풀었다. 그러나 해혈에 성공했을 때 이미 소운은 모든 음식의 시식을 끝낸 후였다.

"아, 맛있다. 벌써 배가 부르네요. 이제 반 시진만 기다리면 결과를 알 수 있을 거예요. 그 동안 전 잠이나 자야겠어요."

그녀는 그렇게 말하고는 자리에 드러누워버렸다. 신엽은 달리 도리가 없었다. 뒷짐을 진 채 속을 태우며 동굴 속을 서성거리는 수밖에. 그러다가 문득문득 그는 소운에게로 다가가 그녀의 기색을 살폈다. 그녀는 태평스럽게도 잠에 빠져 있었다. 다행히 별다른 이상은 엿보이지 않았다.

반 시진 후 소운은 기지개를 켜며 일어났다. 아무렇지도 않았을 뿐 아니라 오히려 기운이 넘쳐 있었다. 그녀는 신엽에게도 식사를 권했다. 신엽은 고개를 저었다. 그는 이미 작심한 바가 있었다. 어차피 단식을 시작했으니 이십일 일을 채우려는 것이었다. 옛날옛적 한웅 시절 웅족(熊族)의 공주는 이십일 일간의 단식으로 도를 얻은 바 있었다. 그날 이후 이 민족에게 이십일 일의 단식은 최고의 도를 얻는 관문처럼 되어 있었다. 그런 사정은 무인에게도 다를 바가 없었다. 일찍이 금강일신 자혜대사는 신엽에게 그것을 권한 바 있었던 것이다.

"떡 본 김에 제사 지낸다는 식이군요."

소운은 괜히 뾰로통해져서 한마디를 했다. 그러나 내심 그녀는 신엽의 흔들리지 않는 태도에 마음이 흡족했다. 그리고 자신도 가능한 한 소량의 음식만을 섭취하며 호흡을 통해 천기를 얻는 일에 정진하기로 했다.

이틀 후 다시 한번 함정의 입구가 열렸다. 소운은 음식을 던져준 사람일 것이라 짐작했다. 그 사람은 잠시 아래를 살피더니 깊은 한숨을 남기고 돌아갔다. 자신이 던진 음식 보퉁이가 고스란히 널브러져 있었기 때문이었다. 신엽은 소운에게 까닭을 물었다. 누가 왜 음식을 던지고는 한숨까지 내쉬었을까? 소운은 차갑게 고개를 저었다. 몰라요. 내가 뭐 척척박산 줄 알아요?

시간은 빠르게 흘리짔다. 어느 사이 신엽이 정한 이십일 일의 단식도 끝이 났다. 주야를 알 수 없는 동굴 속이었기에 날짜는 소운의 삼조독 주기에 맞추어 계산했다. 그런데 신엽은 아쉬움이 느껴졌다. 며칠을 더하고 싶은 것이었다. 그 애기를 듣더니 소운이 적극적으로 권했다.

"이십일 일은 범인들을 위한 시간이에요. 하지만 공력이 경지에 오른 무인은 대개 육칠 일을 더한대요. 그러다 보면 스스로 여기까지구나 하는 게 느껴진대요."

워낙 소운의 견문이 해박함을 아는지라 신엽은 그 말을 믿었다. 그리고 다시 육 일을 단식했다. 그 육 일이 지난 후에도 그는 여전히 계속하고 싶은 기분이었다. 그런데 이번에는 소운이 단호히 반대했다.

"지나친 단식은 중독과 같아요. 더 길어지면 몸이 영영 음식을 거부하게 돼요."

"스스로 끝낼 때를 느낀댔잖아?"

"삼사형처럼 무딘 사람은 못 느낄 수도 있어요. 잔말 말고 오늘부터 보식에 들어가세요."

그래서 신엽은 보식을 시작했다. 소운의 지시에 따라 같은 음식을 수백 번 씩 씹으며 소화 기관을 동면에서 깨웠다.

신엽은 깨닫지 못했지만 그 단식 기간 동안 그의 무공은 다시 한 단계 올라서 있었다. 『금해진경』의 서두에 허정현구라는 글이 있었는데 그것은 비단 마음에만 국한된 것은 아니었다. 정(情)은 원래 정(精)과 뿌리를 함께하는 글자로서, 허정이라는 말에는 마음(心)과 곡기(米)를 모두 비우라는 뜻이 들어 있었다. 그러나 그 깊은 뜻을 깨치기란 쉬운 일이 아니었는데 신엽은 요다의 함정 덕분에 우연히도 두 가지를 함께하게 된 것이었다. 더구나 그 기간 동안 미도노는 끊임없이 경문의 뜻을 물어 신엽의 진전을 도왔다. 미도노를 상대하는 일은 주로 소운이 담당했지만 그로 인해 더 큰 깨달음을 얻는 쪽은 신엽이었다.

신엽과 달리 미도노는 그 기간 동안 계속 음식을 먹고 있었다. 더구나 음식 중에서도 가장 저급한 음식인 날고기를 먹고 있었다. 그리고 그 고기에는 히데코의 저주와 한이 서려 있었다. 그가 평정심을 갖고 『금해진경』의 진의를 깨쳐나가기란 백번 천번 불가능한 일이었다. 그러나 미도노는 현실을 전혀 다르게 생각하고 있었다. 언제부턴가 신엽의 목소리도 듣지 못하게 되자 그는 신엽이 단식을 한답시고 기력을 잃는 모양이라고 생각했다. 반면에 자신은 음식도 계속 먹었고, 소운과의 활발한 토의를 통해서 『진경』의 뜻도 깨쳤으니 자신의 소득이 월등할 것이라고 믿었다.

하지만 미도노도 한 가지만큼은 물러서지 않을 수 없었다. 동굴을 벗어나는 문제였다. 히데코의 고기는 이제 악취를 풍기고 있었다. 반면에 소운과 신엽에게는 아직도 몇 달을 먹을 식량이 있었다. 이 정도에서 그만 동굴을 빠져나가는 편이 현명하리라 판단한 것이었다.

어느 날 미도노는 신엽과 소운을 밀실로 불렀다. 소운은 들어가려다 말고 다시 구역질을 했다. 신엽은 미도노에게 식량을 나눠주겠노라 약속하여 히데코의 썩은 시신을 땅 속에 묻었다. 그제서야 소운은 밀실로 들어갈 수 있었다.

미도노는 신엽의 신기가 여전함을 보고 내심 놀랐다. 조심하지 않으면 오히려 당할 수가 있겠구나. 그렇게 생각하며 그는 더욱 신중하기로 했다.

"이제 이곳을 나갈 때가 되었다."

소운은 이미 여러 날째 그 말을 예상하고 있었다.

미도노는 앉아 있던 자리에서 천천히 일어났다. 그는 여태껏 언제나 같은 자리에 등을 기대고 앉아 있었다. 그런데 거기에는 이유가 있었다. 바로 그 등뒤 벽에는 작은 구멍이 뚫려 있었던 것이다. 구멍은 시작은 작았지만 들어갈수록 넓어졌다. 한 사람이 쪼그리고 앉아 흙을 파낼 정도는 되었다. 게다가 그 속에는 곡괭이와 삽도 한 자루씩 있었다.

"이 땅굴은 일 장 가량 파졌다. 앞으로 이 장만 더 파낸다면 바깥으로 나갈 수가 있다."

소운은 내심 고개를 끄덕였다. 우물로 들어오기 전에 그녀는 주변 지형을 세밀히 관찰해두었었다. 우물에서 불과 오륙 장 동쪽으로는 절벽이 있었다. 처음 신엽과 함정에 빠졌을 때 그녀는 그 생각을 했었다. 그러나 땅 속에서는 도무지 동서남북을 알 수가 없어 답답하기만 했었다. 그런데 미도노의 말을 들으니 그쪽이 동쪽이리라 짐작된 것이었다.

"어찌 그리 자신 있게 얘기하지요?"

소운은 확인을 위해 질문했다.

"내가 파고 내가 메운 굴이니 당연하지."

"당신이 파고 메웠다고?"

"생각해보아라. 이 깊은 함정을 위에서만 파내려온다면 얼마나 무모한 일이겠어."

소운은 사정을 알 것 같았다. 미도노는 꾀를 부려 절벽에서 측면으로 파들어온 것이었다. 더구나 거기에는 처음부터 약간의 틈새가 있었을 것이었다. 함정과 이어지는 동굴의 지형이 그것을 말해주고 있었다. 그렇다면 그의 일은 파내기보다 오히려 출구를 메우는 작업이었을 것이었다.

"한 번 팠던 자리이니 쉽게 뚫을 수 있을 것이다. 순서를 정해서 부지런히 판다면 이틀 내에 바깥세상을 구경할 수 있을걸."

미도노는 세 사람이 교대로 일할 것을 제의했다. 그러나 소운은 그 제의를 일축했다. 그녀와 미도노가 밀실에 남고 신엽이 땅굴 속으로 들어간다는 것은 스스로 무덤을 파는 일과 같았다. 미도노는 간단히 두 사람을 해치울 것이었다. 대신 그녀는 미도노와 자신이 교대로 일할 것이라고 선언했다. 그녀가 구멍을 파는 동안은 신엽이 입구에서 지켜줄 것이었다. 미도노는 투덜거렸지만 승복할 수밖에 없었다.

소운이 첫번째 작업자가 되어 구멍으로 들어갔다. 그런데 그녀는 잠시 만에 비명을 지르고는 구멍 밖으로 튀어나왔다. 안색이 파랗게 질려 있었다. 그러곤 구멍 속을 가리키며 더듬거렸다.

"안에 사람이 있어요."

신엽은 깜짝 놀랐다. 그러나 미도노는 껄껄 웃었다.

"죽은 사람도 사람은 사람이지."

"무슨 소리냐?"

"모두 네 구의 시신이 있을 것이다. 이 함정을 파느라 애쓴 인부들이다. 일을 끝낸 다음에는 입을 봉하는 것이 도리 아니겠느냐."

"실컷 부려먹고 죽였다는 얘기냐?"

"그렇게 가슴 아프면 길상사에 위패라도 봉안하려무나."

"내 기필코 네 놈에게 죄값을 치르게 할 것이다."

"알았으니 어서 네 계집더러 흙이나 파라 하여라."

소운은 이를 앙다물고 다시 구멍으로 들어갔다.

소운과 미도노는 두 시진 간격으로 교대하며 작업했다. 힘든 일이었지만 두 사람 모두 뛰어난 공력의 소유자였기에 잠시만 휴식하면 원기를 되찾았다.

이틀이 채 못 되었을 때였다. 소운은 흙벽이 한결 부드러워짐을 느끼고 손을 멈추었다. 마지막 순간에는 극도의 조심성이 필요했다. 만약 대낮의 햇살이라도 만난다면 당장 장님이 될 까닭이었다. 그녀는 허리의 연검을 풀어 가만가만 찔러넣었다. 한자를 찌르자 저항력이 사라졌다. 연검이 먼저 바깥세상을 만난 것이었다. 소운은 검신을 살짝 비틀어 구멍을 넓히고는 그 틈새로 바깥을 보았다. 빛은 없었다. 밤이었다. 그녀는 안도하며 흙벽을 밀었다. 손바닥만한 구멍이 뚫리고 신선한 밤공기가 밀려들어왔다. 그녀는 그 공기를 한껏 들이마셨다. 새로운 힘이 전신으로 흐르는 듯했다. 나머지 흙을 모두 밀어내어 사람이 나갈 만한 공간을 만들었다. 작업을 끝내고 보니 소운은 절벽 한가운데 있었다. 그녀가 뚫고 나온 틈새는 거의 정확히 절벽의 중간 지점이었던 것이다. 그러나 그들 세 사람에게는 별 문제가 되지 않을 절벽이었다.

"다 되었어요."

밀실로 돌아온 소운은 아무렇지도 않은 듯 말했다. 그러나 내심은 긴장하고 있었다. 다른 두 사람도 다를 바가 없었다.

신엽이 먼저 미도노에게 말했다.

"약속대로 해약을 내놓아라."

"약속은 지킨다. 먼저 이쪽으로 나와라."

미도노는 신엽과 소운에게 밀실의 중간으로 나올 것을 요구했다. 그들은 땅굴의 입구를 막고 서 있었던 것이다. 미도노는 해약병을 꺼내어 세 개의 알약을 손바닥 위에 올려놓았다. 나머지 약은 살짝 움켜쥐더니 병째 가루를 만들어버렸다. 신엽과 소운은 천천히 움직여 미도노가 원하는 자리로 갔다. 신엽이 손을 뻗었지만 미도노는 한 걸음 물러섰다.

"너희는 두 명이고 나는 혼자이니 내가 먼저 나가겠다."

"안 돼. 네게는 충분히 속았어."

소운의 말이었다.

"다 끝난 일인데 또 뭘 속이겠느냐."

"땅굴은 흔들기만 해도 무너질 정도로 약하다. 네가 먼저 나가서 일 장을 친다면 우리는 영영 히데코의 귀신이나 벗해야 할 것이다."

"보기보다 겁이 많은 계집이구나. 그럼 어쩌자는 것이냐?"

"신엽 사형이 먼저 나가고 네가 나간다. 그 다음에 내가 나가겠다."

미도노는 잠시 생각하더니 말했다.

"좋도록 해라."

신엽이 다시 손을 내밀었다. 미도노는 해약을 쥔 손을 마주 내밀었다. 그러나 다음 순간 미도노의 손목이 꺾어졌다. 세 알의 해약은 빠르게 허공으로 뿌려졌다. 그것도 각기 전혀 다른 방향으로. 순간 신엽의 얼굴 위에는 경악이 스쳐갔다. 동시에 미도노는 땅굴로 몸을 날렸다.

어리석은 것들. 히데코의 혼이나 벗해주어라.

미도노의 계산은 간단했다. 해약을 세 방향으로 뿌리면 그들은 그를 쫓아올 수 없다. 해약은 곧 소운의 생명이니까. 특히 신엽은 해약을 따라 혼비백산할 것이다. 그 사이 자신은 바람같이 땅굴을 빠져나간다. 그리고는 소운의 말처럼 일 장을 갈겨 땅굴을 메워버린다. 나중에 몇 개의 폭약을 터뜨리면 그들은 영영 불귀의 객이 될 것이다.

땅굴 입구에 다다른 미도노는 그러나 소스라치게 놀랐다. 어느 틈엔지 신엽이 입구를 가로막고 있었던 것이다. 예상 못 한 상황에 머뭇거리는 순간 문득 목 뒤가 뻣뻣해짐을 느꼈다. 소운이 그의 천주혈을 짚은 것이었다.

"무슨 짓이냐. 야비하게."

당황한 미도노가 소리쳤다. 그러자 소운이 웃었다.

"야비하다고? 네가 지금 그런 말을 썼느냐?"

미도노는 할말이 없었다. 야비한 짓은 자신이 먼저 시작한 까닭이었다. 그러나 한편으로는 걱정도 되었다.

"해약은 어떡했느냐?"

"네 눈으로 직접 보아라."

천주혈은 머리끝부터 발끝까지를 잇는 족태양방광경 상의 요혈이었다. 그러나 소운은 왼쪽 천주혈만을 짚었으므로 미도노는 오른발을 꿈지럭거려 돌아설 수 있었다. 그가 가까스로 돌아보니 두 알의 해약은 벽에다 하얀 흔적만을 남긴 채 사라지고 없었다. 가루가 되어 흩어진 것이었다. 나머지 한 알은 아예 흔적조차 찾아볼 수 없었다.

미도노는 한숨을 내쉬었다.

"약을 주어도 받지 않았으니 나를 탓하지는 말아라."

신엽은 덜컥 겁이 났다. 미도노의 표정이 진지해 보인 까닭이었다. 그가 해약을 받지 않은 것은 소운의 귀띔이 먼저 있었기 때문이었다. 소운은 미도노가 따로 해약을 준비해두고 수작을 부릴 것인즉 말려들어서는 결코 안 된다고 신신당부한 것이었다. 하지만 미도노의 표정은 사뭇 진지해 보였다. 신엽이 그에게로 한 발 다가섰다.

"해약은 어디 있느냐?"

"내 이미 말하지 않았더냐. 나를 탓하지는 말아라."

그러자 소운이 말했다.

"그의 오른쪽 천주혈을 마저 짚어요. 그리고 몸을 뒤져봐요."

신엽은 소운의 말을 따랐다. 미도노의 몸에서는 참 여러 가지 잡다한 물건들이 쏟아져나왔다. 독침을 비롯한 각종 암기와 비수, 독약, 심지어는 여자의 노리개까지 발견되었다. 신엽이 눈살을 찌푸리며 더 뒤지니 두 권의 얇은 책자가 나왔다. 바로『금해진경』과『독경』의 사본이었다. 신엽과 소운은 그것들을 각각 나누어 간직했다.

신엽은『독경』을 뺏는 일이 꺼림칙했지만 소운의 생각은 달랐다. 요다 일당이 아시겐지의 독으로 숱한 악행을 저질렀으니 어쩔 수 없다는 입장이었다. 그러나 다시 한참을 뒤졌지만 삼조독의 해약은 발견되지 않았다. 신엽이 재삼 다그치자 미도노는 특유의 웃음을 머금었다.

"내가 보기에 이 일은 네게 복이 될 것이다. 저 계집은 네가 감당하기에는 너무 교활하단 말이다. 하지만 꼭 해약이 필요하다면 나와 함께 아시겐지에게로 가자꾸나. 내 한번 잘 얘기해보마."

이제는 신엽의 안색이 변했다. 그가 짐작하기로 소운은 다시 해약을 먹을 때가 가까웠던 것이다. 그러나 미도노에게는 여분의 해약이 없는 게 분명했다.

"미도노에게 삼조독을 먹여보세요. 그러면 해약이 나올지도 모르죠."

신엽은 소운의 말대로 했다. 그러나 그는 해약이 없음을 다시 확인할 수 있었을 뿐이었다. 미도노도 안색이 흙빛으로 변해서 욕지거리를 퍼붓는 것이었다. 신엽은 손바닥을 치켜들고 자신의 뺨을 때렸다. 두 번 세 번. 스스로에 대한 분노를 참을 수 없었기 때문이었다. 어리석은 녀석. 어쩌자고 소운의 말을 곧이곧대로 따랐단 말인가. 가끔은 소운도 장난기로 일을 그르친다는 사실을 왜 생각 못 했더란 말인가.

그를 물끄러미 바라보다가 소운이 물었다. 나지막한 목소리로.

"저 때문에 그러는 건가요?"

신엽은 한숨을 내쉬었다. 소운은 가슴이 떨렸다. 신엽의 가슴아픔이 고스란히 전해져왔다.

"저는 괜찮을 거예요. 삼사형이 한 가지 일만 해주시면 말예요."

그 말을 듣자 신엽은 문득 정신이 들었다. 그렇지. 이러고 있을 때가 아니지. 땅굴 속으로 몸을 집어넣으며 그는 소운에게 말했다.

"꼼짝 말고 여기서 기다려."

소운은 깜짝 놀라 신엽을 붙들었다.

"어딜 가는 거예요?"

"아시겐지를 찾아야지. 해약을 받아오겠어."

"필요없어요. 물만 한 그릇 떠다주면 돼요."

신엽은 이상한 느낌이 들어 돌아보았다. 그랬더니 소운이 손바닥 위에 하얀 알약 세 개를 보이며 방긋 웃었다.

"물도 없이 세 알씩이나 삼키기는 힘들잖아요."

"어찌된 일이야?"

신엽은 어리둥절했다. 놀랍기는 미도노도 마찬가지였다. 어째서 저 해약이 소운의 손에 있는 것일까.

소운이 사정을 설명했다. 그 동안 소운은 미도노를 속였다. 바로 삼조독의 증상을 역이용하여. 삼조독은 사흘째 아침마다 관충혈을 더욱 붉게 만들었다. 미도노는 그 변화를 확인하고 해약을 주곤 하였다. 처음 두세 번이 지난 후부터 소운은 스스로 반점을 붉게 만들었다. 입술연지를 사용하면 간단했다. 그래서 사흘보다 더 일찍 해약을 받아내곤 했다. 동굴 속에서는 누구도 시간을 알지 못했기에 감쪽같이 속아넘어갔다. 완전한 연기를 위해서 그녀는 신엽까지도 속였다. 신엽이 이십일 일간의 단식을 끝내고 며칠을 연장하려고 했을 때 소운이 적극 동의한 것도 그런 까닭이었다. 신엽은 이십일 일로 알았지만 실제는 겨우 십육 일이 지났기 때문이었다.

그런 방법으로 소운은 해약을 모았다. 그래서 두 알의 여분을 마련했다. 조금 전 미도노가 세 알의 해약을 던졌을 때 그녀는 그중 한 알을 받았다. 그래서 모두 세 알을 만들 수 있었던 것이다.

신엽은 기꺼이 동굴 속으로 달려가 물을 떠다주었다. 소운은 미도노를 약올리듯 한 알 한 알 해약을 삼켰다. 그리고는 신엽에게 물었다.

"이 야비한 인간은 이제 어떡할 거죠? 히데코와 함께 묻는 게 제격 아니겠어요?"

신엽도 그러고 싶은 마음은 없지 않았다. 그러나 그는 미도노에게 굳게 약속한 터였다. 동굴을 벗어날 때까지는 상처 하나 입히지 않겠노라고. 그래서 고개를 저었다.

"똑같이 대한다면 우리도 똑같은 사람이 되지 않겠어. 한 번 한 약속은 지켜야지."

소운은 이미 신엽의 대답을 짐작하고 있었다. 그녀가 계략을 써서 미도노에게 삼조독을 먹인 것도 그런 까닭이었다. 떠나기 전에 조금이라도 골탕을 먹여두려고.

두 사람은 땅굴을 통해서 바깥으로 나갔다. 뒤에서 미도노가 소리질렀다.

"그냥 가면 어쩌란 말이냐!"

"혈도는 반나절이면 풀어질 것이다. 다시 만날 때는 결코 용서하지 않을 테니 각오하거라."

신엽의 대답이었다.

마지막 영웅연

밤하늘에는 보름달이 덩실 떠 있었다. 조금 전만 해도 구름이 가려 어둡더니 세상은 한결 밝아져 있었다. 소운은 절벽에 잠시 걸터앉아 그 달을 바라보았다.

"동굴에 갇혀 지낸 게 한 달이 넘었군요. 상현달이 차오르는 것을 본 게 마지막이었으니까……."

"모두들 잘 지내시는지 모르겠군. 자연대사님은 어찌되셨을까?"

"일단 길상사로 돌아가봐야겠죠."

절벽을 내려온 두 사람은 북쪽으로 걸음을 재촉했다.

임실에 이르렀을 때 그러나 소운은 더 급한 일이 있노라고 선언했다. 목욕을 해야 한다는 것이었다. 목욕이 급하기는 신엽도 마찬가지였다. 온몸이 여기저기 가려웠다. 게다가 땀냄새와 히데코의 시체 썩는 냄새 등이 뒤섞인 역한 악취가 아예 몸에 배어 있었다. 하지만 어디서 어떻게 목욕을 할지는 난감한 일이었다. 이미 시월 중순인지라 야밤에 개울에서 떡을 감기에는 너무 추웠던 것이다.

소운은 한 큼직한 빈집을 찾아내었다. 마을에서 멀찌감치 떨어진 집이었다. 시국이 뒤숭숭하던 때라 빈집을 찾기란 어려운 일이 아니었다. 신엽에게 장작을 구해와 불을 지피라고 지시하고 그녀는 어딘가로 나갔다. 잠시 후 돌아온 그녀의 양손에는 커다란 가마솥과 두 개의 나무욕통이 들려 있었다. 깨끗한 옷 두 벌도 함께. 빈집에 버려진 것이라 하기에는 단단하고 쓸 만한 것들이었다. 신엽은 그녀의 재주가 놀라워서 물었다.

"어디서 그런 걸 구했지?"

소운의 대답은 간단했다.

"부잣집에 가면 얼마든지 있어요."

"훔쳐왔단 말이야?"

"잠깐 빌려온 거죠. 어서 물이나 길어와요."

가마솥의 물이 끓자 소운은 두 개의 나무욕통에 물을 나눴다. 다시 찬물을 섞어 알맞은 목욕물을 맞춘 다음 각각 다른 방으로 옮겼다. 그녀는 신엽의 욕통 곁에 새옷 한 벌을 놓아두며 말했다.

"깨끗하게 씻어요. 제가 나와도 좋다고 말할 때까지는 절대 물 속에서 나오면 안 돼요. 알겠어요?"

"알았어."

신엽은 자신 있게 대답했다.

목욕이 시작되고 얼마 지나지 않아 그러나 신엽은 그 대답을 후회했다. 그는 꽤 긴 시간에 걸쳐 몸을 씻어낸 것 같았다. 머리도 감고, 구석구석 때도 밀어내고. 그래서 그만 일어나려 했지만 소운은 기척도 없는 것이었다. 참다 못한 그가 물어보니 소운이 차갑게 쏘아붙였다.

"아직 멀었어요."

참고 묻기를 몇 번이나 되풀이했지만 마찬가지였다. 소운은 인내심이 그렇게 부족하냐고 나무라더니 나중에는 대꾸조차 하지 않았다. 결국 신엽은 나가기를 포기하고 욕통 속에서 잠이나 청하기로 했다.

그렇게 다시 얼마가 지났을까. 비몽사몽간에 신엽은 땅이 흔들리는 것을 느꼈다. 멀리서 무언가가 달려오고 있었다. 십여 기의 말들 같았다.

"누가 오고 있어!"

신엽이 소운에게 말했다. 그러나 소운은 들은 척도 하지 않았다. 신엽이 새로운 작전을 쓰는 줄로 생각한 것이었다.

"정말이야. 사람들이 오고 있다니까!"

"흥. 천하제일의 고수께서 누굴 두려워하시는 거죠? 물에서 한 발짝만 나와도 두 번 다시 보지 않을 거예요!"

소운은 물을 첨벙거리며 목욕을 계속했다. 그녀가 말발굽 소리를 듣지 못한 까닭은 바로 그 물소리 때문이었다.

말들이 아주 가까운 거리까지 접근하자 욕통이 흔들리기 시작했다. 그제서야 소운도 신엽의 말이 거짓이 아님을 깨달았다. 하지만 몸을 닦고 새옷을 입기에는 너무 늦은 시간이었다. 말발굽 소리는 몹시도 빠르게 달려와서는 그들이 있는 집 앞에 멈추어 선 것이었다.

"꽤 달렸더니 출출하군요. 여기서 요기나 하고 갈까요."

한 걸걸한 사내의 목소리에 다른 사내가 대답했다.

"그러지. 그런데 이 집에는 사람이 사는 것 같은데. 온기가 여기까지 배어나와 있잖아."

"사람이 살면 어때요. 그냥 밥이나 한술 뜨고 갈 텐데."

사내들은 말에서 내려 집으로 들어왔다.

소운은 다급해졌다. 야밤에 말을 달려온 사정이나 열기를 감지하는 사정으로 보아 무림인이 분명했던 것이다. 그녀는 옷을 집어들어 걸치는 둥 마는 둥 신엽의 방으로 달려갔다. 신엽은 그때까지도 욕통 속에 들어앉아 있었다. 소운의 말 때문이었다. 물에서 한 발짝만 나와도 두 번 다시 보지 않겠다던. 그는 그녀가 말발굽 소리를 못 들었으리라고는 짐작도 못 하고 다만 무슨 생각이 있는 것이겠지 여겼던 것이다.

"뭘 하는 거예요! 어서 옷부터 입어요!"

소운이 깜짝 놀라 소곤거렸다. 그러나 신엽은 이럴 수도 저럴 수도 없었다. 소운이 뻔히 보는 앞에서 어찌 알몸으로 나와 옷을 입는 단 말인가. 그러는 사이 사내들은 주인장을 부르며 방들을 뒤지기 시작했다. 소운이 신엽을 끌어내어 옷을 둘러주었을 때 두 명의 사내들이 들어왔다. 작은 등잔을 들고 있었다. 신엽은 재빨리 물방울 하나를 튀겨 불을 끄고는 소운을 감싸안고 천장으로 올라갔다.

사내들은 미처 아무것도 보지 못했는데 불이 꺼지고 바람이 일자 소리들을 질렀다. 그러자 일행이 우루루 몰려왔다. 그들은 뜨거운 욕통이며 사방에 흩뿌려진 물 따위를 보고는 조금 전까지 사람이 있었음을 짐작했다. 방방에 불을 밝히고 뒤졌다.

그 사이 신엽은 천장 대들보 위에서 지옥 같은 시간을 보내고 있었다. 그나 소운이나 옷은 겨우 중요한 부위만을 가리고 있었다. 팔다리는 고스란히 노출되어 있었다. 더구나 물에 젖은 피부는 예민하기만 했다. 그런 상태로 소운을 안고 있었으니 숨조차 제대로 쉴 수 없었던 것이다. 그같은 사정을 아는지 모르는지 소운은 신엽의 목덜미로 더운 김을 뿜어대고 있었다. 그야말로 일각이 여삼추인 시간이었다.

세 명의 사내들이 대들보 위로 뛰어올라왔을 때 그래서 신엽은 오히려 구세주를 만난 느낌이었다. 그는 손가락으로 대들보의 나무 부스러기 몇 개를 튕겨 그들을 떨어뜨렸다. 동시에 몸을 날려 천장을 뚫고 지붕 위로 올라갔다. 잇달아 경신술을 펼쳐서 몇 그루의 나무를 지났다. 사내들이 지붕 위로 쫓아올라왔을 때 신엽과 소운은 이미 십여 장 떨어진 관목덤불 속으로 사라진 뒤였다. 사내들은 횃불을 들고 씨근거리며 주변을 뒤졌지만 헛수고였다. 그들이 집 안으로 사라지자 소운이 신엽을 불렀다.

"신엽 오빠!"

신엽은 가슴이 뚝 하며 쪼개지는 느낌이었다. 그녀는 아직 한 번도 신엽을 그렇게 부른 적이 없었던 것이다.

"한 가지 물어볼 게 있어요…… 절 정말 사랑하나요?"

"물론이지."

"다른 사람을 똑같이 사랑한 적도 없었나요?"

"없어."

신엽은 가까스로 대답했다. 그러나 온몸은 얼음 조각이 된 듯 꼼짝도 할 수 없었다. 소운은 그의 목에 입맞추었다. 맨살인 두 팔로 신엽을 끌어안으며 입을 맞추었다. 그제서야 신엽도 조금씩 풀어졌다. 그는 뜨겁게 그녀의 입술을 찾았다. 그들의 입맞춤은 이번이 처음은 아니었다. 하지만 지금은 과거 어느 때와도 달랐다. 반쯤은 알몸인 채 따뜻하게 젖은 몸들이 부딪치고 있었으니까. 신엽은 아랫도리가 빳빳하게 굳어와 어찌할 바를 몰랐다. 이건 도대체 무슨 조화일까. 이제부터 어떻게 해야 하는 것일까. 그때 소운이 다시 속삭였다.

"다른 사람을 사랑하게 된다면 죽여버릴 거예요."

"소운이 죽이지 않아도 스스로 목숨을 끊겠어."

"오빨 믿겠어요."

소운은 몹시 기쁜 듯 다시 입을 맞추었다. 그의 입술과 코와 두 눈에.

"그런데 말예요, 아무래도 안 되겠어요. 못 참겠어요."

그녀는 신엽을 살짝 밀어내었다. 신엽은 그녀가 같은 생각을 하는 줄로 알고 얼굴을 붉혔다. 귀밑까지 온통 발갛게 붉어졌다.

"뭐 하는 사람들인지 궁금해서 못 참겠어요. 우리 어서 돌아가 봐요."

소운은 그렇게 말하고는 돌아서서 옷을 고쳐입었다.

신엽은 기가 막혔다. 용광로 같던 몸은 한순간에 싸늘하게 식었다. 그러나 그럴수록 더욱 그녀가 사랑스러웠다.

두 사람은 다시 그림자처럼 집 안으로 스며들어갔다. 대들보 위에 몸을 숨기고 아래를 내려다보았다. 대청에는 열한 명의 사내들이 모여 있었다. 조금 전의 일 때문인지 먹겠다던 밥은 보이지 않고 의견들만 분분했다. 그대로 길을 가느냐 아니면 돌아가느냐 등등이었다.

"우리 실력으로 그런 자리에 끼어봤자 헛목숨만 날리는 것 아니겠소."

"모르시는 말씀. 견문을 넓힐 기회란 자주 오는 것이 아니오. 게다가 우리는 앞자리로 나설 필요가 없소. 그저 방주님과 마진옥 어른의 말씀만 따르면 되오."

"그렇다면 표일검 선생은 단순히 견문만 넓히려고 그 자리에 가려 한단 말씀이오?"

"꼭 그런 것만은 아니지요. 하지만 자고로 군자는 때를 기다릴 줄 알아야 하는 법 아니겠소."

소운은 그들을 대강 짐작할 것 같았다. 표일검(豹一劍)이라 불린

자는 예방의 중간 자리에 있는 인물로 무공이나 인품이 주목할 바
는 아니었다. 다른 몇 사람도 그를 깍듯이 존대하는 것으로 보아 고
만고만한 위인들인 성싶었다. 그런데 그들이 말하는 그 자리라는 것
은 무엇일까.

“자, 어서 마음들을 정합시다. 영웅연은 자시에 시작된다 하였으
니 서두르지 않으면 아무 구경도 못 할 것이오.”

“하지만 우리 십여 명이 물에 젖은 사람 둘도 잡지 못했는데 그
곳엔 가서 무얼 할 수 있을지…….”

“그러니까 더더욱 가야지요. 가서 기회를 노려야지요.”

다른 사내가 끼어들어 물었다.

“그런데 월출산 정상에 그처럼 많은 사람이 모일 넓은 자리가 있
다는 게 사실인가요?”

“영남왜수께서는 행여 다른 사람들 눈에 띌까 두려운가 보군요.
염려하지 마시오. 방주께서는 이번에 예방 조직에 총동원령을 내리
셨습니다. 줄잡아 오백여 명은 모일 것인즉 체격이 왜소한 사람은
있는지 없는지도 모를 것입니다.”

“흥. 노부는 남의 눈에 띄는 것을 두려워하지 않소. 백면염라가
어떤 결정을 내리건 표선생과 함께 가겠소.”

“그런데 방주님은 이번 일의 승산을 어느 정도로 보고 있던지
요?”

백면염라라 불린 사내의 질문이었다.

“자신만만하셨습니다. 특별한 비책을 준비했다 하시더군요. 더구
나 위세를 자랑하던 길상사가 만신창이가 되었으니 어느 누가 우리
방의 기운을 당하겠습니까?”

“길상사의 제자들이 모조리 죽거나 실종되었다지요? 특히 장래가
촉망된다던 몇몇 제자들이?”

"말해 무엇하겠소. 첫째는 병신이 되고, 둘째는 사무라이의 독인이 되어 죽고, 셋째와 넷째는 실종된 지 한 달이 넘었는데 역시 사무라이의 함정에 빠져 죽은 것이라 하지요. 비단 제자들뿐이겠소. 장문인도 사무라이의 수중에 떨어져 있고, 그의 사제는 전신불수의 병신이 되고. 길상사는 이미 천년대업을 마감한 것이라고 봐야겠지요."

"그런데 그건 사실입니까? 길상 장문인이 『금해진경』을 갖고 있다는 얘기 말입니다?"

"사실이 아니라면 왜 온 천하 무림이 들썩이겠소?"

"화랑방과 왜구 사무라이들은 어느 정도지요?"

"왜구떼야 원래 무공이 천박하오. 화랑방은 고작 운중선 한 명 정도지요. 예방 방주께서 총동원령까지 내리셨다는 건 대단한 비책을 기대해도 좋다는 얘기 아니겠소."

표일도는 사뭇 거드름까지 피우며 단언했다.

"그러니 대세는 예방이라는 말씀이군요."

"굳이 말을 해야 알 일도 아니지요."

그 자리의 사람들은 결국 다시 길을 재촉하는 쪽으로 의견들을 모을 것 같았다.

소운이 신엽의 팔을 당겨 살그머니 그곳을 빠져나왔다.

집 앞에는 모두 열한 필의 말들이 서 있었다. 소운은 그중에서 건장해 보이는 말 네 필을 골랐다. 신엽과 소운이 각각 한 필씩을 타고, 나머지 두 필은 뒤를 따르게 하여 달렸다. 말발굽 소리를 들은 사내들이 집 안에서 뛰어나왔다. 그들은 욕지거리를 퍼부으며 말을 달려 뒤쫓아왔다. 그러나 차츰차츰 멀어졌다. 소운이 건장한 말들을 골라낸데다, 네 필의 말에는 두 사람씩이 동승하여 말이 제대로 달리지 못한 까닭이었다.

두 사람은 한참을 달렸다. 아무 말 없이. 첫번째 말들이 지칠 즈음에야 겨우 가슴속의 울분이 가라앉았다. 말을 바꿔타고 다시 길을 재촉하며 소운이 말했다.

"다행이네요. 장문인께서는 아직 무사하신가 봐요."

"그래. 그런데 이 난국에 또 무슨 영웅연일까?"

"요다가 운중선을 꼬드겨서 일을 벌인 게 틀림없어요. 석달 내에 재차 자리를 갖겠다고 약속했었잖아요…… 예방 방주의 비책이란 건 또 무언지 걱정되는군요."

"그렇군. 서둘러야겠어."

한 시진을 더 달려 그들은 월출산 아래에 도착했다. 예방인들로 보이는 이들 서넛이 역시 길을 재촉하고 있었다. 축시가 막 시작되고 있는 시각이었다. 신엽과 소운은 부지런히 산을 올랐다. 소운은 이미 여러 차례 월출산을 와본 적이 있었다. 따라서 영웅연이 열리는 장소를 짐작할 수 있었다. 정상 가까이에 평원처럼 넓은 억새밭이 펼쳐져 있었는데 그곳을 제외하고는 오백여 명의 사람들이 모일 자리란 없었다.

아니나다를까, 억새밭이 가까워지자 벌써 병기 부딪는 소리가 들려왔다. 그 소리들은 맑고도 육중하여 대단한 고수들의 대결임을 짐작하게 했다.

"잠깐만요."

소운은 신엽을 눅눅한 진흙땅으로 데려갔다.

"사람들은 이미 우리가 죽은 줄 알고 있어요. 그러니 장난을 좀 쳐서 놀래키는 것도 재미있을 거예요."

두 사람은 서로의 옷과 얼굴에 진흙을 발랐다. 깨끗하던 새옷은 어느새 예방 거지들의 차림새로 변했다. 그런 다음 그들은 구름처럼 모인 예방인들의 틈을 비집고 들어갔다. 먼저 와서 자리잡고 있던 사람들은 새로 끼어드는 두 사람에게 사뭇 불쾌한 시선들을 던졌다. 어떤 이들은 완강히 버티며 길을 비켜주지 않았다. 다행이라면 그들도 서로서로를 잘 알지 못했기에 신엽과 소운을 의심하지는 않았다는 사실이었다.

소운은 비켜주지 않는 이들에게 살짝살짝 미소를 보내며 밀쳤다. 그러나 기실은 그들의 혈도를 짚고 있었다. 일순간에 그들은 몸이 굳었지만 주변 사람들은 알지 못했다. 신엽은 그들을 지나가면서 혈도를 풀어주었다. 창졸지간에 혈도가 짚히고 풀어진 사람들은 더이상 아무 말도 하지 않았다. 행여 남들이 알까 조용히 고개를 돌렸다. 그렇게 해서 소운과 신엽은 예방 사람들의 제일 앞쪽 자리를 차지하고 앉을 수 있었다.

중앙의 연무대에서는 왜국 천도문의 요리모토가 한 장대한 중년 사내를 상대로 일전을 벌이고 있었다. 모두 검을 쓰고 있었는데 검기의 날카로움이 이삼 장 밖의 사람들에게까지 시린 바람을 느끼게 했다. 그런데 그 한쪽 가장자리에는 미도리가 우뚝 서 있었다. 신엽은 그녀가 왜 그 자리에 서 있는지를 짐작조차 할 수 없었다. 소운에게 묻기도 어려워 그냥 시선을 돌렸다.

둘러앉은 사람들의 면면을 알아보고 신엽은 놀라움을 금치 못했다. 우측으로는 도월희천 척항무가 앉아 있었고, 그 바로 곁으로는 바로 길상사 사람들이 자리해 있었다. 자긍대사와 광한, 광은 등이었다. 어쩐지 밝은 표정들은 아니었다. 맞은편에는 요다와 아시겐지, 미도후사, 히야시가 보였고, 조금 떨어진 좌측으로는 구로야마가 서 있었다. 구로야마와 길상사파의 중간 지점에는 운중선 구장격과 몇몇 화랑방의 인물들이 앉아 있었다. 안동호의 영웅연 때보다 오히려 몇 명이 더 는 셈이었다. 신엽은 요다가 이 자리에서 마지막 승부를 지으려 함을 느낄 수 있었다. 그런데 이상한 일은 천도문 요리모토의 사제인 가즈키가 아시겐지와 미도후사 사이에 얌전히 앉아 있다는 사실이었다.

요리모토와 싸우는 대한의 무공은 실로 중후했다. 뿐만 아니라 기품도 중후해 보였다. 신엽은 소운에게 그가 누구인가를 물었다. 그러자 소운이 소곤소곤 대답했다.

"바로 운상대객 장사량이에요."

신엽은 절로 고개가 끄덕여졌다. 조의사비 무공의 깊이를 새삼 느끼는 순간이었다. 운상대객은 조의사비 중 넷째였다. 반면 요리모토는 천도문주의 첫번째 제자였으며 요다 아시겐지와 더불어 왜국 열도 최고의 고수로 일컬어지는 인물이었다. 그런데도 운상대객 장사량은 요리모토와의 대결에서 조금도 밀림이 없었던 것이다.

"저건 만월중천검법(滿月中天劍法)이라는 것이에요. 아시겠지만 조의사비의 무공은 모두 달의 운행 이치에서 묘리를 뽑아왔죠. 그중 넷째인 운상대객의 무공은 중후함과 위압감을 자랑한다고 해요. 움직임은 적지만 상대의 자잘한 공격들을 사전에 기운으로 차단한대요. 과연 오늘 실제를 보니 명불허전이로군요."

신엽은 소운의 설명을 들으니 한결 이해가 빨랐다. 두 사람의 대결 양상도 훨씬 쉽게 알 수 있었다. 소운의 말처럼 장사량은 검을 많이 움직이는 편이 아니었다. 특별히 의표를 찌르는 운용도 적었다. 마치 달처럼 일정한 궤도를 따라 운행하며 필수적인 일들만을 하고 있었다. 반면 요리모토의 검법은 화려하고 쾌속했다. 쪼개짐과 부서짐이 많았으며 찌르고 베고 다시 베고 찌르는 것이 서로를 구별할 수 없게 했다.

그래서 일견으로는 그의 검법이 장사량의 검을 일방적으로 압도하는 듯 보이기도 했다. 그러나 그것은 사실과 달랐다. 그의 검은 화려하게 춤추었지만 장사량에게 큰 위협이 되지 못하고 있었다. 장사량의 검이 한결같이 일정한 궤도를 유지한다는 사실이 그 점을 입증하고 있었다.

다시 약간의 시간이 지나자 신엽은 그 대결이 누구에게 유리하게 돌아갈 것인가를 점칠 수 있었다. 중후함과 쾌속함의 대결은 대체로 승부 방식이 정해져 있었다. 쾌속함을 자랑하는 무공은 가능한 한 빨리 상대의 약점을 잡아 승부를 결정지어야 했다. 움직임이 많을수록 빨리 기운이 떨어지는 까닭이었다. 일정 시간 내에 승부를 내지 못한다면 승산은 중후함의 무공으로 기울 것이었다. 그런데 지금 두 사람의 양상이 그 방향으로 흐르고 있었다. 장사량은 여전히 자신의 박자를 유지하였으나 요리모토는 조급해지고 있었다. 움직임은 더욱 빨라졌지만 공력은 사방으로 흩어졌다. 더구나 그의 검법에는 별다른 전략이 찾아지지 않았다.

소운도 같은 생각을 하고는 신엽에게 소곤거렸다.

"일백 초 이내에 장 아주버님이 승기를 잡겠군요."

그녀는 무심히 그렇게 말했다. 그러나 곧 얼굴이 빨갛게 물들었다. 자신도 모르게 아주버님이라는 말이 튀어나왔던 것이다. 그것도 바로 장본인 신엽 앞에서. 그러나 정작 신엽은 뚫어져라 연무대만 바라보고 있었다. 아무 말도 듣지 못한 듯. 소운은 혼자 얼굴을 붉힌 일이 창피하기도 하고 화도 났다.

흥. 내가 장사량을 무어라 부르든 상관없다는 말이지!

그때 신엽은 한 가지 중요한 깨달음에 빠져들고 있었다. 만월중천 검법이라는 장사량의 무공이 조금도 낯설지가 않다는 사실이었다. 명백히 난생 처음 대하는 무공이었음에도 불구하고. 게다가 그는 금방이라도 그것을 흉내내어 시전할 수 있을 것 같았다. 그러자 또 하나의 의문이 떠올랐다. 얼마 전 묘향산 녹운옥에서 얻은 의문이었다.

언젠가 척항무는 신엽에게 그런 말을 한 적이 있었다. 조의사비의 무공은 원래 한 뿌리에서 나왔지만 서로 다른 사람의 무공을 익힐 수는 없다. 네 가지가 정반보사(正反補捨)의 관계에 있어 다른 사람의 무공을 익히면 두 가지를 모두 해치게 되는 까닭이다. 그런데 신엽은 녹운옥에서 월월묘묘 진자영의 무공을 어렵지 않게 따라할 수 있었다. 이미 월하고검의 월광검법을 연성하였음에도 불구하고. 그 때는 미처 몰랐지만 나중에야 그런 사실을 깨닫고 의아해했었다. 다시는 쓰지 말아야겠다고 다짐도 했었다. 그러나 이제 또 장사량의 만월중천검법을 대하니 아무런 문제도 느껴지지 않는 것이었다.

한참을 생각한 끝에 신엽은 그 몇 가지 무공들 사이에 근본적인 공통점이 있음을 알 수 있었다. 조의사비의 무공, 금강일신이 전수한 현묘공, 그리고 『금해진경』의 천부신공. 더 정확히 말하자면『금해진경』의 천부신공 속에 그 모든 무공들의 묘리가 포함되어 있는 듯싶었다. 그렇다면 조의사비의 무공도 한 단계 위의 공력을 익힌다면 모두 함께 연성할 수가 있다는 얘기였을까. 신엽은 가슴이 두근거렸다. 그러나 더이상은 그 생각에만 빠져있을 수 없었다. 눈앞의 대결 상황이 급박하게 변해가고 있었기 때문이었다.

장사량의 만월은 더욱 둥글게 단단해지고 있었다. 그리고 그는 만월중천이라는 이름에 어울리게 연무대의 중앙을 장악하고 있었다. 마치 그는 밤하늘에 가득한 둥근 달처럼 연무대를 비추었다. 그에 대적하는 요리모토의 검법은 더욱 난삽하게 흩어지고 있었다. 그런데 신엽이 정신을 집중하여보니 요리모토는 그저 생각없이 좌충우돌하는 것만은 아니었다. 예측 못 할 지점에서 불쑥불쑥 공격이 솟아오르는데 한 수 한 수가 장사량의 거구를 일도양단할 수도 있을 만큼 날카로운 초식들이었다. 그의 난삽한 분산은 애당초 계산된 검법이었고, 이제 두 사람의 대결은 각각 정점으로 치닫고 있었던 것이다.

요리모토가 그때 사용한 것은 왜국 천도문의 절기인 천도 삼십육 검이었다. 이는 원래 속도와 현란함을 장기로 하였으며 실초보다는 가초가 더 많은 검법이었다. 요다 일파를 비롯한 대다수 사무라이들이 이 검법을 교과서와 같이 공부한 터였다. 그 위에 약간씩의 변화를 가미하여 독자적인 검법인 양 행세하고 있었다. 그러니 그것이 결코 서투른 검법이 아님은 알 수 있을 일이었다. 다만 한 가지 약점이라면 속도와 날카로움에 집착하여 힘이 부족하다는 점이었다.

파팟! 파팟!

한순간 문득 요리모토의 왜국검이 신출귀몰하게 변화했다. 장사량의 왼쪽 허리를 베는가 싶더니 어느새 오른쪽 종아리 양보 양교 두 혈을 향해 솟아올랐다. 그리고는 다시 뒤로 돌아가 승근 승산 두 혈을 찔렀다. 그 유명한 천도산승(天島散昇)의 절초였다. 장사량은 일시에 무수한 검화들에 둘러싸이고 말았다. 그 공격들을 일일이 해소하자면 팔이 열 개라도 모자랄 지경이었다. 신엽은 내심 속이 탔다. 그러나 장사량은 서두르지 않았다. 요리모토의 검끝에는 관심도 두지 않았다. 대신 그의 팔꿈치와 어깨를 제압함으로써 검끝이 공격 지점에 도달하는 것을 원천봉쇄했다. 그러자 오히려 힘이 빠지는 쪽은 요리모토였다. 신엽은 가슴을 쓸어내렸다.

천도산승으로도 이득을 얻지 못한 요리모토는 더욱 조급해졌다. 그도 그럴 것이, 그때 요리모토는 연무대 위에서 자리를 잃고 있었다. 장사량의 만월중천검법이 이제는 구석구석까지 비추어 상대가 설 자리를 허락하지 않았던 것이다. 고수가 무예를 겨룸에 있어 연무대에서 떨어진다는 것은 차라리 연무대 바닥에 피를 흘리고 쓰러지는 것만 못한 일이었다. 요리모토는 다른 도리가 없음을 깨달았다.

빙글빙글 돌던 요리모토의 검이 돌연 가슴 앞으로 모여들었다. 얍! 맑은 기합 소리와 함께 요리모토는 쌍장을 앞으로 뻗었다. 그러자 그의 검이 일직선으로 쏘아졌다. 장사량의 천돌혈을 향해서. 사람들의 입에서 탄성이 터졌다. 탄식인지 감탄인지를 구분할 수 없는 탄성들이었다. 무인이 검을 던진다는 것은 마지막 승부를 건다는 뜻이었다. 그러나 그 진짜 뜻은 패배를 자인하고 죽을 곳을 찾겠다는 것이었다. 장사량은 장검을 앞으로 뻗어 요리모토의 검을 받았다. 두 검의 코끝이 허공에서 마주쳤다. 요리모토의 검은 장사량의 검에 일직선으로 달라붙어 정지했다. 사람들은 다시 감탄사를 발했다. 이번에는 명백히 감탄이었다. 그 순간 장사량이 연출한 광경은 마술의 한 장면과 같았기 때문이었다.

그렇게 짧은 시간이 지났을 때 요리모토의 검이 폭음을 내며 부서졌다. 장사량의 내력을 감당하지 못하여 스스로 터진 것이었다. 그러나 바로 그 순간 누구도 예상하지 못한 사건이 이어졌다. 요리모토의 검이 부서진 허공에서 문득 수십 개의 은빛 조각들이 장사량에게로 쏘아진 것이었다.

"오독은침이다!"

누군가가 소리쳤다.

장사량은 순간적으로 몸을 솟구쳤다. 그것밖에는 피할 길이 없었다. 은침들은 다섯 자 폭의 공간을 촘촘히 메우며 날아들었으니까. 그러나 은침과 그와의 거리는 너무도 짧았다. 더구나 그의 거대한 체구는 공력에 비해 기동성이 떨어졌다. 결국 두 개의 은침이 그의 오른쪽 무릎에 꽂히고 말았다.

한편 그때 신엽과 소운은 뜻밖의 곤경에 처하고 있었다. 그들은 장사량의 뒷편에 앉아 있었는데 장사량을 지난 오독은침떼가 바로 그들을 덮쳐온 것이었다. 물론 두 사람이 그것을 피하기는 간단한 일이었다. 하지만 그냥 피해버린다면 주변의 수많은 예방인들이 독상을 면치 못할 것이었다. 또 만약 은침들을 모두 떨어뜨린다면 무공과 신분을 노출하게 될 것이었다.

이러지도 저러지도 못하고 머뭇거리는데 문득 검은 물체 하나가 그들의 앞쪽으로 날아왔다. 작은 원반 모양의 물체는 맹렬히 회전하며 오독은침들을 거둬들였다. 챠라라라랑. 맑은 쇳소리와 함께 은침떼는 시야에서 사라졌다. 신엽은 그것이 도월희천의 삿갓임을 알 수 있었다. 그의 검은 삿갓은 일견 현죽처럼 보였지만 기실은 단단한 강철이었다. 겉보기와 달리 육중하여 족히 삼십 근 무게는 되었다. 삿갓은 가볍게 선회하여 주인에게로 돌아갔다. 척항무가 뒤집어 툭툭 터니 일백여 개의 은침들이 쏟아져내렸다. 사람들은 인상을 찌푸리며 욕했다. 비열하다. 고수끼리의 대결에서 어찌 저런 야비한 수를 쓸 수 있단 말인가.

지상으로 내려선 장사량은 즉시 은침을 뽑아내었다. 그리고 검끝으로 상처 부위를 쪽 그었다. 붉은 피가 검상을 따라 흘러나왔다. 그렇게 하면 상당량의 독은 배출할 수 있었다. 그러나 근본적인 치료는 해약을 써야만 가능할 일이었다.

사람들은 장사량이 이제 요리모토를 마구 몰아쳐서 해약을 요구하리라고 생각했다. 하지만 그의 반응은 뜻밖이었다. 장사량은 오히려 상대를 칭찬하는 것이었다.

"훌륭한 수법이오. 과연 왜국의 투침술은 신기에 가깝구려. 그럼 이제 장법을 가르침 받고 싶소."

그렇게 말하고는 자신의 장검을 검집에 넣었다. 그것은 실로 대장부다운 행동이었다. 적이 장검을 잃었으니 자신도 무기에 의지하여 이득을 얻지는 않겠다는 뜻이었다. 요리모토는 더이상의 추태가 무의미함을 깨달았다. 그는 두 손을 모으고 공손하게 말했다.

"천도문의 요리모토가 졌습니다."

그리고 그는 요다에게 말했다.

"부끄럽구나 요다. 굳이 네 장검을 써야 한다고 우기더니 이런 암수가 있었구나. 어서 장대협께 해약을 드려라."

소운은 고개를 끄덕였다. 요리모토는 그런 암수를 쓸 사람은 아니라고 생각했었는데 알고 보니 요다의 간책이었던 것이다. 그런데 왜 요리모토는 요다에게 덜미를 잡힌 것일까. 혹시 요다의 진영에 얌전히 앉은 가즈키와 관계된 일은 아니었을까.

"아직도 요다를 요리모토의 사제로 착각하는 모양이구나. 좋지. 다 좋아. 그런데 패배를 자인하고도 자결하지 않으니 어찌된 일이냐?"

요다의 말이었다. 요리모토가 이를 앙다물었다.

"내가 자결하면 가즈키를 풀어주고 장대협께 해약을 드리겠느냐?"

아, 그랬었구나. 소운은 다시 한번 고개를 끄덕였다. 요다가 가즈키를 볼모로 요리모토를 윽박지르고 있었구나. 요리모토는 아마 대사형으로서 동생의 안위에 막대한 책임감을 느끼는 모양이야.

"그건 그때 가서 생각해보겠다. 하지만 너는 아직 자결할 자격도 없는 몸이다."

"무슨 소리냐?"

"너는 아직 지지도 못했다. 그러니 자결할 자격도 없는 것이다."

"뭐라고?"

"이 대회를 시작하면서 모두가 동의한 규칙이 있다. 승부는 심판관인 미도리가 정한다는 것이다. 더구나 그 규칙의 제안자는 바로 너였다. 심판의 선언이 없었으니 너는 계속 싸워야 하는 것이다."

"하지만 나는 지금 스스로 패배를 인정했다."

"그런 규칙은 없다. 만약 싸우기를 거부한다면 너는 상대에게 맞아죽기가 두려워 달아난 겁쟁이로 무림사에 길이 남을 것이다."

요리모토는 안색이 붉게 변했다. 요다의 말은 돼먹지 못한 것이었지만 지금 이 상황에서는 한치도 어긋나지 않았던 것이다.

심판의 필요성을 거론한 사람은 과연 요리모토였다. 그의 의도는 요다의 계략을 방해하자는 것이었다. 심판이나 규칙 없이 시합을 시작한다면 하나하나의 대결은 한쪽의 죽음이나 치명적인 부상으로 막을 내릴 것이었다. 참가자들이 하나같이 절정고수였기에 그 위험은 더 심각했다. 게다가 이긴 쪽도 좋을 일이 없었다. 내력을 모두 소모했을 터이니 다음 시합에서는 맥없이 무너질 게 뻔했던 것이다. 그런 식으로 시합이 진행된다면 유리한 사람은 요다뿐이었다. 요리모토까지 포함하여 가장 두터운 선수층을 가진 까닭이었다.

요리모토의 제의에 대하여 운중선 구장격이 즉시 찬성했었다. 혼자 몸이라 상대적으로 불안감을 느꼈던 그는 이미 비슷한 생각을 갖고 있었다. 조의사비 중 장사량도 그에 동의했다. 척항무는 투덜거렸다. 싸우면 끝장을 보는 거지 무슨 심판이고 규칙이 필요한 거냐고. 하지만 이미 대세는 그쪽으로 흐르고 있었다.

사람들은 미도리를 심판으로 추천했다. 그건 그녀가 그 자리의 홍일점인 까닭이었다. 내심 머뭇거리던 요다는 미도리가 추대되자 반색을 했다. 그는 그녀가 양부의 심중을 충분히 헤아려서 판정하리라 믿었다. 그리고 지금 그는 은근히 미도리에게 앞으로의 판정 지침을 전달하고 있었다. 판정은 가능한 한 천천히, 어느 한쪽이 끝장을 볼 때까지 기다려서 내리라고.

"어떠냐? 내 말이 틀렸느냐? 심판의 판정도 없는데 물러나려면 왜 애당초 연무대엔 올라섰느냐?"

요다는 빈정거리듯 같은 말을 반복했다. 요리모토는 아무리 생각해도 할말이 없었다. 독상을 입은 장사량과 다시 수족을 나누어야 한단 말인가. 그런데 그 순간 뜻밖에도 미도리의 팔이 번쩍 올라갔다. 팔을 올린 것은 승부가 났다는 선언이었다. 사람들은 깜짝 놀랐다. 특히 요다가 가장 놀랐다. 믿었던 양녀 미도리가 단박에 자신의 말을 뒤집고 나설 줄이야.

미도리의 팔은 꼿꼿하게 뻗어올라간 채 파르르 떨렸다. 그리고 잠시 후, 그녀가 말했다.

"장사량 대협의 승리입니다."

"공정한 판정에 감복했습니다."

요리모토가 가장 먼저 반색을 했다. 이어서 그는 요다에게 말했다.

"이제 네가 대답할 차례다. 내가 자결한다면 가즈키를 풀어주고 장대협께 해약을 드리겠느냐?"

요다는 기가 막히는지 미도리만 노려보고 있었다. 미도리는 고개를 떨구어 시선을 피했다. 그러자 장사량이 요리모토를 달래었다. 밤은 길고 영웅연은 겨우 문을 열었을 뿐이니 뒷일을 도모하시라고. 그래서 겨우 요리모토를 연무대 아래로 끌어내렸다. 자리가 정리되자 미도리가 고개를 들고 척항무를 쏘아보았다.

"수고해주셔서 감사합니다. 하지만 외팔이도 자기 팔 정도는 들 수 있습니다. 더이상의 친절은 사양하겠습니다."

그제서야 사람들은 고개를 끄덕였다. 요다도 사정을 이해했다.

그런 일이 있었구나. 미도리가 왜 서둘러 팔을 들었나 했더니 도월희천 척항무가 몰래 내력을 보내어 밀어올린 것이었구나. 교활한 여우 같으니.

척항무는 떨떠름한 표정이었지만 아무 말도 하지 않았다.

그 자리의 사람들 중 단 한 사람만이 미도리의 말에 의구심을 품

고 있었다. 바로 소운이었다. 소운은 미도리의 우후방 반 장 거리에
앉아 있었다. 만약 척항무가 내력을 보내었다면 충분히 감지할 수
있는 위치였다. 그러나 그녀는 아무런 낌새도 채지 못했던 것이다.
그녀는 미도리의 차가운 옆얼굴을 지켜보며 생각했다.

과연 어떤 속마음이 그 냉면(冷面) 뒤에 숨어 있는 것일까.

이번 영웅연의 대전 방식은 승자속전(勝者續戰)이었다. 이긴 사람
이 계속 남아서 다음 도전자와 싸우는 것이었다. 그렇다면 장사량이
연무대에 남아 도전자를 받아야 하겠지만 그럴 입장이 아니었다. 독
상 때문이었다. 따라서 척항무가 대신 연무대로 올라갔다. 사람들은
그 사정을 인정하고 도전자를 기다렸다. 척항무는 요다를 들쑤셨다.

"요다 훈게이, 이 주먹만한 원숭이야. 어서 올라와서 비열한 암수
의 대가를 치러라."

사람들은 척항무가 요다를 주먹만하다고 놀리자 웃음을 참지 못
했다. 요다는 과연 크지 않았다. 특히 얼굴이 작고 털이 많아서 원숭
이 같은 느낌도 있었다. 그러나 정작 척항무 자신은 요다보다도 머
리 하나가 더 작았던 것이다.

요다는 책략의 달인답게 아무런 흔들림이 없었다. 그는 화살을 타
문파로 돌렸다.

"일본국은 겨우 두 개 문파이고 고려에는 네 개의 명문정파가 있
는데 어찌 요다가 나서겠소. 길상사에서 선수를 내보냄이 어떨는지
요?"

자긍대사는 묵묵부답이었다. 그러자 아시겐지가 곁에서 장단을
맞추었다.

"보아하니 길상사에는 사람이 없는 모양입니다."

"그럴 리가 있겠소. 이 자리의 중머리들은 그럼 모두 허깨비들이
란 말이오?"

"가슴이 있어도 끓지 않고 입이 있어도 말하지 않는다면 그게 곧 허깨비지 무엇이겠습니까?"

"허허, 명언이오. 명언이고말고."

자궁대사는 이 자리에 나올 때 이미 모든 수모를 각오한 터였다. 때문에 어떤 조롱 앞에서도 분노하지 않기로 다짐하고 있었다. 그는 담담히 말했다.

"길상사는 영웅연에 참석코자 온 것이 아닙니다. 장문인을 구하기 위해 온 것입니다. 그러니 여러분의 규칙에 따라 마지막 승리자가 된 분과 생사를 걸고 겨루겠습니다."

요다는 고개를 저었다.

"정당하게 대회에 참전하지 않고 어부지리를 얻겠다는 말씀이로군요. 그래서는 안 되죠. 누구든 길상사 장문인을 인수하려면 정식으로 참전하여 마지막 승리자가 되어야 하오. 그게 두렵다면 일찌감치 『금해진경』을 내놓아 장문인의 옥체나 보전하는 편은 어떻겠소?"

"더는 할말이 없소이다."

"하기야 형편을 보니 이해할 법도 하군요."

요다는 사뭇 딱한 투로 비아냥거렸다. 자궁대사는 굳게 입술을 다물었다. 요다는 그를 더 희롱해보았자 소용없음을 깨닫고 예방으로 넘어갔다.

"예방 방주께서는 오늘 무척 많은 제자들을 이끌고 오셨습니다. 그런데 이분들 모두가 구경꾼은 아니겠지요?"

"물론 아니오."

예방 방주는 서슴없이 대답했다.

"오호라. 기대되는 대답이군요."

"기대하셔도 좋습니다. 하지만 아직은 때가 되지 않았습니다."

"방주께서도 어부지리를 기다리는 건가요?"

"그럴 리가 있겠습니까. 곧 선수가 당도할 것입니다."

요다는 눈살을 찌푸렸다.

"보아하니 고려국에는 문파라 할 만한 것이 몇 남지 않은 모양이군요."

척항무가 듣다 못해 버럭 소리질렀다.

"이 원숭이놈아, 썩 무대로 나서라. 웬 잔말이 그렇게도 많으냐."

요다는 들은 척도 않고 속셈을 굴렸다. 진짜 상대가 될 만한 이들을 손가락으로 꼽아보았다. 길상사에는 명백히 아무도 없었다. 예방도 같은 처지였다. 비록 방주가 큰소리는 쳤지만 지난 수십 년래로 인재가 없었음은 천하가 아는 사실이었다. 그렇다면 남은 사람이라곤 조의문의 척항무와 화랑방의 구장격 둘뿐이었다. 그들 이외에 묘향신니와 월월묘묘가 있었지만 단전으로 들어간 독을 치료하려면 앞으로도 족히 일 년은 걸릴 것이었다.

요다는 새삼 스스로의 간책이 존경스러워졌다. 이십여 년 전 그가 처음 무림의 패권을 꿈꿀 때만 해도 그 일은 요원하기만 했었다. 금강일신, 월하고검 등등 쟁쟁한 인물들이 가로막고 있었다. 그런데 그들을 하나하나 제거하고 마침내 정상을 목전에 두게 된 것이었다.

신중하고 조심스러운 요다였지만 이 순간만큼은 뿌듯함을 느끼지 않을 수 없었다. 이미 모든 것을 손에 거머쥔 듯한 자만심마저 느껴졌다. 그래서 그는 아시겐지에게 말했다.

"아무래도 동생이 버릇을 고쳐주어야겠구려."

아시겐지는 내심 의아스러웠다. 요다가 서두르는 게 아닌가 싶었다. 아직 대회는 초반이었고, 장차 어떤 일들이 벌어질지 예측할 수 없는 상황이 아니겠는가. 그러나 요다는 한 번 입 밖에 낸 말을 거둬들이는 법이 적었다. 그런 사실을 누구보다 잘 아는 아시겐지인지

라 묵묵히 연무대로 나갔다. 그에게는 또 충분한 자신감과 비책이
있었다.

"늙은 도둑아, 어디 한번 길고 짧은 걸 견주어보자."

"견줄 것도 없겠다. 내가 보기에 너는 쓸모없이 길기만 하구나."

아시겐지의 말에 척항무가 되받아쳤다. 사람들은 와아 하고 웃음
을 터뜨렸다. 그도 그럴 것이, 아시겐지의 신체 길이는 척항무의 두
배는 되어 보였다. 아시겐지는 무공을 논하자는 얘기였지만 척항무
는 신체 길이로 장난질을 친 것이었다.

두 사람은 즉시 쌍장을 나누어 움직였다. 오래 전부터 묵은 감정
이 많은 사이인지라 다른 말이 필요없었다. 예절이나 탐색전 따위도
필요없었다. 아시겐지의 장영에는 핏빛 그림자가 어른거렸다. 그것
을 본 장사량이 놀라서 소리쳤다.

"형님, 조심하세요. 견즉시독이 곧바로 멸절사독장을 전개하는군
요."

장사량의 주의가 아니더라도 척항무도 그 사실을 알아차리고 있
었다. 핏빛 장영과 함께 어우러지는 멸절사독장은 실로 악명 높은
독공이었던 것이다. 그러나 아시겐지가 대결을 시작하자마자 그것
을 전개하는 일은 극히 드물었다. 이름 그대로 멸절사독장에는 멸절
(滅絶)의 위력이 있었지만 위력만큼이나 엄청난 공력을 소요하였다.
만에 하나라도 상대를 끝장내지 못한다면 스스로 화를 자초할 수
있었다. 때문에 아시겐지는 절대적으로 승산이 서야만 그 무공을 사
용하였다. 멸절사독장이 백이면 백 상대의 숨통을 끊는 것으로 알려
진 까닭도 거기에 있었다.

노독물이 독이 오르긴 올랐구나. 시작부터 흉한 모습을 보이다니.
하지만 조심해야지. 우선은 안전을 도모한 다음 노독물의 공력이 떨
어졌을 때 호된 맛을 보여주어야겠다.

척항무는 그렇게 생각하며 수비에만 전념했다. 빠르게 신형을 움직여 아시겐지의 장영으로부터 거리를 유지했다. 장과 장을 마주치는 일도 철저히 기피했다. 그렇게 어느 만큼 시간이 흐르자 척항무는 의아스러워졌다. 아시겐지는 벌써 이십여 장을 휘둘러대었지만 조금도 지친 기색이 없는 것이었다.

"하하하, 이 늙은 도둑아. 그렇게 두려우면 왜 연무대엔 올라왔느냐. 도망다니는 재주를 보는 데는 신물이 났으니 한 번 내 장을 받아보아라."

아시겐지는 척항무를 조롱하기까지 했다. 척항무는 은근히 식은 땀이 흘렀다.

노독물이 멸절사독장의 단점을 보완하는 데 성공했구나. 이제는 무작정 공력을 쓰는 것이 아니라 필요한 만큼만 조절하여 오랫동안 시전할 수 있게 되었구나. 그렇다면 참 큰일이다. 언제까지고 도망만 다닐 수는 없는 노릇인데.

그러는 동안도 두 사람은 쫓고 쫓기는 추격전을 계속했다. 아시겐지는 양팔을 벌리고 쫓아다녔고 척항무는 체면 불고하고 달아나기만 했다. 그 모습은 마치 어른이 아이를 잡으러 쫓아다니는 것 같아 많은 사람들을 웃게 만들었다. 특히 요다 일파와 예방의 진영에서 큰 웃음이 나왔다. 소운의 우측에 앉았던 사내는 손가락질을 하며 비웃었다.

"도월희천 척항무가 유명한 이유는 따로 있었구나."

그 사내는 신엽과 소운이 끼어들었을 때 가장 보기 싫은 인상을 찌푸렸던 작자였다. 그 소리에 사람들은 다시 한번 웃었다. 그러자 소운이 신엽에게 귀엣말로 소곤거렸다.

"저 사람도 예방에서는 한가닥한다 하는 인물이에요. 신투(神偸)라나 뭐라나. 오늘 그 무공을 한번 보겠군요."

그리고 그녀는 고개를 돌려 신투라는 사내에게 소곤거렸다.

"아시겐지의 손바닥이 이상하지 않소? 불초가 보기에는 꼭 꽃물을 들인 것 같구려."

사내는 그 말을 듣자 문득 깨닫는 바가 있었다. 그 역시 무림의 견식이 일천하지 않았기에 아시겐지에 대해서는 익히 알고 있었다. 때문에 멸절사독장이 삼사십 장을 이어지자 의아해하던 터였다. 그런데 자세히 보니 그것은 손바닥에 꽃물을 들인 것에 불과했던 것이다. 다만 꽃물이 핏빛과 흡사하고 달빛이 은은한 밤인지라 모두들 속아넘어갔을 뿐이었다. 그런 사실을 깨닫자 사내는 아는 체를 하고 싶어 견딜 수 없었다. 그는 대뜸 큰 소리로 말했다.

"알고 보니 견즉시독은 계집 같은 취미가 있었구려. 손바닥에 봉숭아꽃물을 들이고 다니시니."

말이 떨어지기가 무섭게 연무대 쪽에서 붉은 물체 하나가 날아왔다. 정확히 사내의 목줄기를 겨냥하고서. 그것은 전광석화와 같아서 사내는 속수무책이었다. 잠시 후 사람들은 사내의 목에 감긴 붉은 뱀 한 마리를 보고서 비명을 질렀다. 사내의 안색은 백지장처럼 변했다. 그러나 다행히 예방에는 여러 종류의 인물들이 모여 있었다. 그중에는 뱀잡이를 전문으로 하는 땅꾼들도 있었다. 서너 명의 땅꾼들이 달라붙어 가까스로 홍사를 떼어냈다.

그러는 사이 연무대에서는 정반대의 상황이 벌어지고 있었다. 이번에는 척항무가 양장을 휘두르며 아시겐지를 쫓고 있었고, 아시겐지는 체면 불고하고 정신없이 달아나고 있었다. 사내의 지적으로 사정을 알아차린 척항무가 한풀이라도 하려는 듯 맹렬하게 무영장을 휘저어댄 것이었다.

"이 치사한 사기꾼 건달아. 사독장인지 오독장인지는 어디로 갔느냐. 자신 있으면 어서 내 일 장을 받아보아라."

254

척항무의 무영장은 원래 그 빠르기를 당할 장법이 없었다. 얼마나 빨랐으면 무영장(無影掌)이라는 이름까지 붙었겠는가. 더구나 한껏 약이 오른 척항무가 전심전력으로 펼쳤으니 아시겐지로서는 상대할 방법이 없었다. 그저 척항무의 분노가 가라앉고 기운이 떨어지기를 기다리며 도망다니는 수밖에 없었다. 그런데 이번의 추격전은 거꾸로 아이가 어른을 잡으러 다니는 꼴이어서 다시 사람들의 웃음을 샀다. 물론 그 웃음은 견즉시독 아시겐지에 대한 비웃음이었다.

그러던 어느 순간이었다. 아시겐지가 문득 걸음을 멈추고는 뒤돌아섰다. 그리고 쌍장을 뻗어 척항무의 양장을 맞받아쳤다. 달아나기에도 지쳤으니 차라리 내공으로 겨루자는 뜻 같았다. 척항무가 피할 이유가 없었다. 그는 아시겐지의 무공이 실력보다 과장되어 알려졌노라 생각하는 터였다. 야비한 독공과 수많은 암수들 덕분에. 그러니 아시겐지가 걸어오는 내공 대결을 피할 까닭이 없었던 것이다. 연무대 한가운데 장승처럼 버티고 선 채 두 사람은 내공을 겨루기 시작했다.

월출산 정상에는 갑작스런 정적이 찾아왔다. 달빛만이 고즈넉한 가운데 살아 있는 모든 것들은 숨을 죽였다. 헛기침을 하거나 귀엣말을 나누는 사람도 없었다.

뜨거운 차 한 잔 마실 시간이 지나갔을까. 소운은 무언가가 잘못되고 있음을 느꼈다. 좌중의 분위기가 척항무 쪽으로 기울지 않는 것이었다. 그때 척항무는 소운과 신엽을 등지고 있었기에 표정을 읽을 수 없었다. 그러나 아시겐지의 표정은 선명히 보였는데 그는 의미심장한 미소를 머금고 있었다. 보일 듯 말 듯한, 그러나 그를 잘 아는 사람이라면 선연히 느낄 수 있는 미소였다. 소운은 또 장사량의 안색이 침통해지는 것으로도 문제가 발생했음을 알 수 있었다. 장사량은 척항무의 우측에 있어서 표정 변화를 읽고 있었다.

다시 차 한 잔 마실 시간이 지나가자 아시겐지의 얼굴에는 득의의 기색이 역력해졌다. 그는 이제 척항무와의 내력 대결에 전력을 쏟는 것 같지도 않았다. 신엽과 소운은 서로를 마주 보며 고개를 꼬았다. 있을 수 없는 일이었다. 설사 척항무가 기운다 하더라도 이처럼 빨리일 수는 없었던 것이다.

그때 그들은 반 장 앞으로 스쳐가는 미풍을 느꼈다. 장사량의 잠력이었다. 척항무가 더이상 버텨낼 수 없노라 판단하고 미도리의 팔을 들어올리려 한 것이었다. 그러나 미도리의 팔은 올라가지 않았다. 두세 치를 움직이는가 싶더니 정지했다. 이미 준비하고 있었던 요다가 반대의 잠력을 보내어 붙잡은 것이었다. 그러자 중간에 낀 미도리만이 곤욕을 치르게 되었다. 그녀는 두 명의 고수가 밀어내는 내력 틈에 끼여서 부들부들 떨게 되었다.

신엽은 조바심이 나서 견딜 수 없었다. 척항무는 대관절 무슨 사연으로 쩔쩔매는 것일까. 체면에 손상이 가더라도 나서서 도와야 하는 것일까. 얼굴이라도 볼 수 있다면 판단이 설 텐데. 게다가 두 명의 고수 틈에서 미도리는 또 어떤 고통을 겪고 있을 것인가.

신엽은 소운을 돌아보았다. 그녀의 의견을 묻는 것이었다. 그러나 소운은 고개를 저었다. 아직 때가 아니라는 뜻이었다. 사실을 말하자면 조바심이 나기는 그녀도 마찬가지였다. 척항무의 전인이 된 몸이었기에 더욱 그러했다. 하지만 그녀는 선뜻 미도리를 구하기가 싫었다. 또 신엽이 미도리의 고통을 언제까지 묵과할지도 알고 싶었다. 얼마나 가슴 아파할지. 그래서 결국은 어떤 행동을 취할지.

속이 탄 신엽은 반대쪽 사람들을 쳐다보았다. 척항무의 얼굴을 보고 있어서 사태를 잘 알 만한 사람들을. 길상사 사람들은 모두 눈길을 내리깔고 있었다. 체념이 드리워진 모습이었다. 운중선 구장격은 여전히 냉담했다. 요다 일파의 사람들은 사뭇 재미있다는 표정들이었다. 그런데 장사량이 몸을 떨기 시작했다. 내력이 소진된 모양이었다. 요리모토와 일전을 벌이고 독상까지 입은 몸으로 다시 요다와 내력 대결을 벌이다 보니 지탱할 수 없는 지경에 이른 것이었다. 소운은 더이상 지체할 수 없음을 깨닫고 신엽에게 속삭였다.

"장대협께서 위험해요. 미도리의 팔을 올려요."

신엽은 즉시 우장을 땅바닥에 붙였다. 그리고 땅을 통해서 강한 내력을 미도리에게로 보냈다. 격산타우(隔山打牛)의 일 장이었다. 그러자 한줄기 강한 힘이 미도리의 다리를 지나 어깨로 뻗어올라갔다. 그녀의 오른팔은 번쩍 들어올려졌다. 동시에 그녀를 짓누르던 두 고수의 내력이 말끔히 사라졌다. 요다는 깜짝 놀라 두리번거렸지만 누구의 소행인지 알 수 없었다. 땅을 통해 온 격산타우였기에 방향조차 짐작할 수 없었던 것이다.

악몽

"손을 멈추세요. 승부가 났습니다."

미도리는 가까스로 숨을 돌리고 말했다. 그러나 아시겐지와 척항무는 들은 척도 하지 않았다. 기실 들은 척 않는 사람은 아시겐지였다. 내력 대결에서는 유리한 고지를 점령한 사람이 손을 거두지 않는 이상 상대방은 끌려갈 도리밖에 없었으니까.

"승부가 났습니다. 대결을 중지하십시오!"

미도리가 다시 한번 말했지만 마찬가지였다. 아시겐지는 오히려 더 한층 힘을 가하는 모습이었다. 척항무의 상반신이 파르르 떨렸다. 신엽은 바닥의 돌멩이 하나를 집어들어 손가락으로 퉁겼다. 돌멩이는 아시겐지의 오른 손목 삼양락혈을 향해 빛처럼 빠르게 날아갔다. 무공이 낮은 사람들의 눈에는 보이지도 않을 만큼 빠른 속도

258

였다. 아시겐지는 경악하여 황급히 손을 거둬들였다. 그러나 그는 완전히 피하지를 못했다. 돌멩이는 그의 손목 바로 아래 옷자락을 뚫고 지나갔다. 그러자 그 구멍으로 작고 검은 물체들이 꾸역꾸역 나왔다. 검은 물체들은 연무대 바닥 위로 떨어지더니 꿈틀꿈틀 움직이기 시작했다. 여기저기서 사람들의 놀람이 터져나왔다.

"맙소사! 독거미다!"

"흑과부주야!"

흑과부주(黑寡婦蛛)란 남국에서도 가장 무더운 열대 지역에만 서식하는 검은 독거미였다. 무림인들이 이름만 들어도 벌벌 떠는 지독한 독충 중의 하나였다. 그런데 지금 아시겐지의 팔목 옷소매에서는 삼사십 마리가 우수수 떨어져나온 것이었다. 명불허전의 견즉시독이로구나!

아시겐지가 손을 거둔 다음에도 척항무는 잠시 미동이 없었다. 그러더니 오른손으로 왼쪽 옷소매를 찢었다. 왼손은 아시겐지와 내력 대결을 벌인 손이었다. 그 소매 속에서는 다시 이십여 마리의 흑과부주가 쏟아졌다. 아시겐지에게서 나온 것과는 달리 그들은 모두 죽어 있었다.

사람들은 그제서야 사정을 깨달을 수 있었다. 내력 대결을 유도하여 장을 맞대고 아시겐지는 비열하게도 흑과부주를 척항무에게로 보낸 것이었다. 밤이었고 또 옷소매가 가리고 있었으므로 사람들은 누구도 알지 못했다. 척항무조차도 독거미가 건너온 다음에야 알 수 있었다.

척항무는 이러지도 저러지도 못하는 처지가 되고 말았다. 내력 대결이 시작되었으므로 손을 거둘 수는 없었다. 그렇다고 독거미떼를 방치할 수도 없었다. 할 수 없이 그는 내력을 나누어 일부는 독거미를 죽이는 데 사용했다. 진기를 화기(火氣)로 변화시켜 태워 죽였다.

그러나 독거미는 끝없이 밀려왔다. 결국 그는 비세에 처했으며 위기에까지 몰린 것이었다. 만약 신엽이 잠시만 더 지체하였더라면 척항무는 독거미보다 아시겐지의 내력에 눌려 경락이 끊어지고 말았을 것이었다.

척항무는 천천히 두 걸음을 물러났다. 위기는 벗어났지만 상태는 좋아 보이지 않았다. 안색이나 걸음걸이가 무겁기 그지없었다. 소운은 내심 스스로를 질책했다.

유치한 질투로 일을 그르쳤구나. 가벼운 내상이 아니야. 아시겐지가 저처럼 비열한 인간일 줄이야 어찌 짐작이나 했을까.

"승부가 났습니다. 이번 대결의 승자는……"

미도리의 말에 사람들은 모두 숨을 죽였다. 과연 그녀는 이번 대결에 어떤 판정을 내릴 것인가.

"아시겐지입니다."

사방에서 야유가 들렸다. 노골적인 비난도 있었다. 초록동색이라고는 하지만, 그런 판정을 내릴 수 있느냐. 그러나 척항무는 아무 말 없이 돌아섰다. 그는 예방 진영을 향해 두 손을 모았다.

"어느 고인이신지 척모가 은혜를 입었습니다."

척항무가 연무대를 내려가자 예방 방주가 야유꾼들을 대표하는 듯 심판에게 물었다. 사뭇 시비조의 말투였다.

"심판 소저께서는 이번 판정의 근거를 밝혀주시겠소?"

"방주께서는 먼저 질문의 이유를 밝혀주시겠습니까?"

미도리는 당당하게 되물었다.

"이유를 밝히라고요. 이보다 더 명백한 일이 또 어디 있겠소. 영웅연은 무공을 겨루는 대회이고 연무대는 무공을 겨루는 장소인데 아시겐지는 그곳에서 비열한 암수를 쓰지 않았소? 그러니 당연히 실격패를 선언해야지요."

"방주는 암기가 무공에 포함되지 않는다고 말씀하시는 건가요?"

"그런 것이 아니라……."

예방 방주는 갑자기 말문이 막혔다. 암기는 물론 비열한 것이었지만 무공이 아니라고 말할 수는 없었던 것이다. 그때 조금 전 요리모토가 독침을 쓰고서 패배를 자인했던 일이 생각나 다시 힘을 얻었다.

"요리모토와 장사량의 시합에서는 심판도 다른 판정을 내렸었지요."

미도리는 고개를 저었다.

"방주께서는 혹시 아시겐지의 별호를 알고 계십니까?"

"그 유명한 견즉시독을 내 어찌 모르겠소."

"그렇다면 그 별호의 뜻도 아시겠지요. 그런 별호를 가진 분과 무공을 논하게 된다면 가장 조심할 점이 무어라고 생각하십니까?"

"그야 당연히 은밀한 독수가 되겠지요."

"바로 그렇습니다. 견즉시독 아시겐지의 가장 무서운 무공은 독공입니다. 도월희천 척항무께서도 그 점을 익히 아셨을 것입니다. 그런데도 충분히 방비를 못 해서 당했으니 패배를 선언한 것입니다. 하지만 요리모토의 경우는 다릅니다. 그는 암수의 명인도 아닐뿐더러 오독은침은 그 자신의 작품도 아니었습니다. 그가 알지 못하는 상태에서 벌어진 일입니다. 때문에 심판은 요리모토의 패배를 인정한 것입니다. 다른 이의가 있으십니까?"

미도리의 말은 한마디 한마디가 조리 있고 질서정연했다. 예방 방주가 다시 토를 붙일 틈이 없었다. 대회장을 둘러앉은 모든 사람들도 고개를 끄덕일 수밖에 없었다. 아시겐지는 흡족한 마음으로 흑과 부주들을 주워담고는 예방 쪽을 노려보았다.

"방주께서 큰소리를 치시더니 과연 훌륭한 선수를 준비한 모양이군요. 누가 나와서 노독물의 옷값을 치를 것인지요."

아시겐지는 내심 떨리는 마음이 없지 않았다. 조금 전 자신의 옷
소매에 구멍을 낸 사람의 무공은 실로 고강하리라 여겨진 까닭이었
다. 난감하기는 예방 방주도 마찬가지였다. 그는 아직도 조금 전 어
떤 일이 있었는지 명확히 알지 못했다. 왜 사람들이 자꾸 자기를 돌
아보는지도 몰랐다. 아시겐지를 척항무에게서 뜯어낸 것이 예방 진
영에서 날아간 돌멩이라는 사실조차 알지 못했던 것이다. 그런데 그
때 예방의 한 제자가 다가와 귀엣말을 전했다. 방주는 갑자기 안색
이 펴지며 호탕한 웃음을 터뜨렸다.

"하하하, 그러지요. 예방이 아무리 가난하다 해도 노독물의 옷값
정도야 못 물어드리겠습니까. 예방의 대표선수이자 여러분이 깜짝
놀라실 만한 귀빈을 이 자리에 모시겠습니다."

예방 사람들은 두 쪽으로 나뉘었다. 그 가운데 길을 걸어들어온
세 사람을 보고 신엽은 실로 경악하지 않을 수 없었다. 그들은 바로
핏빛 옷자락을 휘날리는 적차삼 세 여인이었던 것이다. 무공이 높고
견식이 있는 사람들은 모두 일시에 안색이 굳고 말았다. 다만 아시
겐지와 구장격은 그렇지 않았다. 그들은 적차삼을 잘 몰랐다. 아시
겐지는 왜국 밖 출입이 잦지 않았기에 중원의 소문에 어두웠다. 물
론 적차삼 세 글자를 모르는 바는 아니었으나 침소봉대된 것이려니
여겼다. 구장격은 아예 들은 바도 없었다. 십여 년을 은둔자로 지냈
으니 알 리가 없었다. 때문에 그들은 척항무가 분개하여 예방 방주
를 비난하는 것을 쉽게 이해하지 못했다.

"늙은 거지야. 알고 보니 네가 그 세 광녀들을 끌어들였구나. 고려
의 피를 받고 태어난 고려인으로서 부끄럽지도 않으냐? 장차 저승
에서는 무슨 낯으로 김윤후 대사님을 뵈려는 것이냐?"

"호흥. 알고 보니 도월희천께서는 대단한 애국자셨군요. 어른을

공경하는 마음도 갸륵하구요. 그렇다면 왜 즉시 예방의 제자로 입문하지 않으십니까? 내 특별히 허락할 것이니 직접 김윤후 창조사님의 가르침을 배우십시오."

"미친놈. 예방이 오늘 이 지경이 된 데는 모두 이유가 있었구나. 가까운 시일 내에 내 네게 따끔한 가르침을 내리마."

"그러시지요. 요행히 오늘 살아남는다면 말입니다."

예방 방주는 말씨름을 끊고 적차삼을 연무대로 안내했다. 신엽이나 소운은 모두 피가 끓고 있었다. 척항무와 마찬가지로 예방 방주에 대한 분노 때문이었다. 그러나 일의 진행이 더욱 오리무중으로 변하고 있었기에 꾹 눌러참고 주시하기로 했다. 기실 소운은 적차삼의 출현이 전화위복이 될 것을 기대하고 있었다. 장사량과 척항무가 모두 요다와 아시겐지의 독수에 걸리고 말았으니 사태는 사뭇 비세였던 것이다.

적차삼을 가까이에서 대한 아시겐지는 일단 마음을 놓았다. 유심히 살펴보았지만 내공이 대단히 심후해 보이지는 않았다. 그것은 틀린 판단은 아니었다. 세 여인의 내공은 개별적으로는 그의 아래였으니까. 아시겐지는 그렇다면 그들의 악명이 자신과 비슷한 수법에서 유래했으리라 간주했다. 독수나 암수, 독공 등과 같은. 그런 종류의 싸움이라면 조금도 두렵지 않았다. 어느 누구도 그런 수법으로 자기를 이길 수는 없다고 자신한 것이었다.

"너도『금해진경』을 탐해서 나섰느냐?"

적차삼 중 적색장갑의 여인이 아시겐지에게 물었다. 다짜고짜 반말지거리를 듣자 아시겐지는 내심 부아가 치밀었다. 그는 그녀들을 모조리 연무대의 시체로 만들어주리라 다짐했다.

"그렇다."

"『금해진경』은 주인이 따로 있다. 기회를 줄 테니 그만 내려가거라."

적차삼이 고려로 건너온 까닭은 전적으로 『금해진경』 때문이었다. 자신들이 익힌 요상한 무공의 근본이 『금해진경』임을 알고 벼르던 중 예방 방주의 은밀한 제의를 받았다. 『금해진경』에 관한 정보를 줄 테니 습득하여 함께 나누자는 것이었다. 물론 그들은 함께 나눌 마음은 없었지만 긴한 제보까지 거절할 이유는 없었다. 그래서 오늘 이 자리에 그들 세 야차들이 나타난 것이었다.

아시겐지는 기가 막혔다. 그러나 그의 머릿속에서는 이미 계산이 끝나 있었다. 그는 천천히 고개를 저었다.

"무기들을 뽑아라."

"훙!"

적색장갑은 콧소리와 함께 신형을 움직였다. 무릎을 움직이지도 않고 마치 유령처럼 아시겐지에게로 다가갔다. 재미있는 일은 뒤의 두 여인들도 똑같은 모습으로 똑같이 움직인다는 사실이었다. 때문에 그 움직임은 연무대 위에서 붉은 삼각형이 움직이는 것과 같았다.

아시겐지는 적색장갑은 거들떠보지도 않고 삼각형의 한가운데로 뛰어들었다. 그의 옷소매 속에는 독거미들이 잔뜩 모여 있었다. 그의 계산은 일거에 독수를 써서 세 여인을 쓰러뜨린다는 것이었다. 그러려면 그는 세 여인 모두에게 가장 가까운 중앙 자리를 점령할 필요가 있었다. 그곳에서 일시에 독거미떼를 사출해야 했다. 그러나 삼각형 속으로 한 발이 들어가는 순간 아시겐지는 무언가가 잘못되었음을 깨달았다. 무형의 삼각형 한가운데서 어떤 힘이 그를 빨아들이고 있었던 것이다.

깜짝 놀란 아시겐지는 다시 뒤로 물러서려고 했다. 하지만 마음뿐, 그의 몸은 말을 듣지 않았다. 오히려 더 빠른 속도로 중앙으로 빨려들었다. 동시에 사방팔방에서 감당할 수 없는 압력들이 밀려들어왔다. 누르는 압력, 당기는 압력, 미는 압력, 찌르는 압력 등등. 중앙에 도달하자 그 압력은 한층 배가되었다. 원래 적차삼의 무서움은 그들이 만들어낸 삼각형의 내부에 있었다. 세 사람의 공력이 교차하고 또 교차하여 여섯 배가 되었으며 그 중앙에서는 아홉 배로 증폭되었다. 때문에 어떤 고수라 할지라도 삼각형 속에 들어서면 힘을 잃을 수밖에 없었다. 그같은 사실을 알지 못한 아시겐지는 스스로 방정을 떨며 뛰어든 것이었다.

일시에 혼이 나간 아시겐지는 손목을 뒤집었다. 팔소매 속의 독거미떼를 사출하기 위해서였다. 족히 일 다경이 걸려서 그 동작이 이루어지고, 흑과부주떼는 그의 손을 떠났다. 아시겐지는 겨우 한숨을 돌렸다고 믿었다. 그러나 사정은 기대와 달랐다. 한 가닥 압력에 실려 수중을 떠난 독거미들은 적차삼에게 쏘아져간 대신 그의 몸 주변을 빙글빙글 돌게 된 것이었다. 마치 작은 소용돌이처럼. 그리고 그의 몸을 조여드는 압력들은 갈수록 흥맹해질 뿐이었다.

다급해진 아시겐지는 독지네들을 보내기로 하고 그들을 팔소매 아래로 내려보냈다. 다시 한참이 걸려서야 사출에 성공했다. 그러나 이번에도 결과는 다를 바가 없었다. 수십 마리의 검은 지네들이 줄지어 허공을 날기 시작했다. 적차삼의 세 여인들 사이를 삼각형으로 빙글빙글 돌며. 마치 무슨 곡예단의 지네떼 같았다.

그러자 잠시 후부터는 아예 아시겐지의 몸에 있던 다른 독물들이 스스로 빠져나가기 시작했다. 그의 몸에서 이상한 물건들이 기어나오자 재미를 느낀 적차삼이 뽑아낸 것이었다. 수백 개의 은빛 독침들, 뽀족한 강침들, 십여 마리의 홍사, 독약인 듯 보이는 각양각색의 알약들 등이 빨려나왔다. 그리고는 각각 다른 궤적을 따라 허공을 부유하기 시작했다.

"허허, 장관이로다! 장관이로고!"

"견즉시독에게 저런 재주까지 있는 줄은 미처 몰랐구려!"

사람들은 박수를 치고 감탄사를 연발했다. 물론 그중에는 사정을 정확히 알고서 아시겐지를 비웃는 사람들도 적지 않았다. 아시겐지는 그 소리들이 저승에서 울려오는 환청처럼 들렸다. 그는 이미 꼼짝달싹도 할 수 없는 처지였다. 흙더미 속에 온몸이 파묻힌 느낌이었다. 미처 몸을 떠나지 못한 두세 마리의 홍사들은 요상한 압력에 고통스러워했다. 어떤 놈은 가죽이 터져서 몸부림치다 아시겐지의 허리를 물어버렸다. 홍사 정도의 독이 견즉시독을 해칠 수는 없었지만 고통은 한결 더해졌다.

"도대체, 너희는, 누구냐!"

아시겐지는 있는 힘을 다해 소리쳤다. 그러나 숨이 턱턱 막혀 그 소리도 제대로 울리지 않았다. 난생 처음으로 그에게도 죽음의 그림자가 드리워졌다. 그런데 그때 신엽은 두 눈을 반짝거리며 네 사람의 대결을 주시하고 있었다. 허공을 떠도는 갖가지 독충떼들은 신엽에게 뜻밖의 가르침을 주고 있었다. 적차삼의 삼각형 속에서 기운이 어떤어떤 궤도를 형성하며 운행되고 있는가에 대한 가르침이었다. 삼각형을 그리는 기운도 있었고, 원을 그리는 것도 있었다. 또 어떤 자장은 수직의 타원형을 만들어 솟아올랐다가 곤두박질치기를 되풀이하고 있었다. 삼각형 중에도 좌측과 우측의 두 방향이 있었으며, 어떤 것은 수축과 확산을 반복하고 있었다.

그랬었구나!

오래지 않아 신엽은 그들의 원리를 꿰뚫을 수 있었다. 그 모든 궤적들은 어설프게나마 천부신공의 원리와 닿아 있었기 때문이었다.

밖에서 관망하던 요다는 눈살을 찌푸렸다. 아시겐지의 처지가 딱해서는 아니었다. 자신의 의동생이라는 자가 사람들 앞에서 망신을 당하는 까닭이었다. 게다가 아시겐지의 용도는 아직 다하지 않은 것이었다. 그는 히야시를 불러서 한 가지 지시를 내렸다. 그러자 히야시가 신호를 보냈고, 뒤쪽 어두운 숲 속에서 네 개의 검은 그림자들이 튀어나왔다. 그들은 즉시 장검을 뽑아들고 연무대 위로 돌진했다. 바로 독인들이었다. 일찍이 요다가 묘향신니를 겨냥해서 양성한 특수부대인데 전날 녹운곡에서 신엽과 낭연에게 거진 괴멸되고 네 명만이 살아남았던 것이다.

아시겐지를 상대하며 적차삼은 제법 놀라고 있었다. 왜국에도 이처럼 고강한 무인이 있었구나. 하지만 위협을 느낄 정도는 아니어서 곧 대결을 끝낼 단계에 있었다. 잠시 후면 아시겐지는 근골이 비틀리고 으스러질 것이었다. 그런데 네 명의 흑의인들이 돌진해오자 신경이 쓰였다. 더구나 하나하나의 무공이 만만해 보이지 않았다. 그들은 즉시 유성추를 풀어들었다. 좌장으로는 아시겐지를 상대하며 우수의 유성추로는 흑의인들을 쳤다.

흑의인들의 무공은 그 자리의 모든 사람들을 놀라게 했다. 복면까지 흑색으로 통일한 무명소졸들이었기에 더욱 그러했다. 하지만 그들도 일단 적차삼의 삼각형에 다가서자 힘을 잃었다. 행동이 느려지고 검끝이 무뎌졌다. 적차삼의 유성추는 날카로운 바람을 일으키며 그들의 팔과 다리를 휘감았다. 잠시 만에 세 명의 흑의인들이 수족을 하나씩 잃고 말았다. 그들의 몸을 떠난 팔과 다리는 삼각형 속으로 빨려들어가 빙글빙글 돌았다. 핏물도 함께 돌았다. 적차삼은 이미 그들을 제압한 것이라 여겼다.

그러나 사정은 달랐다. 팔과 다리를 잃고도 흑의인들은 변함없는 맹공을 펼치는 것이었다. 비록 위세는 약했지만 장검들을 매섭게 찌르고 베었다. 고통이나 죽음 따위는 관심도 없다는 모습들이었다. 천하의 악명 높은 적차삼이라지만 그같은 동귀어진(同歸於盡)의 돌진 앞에서는 멈칫거릴 수밖에 없었다. 그들은 다시 유성추를 휘둘러 나머지 팔과 다리들을 베었다. 또 몇 개의 팔다리가 허공으로 흩어졌다. 그런데도 장검은 여전히 춤을 추었다. 심지어 어떤 흑의인은 머리를 잃고도 멈추지 않고 살초들을 펼쳤다. 사람들은 눈앞의 광경에 넋을 잃을 지경이었다. 실로 그것은 지옥에서도 가장 참혹한 지옥의 아비규환이었던 것이다.

결국 그 대결은 적차삼이 네 명의 흑의인을 수십 도막으로 자르고서야 일단락되었다. 부유하던 모든 것들이 가라앉자 살코기와 핏물로 흥건해진 연무대가 모습을 드러내었다. 피비린내가 진동을 했다. 소운은 입을 막고 구역질을 했다. 그녀뿐 아니라 많은 사람들이 고개를 돌렸다. 적차삼은 그 아수라장 한가운데 태연하게 버티고 서 있었다.

"용케도 빠져나갔구나."

적차삼의 적색장갑 여인이 말했다. 아시겐지에게 하는 말이었다. 그 난리 속에서 아시겐지는 간신히 몸을 빼어 달아난 것이었다. 그러나 그의 몰골은 말이 아니었다. 머리카락은 산발이 되었고, 피를 잔뜩 뒤집어쓴 옷은 사방이 갈가리 찢어져 있었다. 사람들은 내심 몸서리를 쳤다. 아시겐지 같은 고수가 저런 꼴을 당했다면 적차삼의 독수가 어느 정도인지 짐작할 일이었다. 단지 한 사람, 예방 방주만이 득의의 미소를 머금고 있었다. 그는 사뭇 거만한 목소리로 미도리에게 말했다.

"심판은 어서 판정을 내리시지."

그제서야 미도리는 정신을 차리고 팔을 들어올렸다.

"적차삼의 승리입니다."

미도리는 예방 사람들에게 연무대를 치워줄 것을 당부했다. 산전수전을 다 겪었고 많은 사람들의 죽음을 목도한 그녀였지만 차마 감당할 수 없어서였다. 연무대가 대충 정리되자 미도리는 적차삼에게 도전할 사람을 찾았다. 그러나 누구도 선뜻 나서지 않았다. 예방 방주는 신이 나서 벙글거렸다.

"더이상 도전자가 없다면 적차삼의 최종 승리를 선언해야지. 길상사 장문인도 예방으로 넘기고."

적차삼 세 여인도 비슷한 말을 했다.

"불필요한 피는 보지 맙시다. 『금해진경』만 넘겨주면 우리는 조용히 이곳을 떠나겠습니다."

그들 역시 조금 전의 참혹한 일전에는 몸서리를 치고 있었다. 흑의인들이 이성을 상실한 독인부대임을 알지 못하는 터라 내심 기가 질리기도 했던 것이다. 그러나 요다가 우승 자리를 곱게 그들에게 넘겨줄 리 없었다. 그는 새롭게 변한 상황을 계산해보았다. 적차삼이 비록 무섭기는 하지만 아시겐지와 요리모토, 그리고 자신까지 가세한다면 승산이 있을 성싶었다. 아시겐지는 몰골은 엉망이었으나 내상은 없었으니 아직 전투력이 충분했다.

그러나 한 가지 문제라면 운중선 구장격의 존재였다. 그가 남아 있는 한 설사 적차삼을 이기더라도 즐거움이 적을 것인 까닭이었다. 그렇다면 먼저 구장격을 제물로 쓰도록 하자. 그와 일전을 벌인 뒤라면 적차삼도 그만큼 힘이 빠질 것이니 일석이조가 아니겠는가.

계산을 마친 요다는 은근히 구장격의 자존심을 부추겼다.

"과연 적차삼 세 글자는 허명이 아니로군요. 섬나라 사람은 오늘 눈을 새롭게 떴습니다. 하지만 혹시 이런 말씀을 들어보셨는지 모르겠군요."

"무슨 말이오?"

"천하 무림에는 일신 이선 사비가 있다 하는 말씀이오."

"흥."

적색장갑은 코방귀를 뀌었다.

"고려국의 조그만 땅덩어리를 어찌 천하라 할 수 있겠소."

"글쎄요. 꼭 땅이 넓어야 천하가 되는 것은 아니지요. 마침 이 자리에는 일신과 어깨를 견주던 운중선 구장격 화랑 방주가 계시니 적차삼 세 손님을 실망시키지 않으리라 믿습니다."

"길고 짧은 것은 대봐야 알겠지요."

구장격은 요다에게 모종의 배신감을 느꼈다. 그가 자신을 들쑤시고 있음을 모를 만큼 어리석지는 않았던 것이다.

물론 요다가 떠들지 않아도 구장격은 자신의 차례라는 사실쯤은 알고 있었다. 다만 그가 침묵으로 일관한 것은 적차삼의 무공을 가늠할 수 없었기 때문이었다. 어떤 문파의 무공인지, 어떤 기괴한 진법을 썼길래 아시겐지 같은 고수가 힘 한 번 쓰지 못하고 참패당했는지. 고민에 고민을 거듭했지만 실마리를 찾을 수 없었다. 때문에 그는 조용히 생각에 잠겨 있었다. 어쩌면 혼자서는 힘들지 모른다는 생각도 들었고, 그렇다면 요다와 힘을 합쳐 부수는 방법이 있으리라 생각도 해보았다. 상대가 세 명이니 크게 위신을 상하는 일은 아니리라 여겨졌다. 그런데 뜻밖에도 요다는 자신을 연무대로 밀어내고 있었던 것이다.

그래. 천하의 운중선이 언제 저런 소인배와 어울렸단 말인가. 아시겐지가 수모를 당한 상대를 내가 꺾는다면 누구도 감히 나서지 못할 테지.

구장격은 마음을 정했다.

자리에서 일어난 구장격은 좌후방의 커다란 느티나무로 걸어갔다. 나무 아래 당도하여 왼팔을 뻗으니 제법 굵은 나뭇가지 하나가 그의 수중으로 들어왔다. 내력으로 끌어당긴 것이었지만 얼핏 보기에는 마치 가지가 스스로 허리를 숙이는 듯 보였다. 구장격은 오른

손으로 스르륵 가지를 훑었다. 그러자 일백여 장의 나뭇잎들이 그의 손에 쟁여졌다. 그 나뭇잎들과 함께 구장격은 연무대로 올라갔다.

"무얼 하려는 거지?"

신엽이 소운에게 물었다.

"글쎄요…… 아마 적차삼이 괴이한 진법을 쓰는 것이라 판단한 모양이에요. 나뭇잎으로 진법의 약점을 찾아내려는 것이겠죠. 어때요? 가능할까요?"

"진법이 아닌 건 아닌데, 상식으로 이해할 수 있는 진법도 아니야."

"삼사형은 깨뜨릴 수 있겠어요?"

"해봐야 알겠지."

"기대되는군요. 그런데 아무래도 안 되겠어요. 먼저 삼사형이 가서 도월희천과 운상대객을 도와드려야겠어요."

소운의 말을 듣고 그들을 돌아본 신엽은 깜짝 놀랐다. 운상대객 장사량의 얼굴이 하얗게 변하고 있었다. 척항무는 그 곁에 침통한 표정으로 앉아 있었는데 속수무책인 듯 보였다. 신엽은 소리없이 그들 곁으로 자리를 옮겼다. 가까이 가서 보니 장사량의 상태는 더욱 나빴다. 두 눈을 굳게 감은 채 온몸을 사시나무 떨 듯 떨고 있었다. 신엽이 그의 맥문을 쥐려 하자 척항무가 나직이 호통쳤다.

"뭐 하는 놈이냐?"

"형님. 저 신엽입니다."

신엽은 더 낮게 말했다. 척항무를 제외한 다른 누구도 알아들을 수 없도록. 척항무는 두 눈을 동그랗게 떴다. 그리고 잠시 후 그 두 눈에는 눈물이 맺혔다. 기쁨의 눈물이었다.

"그래. 정말 신엽이구나. 살아 있었구나."

"쉿. 소리를 낮추십시오. 장 형님은 많이 좋지 않으십니까?"

척항무는 고개를 저었다.

"어서 인사나 올리거라. 만나자 이별이라더니, 네가 오늘 또 한 명의 형님을 잃을 모양이구나."

"어째 그런 말씀을 하십니까."

척항무는 신엽에게 사정을 설명했다. 조의사비의 무공은 유례가 없을 만큼 독보적인 것이다. 그러나 가장 큰 단점은 중한 내상을 입었을 때 서로 도울 수 없다는 점이다. 내공수련법이 정반보사(正反補捨)의 관계로 상이하여 한 사람의 내력으로 다른 사람을 치료할 수 없는 것이다. 더구나 지금처럼 독이 퍼졌을 경우에는 속수무책이다. 독을 밀어내는 경로가 다른 까닭이다.

신엽은 일찍이 척항무가 이처럼 슬퍼하는 모습을 본 적이 없었다. 가야산 용암동굴에서 자기가 죽을 위기에 처했을 때도 담담하기만 했었는데. 그래서 신엽도 가슴이 미어질 듯 아팠다. 그런데 그 순간 한 가닥 희망이 스쳐갔다. 어쩌면 자신이 도울 수 있을지도 모른다는 희망이었다. 조금 전 장사량의 무공을 보면서 암암리에 따라해보았었는데 별다른 장애가 없었던 것이다.

"제가 한번 해보겠습니다."

신엽은 가만히 눈을 감고 앉아 천부심법을 암송했다. 평정심이 찾아지자 장사량의 명문혈에 장심을 얹었다. 가만가만 기운을 밀어넣어 그의 몸 경락들을 점검해보았다. 어디가 막혔고 어디가 뚫렸으며 평상시 운기를 할 때는 어떤 경락들을 주로 사용하는지. 그 작업은 몹시 까다로운 것이었다. 워낙 미미한 차이를 감지하는 일이었는데다, 지금처럼 중상을 당한 경우에는 모든 경락의 흐름들이 무력해져 있는 까닭이었다. 자칫 잘못하여 엉뚱한 경락을 건드릴 경우에는 장사량을 죽지도 못하고 살지도 못하는 몸으로 만들 수 있었다. 그러나 한 가지 다행이라면 신엽이 사전에 장사량의 무공을 대략 파악했다는 사실이었다. 게다가 천부심법이 평정심을 유지하여 그가 예민함을 잃지 않도록 도와주었다.

그 시각 가장 초조한 사람은 오히려 척항무였다. 일이 잘못될 경우에는 장사량과 신엽 두 사람을 모두 잃을 수도 있는 까닭이었다.

괜히 북수백산에서 장 아우는 불러내었지. 내버려두었으면 신선이 되었을 사람인데. 신엽도 그래. 기적이 아닌 다음에야 치료할 수 없는 일인데, 차라리 말려서 신엽이라도 온전하게 해야 하는가…….

다른 사람들의 눈을 의식하여 담담한 척 정좌하고 있었지만 내심 척항무는 가시방석 위를 서성거리고 있었다.

그렇게 차 한 잔 마실 시간이 지났을까. 장사량이 문득 입을 벌려 피 한 모금을 토해내었다. 검게 응어리진 어혈이었다. 독성이 얼마나 지독했던지 그 짧은 시간에 흑어혈이 만들어진 것이었다. 그러나 어혈을 토해낸 장사량은 빠르게 안색을 회복하기 시작했다. 아울러 그와 신엽의 머리 위에서는 모락모락 김이 피어올랐다.

척항무는 기쁨을 감출 수 없었다. 신엽이 해낸 것이었다. 기적이라고밖에는 믿을 수 없는 일을. 하지만 만약 그가 사정을 알았더라면 그것이 기적만은 아니었음도 알았을 것이었다. 천부신공과 사비의 무공은 모두 고구려의 옛 무공에 뿌리하고 있었다. 그리고 그 모태는 바로 금해 연개소문의 무공이었다. 그러니 신엽은 약간의 노력으로 사비의 무공을 골고루 깨칠 수 있었던 것이다.

다시 차 한 잔 마실 시간이 지난 후 신엽이 눈을 떴다. 그는 장사량의 명문혈에서 손을 거두고 척항무에게 말했다.

"어려운 고비는 넘겼습니다. 하지만 최소한 칠주야는 내력을 소모하지 말아야 합니다."

"칠주야가 뭔가. 칠십주야라도 꼼짝하지 못하도록 내 곁에서 지켜줄 거야."

척항무는 신엽의 손을 잡으며 그렇게 말했다. 하지만 그 일은 그리 간단하지 않을 것이었다. 척항무 자신부터가 중한 내상을 입은 몸이었으니까. 다만 그는 독상을 당하지는 않았으니 당장은 위태롭지 않을 뿐이었다. 장사량은 이제 안색도 되찾고 떨림도 없어진 상태에서 평온하게 운기조식을 취하고 있었다. 그는 잠깐 눈을 뜨고 신엽에게 고마움을 표하려 했지만 척항무가 서둘러 입을 막고 눈을 감겨버렸다.

한시름 놓은 신엽은 연무대로 시선을 돌렸다. 그곳에서는 구장격과 적차삼의 대결이 치열해지고 있었다. 신엽은 구장격의 무공에 새삼 고개가 끄덕여졌다. 혼자 몸으로 그는 벌써 꽤 긴 시간을 버텨온 것이었다. 그러나 자세히 보니 형세는 실로 난망이었다. 구장격은 낙영비라는 절묘한 경신술에 의존하여 간신히 몸을 피하고 있을 뿐 공격다운 공격도 못 하고 있었다. 재미있는 일은 그의 손에 있던 백여 장의 느티나뭇잎들이 적차삼의 삼각형 속을 맴돌고 있다는 사실이었다. 크고 작은 각양각색의 궤적들을 만들며.

그랬구나. 소운 사매가 말한 바가 바로 저것이었구나.

나뭇잎들의 역할을 이해한 신엽은 기쁨을 감출 수 없었다.

운중선 구장격은 실로 명민한 위인이었다. 적차삼의 무공이 괴이하며 그들 상호간에 복잡한 내력의 자장이 숨어 있음을 깨달은 그는 파해법을 찾기 위해 고심했다. 가장 큰 문제는 내력의 자장이 투명하여 형체를 알아볼 수 없다는 데 있었다. 형체만 알 수 있다면 원리를 잡아낼 수 있을 텐데. 원리를 잡아낸다면 파해법도 찾아낼 수 있을 터인데.

아시겐지와 독인부대와 적차삼의 대결이 끝나갈 즈음 구장격은 해답의 실마리를 얻었다. 바로 그 대결 덕분이었다. 아시겐지의 갖가지 독충들, 독인들의 팔다리, 붉은 피 등등이 허공을 떠도는 것을 보며 그는 무형의 자장을 유형으로 변화시키는 방법을 생각해낸 것이었다. 그것은 다수의 작고 가벼운 물체들을 자장 속으로 흘려보내어 자장을 따라 맴돌게 하는 것이었다. 그래서 지금 연무대 위에서는 무수한 나뭇잎들이 각양각색의 궤도를 그리며 부유하고 있었던 것이다.

구장격의 나뭇잎 덕분에 가장 큰 이득을 얻은 사람은 바로 신엽이었다. 그는 조금 전 아시겐지의 독충들을 통해 깨달은 이치를 더욱 명료하게 알 수 있었다. 연무대가 아수라장이었을 때에 비하여 한층 간결하고 선명한 깨달음이었다. 나뭇잎들의 양과 속도 등은 그에게 내력의 연결고리가 어디어디이며, 그 취약점은 어디인가를 가르쳐주고 있었다.

하지만 정작 구장격은 스스로의 장치로부터 큰 이득을 얻지 못하고 있었다. 그는 시간이 흐를수록 놀라울 뿐이었다. 아무리 유심히 지켜보아도 약점을 찾을 수가 없었다. 그것은 그를 탓할 일은 아니었다. 그는 아직 『금해진경』의 천부신공을 알지 못했다. 적차삼의 무공이 괴이한 진법에 불과하리라 믿었지만 기실 그들의 무공은 한 단계 상위에 있었던 것이다.

결국 구장격도 위기에 몰리고 말았다. 적차삼의 기세가 점차 드세어지고 공격 반경도 넓어졌다. 만일 구장격이 승부를 포기하고 연무대 밖으로 물러선다면 목숨은 구할 것이었다. 그러나 그의 자존심이 그런 수모를 허락할 리 없었다. 차라리 적차삼의 삼각형으로 돌진하여 동귀어진을 택할 것이었다. 하지만 그 일격은 그의 목숨만을 앗아갈 가능성이 컸다. 척항무는 고개를 저었다. 결과가 뻔히 엿보였기 때문이었다.

"구장격은 속은 좀 좁았지만 여자를 해코지한 일은 없었는데, 오늘 못된 여자들이 그를 잡아먹겠구나."

그 목소리에는 안타까움이 가득했다. 한 시대를 함께 풍미했기에 미운 정 고운 정이 모두 든 그들이었다. 내상을 입은 몸만 아니었다면 척항무는 일찌감치 나서서 싸움을 거들었을 것이었다.

아니나다를까, 구장격은 마지막 일격을 전개했다. 선택의 여지가 없는 일격이었다. 장검을 높이 치켜들고 그는 정면으로 흑색장갑을 찔러들어갔다. 흑색장갑은 흑색 유성추를 비스듬히 내려치며 좌측으로 비켜섰다. 구장격은 몸을 틀어 그녀를 따라붙었다. 그러나 삼각형 속에 한 발이 걸리는 순간 그의 기세는 간데없이 사라졌다. 그는 마치 거미줄에 걸린 풍뎅이처럼 힘을 잃는 것이었다. 신엽은 마음이 바빠져서 척항무에게 물었다.

"동생이 한 가지 문제에 막혔습니다. 삼각형을 이룬 세 개의 고리를 동시에 끊어버리려면 어떤 방법이 있겠습니까."

"조금의 시차도 없이?"

"종이 한 장의 차이도 없어야 합니다."

"그거야 어려운 일은 아니지. 세 자루의 장검을 동시에 쓴다면."

"하!…… 그렇군요. 감사합니다, 형님."

신엽은 지체없이 몸을 날려 연무대로 올라갔다.

한 남루한 젊은이의 등장은 사람들을 놀라게 했다. 운중선도 쩔쩔매는 대결장에 감히 누가 나서서 도움이 되겠는가. 그러나 다음 순간 그들은 더 놀라운 사실을 목도하게 되었다. 남루한 젊은이는 적차삼의 삼각형 속으로 서슴없이 진입했다. 그리고는 그 속을 매끄럽게 움직이는 것이었다. 물고기가 물 속을 유영하듯.

그러나 뭐니뭐니해도 가장 크게 놀란 것은 바로 적차삼 세 여인이었다. 이날 이때까지 무수한 고수들과 상대했지만 누구도 이러지는 못했던 것이다.

신엽이 그 마의 삼각형 속에서 비교적 자유로웠던 것은 바로 차기미기의 묘리 덕분이었다. 사람들은 자장의 삼각형에 빨려들면 무조건 버티려고 발버둥쳤다. 눌리지 않으려고, 혹은 끌어당겨지지 않으려고. 스스로의 공력을 십이 성 끌어올리려고 애썼다. 그래서 점점 더 빨리 지치고, 종국에는 내력을 모조리 빼앗기고 마는 것이었다. 하지만 신엽은 지금 자신의 내력은 조금도 사용하지 않고 있었다. 경력을 모두 풀어버려 적차삼의 내력들이 그의 몸을 통과하게 내버려두었다. 때문에 그는 다른 사람들보다 몇 배는 빠르게 움직일 수가 있었다.

그때 구장격은 중대한 위기를 맞고 있었다. 적색과 청색의 두 유성추가 좌우에서 양쪽 허벅지를 감아들고 있었다. 이미 기력이 반감된 구장격은 피할 수가 없었다. 어느 쪽이든 한쪽을 축으로 움직이는 게 고작이었는데, 그런다면 축이 된 다리는 유성추에 감길 수밖에 없었고 결국 그 다리를 잃게 되는 것이었다. 차라리 목숨을 주자. 구장격은 그렇게 마음을 정하고 두 눈을 질끈 감았다. 오히려 아래로 내려앉았다. 두 다리가 아니라 허리의 대맥(帶脈)을 끊기기 위해서였다.

그 절체절명의 순간, 그는 누군가가 그를 더욱 아래로 끌어내리는 것을 느꼈다. 간발의 차이로 유성추는 머리 위를 지나갔다. 눈을 떠보니 한 남루한 차림의 젊은이가 그를 울러메고 있었다. 젊은이는 믿을 수 없을 만큼 빠른 동작으로 몇 차례 보법을 전개했다. 그러자 그들은 이미 삼각형 밖으로 나와 있었다. 젊은이는 구장격을 연무대 아래에 내려주고 고개를 숙였다.

"여인들이 괴이한 사공을 쓰고 있으니 후배가 상대하게 해주십시오."

구장격은 달리 할말이 없었다. 그는 이미 죽었을 목숨인 까닭이었다. 그러나 그는 젊은이의 말대로 적차삼이 괴이한 사술을 쓰는 것이라 믿으며 스스로를 위로했다. 그렇지 않고서야 젊은이가 그토록 신속히 움직일 수는 없지 않겠는가. 아시겐지와 자신이 모두 낭패를 당한 마의 삼각형 속에서.

그러곤 신엽은 길상사 진영으로 갔다. 그는 자궁대사 앞에서 예를 차렸다.

"대사님께 한 가지 부탁이 있습니다. 길상사의 보검 세 자루를 빌려주신다면 후배가 적차삼을 상대하는 데 큰 힘이 될 것 같습니다."

자궁대사는 갑작스런 젊은이의 부탁에 의아해졌다. 그런데 그 부탁의 목소리가 낯설지 않았다. 한참을 바라보다가 그는 젊은이의 입가에 떠오른 어리숙한 미소를 알아보았다. 바로 신엽이었다. 살아 있었구나! 자궁대사의 얼굴이 기쁨과 반가움으로 활짝 펴지려는 순간 신엽이 다시 말했다.

"사정 말씀은 차후에 천천히 드리겠습니다. 보검 세 자루를 빌려주신다면 은혜를 잊지 않겠습니다."

"그러시지요."

자궁은 고개를 끄덕이고 광한과 광은의 장검을 받았다. 거기에다 자신의 장검까지 얹어 세 자루를 신엽에게 건네주었다. 광한 등은 무슨 영문인지를 알 수 없었다. 아무리 힘이 딸리기로서니 무기까지 자진 양도하다니. 문파도 출신도 모르는 젊은이에게. 그러나 사숙 자궁대사의 지시이니 도리가 없었다.

신엽은 부드러운 나무껍질을 벗겨 세 자루의 장검을 묶은 다음 등뒤에 단단하게 동여매었다. 그리고는 다시 연무대로 올라갔다. 그는 적차삼 세 여인들을 향해 포권했다.

"후배가 가르침을 받겠습니다."

"연무대에 올라섰으면 문파와 성명을 밝히는 게 도리 아니겠느냐."

적색장갑 여인의 말이었다. 신엽은 담담하게 받았다.

"이름 석 자는 말해도 모를 것입니다."

"흥."

여인은 코웃음을 치고는 적색 유성추를 떨쳤다. 유성추는 날렵한 뱀처럼 꼬리치며 신엽의 목과 허리를 감아왔다. 일추양결(一錘兩結)의 초식은 대단한 고급 무공은 아니었다. 미도리 정도만 되어도 연편으로 동시에 세 곳을 칠 수 있었던 것이다. 그러나 적차삼의 공격은 그 무게가 달랐다. 유성추가 세 자 앞에 이르자 이미 그 육중한 잠력은 코앞으로 밀려왔다. 가히 태산압정이라 할 만한 기운이었다. 적차삼의 무공은 한 사람 한 사람의 공격이 모두 세 사람의 공력을 담고 있는 까닭이었다. 그것도 여섯 배에서 아홉 배까지 배가된 공력을.

예전의 신엽이었다면 그런 공격 앞에서 몸을 피하느라 바빴을 것이었다. 조금 전의 운중선 구장격처럼. 그러나 그것은 적차삼이 바라는 바였다. 세 여인의 세 가닥 유성추는 끊임없이 상대를 괴롭힐 수 있었기에. 피하다 피하다 지친 상대는 결국 연무대 밖으로 달아나거나 삼각형 속으로 뛰어들거나 양자택일할 수밖에 없었다.

하지만 신엽은 이미 천부신공의 차기미기를 십 성 이상 연성한 터였다. 어떤 막강한 내력의 습격에도 당황할 필요가 없었다. 그는 두 손을 들어 허공에다 두 개의 작은 원을 그렸다. 적색 유성추의 두 가닥 잠력은 원을 따라 한 곳으로 모여들더니 문득 형체도 없이 사라지고 말았다. 신엽의 장심으로 빨려든 것이었다. 적색장갑의 여인은 깜짝 놀라 유성추를 거둬들였다. 뒤이어 흑색 유성추와 청색 유성추가 파고들었지만 마찬가지였다. 그들의 공격은 번번이 허공에서 사라지거나 신엽의 장심으로 빨려들어버리곤 했다.

세 여인은 눈을 맞추고는 전략을 변경했다. 일단 신엽을 삼각형 속으로 끌어들이기로 한 것이었다. 그들은 우직하게 신엽을 향해 전진했다. 그런데 그 상황에서 그것은 가장 효과적인 방법이기도 했다. 연무대라는 한정된 공간에서 세 사람이 함께 밀어붙인다면 신엽은 달아날 곳이 없었던 것이다. 사람들은 신엽의 안위를 걱정했다.

삼각형 속으로 빨려든다면 쉽지 않을 터인데.

처음 한 번이야 적차삼이 방심해서 빠져나왔겠지만 두 번이야 그럴라구.

신엽 역시 두렵기는 마찬가지였다. 하지만 방법이 없었다. 그는 천천히 삼각형 속으로 발을 들여놓았다. 그러나 다음 순간 신엽에게 뼈저린 후회가 찾아왔다.

아뿔사! 사정이 바뀌었구나…….

바뀐 사정이란 삼각형 속의 자장들이 다시 무형으로 돌아가 있었다는 사실이었다. 신엽이 구장격을 구출하고 세 자루의 장검을 준비하는 사이 적차삼은 나뭇잎들을 모두 치워버린 것이었다. 나뭇잎들만 있었다면 그는 큰 어려움 없이 삼각형 속을 움직일 수 있었을 텐데. 다시 나뭇잎들을 준비해 들어왔어야 했는데. 하지만 이미 때늦은 후회였다. 신엽은 기억과 감각에 의지하여 결전을 계속할 수밖에 없었다. 그는 마치 겹겹의 장막을 헤치듯 투명한 자장의 막을 헤집으며 행로를 찾았다. 한 가지 다행이라면 적차삼의 공격 또한 삼각형 속에서는 크게 느려진다는 사실이었다. 그들 역시 자장의 저항을 받을 수밖에 없는 까닭이었다.

시간이 지나면서 신엽은 자장들에 익숙해졌다. 기억과 감각이 모두 살아나 큰 어려움 없이 길을 찾게 되었다. 그러자 그는 눈을 감고서도 주변을 흐르는 기류를 감지할 수 있었다. 따라서 누가 어디서 무슨 짓을 하려는지도 알 수 있게 되었다. 덕분에 그는 새로운 단계로 진입하였다. 적차삼을 직접 상대하지 않고 삼각형의 약점을 추궁하기 시작한 것이었다.

구장격의 나뭇잎들이 신엽에게 준 가장 큰 가르침은 바로 그 삼각형의 약점이었다. 나뭇잎들은 세 여인 사이를 틈없이 맴돌고 있었지만 각각의 가운데 부분이 가장 엉성했다. 숫자도 많지 않았고, 속도도 느렸다. 다시 말하자면 가운데 부분의 자장이 가장 약하다는 얘기였다. 그것은 세 여인이 서로 기운을 끌어당기기만 하는 까닭이었다. 조금이라도 더 많은 기운을 차지하려고. 두 사람 이상이 기운을 공유할 때 가장 중요한 것은 마음을 하나로 모으는 일이었다. 마음이 하나가 되면 구분이나 비교가 없어졌다. 누가 더 갖고 누가 덜 쓰고 따위가. 오직 필요한 이치에 따라 밀고 당기기가 자유로워지는 것이었다. 하지만 적차삼은 마음은 따로따로인 채 기운만으로 묶여 있었다. 때문에 동상이몽의 불편한 관계에 놓여 있었다. 신엽은 바로 그 동상이몽의 약점을 추궁하여 대결을 한층 유리하게 이끌 수 있었다. 여인들의 유성추가 날아들면 그는 유성추를 막는 대신 자장을 흔들었다. 그러면 어김없이 그들의 공격은 기세를 잃고 말았다.

관전하는 사람들은 도무지 이해할 수 없었다. 척항무나 구장격 같은 고수들도 고개만 갸웃거렸다. 그것은 당연한 일이었다. 그들의 눈에는 신엽의 행동들이 엉뚱하기만 했다. 적차삼의 공격이 매섭게 날아들어도 신엽은 맨손으로 허공만 두들겼다. 더 수상한 점은 그런 행동이 적차삼의 예공을 무력하게 만든다는 것이었다.

귀신이 곡할 노릇이로군.

사람들은 꼭 무언가에 홀린 느낌이었다.

많은 사람들 중에서 그 대결의 이치를 이해한 사람은 오직 한 명, 소운뿐이었다. 그녀는 동굴 속에서 한 달이 넘도록 『금해진경』을 공부한 터였다. 때문에 비록 천부신공을 연성하지는 못했지만 대략적인 이치는 깨달을 수 있었던 것이다. 하지만 그녀로서도 허공의 자장을 때려 적차삼을 상대하는 방법은 생각지 못한 터였기에 내심 고개를 끄덕이고 있었다. 평상시 하는 짓은 어리숙한데 무공에 있어서만큼은 역시 놀라운 감각을 지녔구나. 그녀는 새삼 뿌듯한 자부심을 느꼈다. 신엽이 누구보다 사랑하는 사람이 바로 자신이라는 사실 때문이었다.

적차삼은 차츰 수세에 몰렸다. 삼각형의 자장은 원래 훌륭한 무기였다. 세 여인의 공력을 하나로 모으고 다시 몇 배로 증폭시켜준 장치였다. 그러나 일단 신엽에게 타격 대상이 되자 끔찍한 약점으로 변했다. 한 가닥 한 가닥 자장의 띠는 그들의 심장부를 꿰뚫는 쇠막대기가 되고 말았다. 신엽이 한 차례씩 때릴 때마다 심장이 울리고 단전이 흔들리는 것이었다. 그 정도가 심각하여 나중에는 안색들이 변했다.

적색장갑은 위기를 직감하고 색다른 공격을 지시했다. 세 여인이 끊임없이 위치를 이동하여 신엽의 눈을 혼란시키는 것이었다. 단지 지상에서 서로의 자리만을 바꾸는 것이 아니라 삼각형 자체를 이동시켰다. 빙글빙글 돌며 모양을 바꾸었다가 수직으로 벌떡 일으켜 세우기도 했다. 또 어느샌가는 비스듬히 사선으로 기울여 신엽이 종잡을 수 없도록 만들었다. 그러는 사이에도 유성추는 끊임없이 신엽의 전신요혈들을 노리며 파고들었다.

하지만 신엽에게 눈앞의 상(象)들은 의미를 잃은 지 오래였다. 오직 감각에만 의지하여 싸우는 터였기에 어떤 현란한 변화도 혼란을 주지 못했다. 신엽은 오히려 그들보다 더 빨리 변화를 감지하고 몸을 움직여 유리한 위치를 선점하곤 했다. 때문에 적차삼은 더 서둘러야 했고, 그들 네 사람의 움직임은 자꾸자꾸 더 빨라졌다. 얼마나 빨라졌는지 나중에는 관전객들이 신엽과 적차삼을 구별조차 못 할 정도가 되었다. 그들은 다만 붉은색과 흰색의 소용돌이 속에서 적색 청색 흑색의 유성추가 기다란 유성처럼 흐르는 것을 볼 수 있을 따름이었다. 자장의 삼각형 속에서 그런 속도를 낸다는 것은 실로 경이로운 일이었다. 그러나 이치를 알면 이해할 수도 있는 일이었다. 원래 육중한 것은 움직임이 느렸지만 가속도가 붙으면 몇 배 더 빨라질 수 있었던 것이다.

그렇게 얼마큼을 돌았을까. 붉은색의 삼각형은 허공으로 떠오르기 시작했다. 둥실 두둥실. 마치 거대한 붉은 바위가 비상하는 듯하여 사람들은 가슴을 졸였다. 일 장 가량을 떠올랐을까. 문득 삼각형의 소용돌이 속에서 은백색의 차가운 빛 세 줄기가 번쩍였다. 번개가 치듯 매서운 번쩍임이었다. 동시에 세 여인의 비명이 밤하늘을 갈랐다.

"아아악!"

처절하고 고통스러운 비명이었다.

다음 순간 사람들이 본 것은 세 방향으로 흩어지는 붉은 인영들이었다. 적차삼의 세 여인들은 실 끊어진 연처럼 허공을 날아 연무대 밖으로 떨어졌다. 삼각형이 있던 자리에서는 신엽이 천천히 하강하고 있었다. 편안하게, 아무런 일도 없었다는 듯. 도무지 이제 막 격전을 치른 투사의 모습이 아니었다. 그즈음 마침 동쪽 하늘에서는 새벽이 터오고 있었는데 아스라한 여명이 신엽의 하강을 더욱 신비롭게 비춰주고 있었다.

아!

눈이 있는 사람이라면 누구나 가슴속을 뭉클 채우는 감동을 느꼈다. 그 순간 그들은 신엽에게서 하늘과 땅과 사람, 그러니까 천지인 삼재의 일치를 엿보고 있었던 것이다.

신엽이 연무대로 내려서자 적차삼도 다시 몸을 일으켰다. 그들은 먼저 몸을 살펴보았다. 놀랍게도 그들에게는 아무런 부상이 없었다.

외상도 내상도. 그건 어찌된 일이었을까. 신엽의 장검 세 자루가 일시에 출수하였을 때 그들은 온몸의 경맥이 끊어지는 통증을 느꼈었는데. 하지만 세 여인은 그런 문제를 깊게 생각할 틈은 없었다. 즉시 연무대로 뛰어올라 재차 공격을 시작하려 했다.

그러나 다음 순간 그들은 더욱 소스라치게 놀라고 말았다. 어떤 경악스러운 일이, 아니 경이로운 사건이, 영원히 찾아오지 않을 것만 같던 사건이 그들에게 일어났음을 깨달은 것이었다. 그것은 바로 그 지긋지긋하던 기운의 결박이 그들을 떠났다는 사실이었다. 그들은 서로에게서 이 장 씩이나 떨어져 있었지만 아무런 흡인력도 고통도 느껴지지 않았던 것이다.

세 여인은 믿을 수가 없었다. 세 쌍 여섯 개의 눈동자만 멀뚱거리며 서로를 쳐다보았다. 그때 신엽의 목소리가 부드럽게 울렸다.

"좌정하십시오!"

여인들은 즉시 그 자리에 무릎을 꿇고 앉았다. 그러자 신엽의 목소리가 다시 낭랑하게 울렸다.

"원집통시(願執痛始) 방하평래(放下平來)!"

신엽은 같은 구절을 천천히 세 번 반복했다.

원집통시 방하평래.

붙잡으려 하는 순간 고통이 시작된다. 내려놓기만 하면 평온함이 찾아오리라.

세 차례 암송이 끝났을 때 적차삼 세 여인들의 눈에는 눈물이 그렁그렁 맺혀 있었다. 그들은 자신들을 괴롭혀왔던 오랜 족쇄가 끊어졌음을 알 수 있었다. 지긋지긋하고 고통스럽고 악몽 같기만 하던 족쇄가. 그리고 그 족쇄를 채운 것은 다른 누구도 아닌 자신들이었다는 사실도 알 수 있었다. 족쇄의 비밀은 바로 신엽이 암송한 여덟 글자 속에 숨어 있었다. 괴이한 비급의 무공을 익히기 시작하면서 세 여인이 하나같이 품었던 마음은 더 큰 공력을 갖고 싶다는 것이었다. 그 마음은 욕심과 집착으로 변하여 서로 다른 두 사람의 공력을 끌어당기게 되었다. 그것이 비급의 연공법과 결합되어 사악한 갈고리가 되고 만 것이었다. 일단 형성된 갈고리는 점차 더 단단해져서 누구도 끊을 수가 없었는데 오늘 신엽이 삼검삼단(三劍三斷)의 신기로 잘라내준 것이었다.

세 여인은 연무대 한가운데 신엽이 있는 곳으로 다가갔다. 그의 앞에 다시 무릎을 꿇으려 했다. 신엽이 내력을 보내어 일으켜 세웠으므로 그들은 어정쩡히 허공에 무릎 꿇고 앉은 격이 되었다. 그래도 그들은 고집스레 몸을 일으키지 않았다. 적색장갑의 여인이 말했다.

"세 몸이 하나로 결박된 이후 저희는 참 많은 죄를 저질렀습니다. 인간의 도리를 벗어난 악행도 숱하였습니다. 그런데도 소영웅께서는 아량과 동정심으로 살려주셨으니 그 은혜에 감복할 따름입니다."

"그런 사정을 당하였다면 많은 사람들이 같은 죄를 지었을 것입니다."

적차삼 세 여인이 그 동안 숱한 악행을 저지른 것은 자신들의 처지에 대한 절망 때문이기도 했다. 그러나 더 큰 이유는 스스로의 무덤을 파기 위해서였다. 죽지도 살지도 못하는 몸들이었기에 무림의 공분을 사서라도 죽음을 맞고 싶었던 것이다. 하지만 누구도 그들을 죽여주지 못했고, 결국은 오늘까지 이르게 된 것이었다. 그들의 사연을 듣는 순간 신엽은 내심 그같은 속사정을 짐작할 수 있었다. 그래서 그들을 죽이는 대신 결박을 잘라내준 것이었다.

"저희 세 계집은 한 가지 맹세한 일이 있습니다. 누구라도 저희를 예전으로 돌려주시는 분이 있다면 일평생 수족이 되어 주인으로 모시겠다는 맹세입니다. 오늘 소영웅님의 은혜를 입었으니 그 맹세를 지킬 수 있게 해주십시오."

신엽은 고개를 저었다.

"가당찮은 말씀입니다. 세 분 선배님들을 도와드린 것은 제가 아닙니다."

"그게 무슨 말씀이십니까?"

"사람이 하는 일 중에서 정녕 사람의 힘으로 되는 일은 많지 않습니다. 다만 하늘의 이치가 사람의 몸을 통해서 이루어지는 것일 뿐입니다. 공력이 심후하고 무공이 뛰어난 사람의 경우도 마찬가집니다. 그 공력은 결코 그 사람의 것이 아닙니다. 우주 천지만물의 기운을 잠깐 동안 빌려서 사용하는 것일 따름입니다. 때가 되면 다시 돌려주고 허무의 상태로 돌아가야 합니다. 그러니 어찌 후배가 제 힘으로 선배님들을 도와드린 것이라 할 수 있겠습니까."

적차삼 세 여인은 신엽의 짧은 말 속에서 진정 깊은 이치를 새겨들을 수 있었다. 고통이 깊을수록 빛을 보는 눈도 밝아지는 법이었다. 지난 십여 년간 감당할 수 없는 고통들을 겪었기에 짧은 몇 마디 진리만으로도 가슴이 울렁이는 감동을 느낀 것이었다. 아울러 그들은 어떤 억지를 쓴다 해도 신엽이 자신들의 맹세를 받아주지 않을 것임도 알 수 있었다. 그래서 적색장갑 여인이 다시 물었다.

"그럼 저희는 이제 어떻게 해야 하겠습니까? 부디 길을 가르쳐 주십시오."

"스스로의 가슴에 물어보십시오. 그러면 길이 찾아질 것입니다."

"알겠습니다. 우선 조용한 곳에 가서 업을 닦도록 하겠습니다. 오늘의 은혜는 몇 겁의 삶을 새로 살더라도 잊지 않을 것입니다."

"또 그런 말씀을……."

"저희는 이만 물러가겠습니다. 남은 사람들에게도 고루 가르침을 주시기 바랍니다."

286

말이 끝나자 세 여인들은 몸을 일으켰다. 연무대를 내려가는가 싶
더니 종적을 감추고 말았다. 어떤 사람들은 눈을 비볐다. 적차삼의
짧은 출현이 마치 한바탕 꿈처럼 믿어지지 않는 모습이었다. 하지만
연무대 위에는 여전히 남루한 차림의 젊은이가 서 있었다. 그 주변
으로는 세 자루의 장검이 꽂혀 있었고, 적차삼이 버리고 간 유성추
세 개가 뱀의 허물처럼 흩어져 있었다.

야욕의 끝

신엽은 유성추를 치우고 장검을 회수하여 자궁대사에게 돌려주었다. 그리고는 다시 연무대로 돌아와 섰다. 그즈음에는 이미 많은 사람들이 그를 알아보고 있었다. 새벽 햇살이 밝아지면서 엉성한 진흙 위장은 효력을 잃은 터였다. 게다가 적차삼과의 격전으로 땀이 흘러 진흙을 씻어낸 까닭이었다.

소운은 그를 알아본 사람들의 반응을 은밀히 살펴보았다. 미도리는 고개를 푹 숙인 채 땅만 보고 있었다. 그 가슴속에서는 수만 가지 감회들이 교차하고 있을 것이었다. 길상사와 조의문은 자랑스런 표정들이었고, 운중선 구장격은 애써 무관심을 가장하고 있었다. 누구보다 낭패한 쪽은 요다와 아시겐지였다. 분명히 죽었으리라 믿은 사람이 저승에서 살아돌아왔으니 그 속이 어떠했을 것인지는 짐작할 만했다.

이윽고 미도리가 안정을 되찾았는지 고개를 들었다. 그녀는 냉랭한 목소리로 신엽에게 말했다.

"정식으로 출전한 것이라면 소속과 성명을 밝히시지요."

신엽은 길상사 쪽을 돌아보았다. 자긍대사는 고개를 끄덕여 허락했다. 신엽은 옷깃으로 얼굴의 진흙 얼룩을 닦아내었다.

"저는 길상사 장문인의 세번째 제자 이신엽이라고 합니다."

대회장 내에는 작지 않은 술렁임이 일었다. 아직 그를 알아보지 못했던 많은 사람들이 놀라움과 경탄을 나눈 것이었다. 최근 몇 달 사이 그의 이름은 자자하게 알려졌던 터라 크게 새로운 일은 아니었다. 신엽은 말을 이었다.

"뒤늦게야 대회 소식을 접하고 달려오느라 정식으로 인사를 못 올렸습니다. 하지만 후배는 우선 이 자리의 각 문파 대종사님들께 한 가지 너그러움을 부탁드리겠습니다. 지난 수백 년래로 길상사는 누구와 특별한 원한을 진 일이 없었습니다. 현 장문인 자연대사께서도 천성이 유연하시어 큰 결례를 범한 일은 없는 줄로 압니다. 그런데 장문인을 붙잡아두고 그를 상품 삼아 영웅연을 개최한다는 것은 실로 도리에 어긋나는 일일 것입니다. 영웅을 가리든 혹은 다른 어떤 진상을 밝히든 본문 장문인의 신체를 먼저 자유롭게 하여주심이 옳을 것입니다."

신엽의 말은 조리정연하여 누구도 선뜻 입을 열지 못했다. 그러나 요다가 트집거리를 생각해내는 데는 많은 시간이 필요하지 않았다.

"길상사는 화랑방의 전임 방주를 음해한 혐의가 풀리지 않았다. 그런데다 바로 너 이신엽은 현 화랑 방주 운중선 어른의 첫번째 수제자를 암살하고서도 길상사가 누구와 특별한 원한을 진 일이 없다고 잡아떼고 있으니 참으로 가증스러운 일이로구나. 그뿐 아니라 길상사 장문인은 스스로 이번 화를 자초하였다. 『금해진경』은 비단 고려 무림만의 보배도 아니거늘, 하물며 이선 사비 어른들과 일언반구 상의도 없이 도굴하여 길상사의 물건인 양 행세하고 있다. 이 어찌 전체 무림 영웅들에게 큰 결례를 범한 것이 아니라 할 수 있겠느냐? 더 시간이 지체되어 『금해진경』이 훼손되기 전에 영웅연을 열고 『진경』의 참주인을 정하는 것은 오직 정당하고 시급한 일일 것이다."

"전임 화랑 방주의 죽음과 길상사가 무관하다는 것은 지난번 안동호 대회 때 입증되었습니다. 그리고 백무 소협의 죽음은……."

"닥쳐라! 네 놈의 더러운 입에 감히 백무 형님의 이름을 올리느냐!"

신엽의 말을 끊고 소리지른 것은 다름아닌 백궁이었다. 그의 두 눈은 당장이라도 불을 뿜을 듯했다. 요다는 그 기회를 교묘하게 이용하여 신엽을 궁지로 몰았다.

"변명 따위는 필요하지 않다. 이유가 무엇이었든 네가 그를 죽였다는 사실은 변하지 않는다. 명민하고 후덕했던 백무 소협의 생전을 기억하는 사람들은 모두 너를 용서하지 않을 것이다."

신엽은 기가 막혀 말을 할 수 없었다. 백무를 죽인 것은 바로 요다였다. 그런데도 그는 뻔뻔스러운 사설을 늘어놓고 있었던 것이다. 요다는 여세를 몰아 요리모토에게 말했다.

"대일본국 천도문의 명예를 회복할 기회를 한 번 더 주도록 하마. 다만 저 녀석이 근래 요상한 사공을 익혀 상대하기 까다로울 것이니 구로야마와 함께 손을 쓰도록 해라."

"약속을 잊었느냐. 나는 꼭 한 번만 출수하기로 다짐했었다."

요리모토의 말이었다. 그러자 요다가 장검을 뽑아 가즈키의 목으로 가져갔다. 가볍게 힘을 주자 가즈키의 목에는 한줄기 붉은 줄이 그어졌다. 가즈키는 고통을 참으려는 듯 고개를 숙였다. 요다는 차가운 웃음을 내뱉었다.

"요리모토. 장차 천도문을 짊어지고 갈 사람이 눈앞에서 사제의 죽음을 지켜보고 싶으냐. 문하인에 대한 사랑이 그렇듯 부족해서야 어찌 문주의 자리에 오르겠느냐."

"네 놈은 시간이 지날수록 악랄해지는구나."

"이제 보니 너는 신엽이 두려운 모양이구나. 쯧쯧쯧. 그렇다면 더욱더 사람들의 손가락질을 피하기 어려울 것이다. 설사 혼자 멀쩡하게 돌아간다 하여도 천도문주가 사지를 분질러서 토굴 속에 던져버릴 것이다. 내 기억으로 천도문주는 요다 훈게이 못지않게 악랄한 사람이었는데, 지금도 크게 달라지지는 않았겠지?"

요다의 지적은 정확했다. 천도문주는 상벌을 엄정히 가리는 사람이었다. 비록 요다의 말처럼 악랄한 위인은 아니었지만 문파의 명예를 더럽힌 제자는 용서하는 법이 없었다.

요리모토는 이래저래 화를 면하기 어려울 것임을 알고 다시 자리에서 일어났다. 구로야마가 그의 뒤를 따랐다. 두 사람은 무거운 걸음으로 연무대로 올라갔다.

"이소협께 죄를 짓게 되었구려."

요리모토는 짤막하게 인사하고는 곧바로 손을 쓰기 시작했다. 구로야마도 함께 쌍장을 휘두르기 시작했다.

원래 요리모토의 무공은 장사량의 하수가 아니었다. 적어도 일천 초 이내에 패할 정도는 아니었다. 그런 그가 첫 대결에서 장사량에게 일패도지한 것은 심리적인 이유가 컸다. 그 대결은 요다에 의해 강요된 것이었고, 요리모토는 굳이 이겨야 한다는 마음도 없었던 것이다. 하지만 지금은 사정이 달랐다. 사부인 천도문주의 얼굴을 떠올리자 각오가 달라졌다. 천도문의 이름을 더럽히고 돌아가 그의 차가운 얼굴을 대할 일을 생각하니 막막하기만 했다. 그렇다면 이제는 이를 악물고 싸우는 도리밖에 없었다. 물론 희대의 간웅 요다가 천도문주를 들먹인 것은 바로 그런 심리를 이용하기 위해서였다.

요리모토가 그렇다면 구로야마 역시 다를 수 없었다. 그는 사부인 천도문주를 더욱더 두려워했다. 생각만 해도 온몸에 냉기가 돌았다. 그러니 이 자리에 뼈를 묻으리라는 각오로 달려들지 않을 수 없었다.

두 사람의 절세고수가 결사적으로 퍼붓는 공격의 위력은 실로 대단했다. 관전하는 사람들은 모두 몇 걸음 뒤로 물러서야 했다. 그러고서도 이따금은 옷자락이 휘날렸고, 한두 걸음을 더 밀리기도 했다. 특히 구로야마는 그 힘이 천하장사라 할 수 있었다. 그의 장력이 한 차례씩 허공을 내지를 때마다 발밑의 연무대가 우지끈 부서지곤 했다. 하지만 사람들을 더 놀라게 한 것은 그 공격을 대하는 신엽의 모습이었다. 신엽은 아무렇지도 않은 듯 사뿐사뿐 걸으며 그들의 소나기 장(掌) 속을 피해다니는 것이었다. 그때 신엽의 무공은 이미 그들 몇 사람을 합친 것보다 높은 경지에 올라서 있었다. 그들의 발끝 움직임만 보고서도 다음 공격이 어디로 어떻게 들어올 것인가를 감지할 수 있었다. 때문에 옷자락 하나 다치는 일 없이 편안하게 거닐 수 있었던 것이다.

적차삼과 상대할 때까지만 해도 사람들은 신엽의 무공을 정확하게 가늠할 수 없었다. 적차삼의 무공이 워낙 괴이하여 일반적인 기준에서 측량할 수 없었기 때문이었다. 그러나 이제 요리모토와 구로야마를 상대하는 모습을 보니 확연히 그 높이를 짐작할 수 있었다. 그것은 그들이 결코 헤아릴 수 없을 만큼 높은 경지였다.

저 녀석은 그 사이 또 진전을 보았구나. 적차삼을 상대하고서도 조금도 지친 기색이 없으니 이를 어쩐단 말인가.

요다는 시간이 흐를수록 간담이 서늘해졌다. 어쩐지 오늘은 어느 쪽이든 끝장이 날 것만 같아서였다. 자신이 아니면 신엽, 혹은 신엽이 아니면 자신이. 그는 그렇다면 우선 요리모토와 구로야마를 최대한 소모시켜 신엽의 진을 빼야 한다고 마음먹었다. 그러나 그것은 잘못된 계산이었다. 천부신공의 차기미기술은 아무리 싸워도 지치지 않는다는 것이 특징이었다. 오히려 상대의 기운을 받아들여 공력을 증강시키는 면이 있었다. 적차삼은 물론 지금 요리모토와 구로야마를 상대하면서도 신엽은 자신의 공력은 조금도 사용하지 않고 있던 것이다. 하지만 내막을 모르는 요다는 다시 요리모토를 들쑤셨다.

"보아하니 천도문은 간판을 내려야겠구먼. 문주의 직계 제자 두 사람이 하루 종일 연무대 바닥이나 쓸고 다닐 모양이지."

요리모토는 가뜩이나 수치심을 느끼던 터였다. 그는 이미 망신살이 갈 데까지 갔다고 여기고는 신형을 멈추었다. 그리고 신엽에게 말했다.

"이번에는 검법으로 가르침을 받겠소."

신엽은 아무 말도 할 수 없었다. 그는 요리모토에게 특별한 악감정이 없었다. 오히려 왜국 무사들 중에서는 친근감을 느끼는 인물이었다. 그러나 자의와는 무관히 요리모토를 궁지로 몰고 있었던 것이다.

요리모토가 장검을 뽑아들자 구로야마는 파천부(破天斧)를 집어들었다. 두 사람의 공격은 한층 사납게 변했다. 신엽은 여전히 피하기만 했으나 조금 전까지처럼 여유롭지만은 않았다. 발걸음도 바빠졌고, 이따금은 아슬아슬한 장면을 연출하기도 했다. 그러나 기실 그것은 연극이었다. 장검과 파천부의 공격도 신엽에게 별 위협이 되지 않기는 마찬가지였다. 다만 신엽은 두 사람의 체면을 생각해서 조금 더 위태로운 척 꾸미는 것일 따름이었다.

순식간에 일백 초가 더 지나갔다. 요리모토와 구로야마는 아직 신엽의 옷자락도 건드릴 수 없었다. 그러자 두 사람은 공격 방식을 바꿨다. 스스로의 생사를 도외시한 채 철저히 파괴적인 수단으로 신엽을 공격하기 시작한 것이었다. 일 초 일 초가 사생결단이었고 동귀어진이었다. 뿐만 아니라 매 한 수의 공격에는 필생의 공력이 담겨 있었다. 신엽은 조금씩 식은땀이 흘렀다. 피하는 일이 힘들어서는 아니었다. 오히려 두 사람이 걱정되어서였다.

아무리 뛰어난 고수라 할지라도 체내의 내력이 무궁무진할 수는 없었다. 저런 식으로 일 초 일 초에 모든 내력을 쏟아부어서는 길게 견딜 수 없을 것이었다. 아마 다시 일백 초가 지난다면 탈진하여 쓰러지고 말 것이었다. 칠공에서 피를 쏟을지도 몰랐고, 어쩌면 공력이 산산이 흩어지는 고통 속에서 숨을 거둘지도 몰랐다.

그러는 사이에도 시간은 흘렀고, 두 사람의 공격은 계속되었다. 이십 초, 삼십 초…… 구로야마는 이미 한계에 이르렀는지 헉헉거렸다. 요리모토도 기운이 역상하여 얼굴이 핏빛으로 물들고 있었다.

신엽은 무언가 방법을 강구해야 한다고 생각했다. 왜국과 고려국의 관계는 이미 대단히 악화되어 있었다. 왜국에는 천도문과 요다 일파 등 크게 두 문파가 있었다. 요다 일파는 고려 무림과 철천지원수가 된 지 오래였다. 이번에 이 연무대에서 요리모토와 구로야마가 죽는다면 천도문 또한 고려 무림과 원수지간을 맺게 될 것이었다. 이후로 두 나라는 꼬리에 꼬리를 무는 피의 보복으로 시달릴 것이었다. 무슨 일이 있어도 그같은 비극은 막아야 했던 것이다.

야압!

구로야마가 악을 써서 소리지르며 파천부를 휘둘렀다. 날선 도끼는 신엽의 두 다리 족삼리혈을 토막낼 기세로 짓쳐들어왔다. 그는 금세라도 쓰러져버릴 듯 탈진한 모습이었다. 동시에 요리모토의 장검은 신엽의 왼쪽 어깨를 비스듬히 내리쳐 베어왔다. 장검을 통해 전해져오는 그의 내력 역시 소진 직전임이 여실했다.

신엽은 더 지체하지 못하고 몸을 솟구쳤다. 허공에서 요리모토의 장검을 살짝 밟는가 싶더니 신형을 꺾어 수평으로 날아갔다. 실로 전광석화와 같은 몸놀림이었다. 사람들은 그가 갑자기 어디로 가는 것인가를 궁금해했다.

그러나 대답은 바로 다음 순간에 주어졌다. 신엽이 향한 곳은 요다의 진영이었다. 허공에서 신엽은 잇달아 삼 장을 내질렀다. 각각 아시겐지, 요다 그리고 미도후사와 히야시를 향한 공격들이었다. 하나하나의 장력들은 가히 산을 허물고 바다를 메울 듯한 기세였다. 네 사람은 문득 혼비백산하여 분분히 몸을 날려 피했다. 특히 미도후사와 히야시는 행여 신엽이 따라붙기라도 할까 봐 사오 장 밖으로 달아났다.

하지만 신엽의 목적은 따로 있었다. 네 사람이 자리를 뜨자 그는 사뿐히 몸을 낮추어 가즈키를 붙잡은 것이었다. 그는 그러나 자기 몸의 어느 부분도 땅에 닿는 일 없이 다시 몸을 솟구쳤다. 행여라도 연무대를 벗어났다는 구실로 패배를 선언당하지 않기 위해서였다. 가즈키를 안은 채 신엽은 허공에서 방향을 바꾸었다. 적룡신법 중 적룡음풍의 절기였다. 사람들은 그의 놀라운 신법에 입을 다물 수 없었다. 그러나 바로 그 순간, 소운의 비명 소리가 날카롭게 울렸다.

"안 돼요!"

신엽은 허공에서 멈칫했다. 하지만 이미 때는 늦은 후였다.

펑!

커다란 폭음이 울리고, 신엽과 가즈키가 각각 일 장 밖으로 튕겨져나간 것이었다. 동시에 한 검은 그림자가 바람처럼 날아들어 신엽을 받아서는 연무대 한가운데로 내려앉았다. 그림자의 주인공은 다름아닌 요다 훈게이었다. 그는 만면에 가득 득의의 미소를 머금고 있었다.

"어리석은 녀석. 네가 감히 나를 이길 수 있을 거라 믿었더란 말이냐."

사람들이 웅성거렸다. 대관절 무슨 일이 일어난 것이었을까. 그 짧은 순간에 공중에서 벌어진 사건을 똑똑히 본 사람은 몇 명 되지 않았던 것이다.

"가즈키. 대체 어찌된 일이냐!"

요리모토가 사제 가즈키에게 물었다. 탈진 직전의 요리모토는 장검으로 연무대 바닥을 짚고 서 있었다.

가즈키는 간신히 몸을 일으켜 세웠다. 그리고는 괴상한 소리를 내어 웃었다. 큭큭큭. 그러나 다음 순간 붉은 피 한 움큼을 토해내고는 쓰러져 숨을 거두고 말았다. 요리모토는 믿을 수 없다는 듯 고개를 저었다.

"요다 네 놈이 가즈키를 포섭했더란 말이냐?"

"멍청한 요리모토야. 너무 늦게 깨달았구나. 하지만 너는 나를 위해 한 가지 큰일을 해주었다."

"그건 또 무슨 소리냐."

"가즈키와 짜고 연극을 벌인 건 너를 이용하기 위해서였다. 그런데 덕분에 신엽까지 잡았으니 어찌 고마운 일이 아니겠느냐. 조금 있다 네 차례가 되면 고통없이 눈을 감게 해주마."

"미꾸라지 한 마리가 웅덩이의 물을 더럽힌다더니, 너 같은 파렴치한이 있어서 일본국의 모든 사무라이를 욕되게 하는구나."

"몰랐더냐. 마지막 승리는 항상 파렴치한의 몫이란다. 하하하."

요다는 기쁨을 감출 수 없는 모습이었다. 악몽만 같던 신엽을 손아귀에 넣었으니 그럴 만도 했다.

가즈키는 이미 오래 전부터 요다와 내통하던 사이였다. 그 역시 지모나 야심이 누구 못지않노라 자부하는 인물이었던 것이다. 영웅연을 앞두고 요다는 가즈키에게 인질극을 제의했다. 요리모토를 써먹기 위해서였다. 가즈키는 기꺼이 응했다. 인질역을 맡으면 직접 혈전에 끼어들지 않아도 좋으니 일석이조였다.

그런 사정을 몰랐던 요리모토는 철저히 연극에 놀아났다. 신엽 역시 그 수에 말려들어 가즈키를 구출하였고, 가즈키는 웬 떡이냐 싶어 신엽에게 악랄한 독수를 가한 것이었다. 가즈키는 신엽의 단전에 정확히 일격을 가했다. 신엽의 무공이 아무리 높다 할지라도 그런 암습에는 당할 재주가 없었다. 심한 내상을 입고 튕겨지던 중 설상가상 요다에게 혈도를 짚히고 말았다. 요다는 신엽이 가즈키를 구출하던 순간 이미 뒷일을 예상하고 따라붙었기에 누구도 막을 수가 없었다.

다만 한 가지, 가즈키가 짐작하지 못한 것은 신엽의 공력이 그의 상상을 몇 배 초월할 정도로 심후하다는 사실이었다. 때문에 가즈키는 신엽의 반탄력에 오장육부가 모두 으깨어져 즉사하고 만 것이었다.

요다는 대회장을 천천히 한 바퀴 돌아보았다. 적차삼은 떠났고, 조의사비는 모두 중상을 당했고, 길상사는 신엽이 날개를 꺾였으니 더 볼 것이 없었다. 운중선 구장격은 굳이 이 자리에서 승부를 겨루려 들지는 않을 것이었다. 그렇다면 상황은 끝난 셈이었다. 그는 먼저 길상사를 윽박질러 『금해진경』의 첫 세 장을 얻어내리라 마음먹었다. 해서 장검을 치켜들어 신엽의 머리 위에 겨누었다.

"자궁대사. 길상사의 존폐는 이제 이 요다의 수중에 달렸구려. 장문인과 첫째 고수가 모두 인질이 되었으니 말이오. 어떻소? 아직도 거래하고 싶은 생각이 없소?"

자긍대사는 아무 말도 하지 않았다. 아무 말도 할 수 없었다. 장문인과 신엽은 모두 더없이 소중한 사람들이었다. 그러나『금해진경』만큼은 내줄 수가 없는 까닭이었다. 그때 신엽의 목소리가 나직하게 요다를 불렀다.

"요다 훈게이. 모두 부질없는 짓이오. 나를 죽이고 살리고는 이제 당신 마음이겠지만 나를 죽인다고 뭐가 달라지겠소. 금강일신의 기운이 내 몸으로 들어와 당신을 막았듯 내 몸속의 기운도 또다른 고려인을 찾아가 불의를 막을 것이오. 당신이 탐욕을 버리지 않는다면 말이오."

요다는 내심 가슴이 섬뜩했다. 신엽의 목소리가 마치 금강일신 자혜대사의 음성처럼 들린 것이었다. 그는 애써 신엽의 말을 무시하며 자긍대사에게 말했다.

"길상사의 심지가 사뭇 곧구려. 할 수 없는 일이지요. 내 우선 셋을 센 다음 이소협의 왼쪽 팔을 잘라내겠소. 그가 내 양녀의 팔을 상한 대가이기도 하오. 하나…… 둘……"

그 순간이었다. 예방 진영에서 한 사람의 그림자가 번뜩였다. 더불어 앙칼진 여인의 목소리가 밤하늘을 찢었다.

"멈추어라!"

소운은 한 마리 제비처럼 허공을 가로질러 요다에게로 날아갔다. 그녀의 손에서는 연검이 반짝이고 있었다. 요다는 흠칫했다. 이미 그녀의 정체를 간파하고 있었던 터라 많이 놀라지는 않았다. 흥. 큰 문제야 없겠지만 성가시구나. 서둘러 신엽을 죽이고 저 계집을 상대해야겠지. 그렇게 생각한 요다는 장검을 내려쳤다. 그런데 문득 왼쪽 겨드랑이 극천혈에 따끔함이 느껴졌다. 왼쪽 극천혈은 바로 설포삼의 연문이었다. 경악하여 돌아보니 그곳에는 예리한 비수 한 자루가 꽂히고 있었다. 미도리의 손을 떠난 비수가 극천혈을 파고든 것이었다. 심판관인 미도리는 줄곧 그 자리에 있었지만 요다는 조금도 의심하지 않았던 것이다.

"미도리, 네 년이…… 아아악!"

말을 맺지 못하고 요다는 비명을 질렀다. 실로 고통스럽고 처절한 비명이었다. 그러나 그는 비명과 함께 배신자 미도리를 처단하는 것을 잊지 않았다. 오른손의 장검으로 마지막 사력을 다해 미도리를 벤 것이었다. 미도리는 피하지 못하고 두 눈을 질끈 감았다. 하지만 그 순간 소운이 바람처럼 요다를 스치고 지나갔다. 요다의 오른팔은 팔꿈치 아래가 싹둑 잘려나갔다. 덕분에 장검은 미도리를 베지 못하고 곤두박질쳤고, 잘려진 팔이 대신 미도리의 어깨를 때렸다. 미도리는 반 장 밖으로 나가떨어졌다.

그때였다. 허공을 팔보등공의 신법으로 밟으며 또하나의 인영이 날아들었다. 신법은 조잡했지만 공력은 심후한 위인인지 옷자락 소리 하나 나지 않았다. 그는 요다의 정수리 백회혈에 한 손을 짚고 물구나무섰다. 그리고는 앙천대소를 터뜨렸다.

"아하하하하……."

그는 누더기가 된 낡은 옷을 입고 있었고, 몸에서는 심한 악취를 풍겼다. 생선이나 고양이가 썩을 때처럼 지독한 악취였다. 소운은 재빨리 미도리와 신엽을 양쪽 옆구리에 끼고서 조의문과 길상사의 자리로 물러났다. 사람들은 한참이 지나서야 그를 알아볼 수 있었다. 바로 미도노였다.

요다는 아직도 자기 머리 위에 거꾸로 선 사람이 누구인지를 알지 못했다. 다만 그는 내력이 흩어지는 처절한 죽음 직전이었는데 그 인물이 자신의 내력을 붙잡아주자 고마울 따름이었다. 그의 최후는 한 가닥 희망과 함께 지연되고 있었던 것이다. 그래서 조심스럽게 물었다.

“실례지만 뉘신지요?”

“섭섭하군요, 아버님. 벌써 제 목소리까지 잊어버리셨단 말입니까.”

“미도노, 정말 너란 말이냐?”

“그렇습니다.”

요다는 그가 미도노라는 사실이 행인지 불행인지를 알 수 없었다.

“미도노야, 역시 너는 내 아들이로구나. 하지만 조심해야 한다. 자칫하면 모든 게 수포로 돌아갈 수도 있다…… 먼저 내가 말하는 곳의 혈도를 모조리 봉쇄하여라. 영도 소해 청영 그리고 천지 천천 견정혈이다. 순서가 어긋나서도 안 된다. 남김없이 기억하겠느냐? 그 다음에 가만가만히 비수를 뽑아야 하느니라.”

요다가 말한 것은 극천혈을 둘러싼 인근 혈자리들이었다. 그곳들을 모두 봉쇄하면 잠시나마 공력이 흩어지는 것을 막을 수 있었던 것이다. 그러자 미도노가 요다에게 물었다.

“아버님께서는 혹시 이런 말을 들어보셨습니까. 천리약자연(天理若自然)이니 인도즉무위(人道卽無爲)라.”

“그게 무슨 소리냐?”

“하늘의 이치는 자연과 같으니 사람의 도리는 거스르지 않음에 있도다. 참 좋은 말이 아닙니까.”

“그렇구나. 하지만 지금은 그런 말을 감상할 때가 아닌 것 같구나.”

요다는 몹시 조심하고 있었다. 행여 미도노의 비위를 거스를까.

“아닙니다. 왜냐하면 이 말이 바로 지금 아버님을 위한 말이기 때문입니다. 하늘이 죽음을 보내었으면 담담히 맞을 일이지 발버둥은 쳐서 무엇 하겠습니까.”

“무슨 소릴 하는 거냐?”

"편히 눈을 감으시라는 소리입니다. 뒷일은 소자에게 맡겨주십시오."

"애야, 미도노야, 이 발칙한 놈아아!……"

요다의 언성이 높아졌다. 그러나 그나마 거기서 끝나고 나머지는 비명으로 변했다. 터져나오는 비명이 아니라 속으로 잦아들어가는 비명이었다. 그리고 그의 몸은 쭈글쭈글하게 접히며 형체가 절반으로 줄어들었다. 미도노가 진기를 모조리 빨아들인 까닭이었다. 희대의 간웅 요다의 최후로서는 정녕 비참한 것이었다.

"큰일이로구나. 요다가 이제 미도노 속으로 들어갔으니……"

소운이 혼잣말처럼 중얼거렸다.

미도노는 다시 한번 길게 웃음을 터뜨리더니 바닥으로 내려섰다. 동시에 요다의 품속을 뒤져 몇 가지 물건을 꺼내어서는 자신의 가슴속에 집어넣었다. 그러자 미도후사와 히야시가 달려들었다.

"미도노, 이 배은망덕한 놈아. 네가 그럴 수가 있단 말이냐!"

두 사람은 각각 쌍검을 치켜들고 좌우에서 미도노를 가로막았다. 하지만 미도노는 조금도 두려운 기색이 아니었다. 오히려 먹이를 만난 맹수처럼 두 눈을 반짝였다. 그는 일시에 양팔을 뻗어 미도후사와 히야시의 팔목을 움켜잡았다. 실로 신속무비한 솜씨였다. 일단 팔목을 잡히자 두 사람은 비명 소리도 지르지 못했다. 사태가 심상 찮음을 직감한 아시겐지는 품속을 뒤졌지만 아무것도 없었다. 독충들과 암기들이 모두 적차삼과의 대결에서 날아간 까닭이었다. 그는 즉시 몸을 날려 연무대로 올라갔다. 허공에서 연거푸 다섯 차례의 발길질을 퍼부었다. 훌륭한 연환퇴법이었다. 미도노도 더는 버티지 못하고 미도후사와 히야시의 팔을 놓고는 주루룩 뒤로 미끄러졌다. 연무대 끝에 이르러 두어 차례 거꾸로 재주를 넘었다. 그러자 그는 벌써 삼사 장 밖으로 달아나고 있었다. 다급해진 소운이 소리쳤다.

"『금해진경』은 두고 가거라!"

소운은 미도노가 방금 요다의 몸을 뒤져 『금해진경』을 빼내었을 것이라고 믿었다. 그러나 그 고함 소리는 『진경』만을 염려한 것은 아니었다. 미도노의 사공이 일취월장하고 있었고, 게다가 요다의 내력까지 흡입하였으니 이대로 살려보낸다면 장차 큰 후환이 되리라 걱정한 것이었다.

과연 소운의 외침은 즉효를 나타내었다. 그때까지 얼음 덩이처럼 냉담하기만 하던 운중선 구장격이 신형을 움직였다. 화랑방의 낙영비는 순간적인 위치 이동에 있어서 다른 어떤 경공술보다 뛰어난 터였다. 구장격은 팔다리도 많이 움직이지 않았지만 잠시 만에 미도노의 서너 발짝 뒤까지 따라붙어 있었다. 그는 가볍게 팔을 들어 미도노의 명문혈을 쳤다.

미도노는 아직 달리면서 적의 공격을 흡수할 만큼 차기미기에 정통하지는 못했다. 더구나 구장격의 공격에는 팔 할의 공력이 실려 있었으므로 감히 무시할 수 없었다. 그는 왼발과 허리를 축으로 핑그르르 돌며 상체를 아래로 숙였다. 동시에 좌장으로는 구장격의 대퇴부를, 우장으로는 우측흉부 일월 경문 두 혈을 찔렀다. 구장격은 그의 신속한 대응에 놀라움을 금할 수 없었다. 그러나 이미 만반의 준비가 되어 있었기에 쌍장을 나누어 정면으로 부딪혔다.

펑! 펑!

일시에 두 개의 충격이 땅을 뒤흔들었다. 구장격은 반 걸음을, 미도노는 두 걸음을 뒤로 물러섰다. 구장격의 경악은 설명할 수 없을 정도였다. 표면적으로는 그가 우세를 점한 듯 보였지만 사실은 그렇지 않았다. 그는 전진하던 기세가 있어 반 걸음만 물러난 것일 뿐 실제로는 두 걸음 이상의 충격을 느낀 것이었다. 다시 말하자면 그것은 미도노의 공력이 자신과 대등한 수준으로 올라섰음을 뜻하는 것이었다. 어쩌면 더 강력해진 느낌마저 들었다.

두 사람이 일 장을 나누는 사이 아시겐지가 허겁지겁 달려왔다. 그는 미도노의 퇴로를 차단하고 공격을 퍼부었다. 구장격도 내키지 않았지만 그를 도울 수밖에 없었다. 체면보다도, 다른 무엇보다도 『금해진경』이 최우선인 까닭이었다.

미도노의 무공은 확실히 심상찮은 데가 있었다. 그가 사용하는 초식들은 여전히 조잡하고 보잘것없었다. 그러나 일 초 일 초에 실린 공력은 매섭고 심후하기 그지없었다. 무언가 놀라운 기연이 있었던 것이리라. 아시겐지와 구장격은 그 기연이 바로 『금해진경』일지 모른다고 짐작했다. 그래서 더욱 필사적으로 날카로운 공격들을 퍼부었다. 그러자 차츰 미도노는 비세에 몰리게 되었다. 고려국 최고의 고수와 왜국 최고의 사무라이가 협공하고 있었으니 도리 없는 일이었다. 몇 차례 더 좌충우돌하던 미도노는 가슴에서 한 권의 책을 꺼내어들었다.

"옛다 이 거머리들아. 누가 『진경』의 참주인이 될지 궁금하구나."

미도노는 그 책을 하늘 높이 집어던졌다. 아시겐지와 구장격은 동시에 몸들을 솟구쳤다. 그 사이 미도노는 멀찌감치 줄행랑을 치고 말았다.

아시겐지와 구장격은 허공에서 각각 삼 장(三掌)과 삼 각(三脚)을 주고받았다. 그 교환을 마치 사다리처럼 써서 더 높이 올라갔다. 그러나 결국 구장격이 조금 앞서게 되었다. 아시겐지는 재빨리 책을 향해 일 장을 뿌렸다. 떨어져내리던 책은 다시 솟아올라 사오 장 밖으로 날아갔다. 구장격은 낙영비의 신법으로 책을 쫓아갔고, 아시겐지도 그림자처럼 따라붙었다.

두 사람은 쫓고 쫓기기를 계속했다. 그 사이 주먹질과 발길질은 십여 차례가 더 교환되었고, 책은 몇 번이고 허공으로 솟아올랐다.

두 사람의 무공이 엇비슷하여 결코 누구도 확연한 우위를 점할 수 없었던 것이다. 그런데 그때 소운의 한숨 소리가 그들에게 찬물을 끼얹었다.

"그만들 두세요. 『진경』도 아닌 것을 가지고 괜한 난리들이시군요."

두 사람은 일시에 권각을 멈추고 우뚝 섰다. 그제서야 책은 땅으로 떨어져내렸다. 두 사람으로부터 똑같은 거리의 지점이었다. 아시겐지가 소운에게 물었다.

"네가 어떻게 아느냐."

"뻔한 일이죠. 미도노가 진짜 『진경』을 주었을 리 없죠. 아마도 히야시가 쓴 책일 거예요. 제 말을 못 믿겠으면 그에게 직접 확인시켜보세요. 화랑방에서도 한 사람을 입회시키고요."

아시겐지와 히야시는 소운의 말을 이해할 수 없었다. 하지만 어쨌든 그녀의 제의를 따르기로 했다. 구장격도 동의하여 히야시와 백궁이 함께 책을 보게 되었다.

책의 내용을 확인한 백궁은 실망스런 표정을 감추지 못했다. 반면에 히야시는 안색이 파랗게 변했다. 그는 두 다리를 부들부들 떨더니 아시겐지 앞에 무릎을 꿇었다.

"제자가 죽을 죄를 지었습니다. 부디 참형을 내려주십시오."

구장격은 어찌된 일인지 궁금했다. 하지만 백궁의 설명을 듣고는 고개를 끄덕였다. 그 책은 바로 아시겐지의 『독경』이라 했다. 사정을 짐작할 수 있는 일이었다.

아시겐지의 분노는 실로 하늘을 찌를 듯했다. 그는 내심 그 자리에서 히야시를 갈기갈기 찢어죽이고 싶었다. 『독경』이 요다에게 유출된 것만이 문제가 아니었다. 소운 계집이 이미 알고 있는 일이라면 만천하에 알려진 바가 아니겠는가. 자고로 독의 위력은 비밀 유지에 있는 것이거늘, 해독법이 공개된 독으로 더 무슨 짓을 하겠는

가. 견즉시독이라는 별호도 이제 끝장이 났다는 얘기가 아니겠는가.
그러나 그는 이 자리에서 히야시를 죽여보았자 아무런 이득이 없음
을 잘 알고 있었다. 오히려 더 어려워질 따름이었다. 그래서 히야시
에게 말했다.

"일어나라. 이 일은 나중에 거론하기로 하자."

그런데 그때 아주 먼 곳에서 미도노의 목소리가 울려왔다.

"계집의 총명함이 제법 쓸 만하구나. 하지만 또 한 부의 『진경』은
네 남자친구가 지녔으니 어찌 살아남기를 바라겠느냐."

미도노의 그 말은 다시 사람들을 긴장 속으로 밀어넣었다. 목소리
의 울림으로 보아 미도노를 따라잡는 일은 이미 불가능한 듯싶었다.
하지만 신엽에게 또 한 부의 『진경』이 있다면 상황은 달랐던 것이
다. 특히 아시겐지는 『금해진경』이 벌써 수중에 들어온 듯한 설렘마
저 느꼈다. 그도 그럴 것이, 아시겐지는 이 대회장을 위해서 특별한
준비를 했었던 것이다.

아시겐지는 곧장 신엽과 소운에게로 걸어갔다. 운중선 구장격은
어정쩡히 그를 뒤따랐다.

"좋은 말에 내놓겠느냐, 아니면 저승을 보아야 내놓겠느냐."

아시겐지는 노골적으로 협박했다. 이젠 아무것도 거리낄 게 없다
는 태도였다. 소운은 코웃음을 쳤다.

"흥. 독수에만 뛰어난 줄 알았더니 협박과 강탈에도 일가를 이룬
모양이군요."

"계집애야, 네게 물은 게 아니다."

"운중선 어른은 어떠신가요. 이선의 명망으로도 협잡꾼 노독물과
함께 후배를 윽박지를 셈이신가요?"

소운은 구장격에게 물었다. 구장격은 아시겐지를 뒤따라갔지만
그럴 마음까지는 없었다. 아니, 그럴 만큼 비열한 성품은 아니었다.

더구나 그는 이미 길상사에 약속한 바가 있었던 것이다. 소운은 바로 그 점을 다시 한번 상기시켜주었다.

"지난번 길상사를 방문하셨을 때 약조한 바가 있으셨죠. 『금해진경』에 대해서는 더이상 길상사와 시비를 가리지 않기로 말예요. 설마 하니 그 약조를 잊으신 건 아니겠지요."

"물론 잊지 않았다. 계집이 아닌 바에야 어찌 한 입으로 두 말을 하겠느냐."

그 말을 들은 아시겐지는 내심 몹시 기뻤다. 그렇다면 이 자리에 자기 이외는 『진경』의 주인이 없다는 얘기가 아니겠는가. 하지만 다시 생각해보니 꼭 그런 것만도 아니었다. 구장격은 길상사에 시비를 걸지 않겠다고 약속한 것이지 『금해진경』을 완전히 포기한 것은 아니었다. 즉 다른 사람이 『진경』을 차지할 경우 다시 나서서 분쟁을 일으킬 수 있었던 것이다. 아시겐지는 웃는 얼굴로 구장격을 돌아보며 말했다.

"화랑 방주께서는 잠시 자리를 피하셨다가 차후에 저와 함께 『진경』을 연구하심이 어떨는지요."

그의 말에는 이 자리가 험악해지리라는 뜻을 담고 있었다. 험한 꼴을 당하기 전에는 길상사가 『진경』을 내놓지 않을 것인즉 약간의 독수가 필요할 것이다. 구장격은 길상사와의 약속도 있고 운중선으로서의 명망도 있으니 자리를 피하는 것이 어떻겠느냐. 『금해진경』에 대해서는 나중에 자신과 다시 얘기를 나누면 되지 않겠느냐.

아시겐지가 그런 제의를 한 데는 또 한 가지 이유가 있었다. 그는 지금 이 자리의 사람들을 단 한 명도 남김없이 처치할 계획이었다. 주변의 어둠 속에는 수십만 마리의 독봉(毒蜂)들이 그의 지시를 기다리고 있었던 것이다. 독벌떼를 풀기만 하면 당해낼 사람은 없었다. 척항무와 장사량, 신엽 등은 중상을 입어 굴신도 어려운 처지였고, 요리모토 또한 탈진한 상태였다. 다른 사람들은 성가신 존재도 못 되었다. 다만 한 사람, 운중선 구장격만이 껄끄러웠다. 그의 무공이라면 어떤 문제를 일으킬지 알 수 없었다. 또한 아비규환의 와중에서『금해진경』을 슬쩍하여 달아날지도 몰랐다. 품속의 암기와 독충들을 모두 잃어버린 아시겐지로서는 당장 그를 제압할 자신이 없었던 것이다. 그렇다면 일단 구장격은 놓아보낸 다음 차후에 방법을 도모함이 옳지 않겠는가.

구장격은 아시겐지의 속마음을 모두 읽고 있었다. 그는 두 가지 사실이 마음에 걸렸다. 하나는 그 자리의 모든 고려 무인들이 참화를 당하리라는 것이었고, 다른 하나는『금해진경』이 일단 아시겐지에게 넘어가리라는 것이었다. 그러나 크게 문제될 정도는 아니었다. 구장격은 원래 냉담하기 이를 데 없는 사람이었다. 자신과 무관한 사람들의 참화는 상관할 바가 아니었다. 길상사와 조의문은 줄곧 결탁하여 화랑방을 음해하였으니 더욱 그러하였다. 그리고『금해진경』은 나중에라도 되찾을 자신이 있었다. 아시겐지가 가졌음을 아는 이상 문제될 게 무엇 있겠는가.

그런데 그때 소운이 다시 구장격에게 말했다.

"운중선 구장격은 조용히 물러나실 모양이군요. 좋아요. 그 사람이야 원래 명망이나 신의와는 무관한 위인이니까. 하지만 화랑 방주는 어떡하죠. 길상사가 모두 전멸하면 전임 화랑 방주의 죽음은 어떻게 밝히실 건가요? 그 원한은 누구에게 갚으실 건가요?"

"너는 이제서야 죄를 인정할 모양이구나."

구장격의 말이었다.

"천만에요. 하지만 신임 화랑 방주께서는 길상사를 의심하고 계시잖아요. 그런데도 길상사를 아시겐지의 독수에 맡기겠다는 것은 화랑방의 명예조차 개의치 않겠다는 뜻이 아니고 무엇이겠어요? 게

다가 백무 소협의 죽음에 대해서도 명확한 뒤처리가 없었잖아요."

구장격은 흔들리지 않을 수 없었다. 소운의 지적이 정곡을 찔렀기 때문이었다. 화랑방의 일이고 또 직계 제자의 일인데 어찌 남의 손에 맡길 수 있단 말인가. 직접 밝히고 처리해야 할 일이 아니겠는가. 그러나 다른 한편으로는 길상사와 조의문에 대한 분노가 커지기도 했다. 일을 이 지경으로 만든 것이 모두 그들의 소행이라는 생각 때문이었다.

구장격이 여전히 마음을 정하지 못하자 장사량이 조용히 그를 불렀다.

"운중선 선배. 우리가 옥구 바닷가에서 며칠 밤을 새워 싸우던 일을 기억하십니까?"

"기억하오."

구장격은 내심 의아해하며 대답했다. 장사량이 갑자기 왜 그 이야기는 꺼내는 것일까.

"저는 그때 선배의 무공과 기상에 탄복했었습니다. 비록 생사를 건 싸움이었지만 많은 것을 배울 수 있었습니다…… 지금 무슨 생각이 선배의 마음속에 자리하였는지 알 수 없으나 한 가지 당부만 들어주십시오. 이 나라 무림의 장래를 생각하셔서, 젊은 아이들만큼은 목숨을 구할 수 있도록 도와주십시오."

장사량의 말은 한마디 한마디가 절절한 심정을 담고 있었다. 구장격은 가슴이 아려오는 것을 어찌할 수 없었다. 그 역시 장사량의 인간됨을 내심 흠모하던 터이기에 더욱 그러했다.

잠시를 침묵하던 구장격은 불쑥 소운에게 물었다.

"그래서 너는 어쩌자는 말이냐?"

"소녀에게 며칠간의 말미만 주십시오. 사흘이면 족할 것입니다. 그러면 모든 일의 진상을 밝혀드리겠습니다. 그 사이 화랑 방주께서는 이 자리를 지금과 똑같이 지켜주십시오. 어느 누구도 손가락 하나 다치는 일이 없도록."

"십여 년을 끌어온 일인데 네 어찌 사흘 만에 밝히겠다는 것이냐?"

"소녀가 문득 한 가지 일에 생각이 미쳤습니다. 부지런히 동분서주하면 사흘 안에 그 일을 입증할 수 있을 것입니다."

"사흘이 지나도 밝히지 못한다면?"

"그때는 모든 일을 방주님의 뜻에 맡기겠습니다."

구장격은 다시 생각에 잠겼다. 사흘이라면 결코 짧지 않은 시간이었다. 많은 일들이 벌어질 수 있었다. 하지만 그는 허락하는 쪽으로 마음을 정하려 했다. 그때 아시겐지가 코웃음을 치며 끼어들었다.

"영악한 계집이로구나. 그 사흘 동안 너는 묘향산으로 달려가 신니를 데려오려는 것이겠지?"

"신니께서는 당신네의 독수에 당하셨는데 어찌 힘이 될 수 있겠어요."

"네 년이 나의 『독경』 사본을 가진 것을 내가 모를 줄 아느냐. 그 경서의 해법을 따른다면 단 하루면 말끔히 치유가 가능하거늘."

소운은 아차 싶었다. 조금 전 괜히 약을 올리느라 히야시가 쓴 책 운운하여 아시겐지가 내막을 알게 된 것이었다. 그런데 그때였다. 한 냉랭한 여인의 목소리가 허공을 울렸다.

"『독경』 따위가 없어도 그 정도 독은 해소할 수 있지요."

공력의 깊이를 가늠할 수 없는 목소리였다. 먼 곳인 듯도 했지만 바로 곁에서 들리는 듯도 했고, 동쪽인가 싶으면 서쪽에서 이어지는 것이었다. 하지만 그것은 운중선 구장격에게는 더없이 그립고 익숙한 목소리였다.

"지림 사매!"

구장격이 소리쳤다. 거의 동시에 소운도 외쳤다.

"사부님!"

그러자 허공이 물결처럼 갈라지며 한 인영이 모습을 나타내었다. 청색 가사 차림의 비구니였다. 바로 옥소선녀 묘향신니 윤지림이었다. 신니는 한 마리 새처럼 부드럽게 소운의 곁으로 내려섰다.

"사부님!"

소운은 다시 한번 사부를 부르며 그 자리에 무릎을 꿇었다. 수많은 복잡한 감정들이 그녀를 찾아왔다. 신엽과 그의 모친과 함께 녹운곡을 찾았을 때 신니는 소운을 차갑게 내쳤었다. 소운이 신엽을 포기하지 못한 까닭이었다. 그런 마음은 지금도 다를 바가 없었다. 그러나 그녀는 또 사부인 묘향신니를 잃고 싶지도 않았다. 부모처럼 살가운 사부였다. 그녀의 삶에서 묘향산 녹운옥과 신니를 뺀다면 과연 무엇이 남겠는가.

"운아, 이리 오너라."

신니는 소운을 따뜻한 목소리로 불렀다. 그리고는 품에 안아주었다. 소운은 눈물을 터뜨리고 말았다. 주체할 수 없는 눈물이 흘렀다. 그 동안의 일들이 너무 힘겹고 서러웠던 까닭이었다. 그러는 그녀를 보며 신니는 더 힘을 주어 끌어안았다.

"너를 그렇게 보내고 나도 무척 후회했었다."

"모두 제자의 죄입니다."

"아니다. 그게 어찌 네 마음대로 되겠느냐."

소운의 형색이 초라하여 신니는 더욱 마음이 아팠다. 소운은 예방의 거지로 분장하느라 진흙을 바른 것이었지만 신니는 얼마나 고초를 겪었으면 이 지경이 되었을까 싶은 것이었다. 그래서 한참 동안 쓰다듬고 다독거려주었다.

사제간의 해후 절차가 끝나자 신니는 운중선 구장격과 인사를 나누었다. 두 사람의 관계는 워낙 막역했다. 함께 생사를 걸고 무수히 많은 혈전들을 치른 터였고, 사람들로부터는 이선(二仙)으로 칭해질 정도였으니까. 게다가 구장격은 이 사매에 대해서 각별한 정까지 갖고 있었다. 윤지림이 금강일신에게 마음을 뺏기지만 않았더라면 두 사람 사이에서 좋은 일이 있었을지도 몰랐다. 때문에 십여 년의 공백이 있었지만 그 우애만큼은 변함이 없었다.

"사형은 신수가 한결 훤해지셨군요."

"사매의 아름다움이야말로 더욱 그윽해지는구나."

구장격은 윤지림의 따뜻한 인사에 기쁨을 감추지 못했다. 그러나 윤지림은 아쉬운 듯 고개를 저었다.

"하지만 사형은 사리분별력이 많이 떨어지셨어요. 아마도 은둔생활이 너무 길었나 봐요."

"그게 무슨 소리냐?"

"간단한 일을 복잡하게 만들어버리셨으니 말예요. 길상사나 조의문은 때로 화랑방과 티격거린 일은 있었지만 결코 선을 넘을 문파들은 아니잖아요."

"그렇기는 하다만, 변무정 방주나 백무의 죽음은 명약관화한 일이 아니겠느냐?"

"아니에요. 제가 한 가지 물어보죠. 요다가 익힌 무공은 어떤 것인가요?"

"북해 빙궁의 무공들이었지. 빙백신공, 한빙장, 설포삼이 그중 대표적이라 할 수 있겠지."

"그래요. 바로 그런 것들이죠. 그럼 빙백신공이나 한빙장에 맞으면 가장 먼저 가장 심하게 손상되는 곳이 어딜까요?"

구장격은 이해할 수 없다는 표정을 지었다.

"사형을 시험하자는 것이냐. 그야 당연히 신장 아니겠니. 한빙장류의 공력은 신체의 수 기운을 따라 움직이니까."

"그래요. 그렇다면 사형은 요다가 설사 다른 무공을 흉내내어 사람을 상하더라도 역시 그 사람은 신장을 가장 먼저 다치리라는 점도 아시겠지요. 무공의 겉모습을 흉내낼 수는 있어도 공력까지 바꿀 수는 없는 법이잖아요."

구장격은 그제서야 사매가 하려는 이야기를 알 수 있었다. 그리고 즉시 아차 싶었다. 어째서 그 점을 생각하지 못했을까. 사매의 말처럼 자기는 정말 사리분별력이 떨어져 있었구나.

"그러니까 사매는 변방주의 죽음이 요다의 소행일 것이라 의심하는 것이냐?"

"비단 변방주만이 아니에요. 백무의 죽음 역시 요다의 짓이라는 주장이 있어요. 그러니 두 시신을 모두 확인해보면 일의 시비가 명확해질 것 아니겠어요?"

구장격은 잠시 생각에 잠겼다. 시신들은 모두 가까운 곳에 있었다. 영웅연을 대비하여 운구해두었으니까. 그런데 행여 시신의 해부가 죽은 사람을 두 번 죽이는 일이 되지는 않을까. 하지만 역시 해부는 불가피하다는 결론이 내려졌다. 그는 마침내 고개를 들고 백무와 낭경에게 지시했다.

"관들을 가져오너라."

두 사람은 숲으로 달려갔다. 그리고 잠시 후 화랑방 사람들이 두 구의 관을 운반해 나왔다. 변무정 전임 방주의 시신은 물론 백무의 관도 깨끗하게 처리되어 악취 하나 나지 않았다.

구장격은 손수 관을 열고 장검을 들었다. 어차피 망자에게 실례를 범하는 일이라면 다른 누구보다 자신의 손으로 직접 하는 것이 도리라 여겨서였다. 그는 먼저 변방주의 시신을 갈랐다. 오장육부를 꺼내어 비교해보니 역시 신장만이 차이가 났다. 다른 장기들은 원래의 조직이 남아 있었지만 신장은 그 내부가 깨알처럼 으깨어져 있는 것이었다. 그것은 신장이 한때 돌덩이처럼 단단히 얼었었다는 애기였다. 얼었던 조직이 녹으면 그런 현상이 나타나게 마련이었으니까. 구장격은 또 백무의 시신도 갈랐는데 결과는 마찬가지였다. 오직 신장만이 모래 주머니처럼 퍼석퍼석한 것이었다. 그는 관뚜껑을 덮고 장검을 낭경에게 건네주었다. 그리고는 깊은 한숨을 내쉬었다.

"운중선 구장격이 오랜만에 세상에 나와 여러분께 큰죄를 지은 모양입니다."

구장격은 냉정한 사람이었다. 그런 만큼 일의 잘잘못을 엄격히 가리는 사람이기도 했다. 설사 본인이라 하여도 잘못된 일에 대해서는 주저없이 인정하였다. 그때 문득 백궁이 앞으로 내달으며 소리쳤다.

"이건 무언가가 잘못되었습니다. 누군가의 농간일 것입니다. 무형의 죽음은 제자가 직접 목격했습니다. 무형을 죽인 범인은 길상사의 이신엽이 틀림없습니다."

그러나 구장격은 손을 내저었다.

"물러섰거라. 네 형은 목덜미의 대추혈에 가벼운 일 장을 맞았을 뿐이다. 그 정도 부상으로 신장을 얼려버릴 악독한 무공은 천하에 오직 한빙장이 있을 뿐이다."

그리고 그는 다시 좌중을 향해 말했다.

"여러분께서 어떤 책망과 벌을 내린다 하여도 달게 받겠습니다."

"사형만을 탓할 일은 아닙니다. 요다의 책략이 워낙 간교하여 수많은 사람들을 궁지로 몰아넣었으니까요. 게다가 지난 수십 년 동안 이 나라의 무림이 사분오열되어 있었던 점도 깊이 반성해야 할 일입니다."

묘향신니의 말이었다. 그러자 장사량이 고개를 끄덕였다.

"신니의 말씀이 옳습니다. 조의문이 화랑방과 친교를 맺지 못한 데는 저희 조의사비의 잘못이 큽니다."

"이선의 잘못도 작지 않았지요. 오직 『금해진경』만을 생각하느라
더 큰 세상을 보지 못했으니까요. 그리고 예방을 비롯한 다른 문파
들에 대한 배려도 부족했습니다. 오죽 했으면 예방 방주께서는 중원
의 적차삼을 불러들여 방세를 만회하려는 계획까지 세웠겠습니까."

예방 방주는 행여 사람들이 자기를 비난할까 봐 숨죽이던 터였다.
그냥 슬쩍 사라져버릴까도 생각하고 있었다. 그런데 뜻밖에도 신니
가 자신의 입장을 두둔하고 나서자 기분이 좋아졌다. 그래서 이런
말도 할까 싶었다. 맞아요. 당신들이 예방을 그토록 경멸하지만 않
았더라면 적차삼까지 불러들이지는 않았을 것이오. 하지만 별로 나
설 자리는 아닌 성싶어 입을 다물었다. 척항무는 원래 나서기를 좋
아하는 성격이었기에 구장격에게 한마디를 해주고 싶었다. 그러나
대화가 이렇듯 진지해지자 입맛만 쩝쩝 다셨다. 그러자 구장격이 다
시 말했다.

"화랑방은 앞으로 십 년 동안 무림의 일에 일절 관여하지 않겠습
니다. 다만 길상사와 조의문의 부름이라면 열 일을 제쳐두고 달려가
겠습니다."

"감당하기 어렵습니다."

장사량과 길상사의 자긍대사가 함께 말했다. 자긍대사는 구장격
이 솔직하게 잘못을 시인하고 사과하자 그에 대한 인식을 새롭게
하게 되었다. 해서 이런 말을 덧붙였다.

"길상사가 이번에 『금해진경』을 파내게 된 것은 부득이한 사정이
있어서였습니다. 하지만 그것은 길상사의 소유물이라 할 수 없으니
차후 여러 문파의 대종사님들을 모시고 의논하는 자리를 갖도록 하
겠습니다."

신니는 고개를 끄덕인 다음 아시겐지를 돌아보았다.

"이번 일은 고려와 왜국의 관계에도 큰 상처를 입혔습니다. 고려 국의 여러 어른들이 희생되었습니다. 다행히 흥수였던 요다가 죄값을 치렀으니 이쯤에서 일을 정리하는 편이 어떨까 싶습니다. 견즉시 독의 생각은 어떠신지요."

아시겐지는 내심 코웃음을 치고 있었다. 임자는 허락하지 않았는데 너희끼리 참 잘들 노는구나 생각했던 것이다. 그는 마침 자긍대사가 『금해진경』을 들먹인 것을 구실 삼아 트집을 잡았다.

"요다가 어떤 나쁜 짓들을 저질렀는지는 모르겠습니다. 하지만 이번에 견즉시독이 바다를 건너 자원방래한 것은 오직 한 가지, 『금해진경』을 구경하기 위해서입니다. 길상사가 『진경』을 파내어 문제를 일으키지만 않았더라도 이런 소란은 없었을 것입니다."

"그렇지 않소. 『진경』을 둘러싼 시비의 발단은 바로 요다와 그대들, 탐욕스러운 사무라이들이었소."

자긍대사가 발끈하여 말했다. 아시겐지는 금시초문이라는 표정을 지었다.

"생소한 말씀을 하시는군요."

"그대들의 탐욕이 금강일신 자혜대사와 조의일비 월하고검 두 분 어른까지 돌아가시게 한 것이오."

"네 이놈 아시겐지야, 네 놈이 바로 변무정 전임 화랑 방주를 죽인 장본인이라는 사실을 누가 모를 줄 아느냐. 네 놈과 요다 두 망할 놈들이 변방주를 아래 위로 움켜쥐고는 비틀어 죽이지 않았더냐."

그렇게 거들고 나선 것은 도월희천 척항무였다. 가뜩이나 간지럽던 입이 아시겐지의 억지에 터진 것이었다.

"그런데도 네 놈을 고이 보내려 한 것은 고려와 왜국이 두고두고 피비린내나는 보복이나 되풀이할 것을 피하고자 함이니라. 하지만

네가 살아 돌아갈 뜻이 없는 것 같으니 오늘 나하고 사생결단을 내
어보자."

 척항무는 자신의 내상이 깊다는 사실도 잊고서 소리쳤다. 그러나
그 소리의 끄트머리에는 벌써 기운이 없었다. 묘향신니가 얼른 나서
서 뒷일을 수습했다.

 "도월희천의 말씀이 옳아요. 일의 시시비비를 따지자면 견즉시독
그대의 입장이 결코 이롭지는 못할 거예요. 그러니 이쯤에서 물러
가시는 편이 현명하지 않겠어요."

 "이렇게 돌아가려면 애당초 건너오지도 않았을 것이오. 하지만
그대들이 두 가지 조건만 들어준다면 조용히 돌아갈 수도 있는 일
이오."

 "어떤 조건들이죠?"

 "첫째는 바로 『금해진경』이오. 길상사의 자긍도 말했지만 『진경』
은 누구의 소유물도 아니니 적어도 사본 한 부 정도는 받아야 하겠
소."

 "『진경』은 어느 개인이나 일개 문파의 소유물은 아니에요. 하지만
고려국의 유산이라는 점은 모두 아는 사실이에요. 그런데 그대는
고려인도 아니면서 어찌 스스로 권리를 주장하는 거죠?"

 "일본인의 선조는 원래 고려인과 뿌리를 같이하오. 그러니 이 견
즉시독이 권리를 주장하는 것은 조금도 무리가 아니오."

 묘향신니는 고개를 저었다.

 "두번째 조건도 들어볼까요?"

 "두번째는 간단하오. 사무라이의 명예를 더럽힌 배신자를 돌려달
라는 것이오."

 "배신자라뇨?"

 "양부이자 사부인 요다 훈게이를 죽인 저 계집을 말하는 것이오."

아시겐지는 미도리를 가리켰다. 그러자 촌각의 지체함도 없이 소
운이 앞으로 나서서 미도리를 가로막았다.

"사무라이의 명예를 더럽힌 것은 바로 탐욕스런 사무라이들이에
요. 그리고 지금 이 자리에 미도리라는 계집은 없어요. 미연 소저가
있을 뿐이에요. 미연 소저는 원래 고려인이거늘 왜구에게 피랍되어
왜국으로 끌려가 온갖 고초를 겪다가 이제야 고려의 품으로 돌아온
거예요. 그러니 엉뚱한 잠꼬대는 그만두고 썩 왜국으로 돌아가세
요."

"고려의 계집들과는 도무지 말이 통하지 않는구나. 어쨌건 견즉시
독은 두 가지 조건이 이루어지기 전에는 한 발짝도 물러서지 않을
것이다."

그야말로 억지 배짱의 연속이었다. 물론 배신자 운운은 첫번째 조
건, 즉 『금해진경』 문제에 있어서 목소리를 높이기 위한 트집일 것
이었다.

아시겐지가 그처럼 억지를 계속한 이유는 믿는 바가 있기 때문이
었다. 바로 수십만 마리의 독벌떼였다. 그는 일이 정 곤란하게 돌아
간다면 벌떼를 풀어 한바탕 아수라장이나 만들고 달아나리라 작정
하고 있었던 것이다. 그런데 묘향신니는 그를 빤히 쳐다보더니 허리
춤에서 무언가를 꺼내었다. 아주 작은 네 자루의 붉은 피리였다. 그
것을 본 순간 아시겐지의 안색은 참담해지고 말았다. 실로 일순간에
사색이 되어버렸다. 그 피리들은 벌떼를 지휘하는 것으로 아시겐지
의 부하 홍의인들 소유물이었다. 지금은 동서남북 사방에서 독벌통
과 함께 대기하고 있어야 할 물건들이었다.

신니는 피리들을 아시겐지에게 돌려주며 말했다.

"그대의 말도 아주 틀린 것은 아니에요. 왜인의 뿌리는 고려인이
니 『금해진경』의 일부 권리를 주장할 수도 있겠지요. 하지만 권리라

는 것은 진정한 자격과 함께 오는 것임도 명심하길 바래요. 준비되지 않은 자가 『진경』을 접하면 자칫 적차삼이나 미도노와 같은 꼴을 당하기 쉬우니 말예요. 그리고 미연 소저의 문제는, 역시 그대들이 스스로 자초한 화 같군요. 다시 같은 꼴을 당하지 않으려면 왜국으로 잡아간 많은 고려인들을 속히 돌려보내는 편이 현명할 거예요.”

아시겐지는 더이상 할말이 없었다. 믿고 기댈 언덕이 사라졌기 때문이었다.

자긍대사는 그런 아시겐지에게 장문인의 석방을 요구했다. 아시겐지는 조용히 미도후사를 불러 지시했다. 미도후사는 잠시 만에 자연대사를 모시고 돌아왔다. 자연대사는 조금 초췌해 보였으나 걱정할 정도는 아니었다. 아시겐지는 히야시에게서 몇 가지 약을 받아 자연대사에게 건넸다. 그 동안 먹인 독약들에 대한 해약이었다. 그사이 히야시는 동분서주하여 수하 홍의인들을 찾아서 돌아왔다. 묘향신니에게 혈도를 제압당했던 벌통 담당들이었다. 일련의 절차가 끝나자 아시겐지는 미련없이 작별을 고했다.

아시겐지 일행이 사라지자 대회장은 빠르게 정리되었다. 먼저 요리모토와 예방 방주가 작별 인사를 했다. 요리모토는 안색이 비교적 밝았다. 비록 가즈키를 잃었으나 요다의 사망을 확인하는 등 소기의 성과가 있었기 때문이었다. 예방 방주 역시 발걸음이 가벼웠다. 기실 그는 적차삼을 초치하고 영웅연을 대비하면서 나름대로는 비장한 마음이었다. 사생결단 일도양단의 태도였던 것이다. 따라서 적차삼이 패퇴하는 순간 이젠 끝장이로구나 하는 생각까지 가졌었다. 그런데도 일이 순조롭게 풀려서 화해 분위기가 조성되었으니 안도하지 않을 수 없었다. 떠나기에 앞서 그는 여러 무림인사들에게 이런 인사까지 했다.

“멀지 않은 장래에 예방에서 자리를 마련하겠습니다. 지난 시절

서로의 잘잘못은 모두 잊고 한데 어울려 먹고 마시며 즐거운 담소를 나누었으면 합니다."

"좋지요. 좋은 얘기지요. 다만 도월희천 척항무를 취하게 하려면 술을 좀 많이 준비하셔야 할 겁니다."

척항무는 벌써 입맛을 다시고 있었다.

묘향신니는 운중선 구장격에게 말했다.

"구사형. 우리 사형제가 만난 것도 오랜만인데 조용한 곳에 가서 얘기나 나눴으면 싶군요."

"내 생각도 그렇다. 사매의 무공이 그 사이 얼마나 깊어졌는지도 알고 싶고."

"사형은 아직도 일편단심 무공이로군요. 무공밖에 얘기하지 않을 작정이라면 함께 가지 않겠어요."

"허허, 아니야. 내 약속하지. 무공 얘기는 딱 십분의 일만 하도록 하지. 하지만 그 동안 내가 고안한 무공들에 대해서는 사매도 관심이 가지 않을 수 없을 거야."

묘향신니는 고개를 설레설레 저었다. 그러면서도 소운에게 당부했다.

"운아, 일이 정리되는 대로 녹운곡에 들르거라."

소운은 기쁘게 그러겠노라고 약속했다. 묘향신니와 구장격은 다시 사람들에게 인사하고 화랑방 제자들과 함께 산을 내려갔다.

이제 그 자리에 남은 이들은 조의사비의 척항무와 장사량, 그리고 길상사 사람들이 전부였다. 신엽은 척 장 등 두 분 선배를 길상사로 모시는 것이 도리이리라 생각했다. 두 사람 모두 중상을 당한 처지였고 마땅히 갈 곳이 없었으니까. 장사량이 은거하는 북수백산까지는 너무 먼 길이었던 것이다. 그런데 그때 소운은 자긍대사와 무슨 얘기인가를 주고받고 있었다. 자긍대사는 소운의 말에 난색을 표했다. 그러나 이야기가 길어지자 결국 고개를 끄덕여 허락했다. 그 길로 소운은 떠날 채비를 했다. 척항무, 장사량과 함께 다른 길로 가겠다는 것이었다. 신엽은 그녀가 줄곧 자신에게는 눈길도 주지 않는 것이 이상했는데 무덤덤한 이별까지 예상되자 견딜 수가 없었다. 그래서 그녀에게 물었다.

"사매는 어디로 가겠다는 거지?"

소운은 대꾸하지 않고 장문인과 광한 등에게 작별 인사를 했다. 신엽이 다시 한번 같은 질문을 했을 적에야 냉랭한 목소리로 말했다.

"제가 어디로 가건 무슨 상관이에요. 미연 소저나 잘 보살펴드리세요."

"그게 무슨 소리야. 내가 어찌 소운 사매의 행선지를 걱정하지 않겠어."

"만남이 있으면 이별이 있고, 오는 날이 있으면 가는 날도 있는 법이죠. 소운은 이날 이때까지 누구의 마음신세도 진 일이 없었어요. 선머슴처럼 혼자서 잘도 돌아다녔으니 괜한 걱정일랑 접어두세요."

그녀는 미연을 향해서도 차가운 한마디를 잊지 않았다.

"길상사는 남자들만 사는 곳이라 할 일이 참 많을 거예요. 하지만 모두 누군가는 해야 할 일이죠."

미연은 소운의 태도가 더없이 서운했다. 그녀와 소운은 잠깐 사이였지만 어려운 일을 함께 치러낸 터였다. 신엽이 가즈키를 구출하던 순간 소운이 안 돼요라고 외친 것은 미연 덕분이었다. 가즈키가 함정임을 알았던 미연은 소스라치게 놀랐고, 그 놀람을 알아챈 소운이 신엽에게 소리쳤다. 그래서 그나마 치명상은 피할 수 있었던 것이다. 요다를 처단한 것도 마찬가지였다. 그가 신엽을 죽이기 위해

셋을 세는 동안 소운과 미연은 암암리에 눈짓을 교환했다. 그녀들은 서로를 믿었고, 동시에 몸을 날려 요다를 쳤다. 그리고 신엽을 구할 수 있었던 것이다. 때문에 미연은 소운에게 애정마저 느끼던 터였다. 그러나 소운의 태도는 차갑게 돌변해 있었다. 미연은 떠나야 할 사람은 바로 자신이라고 생각했다.

"길상사는 가지 않겠어요. 그곳은 소운 소저를 기다릴 거예요."

"맘에 없는 소리는 하지 말아요. 미연 소저가 몇 차례나 신엽 사형의 목숨을 구해준 이유를 모를 줄 아나요? 함정에 빠진 그를 위해 몇 달분의 식량까지 넣어준 이유를 모를 줄 아나요? 신엽 사형이나 길상사는 모두 미연 소저를 가족처럼 대해줄 거예요."

소운은 한 가지 더 이야기할 게 있었다. 묘향산에서 히데코의 음약에 중독된 신엽을 미연이 구해준 일이었다. 하지만 차마 그것까지는 입에 올리지 못하고 발걸음을 돌렸다. 허전하고도 단호한 것이 미련이라고는 깨끗이 정리한 듯 보였다. 척항무와 장사량도 더불어 떠나갔다.

월출산 억새밭에는 이제 그야말로 길상사 식구들만 남은 셈이었다. 새로 가족이 된 미연을 포함하여. 그런데 그들의 모습은 사뭇 참담하였다. 장문인부터 신엽, 광한, 미연에 이르기까지, 성한 사람을 찾기가 어려웠다. 하나같이 묵직한 부상들을 입고 있었다. 자긍이나 광은처럼 겉모습이 멀쩡한 이들도 속으로는 골병이 들어 있었다. 특히 신엽의 상처는 누구보다 컸다. 내상도 깊었지만 조금 전 소운에게서 받은 마음의 상처가 쓰라린 까닭이었다.

왜일까. 내가 또 무엇을 잘못한 것일까. 그녀는 정말 나를 떠나는 것이었을까.

신엽은 그녀의 마음을 헤아릴 길이 없었다. 억새밭 위로는 아침의 찬바람이 불어오고 있었다.

숨은 그림 찾기

신엽의 내상은 좀처럼 호전되지 않았다. 내공이라는 것은 두 개의 날을 가진 검과 같았다. 깊이를 더할수록 고강해졌지만 동시에 날카로울 정도로 예민해졌다. 그래서 때로는 스스로를 해칠 수도 있었다. 지금 신엽의 상태가 그와 같았다. 그의 공력으로 말하자면 그 정도의 내상은 쉽사리 자가치료할 수 있었다. 그러나 의욕을 잃고 심기가 흐트러진 상태에서는 아무것도 할 수 없었다. 오히려 더 악화될 수도 있는 일이었다.

몇 차례인가 신엽은 마음을 다잡고 운기를 시도했다. 천부심법의 경문을 외고 또 외웠다. 장문인을 비롯한 여러 사람들이 이미 부상으로 시달리고 있는데 자기까지 짐이 될 수는 없다는 생각에서였다. 하지만 중요한 순간에 이르면 어김없이 소운의 얼굴이 떠올랐다. 그러면 단박에 정신이 흐트러지고 기혈이 끓어올랐다. 그럴 때면 즉시 운기조식을 중단해야 했다. 신엽은 억지로 버티다가 피를 토하고 쓰러진 적도 두 차례나 되었다.

한번은 용기를 내어 자궁대사에게 물어보았다. 소운이 떠나기 전에 무슨 말을 했었느냐고. 왜 그는 난색을 짓다가 결국 허락하고 말았느냐고. 그러나 자궁대사는 시원한 대답이 없었다. 다만 떠나기를 원하는 사람은 떠나야 하는 것이라는 원론적인 답변만을 주었다.

신엽은 미연에게도 그리 잘 대해줄 수 없었다. 그녀에게는 미안한 일이었다. 그녀는 외톨이였고, 다른 누구보다도 신엽에게 잘해준 사람이었으니까. 게다가 신엽 역시 미연을 나쁘게 생각한 일은 없었던 것이다. 하지만 소운이 떠나버린 마당에는 어느 누구에게도 각별한 느낌을 가질 수가 없었다.

다만 그는 미연에게 그런 말을 물은 적이 있었다. 자신과 소운이 요다의 함정에 빠졌을 때 음식을 넣어준 사람이 정말 그녀였느냐고. 미연은 고개를 끄덕였다. 신엽은 그 이유를 물었다. 미연은 이렇게 대답했다.

"두 분이 함정에 걸렸다는 건 알았어요. 그래서 구해내려 했어요. 하지만 어느 함정인지를 알 수 없었어요. 요다는 여러 곳에 함정을 파두었거든요. 더구나 그는 몹시 조심스러워서 우리에게까지 비밀로 했어요."

"그럼 어떻게 그 함정에 음식을 넣을 생각을 했죠?"

"함정마다 음식을 넣었어요. 그리고 사흘 후에 돌아보았어요. 음식이 없어진 곳에 두 분이 있을 거라고 생각했죠. 하지만 어디에도 없었어요."

신엽은 고개가 끄덕여졌다. 자신을 구하기 위해서 미연이 어떤 수고도 마다하지 않았구나 생각하니 고맙기만 했다. 새삼 그녀가 더 아름답고 귀하게 보였다. 하지만 그런 마음도 잠깐, 신엽은 다시 소운을 떠올렸다. 소운의 혜안이 더욱 뛰어나게만 느껴졌다. 그 어려운 함정에서도 소운은 누군가가 자신들의 존재 여부를 시험하고 있음을 알아차렸고, 표시나지 않게 음식을 꺼내었던 것이다. 뿐만 아니라 그녀는 신엽의 혈도를 찍고 혼자서 음식을 먹기까지 했었다. 스스로의 목숨으로 신엽이 먹을 음식의 독성을 시험한 것이었다.

아, 그런 그녀가 화를 내고 떠났으니 이는 전적으로 내 잘못이로다. 이제 어디로 가서 그녀를 찾는단 말인가.

신엽은 내심 개탄하여 한숨을 내쉬었다.

미연은 신엽의 마음을 충분히 이해할 수 있었다. 그러나 다른 한편으로는 서운함도 금할 수 없었다. 그녀에게는 아직 누구도 알지 못하는 비밀이 더 있었다. 이를테면 그녀가 마지막 순간까지 요다의 곁에 붙어 있었던 이유도 그러했다. 처음 지리산에서 신엽을 만나 내상을 치료받았던 무렵 그녀의 마음은 단단히 굳어져 있었다. 고려의 딸로 고려를 위해서 죽으리라는 다짐이었다.

그럼에도 불구하고 그녀가 요다 곁을 고집한 것은 요다의 간악함을 너무 잘 알았기 때문이었다. 고려에는 뛰어난 무인은 많았지만 요다의 집요한 잔머리를 당해낼 사람은 드물 것 같았다. 요다의 책략은 왜국에서도 당할 자가 드물었으니까. 때문에 그녀는 그의 곁에 붙어 있으며 설포삼의 연문을 찾았다. 그래서 마지막 순간 그의 꿈을 무산시키리라 다짐했고, 그 다짐을 이룰 수 있었다.

미연은 신엽이 그같은 비밀들에 대해 물어줄 것을 기대했다. 보답을 바라고 한 일은 아니었지만 적어도 신엽만큼은 알아주길 바란 것이었다. 그러나 신엽은 더이상 관심이 없었다. 그녀는 그의 마음이 온통 소운에게 가 있음을 다시 한번 절감해야 했다. 그의 몇 안되는 질문들도 소운의 짐작을 확인하기 위해서였음을 알 수 있었다.

월출산의 영웅연이 끝난 지 닷새째가 되던 날 길상사 경내에서는 약간의 소란이 있었다. 미연과 광한 사이에서 문제가 생긴 것이었다. 광한이 후배들에게 무공을 가르치고 있었는데 미연이 숨어서 지켜본 모양이었다. 더구나 그녀는 광한의 자세가 보기 흉하다며 웃음을 터뜨리고 말았다. 아주 작은 웃음이었지만 광한의 자존심을 상하게 하기에는 충분한 것이었다. 팔을 다친 일로 애당초 감정이 좋지 않았던 터라 광한은 그녀의 버릇을 고쳐주기로 작정했다. 앞으로 불러내어 정중하게 요청했다.

"어떤 자세가 제대로 된 것인지 직접 한번 보여주시겠습니까?"

"그러지요."

미연은 자신만만하게 대답하고는 같은 자세를 취했다. 그러자 이번에는 광한이 웃음을 터뜨렸다.

"왜 웃는 거죠?"

"남자와 여자의 자세는 다를 수밖에 없군요."

"무슨 뜻인가요?"

광한이 대답했다.

"모양이 다르고 무게중심이 다르니 어찌 같은 자세가 나오겠소."

광한은 남자와 여자 몸의 생김새가 다름을 지적한 것이었다. 그러자 미연은 발끈하여 말했다.

"좋아요. 자세의 좋고 나쁨은 그 위력으로 가릴 수밖에 없겠군요."

"그럼 소승이 잠시 가르침을 받겠습니다."

그리하여 두 사람은 시범 대결을 벌이게 되었다. 많은 승려들이 둘러서서 관전과 응원을 했다. 처음에는 서로 맛만 보여주리라 작정한 일이었다. 그러나 대결은 시간이 흐를수록 격렬해졌다. 결국에는 살기 어린 실초들이 등장하였고, 자긍대사가 뛰어나와 호된 꾸지람을 하는 것으로 막을 내렸다.

그날 늦은 저녁, 미연은 조용히 신엽을 불러내었다. 그녀는 신엽에게 사찰 뒷산으로의 산책을 제의했다. 할 애기가 있다는 것이었다. 신엽은 묵묵히 그녀를 따라나섰다.

반식경이나 말없이 걸었을까. 두 사람은 어느 호젓한 장소에 이르렀다. 숲이 암벽과 만나는 곳이었는데 자그마한 공지가 있었다. 커다란 노송 세 그루가 공지를 에워싸듯 서 있었고, 그 한가운데는 두세 사람이 나란히 앉기에 안성맞춤인 바위 하나가 있었다. 미연은 그곳에서 잠시 쉬어가자고 했다. 신엽은 그녀와 약간의 사이를 두고 어색하게 걸터앉았다.

"작별 인사를 할까 해요. 하지만 그전에 한 가지 솔직한 대답을 듣고 싶어요."

미연은 그렇게 말문을 열었다. 신엽은 깜짝 놀라 반문했다.

"작별 인사라니요. 낮에 있었던 일은 너무 괘념치 말아요. 광한 대사형은 참 좋은 분입니다. 조금만 시간이 지나면 모든 게 익숙해질 겁니다."

"그 일 때문이 아니에요. 예전에 전 신엽 오빠도 저를 좋아하는 줄 알았어요. 그런데 이제 보니 혼자만의 착각이었어요. 신엽 오빠의 마음은 온통 소운 소저에게 가 있어요. 어때요. 제 말이 맞죠?"

"미연 소저를 좋아하지 않는다는 애기는 아닙니다. 다만 소운 사매와 저는 온갖 어려움을 함께 견디고 겪었습니다. 그런 그녀가 훌쩍 떠나버리고 나니 마음이 허전하여 아무 일도 손에 잡히지 않는 겁니다."

"돌려서 애기하지 말아요. 왜구 출신 사무라이는 복잡한 건 이해 못 하니까요. 그래서 그녀를 잊고 저를 좋아할 수 있단 말인가요 없다는 말인가요?"

신엽은 미연의 직선적인 질문에 당황하지 않을 수 없었다. 그는 누구를 택하고 누구를 버린다는 식의 생각은 해본 적이 없었던 것이다. 그래서 더듬거리자 미연이 다시 말했다.

"더 간단히 물어야겠군요. 네 아니오로 대답하세요. 소운 소저가 돌아오지 않는다면 저를 쳐다보지도 않을 거죠?"

신엽은 새삼 깊이 생각해보지 않을 수 없었다. 그는 분명히 소운을 사랑했다. 그러나 미연을 좋아하지 않는 것도 아니었다. 그런데 만약 한 사람을 택하고 한 사람을 버려야 한다면 과연 누구를 선택해야 하는 것일까. 대답을 찾는 데는 아주 긴 시간은 필요하지 않았다. 그는 나직하게 대답했다.

"미연 소저의 말이 옳습니다. 소운 사매가 없다면 저는 다른 누구도 쳐다볼 수 없습니다. 몸이 조금이라도 나아지면 소운 사매를 찾아나설 겁니다."

"그런 대답이 나올 줄 알았어요."

미연의 목소리는 싸늘하게 변해 있었다. 그녀는 자리에서 벌떡 일어나 설편을 꺼내었다. 좌우로 한바탕 떨치자 매서운 바람이 일었다. 십여 개의 나뭇가지와 무수한 나뭇잎들이 그 바람에 휘말려 흩어졌다.

"저는 어린 시절 왜구에게 끌려가 사무라이가 되었어요. 고국이라고 돌아왔지만 누구 하나 반기는 이 없었어요. 길상사의 고고한 승려들조차 업신여기잖아요. 그런데도 제가 굳이 고려를 선택한 것은 오직 당신 때문이었어요. 하지만 이제는 당신조차 나를 버리는군요. 좋아요. 이제 당신에게 사무라이의 법칙을 보여주겠어요. 좋으면 사랑하고 미우면 죽이는 것, 바로 그게 사무라이의 철칙이에요."

말이 채 끝나기도 전에 미연의 설편이 신엽을 공격해왔다. 가슴

한가운데의 영허 보랑 유문 세 곳 혈도를 찔렀다. 신엽은 깜짝 놀라 신형을 옮겼다. 미연의 공격은 날카롭게 이어졌고, 신엽은 연거푸 십여 걸음을 옮겨서야 첫 공격을 벗어날 수 있었다. 아직 내상이 지지부진하던 터라 금세 기혈이 들끓었다. 그러나 미연의 공격은 겨우 시작일 뿐이었다. 그녀의 눈동자는 오뉴월에도 서리를 내리는 여인의 한, 바로 그것이었다. 설편은 그 한을 받아 살아난 독사처럼 매섭게 혀를 날름거렸다.

미연은 잇달아 칠팔 초를 더 펼쳤다. 하나같이 생명을 앗아갈 수 있는 독수들이었다. 신엽은 간신히 피했지만 길게 버틸 수는 없었다. 기운이 이미 역상하고 있었으니까. 그렇다면 선택은 두 가지뿐이었다. 마지막 내력을 모아 미연에게 일격을 내치든가 아니면 곱게 그녀의 설편을 받는 것이었다. 신엽은 차마 첫번째를 택할 수는 없었다. 그녀의 눈빛을 대하니 죄책감도 들었다.

사정이야 어찌되었건 그녀를 농락한 것은 사실 아니겠는가. 어정쩡한 호감으로 그녀를 미혹시켰다면 그것 역시 자신의 죄가 아니겠는가. 그래. 차라리 그녀의 독수를 달게 받자. 그래서 그녀에게라도 죄를 씻도록 하자.

그때 미연은 또하나의 살초를 펼치고 있었다. 설편이 허공에서 열 십자를 그리며 다가들었다. 횡으로 허리의 대맥(帶脈)을 긋고 종으로 정수리의 독맥(督脈)을 가르는 악랄한 초식이었다. 그 공격이 한 자 앞으로 다가드는 것을 보며 신엽은 두 눈을 질끈 감았다.

다시는 누구에게도 죄짓지 않을 몸으로 나게 해주십시오.

신엽은 내심 그렇게 기도했다.

그러나 그때 누구보다 당황한 사람은 바로 미연이었다. 그는 설마 신엽이 이렇듯 순순히 당할 줄은 예상하지 못한 것이었다. 설편이 주춤하는 순간 다행히 두 개의 비어자가 날아들어 그 끝을 튕겨내었다.

탕 탕!

"악랄한 계집이로구나. 내 그래서 처음부터 너를 믿지 않은 것이다."

대성일갈과 함께 나타난 사람은 바로 광한이었다. 미연은 부드럽게 미끄러져 일 장을 물러났다.

"흥. 원래 사람을 믿지 못하는 소인배 아닌가요."

"살기가 싫은 모양이구나."

"잘 왔어요. 낮의 승부를 끝내고 떠나고 싶었으니까."

두 사람은 곧바로 어우러져 험악한 상황을 연출했다. 광한의 장검과 미연의 설편은 벼르고 별러왔던 원수들처럼 서로를 향해 으르렁거렸다. 신엽은 가슴이 쓰라려 견딜 수 없었다. 두 사람은 모두 그에게 소중한 이들이었다. 그러나 두 사람간에는 웃지 못할 원한이 맺힌 것도 사실이었던 것이다.

"제발, 손들을 멈추고 제 말 좀 들어보세요."

신엽이 소리쳤지만 그들은 들은 척도 하지 않았다. 신엽은 가슴이 막히자 숨도 막히고 기혈도 더 뜨겁게 끓어올랐다. 그래서 그들 사이로 끼어들 수조차 없었다.

그러는 사이 광한과 미연의 대결은 더욱 험악해지고 있었다. 그리고 승부는 의외로 빨리 윤곽을 드러내고 있었다. 그것은 미연이 부상에서 완전히 회복되지 못한 까닭이었다. 월출산 억새밭에서 요다에게 맞은 일격이 아직 후유증을 남기고 있었던 것이다. 미연은 가쁜 숨을 몰아쉬며 어지러이 설편을 휘둘렀지만 점차 광한의 침착한 길상칠검에 힘을 잃게 되었다.

다시 몇 초가 지났을 때 설편은 광한의 장검에 친친 감기고 말았다. 얼핏 보면 연편이 장검을 휘감은 듯 보였지만 사실은 정반대였다. 장검이 설편을 제압한 것이었다. 미연은 속히 손을 놓지 않는다면 남은 한 손마저 갈가리 찢어질 형편이었다. 그러나 그녀는 손을 놓지 않고 버텼다. 차라리 설편과 함께 죽겠다는 작정 같았다. 손에서는 곧 핏방울이 뚝뚝 떨어지기 시작했다. 신엽은 가슴이 찢어지는 듯하여 소리쳤다.

"안 돼요, 대사형! 미연 소저를 해쳐서는 안 돼요!"

그런데 그때였다. 음산한 웃음소리와 함께 한 어두운 인영이 숲에서 걸어나왔다.

"호호호, 이신엽. 너는 네 목숨이나 걱정하려무나."

"미도노!"

신엽은 경악하여 외쳤다.

"물론 걱정한다 해도 달라질 건 없겠지만 말이다."

미도노는 마치 구름처럼 땅 위를 걷고 있었다. 겨우 두 발짝을 떼었을 뿐인데 사오 장을 미끄러져 신엽의 곁에 이른 것이었다. 그는 긴 얘기 없이 신엽부터 해치울 작정인지 우장을 치켜들었다. 그러나 그때 미연의 설편과 광한의 장검이 스르륵 풀어졌다. 그리고는 동시에 미도노의 어깨와 다리를 노리며 날아갔다. 미도노는 뜻밖의 공격에 잠시 주춤했다. 그는 상체를 살짝 비틀며 반 걸음 물러나는 것으로 가볍게 두 공격을 해소하고는 미연을 쏘아보았다.

"옛정을 생각해서 복수라도 대신 해줄까 하는데 무슨 짓이냐?"

그러나 그 사이 미연과 광한은 각각 신엽의 한 팔씩을 붙잡고 일장 뒤로 물러서 있었다. 신엽은 도무지 종잡을 수 없었다. 두 사람은 사생결단을 낼 듯 싸우고 있었는데 금세 힘을 모아 자신을 구해주다니. 게다가 이 괴이한 미도노는 어째서 이곳에 나타났단 말인가.

사정을 먼저 깨달은 것은 미도노였다. 그는 일그러진 표정으로 침을 뱉었다.

"미도리, 네가 또 나를 속였구나."

"이미 늦었다."

"흥. 건방진 소리 마라. 요다 미도노 훈게이를 누가 감히 어쩌겠느냐."

신엽은 그의 말이 조금도 지나치지 않음을 알 수 있었다. 고수만이 감지할 수 있는 고수의 느낌이었다. 미도노의 내력은 이미 요다보다도 높은 지경에 올라 있었다. 자신의 공력이 온전하다 하여도 간단히 상대할 수 없을 정도였다. 미연과 광한 두 사람으로는 턱없이 부족했다. 설사 길상사의 자연, 자궁대사 등이 가세한다 하여도 마찬가지일 것이었다. 하지만 그때 문득 밤하늘을 찢는 세 차례 굉음이 울려퍼졌다.

쩍! 쩍! 쩍!

소리를 낸 것은 공지를 둘러싼 세 그루의 노송이었다. 아름드리 굵은 나무들이 반듯하게 쪼개어진 것이었다. 그러자 그 속에 정좌하고 있던 세 사람이 모습을 나타내었다. 놀랍게도 그들은 도월희천 척항무, 운상대객 장사량, 그리고 소운이었다. 척항무와 장사량이 동과 서를 지켰고, 소운은 남쪽 자리에 앉아 있었다. 북쪽은 암벽이 가로막고 있었으니 미도노의 퇴로는 모두 막힌 셈이었다.

제기랄! 간단한 함정이 아니었구나. 미도노는 이맛살을 찌푸리며 그렇게 중얼거렸다.

"소운 사매! 돌아와주었구나!"

신엽은 갑작스런 상황 변화에 어리둥절했다. 그러나 소운의 모습을 대하자 다른 모든 것을 잊어버리고 소리쳤다. 그때 미도노의 머릿속으로 한 가지 생각이 스쳐갔다. 퇴로를 차단한 세 사람 중에서 가장 만만한 쪽은 바로 소운이라는 생각이었다. 재빨리 덮친다면 그녀를 인질로 잡을 수 있을 것이었다. 혹은 최악의 상황이라도 그녀를 뚫고 달아날 수는 있지 않겠는가.

미도노는 즉시 몸을 날렸다. 기습은 빠를수록 효과적인 법이었으니까. 그는 허공에서 쌍장으로 둥근 원을 그린 다음 신속히 내밀었다. 강맹무비한 장력이 소운을 덮쳐갔다. 몸이 앞으로 내닫으며 쏟아낸 장력이었기에 그 힘은 실로 태산을 떠밀 듯했다. 그러나 소운은 미도노를 거들떠도 보지 않았다. 여전히 두 눈을 감은 채 앉아 있을 뿐이었다.

"조심해!"

신엽이 다급해서 소리쳤지만 아무런 반응이 없었다.

미도노는 약간 미심쩍은 느낌이 들었다. 그러나 그는 자신감에 가득 차 있었다. 요다의 공력을 흡입한 이후로 온몸은 내력의 홍수를 이루고 있었다. 척항무나 장사량이라 하더라도 두렵지 않은데 소운쯤이야 문제될 게 있으랴. 그는 곧장 소운을 향해 부딪쳐갔다.

미도노가 불과 네댓 자 앞까지 다가들었을 때야 소운은 눈을 떴다. 그녀는 두 손을 가슴 앞에서 합장한 다음 부드럽게 내밀었다. 한 줄기 온유한 내력이 뻗어나가 미도노의 강맹한 장력과 맞부딪쳤다.

퍽.

두 개의 장력이 부딪친 충돌음은 의외로 작았다. 소운의 장력은 마치 거대한 폭포수로 뛰어오른 한 마리 연어처럼 소리없이 묻혀버렸다. 신엽은 숨이 막히고 말았다. 소운의 몸이 갈가리 찢어져버릴 것만 같아서였다. 그러나 결과는 그의 예상과는 정반대였다. 소운은 앉은 자리에서 조금도 움직이지 않았다. 어깨조차 흔들리지 않았다. 오히려 미도노가 실 끊어진 연처럼 팅겨나가고 말았다. 그는 날아들던 속도만큼이나 빠르게 이삼 장 내던져진 것이었다.

다음 순간 소운은 유령처럼 허공을 날아 미도노를 덮쳐갔다. 단정히 정좌한 채 손끝 하나 움직임이 없는 경신술이었다. 신엽은 마치 귀신에 홀린 듯했다. 소운이 언제 저런 놀라운 무공을 익혔더란 말인가. 그때 문득 소운의 몸에서 세 개의 그림자가 흩어졌다. 그림자들은 소리없이 미도노를 감쌌다. 아직 미처 중심도 잡지 못했던 미도노는 그림자들에 제압당해 무릎을 꿇었다. 그림자들은 천천히 땅으로 내려섰다. 신엽은 그제서야 그들의 모습을 볼 수 있었다. 운중선 구장격과 묘향신니 윤지림, 월월묘묘 진자영이 바로 그들이었다. 그들 세 사람이 소운의 등뒤에 붙어앉아 미도노를 상대한 것이었다.

"소운의 말이 옳았군요. 정말 끔찍한 화근을 남길 뻔했어요."

묘향신니가 고개를 저으며 말했다. 구장격도 선뜻 동의했다.

"사매 말이 맞아. 이 녀석은 요다보다도 강했어. 요다가 방금 전의 일격을 맞았다면 설포삼도 산산이 부서졌을 텐데."

"운중선 선배가 창안한 무공의 위력도 대단했어요."

그렇게 말한 것은 묘묘였다. 그들 세 사람이 방금 시전한 일 장은 운중선 구장격이 지난 십여 년에 걸쳐 만든 무공이었다. 장(掌)보다는 지(脂)에 가까운 것으로 상대의 강한 장력을 파고드는 은밀한 파괴력이 있었다. 그가 그것을 신니와 묘묘에게 가르쳐 함께 전개한 것이었다. 신니도 묘묘의 지적에 의견을 같이했다.

"그래요. 그 일 초가 아니었다면 좀더 시간이 걸렸을 거예요."

"누구의 무공을 썼든 마찬가지였겠죠."

구장격은 두 사람의 칭찬에 내심 몹시 흡족함을 느꼈다. 그에게는 무공을 칭찬받는 일보다 기쁜 일이 없었던 것이다. 그 기쁨은 그를 한층 큰 인물로 만들어 척항무와 장사량까지 치하하게 했다.

"도월희천, 운상대객 두 분의 역할도 컸소이다. 두 분의 모습만 대하고도 미도노가 겁을 먹고 달아나려 했으니 말이오."

척항무와 장사량은 아직 내상에서 완쾌되지 못한 몸이었다. 그런 그들을 동과 서 양쪽으로 포진시킨 것은 소운의 책략이었다. 그 책략은 거짓말처럼 맞아떨어져서 일격에 미도노를 잡도록 도와준 것이었다. 척항무는 다소 어색한 모습이었지만 고개를 끄덕이며 다가왔다.

"이번 일에는 운중장두 당신의 힘이 컸소. 물론 다른 분들도 수고하셨구요. 그런데 이 발칙한 어린 놈을 어떻게 처리하지요?"

사람들은 분분한 의견을 내놓았다. 무공을 폐하자, 죽이자, 깊은 산 속에 감금하여 업을 닦게 하자 등등. 그러나 마지막 결론은 그의 기억과 무공을 모두 폐하여 놓아보내자는 것이었다. 구장격이 그 일을 맡아서 손을 썼다. 그는 미도노의 머리와 가슴 몇 군데 요혈로 내력을 넣어 기억과 무공을 폐해버렸다.

미도노는 잠시 의식을 잃었다가 깨어났는데 어리둥절한 모습이었다.

"여기는 어디죠? 제가 왜 여기 있는 거죠?"

구장격은 그의 이름이 밉동이라고 가르쳐주었다. 큰병을 앓아 사경을 헤매는 것을 살려주었으니 앞으로는 좋은 일에 몸과 마음을 다하라고 했다. 또 산 아래 마을에 가면 길상사의 전답을 경작하는 농가들이 있을 것인즉 그곳에서 열심히 일하면 의식주는 해결할 수 있을 것이라고 일러주었다. 미도노는 연신 고맙다고 인사하며 떠나가려 했다. 그때 문득 묘향신니가 그를 불러세웠다.

"네 몸을 한번 뒤져보아라. 책이 한 권 있을 것이다."

신니는 『금해진경』에 생각이 미친 것이었다. 미도노가 자기 몸을 뒤졌지만 책 같은 것은 나오지 않았다. 척항무가 다시 수색했지만 마찬가지였다. 독침과 독약 나부랭이만 한 주먹씩 나왔을 뿐이었다. 척항무는 미도노를 놓아주었고, 미도노는 재차 작별 인사를 하며 떠나갔다. 그 뒷모습을 보며 척항무가 너털웃음을 터뜨렸다.

"허허. 『금해진경』 원본은 다시 행방을 감춰버렸군요."

“다행히 사본은 있지요.”

“사본이 원본과 같을 수야 없겠지요. 어쨌건 미도노가 은밀한 장소에 단단히 감추었기만 바랄 뿐입니다.”

사람들은 아쉬운 마음에 한마디씩을 중얼거렸다.

신엽은 그제서야 앞으로 나서서 고마운 마음을 표했다. 이선과 사비가 한마음으로 모인 덕분에 이 나라 무림에 어두운 그림자가 거둬지게 되었노라고. 구장격 등은 내심 민망한 느낌도 없지 않았다. 까마득한 후배 신엽의 고군분투가 없었더라면 일은 훨씬 어려워졌을 까닭이었다. 특히 구장격은 몇 차례나 신엽을 곡해하여 몰아붙였었기에 더욱 그러했다. 그는 신엽의 어깨를 투덕거리며 노고를 치하했다. 그리고 이렇게 덧붙였다.

“이소협의 몸은 이미 이소협 개인의 것이 아니니 잘 건사해야 하네. 사사로운 정 때문에 이처럼 공력을 상해서야 쓰겠는가.”

“명심하겠습니다.”

신엽은 얼굴이 빨갛게 변해서 고개를 숙였다. 사람들은 한바탕 크게 웃었다. 그중에서도 도월희천 척항무의 웃음소리가 가장 신나게 들렸다. 그러더니 그가 말했다.

“자, 여기서 이럴 게 아니라 모두 함께 길상사로 내려갑시다. 길상사 장문인이 기다릴 것이니 가서 거나하게 한잔 해야지요.”

“그럽시다. 하지만 과연 절에서 술과 안주가 준비될까요?”

운중선 구장격의 말에 척항무가 고개를 저었다.

“모르시는 말씀입니다. 길상사도 결국은 사람 사는 곳이거든요.”

“하하하, 딴은 그렇겠군요.”

사람들은 떠들썩하게 산을 내려갔다.

신엽이 주위를 두리번거리자니 대사형 광한이 미연의 손을 치료하는 모습이 보였다. 조금 전 일전에서 미연의 손이 많이 찢어진 것

이었다. 광한은 금창약을 바르고 옷을 찢어 상처를 동여매고는 혀를
끌끌거렸다.

"그렇게까지 심하게 할 필요는 없었을 텐데요."

"아니에요. 조금도 아프지 않아요. 이 정도 부상이 아니었다면 미
도노가 나타나지도 않았을 거예요."

미연의 말이었다.

"맞습니다. 미연 소저의 말씀이 옳긴 합니다."

두 사람은 방금 전까지 생사를 걸고 겨룬 모습이 아니었다. 신엽
은 그들의 화해가 반갑기만 했다. 그래서 광한에게 말했다.

"낮의 일도 모두 없었던 것으로 해주십시오. 미연 소저가 앞으로
는 잘할 것입니다."

광한은 웃음을 터뜨렸다. 미연도 살며시 미소를 머금었다. 신엽은
그 웃음들의 의미를 알 수 없어 어리둥절해했다. 광한은 설레설레
고개를 저었다.

"신엽아, 너는 무공의 총명함은 누구도 따를 수가 없는데 다른 일
은 어찌 그리 둔감하더냐."

"무슨 말씀이신지요?"

"아서라. 그만두자꾸나. 소운과는 얘기해보았느냐?"

신엽은 그제서야 자신이 소운을 찾아 두리번거리고 있었음을 깨
달았다. 사방을 둘러보았지만 소운의 모습은 간 곳이 없었다. 그는
다시 낙담하여 한숨을 내쉬었다.

"소운 사매가 저와는 상면조차 하고 싶지 않은 모양입니다."

그러자 미연이 품속에서 무언가를 꺼내어 신엽에게 건네주었다.
하얀 비단 손수건이었는데 무언가를 싸고 있었다. 신엽이 받아드니
낯익은 은은한 향기가 느껴졌다. 손수건 속에는 마른 옥잠화 한 송
이가 들어 있었다. 그가 소운을 처음 만났을 때 그녀를 위해 꺾었던

바로 그 옥잠화였다. 신엽은 그 꽃이 반갑기만 했다. 하지만 곧 의문이 들었다.

"이게 어떻게 미연 소저에게 있었지요?"

"어젯밤 소운 소저가 제게 준 거예요. 신엽 오빠께 드리라구요."

신엽은 낙담하여 고개를 떨구었다. 그는 소운이 그와의 과거 추억까지도 싸그리 도려내려는 것이라고 믿었다.

"손수건은 이리 주세요. 그건 제 거니까요."

미연의 말에 신엽은 손수건을 돌려주었다. 은은한 향기는 그 손수건에서 배어나온 것이었다. 신엽은 내심 고개를 끄덕였다. 미연 소저의 향기였구나. 소운의 체취는 이런 게 아니었지.

그때 미연이 물었다.

"그 꽃을 주었을 때 소운 소저가 했던 말을 기억하세요?"

"글쎄요. 무슨 말을 했던 것 같은데……."

신엽은 기억을 더듬었다.

"제가 큰 잘못을 저질러도 꽃을 위해서 용서해주겠다던가, 뭐 그런 말이었던 듯싶군요."

"그래요. 그런 말을 했다고 하더군요. 아직 왜 그 꽃을 들고 있는지 모르겠어요?"

신엽은 갑자기 희망을 느꼈다. 그래서 번쩍 고개를 들었다.

"소운 사매는 지금 어디 있지요?"

"저쪽으로 가보세요."

미연은 산 위쪽을 가리켰다. 신엽은 고맙다는 말도 하는 둥 마는 둥 그 길로 달려갔다.

신엽은 한참을 달려올라갔다. 가쁜 숨을 씨근거리며. 그러나 소운은 쉽사리 찾아지지 않았다. 신엽은 큰 소리로 소운의 이름을 불러대었다. 힘이 빠져서 어지럼증이 느껴질 때까지. 그러던 어느 순간,

무언가가 신엽의 목덜미를 때렸다. 쿵! 육중하고 둔탁한 충격이었다. 신엽은 그만 의식을 잃고 말았다.

잠시 후 그가 눈을 떴을 때는 소운이 걱정스러운 눈길로 내려다보고 있었다.

"어떻게 된 거예요?"

소운이 물었다. 신엽은 간신히 고개를 저었다.

"모르겠어. 누가 날 때리고 달아났나 봐. 그런데 왜 이제야 나타난 거야."

"그게 아니에요. 제가 놀래켜주려고 뒤에서 매달린 거라구요. 그런데 기절까지 해버리다니. 도대체 몸을 어떻게 한 거예요."

소운의 눈에는 눈물이 그렁그렁했다. 신엽은 웃지도 울지도 못할 심정이었다. 또 소운의 장난질이었구나. 놀래켜주려 했는데 기절을 했으니 되레 얼마나 놀랐을까.

"난 괜찮아. 이깟 내상은 아무것도 아니야. 소운 사매만 곁에 있어준다면 말이야."

"그래요. 곁에 있을게요. 그러니 어서 건강해져요."

"왜 그렇게 떠나갔던 거야? 내가 얼마나 보고 싶었는지 알아?"

"정말요?"

"정말이야."

소운은 그제서야 빙그레 웃었다. 그녀는 신엽의 뺨을 쓰다듬었다.

"왜 보고 싶었는데요?"

"대답부터 먼저 해. 왜 그렇게 떠나갔던 거야?"

"어쩔 수 없었어요. 미도노를 잡아야 했으니까요."

소운은 그간의 사정을 간단히 설명했다. 그날 영웅연이 파할 무렵 미도노가 달아나자 그녀는 걱정에 휩싸였다. 미도노는 요다를 비롯한 몇몇 고수들의 공력을 흡수한데다 『금해진경』까지 탈취했으니

338

장차 큰 화근이 될 까닭이었다. 만약 그가 어딘가에 틀어박혀 『진경』을 연구한다면 몇 년 후에는 누구도 상대할 수 없는 악귀가 되지 않겠는가. 그래서 그녀는 계책을 꾸몄다. 미도노를 즉시 유인해낼 계책이었다. 그 계책의 미끼는 바로 길상사와 신엽이었다. 길상사는 부상 병동과도 같았고, 신엽 역시 중상을 입었으니 미도노의 상대가 될 수 없었다. 특히 신엽은 미도노의 한맺힌 원수였으며 동시에 두터운 공력을 탈취할 대상이기도 했다. 소운은 길상사를 외롭게 버려두면 필시 미도노가 찾아들리라 생각했다. 과연 예상은 적중하였다. 성질 급한 미도노는 며칠을 못 참고 길상사 주변을 어슬렁거렸다. 그리고 결국 덫에 걸려든 것이었다.

신엽은 새삼 소운이 경탄스럽기만 했다. 어찌 그런 계책을 생각해내었을까. 그 짧은 시간에.

"구장격 선배 등을 설득하기가 쉽지 않았을 텐데."

"그래요. 그분이 제일 힘들었어요. 그런데 미도노가 스스로 도왔어요."

"스스로 도왔다고?"

"기운을 뺏는데 급급했던 미도노가 곳곳에서 살생을 저질렀어요. 사람은 물론 소와 돼지의 기운까지 뺏어간 거예요. 그 꼴을 보고서는 구장격도 혀를 내두르더군요. 내버려둘 수 없다구요."

"그랬었군."

신엽은 그 장면을 생각하니 소름이 끼쳤다. 미도노를 일찍 제압한 건 참으로 다행스런 일이었다. 하지만 그에게는 아직도 몇 가지 의문이 있었다.

"아시겐지는 어떨까? 다시 문제를 일으키지 않을까?"

"아시겐지는 그럴 위인이 못 돼요. 벌써 왜국 땅을 밟았을 거예요. 독을 좋아하는 자는 모두 겁쟁이들이라고 사부님께서 말씀하셨거든요."

"정말 그렇겠군…… 그런데 소운 사매는 왜 나만 바보로 만든 거야? 나만 빼고는 모두 알고 있었던 모양이던데?"

소운이 신엽을 따돌린 데는 두 가지 이유가 있었다. 첫째는 연기력이 부족하니 아예 모르는 편이 나을 거라는 생각이었고, 둘째는 화가 났기 때문이었다. 굳이 따지자면 첫번째가 진짜 이유였다. 그러나 그녀는 그 이야기는 하지 않았다.

"왜 그랬겠어요. 미웠으니까 그랬죠."

"왜 미웠지? 난 아무것도 잘못한 기억이 없는데?"

소운은 피이 입술을 내밀었다. 역시 진짜 이유는 말할 수가 없기 때문이었다.

"꼭 뭘 잘못해야 미워하나요. 그냥 아무 이유 없이도 미워질 때도 있는 거죠. 신엽 오빠가 좋아할 소식이 하나 있어요."

"무슨 소식?"

"월월묘묘 진자영이 미연 언니를 제자로 삼기로 했대요."

신엽의 얼굴에는 화색이 돌았다.

"정말이야? 잘된 일이야."

그 순간 신엽의 뇌리로 한 가닥 향기가 스쳐지나갔다. 조금 전 미연의 손수건에서 배어나왔던 향기였다. 그런데 그것은 오래 전 기억 속의 향기 하나를 불러내었다. 히데코의 음악에 중독되었다가 모친의 무덤가에서 깨어났던 새벽 은은하게 그를 감쌌던 여인의 체취였다. 아! 신엽은 가슴의 절반이 마비되는 느낌이었다. 두 향기는 같은 것이 아니었을까. 그렇다면, 그날 자신의 목숨을 구해준 것은 바로 미연이었단 말일까…….

"왜 그래요?"

소운은 신엽의 갑작스런 침묵이 걱정되어 물었다.

"또 어디가 아파요?"

"아니야. 아프긴. 이렇게 멀쩡한걸."

신엽은 기운을 내어 벌떡 일어섰다.

"사람들이 기다리겠어."

"그래요. 걸을 수 있겠어요?"

"물론이지. 소운 사매를 보자마자 기운이 넘치기 시작했는걸. 자 보라구."

신엽은 큰 걸음을 성큼성큼 떼어놓았다. 그 말은 거짓이 아니었다. 소운을 보자마자 기운이 넘치기 시작했다는 건. 실제로 그의 내상은 이미 빠른 치유를 시작하고 있었던 것이다. 그래도 걱정이 된 소운은 신엽을 부축하며 천천히 걸으라고 잔소리했다. 밤하늘에서는 밝은 달이 미소를 머금은 채 소운의 잔소리를 비춰주고 있었다.

무위록 3 - 현묘지도玄妙之道

ⓒ 장산부 1999

초판인쇄	1999년 7월 13일
초판발행	1999년 7월 23일

지 은 이	장산부
펴 낸 이	김정순
펴 낸 곳	(주)북하우스
출판등록	1997년 9월 23일 제1-2228호

주　　소	110-521 서울시 종로구 명륜동 1가 31-9
하 이 텔	podo1
천 리 안	greenpen
인 터 넷	www.bookhouse.co.kr
전화번호	747-6353~4
팩　　스	747-6355

ISBN　89-87871-21-5　04810
　　　　89-87871-18-5(세트)

＊ 잘못된 책은 바꿔드립니다.